顾南西 / 著

·中·

目录

第一章　我女朋友沉迷打工无法自拔　　　001

第二章　你不是小怪物，你是小仙女　　　029

第三章　愿江织长命百岁，愿徐纺百岁无忧　　　058

第四章　哦，原来江织是装病　　　084

第五章　她是周徐纺，她也是骆三　　　113

第六章　骆三，到我家里来，我用零花钱养你　　　143

第七章　江织布局，重查当年纵火案　　　168

第八章　骆家父女反目　　　198

第九章　凶手是她？是他？还是他们？　　　227

第十章　火场真相　　　257

◆第一章◆
我女朋友沉迷打工无法自拔

周徐纺一兴奋就喜欢上蹿下跳，回家后她在玄关蹦跶了好久，才去开电脑。

"霜降。"

亢奋的周徐纺已经忘了现在几点了，一直戳着电脑："霜降，你睡了吗？"

过了很久，霜降回复："没有。"

屏幕上，周徐纺一张放大了的小脸红彤彤的，像早上的太阳。

她说："我今天很高兴。"

霜降刚要问为什么很高兴。

她就迫不及待地说了："我有男朋友了。"

下一句她更亢奋，更激动，更欢喜："我男朋友是江织！"

霜降一点儿都不意外，周徐纺啊，早晚会被那个小美人拐走。

"月亮湾呢？"

周徐纺都没有思考："不去了。"

"我有男朋友了。"她兴奋极了，眉飞色舞地强调，"我男朋友是江织。"她语气可得意了，"我要跟我男朋友在一起。"

霜降好笑，周徐纺啊，喝了江织给的迷魂汤了。

"你的事情，都告诉他了吗？"霜降改了个称呼，"都告诉你男朋友江织了吗？"

周徐纺摇头。

屏幕上的"太阳"一下子就阴了，露出了担忧的表情："他只知道一点点，不敢全告诉他。"

她那双生气了就变红的眼睛，她不敢给江织看到，太像女鬼了。

"那以后呢？"

这个问题周徐纺想过："等他再多喜欢我一点了，我就都告诉他。"

等那时候啊，他喜欢得离不开她了……周徐纺埋着头，偷偷地笑。

霜降在屏幕上给她发了一堆的小桃心，倒映到周徐纺眼睛里，刚好是满屏爱心，她自己乐了一会儿，摸到手机："我不跟你说了，我要给江织发微信。"

她打字，打着打着手停下："他应该还在开车。"

开车不能分心，那还是等会儿再找他。周徐纺把字删掉了，刚要放下手机，江织发了视频通话过来。

她立马接了，屏幕上，弹出来江织那张漂亮的脸。

"周徐纺。"

周徐纺瞄来瞄去地找镜头："你到家了吗？"

江织侧脸朝她，在开车："还在路上。"

"那你开车，不要跟我说话。"

说完，她就给挂了。

江织一踩油门，车开得飞快，等到了老宅，他安全带都还没解，先给周徐纺发微信。

"我到了。"

他的语音刚发过去，周徐纺就发了视频通话过来，他接了。周徐纺不熟练地找了一会儿镜头，找到后，才对着镜头喊他江织。

江织被她叫得魂都飘了。

"在做什么？"他解开安全带，下了车，没有进屋，站在老宅屋外的灯笼下，借着灯火的光看视频里的姑娘。

她应该是坐在了沙发上，后面是一整面刷成了白色的墙，她坐得端端正正："我在等你给我发微信。"

这时，屋里有声音。

江织把手机的屏幕捂住了，放在唇边，小声道："徐纺，你先别出声，等我到了房间里再说话。"

"好。"

骆常芳出来了："织哥儿来了。"

江织把手机揣回兜里，走进屋。

"怎么出院了？你奶奶知晓吗？"

"我想出院便出院，还需要谁同意？"

骆常芳眼里笑意不减："我哪是这个意思，这不是你出院了嘛，得提前知会一声，也好叫下人准备好你的汤药。"

入冬之后，江织的药便没断过。

他轻咳了几声，唇色染了红，肤色却白："这个老太太会操心，就不劳烦二伯母了。"

"那成，不打扰你了，你早些歇息。"

他又咳了几声，上楼去了。

等进了房间，锁上门，开灯，他把手机拿出来："可以说话了。"

周徐纺凑镜头特别近，满屏幕都是她的脸："你又不舒服了吗？"

江织脱了外套,坐在床上:"没有。"

"可是你咳嗽了。"

"老毛病,不要紧。"

"怎么会不要紧,你都病了!"周徐纺神情很严肃,"江扶离不是好人,她妈妈肯定也不是好人,你在那边住,一定要小心,他们给的东西你别吃,还有水,水也不能乱喝。"

她急得都皱了脸。

江织还笑:"嗯,知道了。"

"把你房间,给我看看。"

"看什么?"

"看有没有慢性毒药之类的。"她是正经严肃的,"电视剧里都是这么演的。"

她不爱笑,生气了就把嘴巴抿成一字,担心了就把眉毛皱成八字,情绪不多,但全写在脸上。

"徐纺。"

"嗯?"

江织撑着手往后躺,衬衫的扣子被他解了两颗,堪堪能看见里面的锁骨,他对他的小姑娘说:"把脸凑近一点。"

"哦。"她就把整个脸都放到镜头里。

江织对着屏幕亲了一下:"你怎么这么乖啊。"

屏幕黑了。周徐纺那边手机掉了,她在沙发下摸索了一阵,才把手机捡起来。等她再出现在镜头里,脸已经是红的。

"别担心我了。"江织眼眸温柔,话不怎么温柔,"他们是坏人,我也不是什么好人,真要来阴的,谁玩谁还不知道呢。"

周徐纺纠正他:"你是好人。"

江织笑,小小的虎牙不明显,只露出来尖尖的一点儿,那么一点就能磨平他的戾气,让他像个少年人:"这世上啊,也就你觉得我是好人。"

"你是!"她还可坚定了。

江织笑了笑,不纠正她。

"你微信给我备注的是什么?"

天下最美的美人。

周徐纺不好意思说,就撒谎了:"备注的是你的名字。"

江织不满意:"得改。"

"改什么?"

他想了想:"男朋友江织?"

周徐纺耳朵开始烧。

他还是觉得不够:"宝贝男朋友江织,先就这么改。"

周徐纺觉得肉麻兮兮的。

见她还没答应,江织从床上坐起来:"你怎么不说话?你是不是不愿意改?你是不是不喜欢你男朋友了?"

恋爱中的人,不分男女,大多敏感又小气,江织也没能免俗,没得到时,千方百计地谋,得到了又战战兢兢,怕守不住。

他那一身风骨和气节,都折给她了。

"周徐纺!"

"改。"周徐纺双手举手机,放在上方四十五度,脸上是"精忠报国"一般的表情,"我改!"

江织脾气不好是真的,好哄也是真的。

他笑了:"那我也改。"

他原来给周徐纺的备注是"我家小祖宗",现在改成了"我女朋友纺宝小祖宗"。不谈个恋爱,他都不知道,他还能肉麻黏人到这种程度,他觉得这不是他的问题,是周徐纺,是她给他下了蛊。

挂了视频,江织心绪还是平静不下来,他像个傻子一样,爬起来,磨了墨,想给周徐纺画一幅画。

画得他自己都不认得,有点不忍直视,本想扔了,一想到那是周徐纺,就下不去手,把下人喊来,大半夜地让他去弄卷轴,裱装好,把画挂在床头。

下人欲言又止:"小少爷,这是……"他大胆猜测,"这是辟邪的吗?"

灵魂画家江织冷脸:"给爷滚出去。"

他自称爷的时候,多半是恼怒了,下人灰溜溜地滚了。

已经凌晨了,江织躺着,看那画,满脑子都是周徐纺,一点儿睡意都没有,他拿了手机,开始打电话。第一个,乔南楚。

"南楚。"

乔南楚睡到一半被吵醒了,火气很大:"都几点了,要不要睡了!"

"很重要的事。"

"说。"

"我脱单了。"语气是明显的炫耀。

乔南楚看了一眼时间,零点十六分:"就这个?"

江织嗯了一声,尾音拖着,扬扬得意,全是雀跃。

大晚上的,不睡觉,炫女朋友,毛病!乔南楚皮笑肉不笑地说:"恭喜。"

"直接现金。"

"什么?"

"给我女朋友的见面礼。"

乔南楚没话说了,这家伙,从他把心交给周徐纺之后,就变了个样,许九如费心教养出来的那一身清贵薄凉全给周徐纺捂化了,像是画里的人被拽了出来,不过,倒像个活人了。

乔南楚不跟他说了:"我要睡觉了,挂了。"他直接摁断了电话。

十几秒后,江织收到了一笔转账,他收了,再拨了第二个电话。

"薛宝怡。"

这个点是薛宝怡的夜生活,舞台上在打碟,他听不清,扯着大嗓门讲电话:"我这很吵,待会儿给你打。"

江织把手机从耳边拿远:"出来。"

"等我半分钟。"薛宝怡找了个安静的地儿,"什么事儿,非得现在说。"

"我跟周徐纺交往了。"

怪不得大晚上不睡觉,思春啊。薛宝怡乐了:"你家那个可是块冰做的木头,不容易啊,终于让你给啃动了。"

江织原本愉悦的语调急转而下:"你说谁是木头?"

"这不是重点。"

"周徐纺不是木头。"一开始他是盛气凌人的口吻,说着得意扬扬了,"她多乖,而且可爱,打架也厉害,她还能徒手拔树,你能吗?"

薛宝怡接不住这话。

"世界冠军都没她跑得快,你有什么资格说她是木头。"

薛宝怡就这么被强行秀了一脸:"过分了,织哥儿,谁还没交过女朋友,你少搁我这炫耀。"

"你以前那些个乱七八糟的女朋友,能跟周徐纺比?"

"江织,你够了,我不想跟你说话!"

"见面礼准备好,下次见我女朋友,别空着手。"

说完江织挂了电话。

薛宝怡无语,谈个女朋友,至于吗?

挂电话后,江织发了条动态,用私人号发的,仅对特殊分组可见,内容如下:

我女朋友。@周徐纺

下面还附了一张照片,照片是周徐纺在仙女下凡当发型模特时的那张,江织当时从那个发型总监那里弄过来的。为什么是这张,因为只有这个是高清的,平时江织偷拍的那些,周徐纺都是一坨黑影。

那个分组里,除了周徐纺,也就两个人,刚才被江织一一致电了,都还没睡。

帝都第一帅:合照都没一张,这官宣小爷不认!

乔南楚:祝早生贵子。

帝都第一帅回复乔南楚:江织不育。

乔南楚:祝你早日治好不育。

帝都第一帅:贴膜的姑娘,来,先叫声哥听听。

这个语气浪荡的帝都第一帅,当然是薛宝怡。

三分钟后,江织又发了一条动态,就一张图片,他和周徐纺的合照,是软件合成的,都是仙女下凡的发型海报,一人一头雾面哑光蓝头发,放在一起毫无违和感。

江织觉得很有夫妻相,还算满意。

乔南楚:丧心病狂!

帝都第一帅:我去,我还以为是刷到了美容美发的小广告。

江织了无睡意,坐在床头,一直盯着手机,十分钟过去了,留言和点赞的页面一动没动。

叮!

江织立马捡起手机,点开微信,不是周徐纺,是薛宝怡,他来火上浇油。

帝都第一帅:你家姑娘贴膜去了?都不回应你。

帝都第一帅:织哥儿,你不受宠啊。

江织扔了手机,掀被子睡觉,每隔五分钟爬起来看了一眼手机。

早上七点,太阳刚露出一个角,冬天的阳光微微的暖,带着丝丝寒气。放在茶几上的手机突然响了。

周徐纺从梦里惊醒,猛地坐起来,缓了十几秒钟才接电话:"喂。"

她声音沙哑,嗓子疼。

昨天高烧了,高烧完,又蹦跶了太久,蹦跶完亢奋了很久,亢奋完接着发烧……这么反复下来,她体力透支,在沙发上就睡了,整个人昏昏沉沉的,还梦到了骆家那个阁楼。

她头晕晕的。

电话里是江织的声音:"你是不是后悔了?你又不喜欢我了?"

周徐纺此刻脸上的表情是呆傻。

"你怎么了?"小姑娘声音软趴趴的,"江织。"

江织声音闷闷的:"我昨天晚上发了朋友圈,你没回我。"公布关系的时候,她居然让他坐了冷板凳。

周徐纺刚睡醒,反应有点慢,半响才哦了一声:"我睡着了。"

他想她想了一晚上,眼都没合一下,她居然那么快就睡着了?他又想到了薛宝怡那个混蛋的话。

"我没有后悔。"

她现在才睡醒,所以老老实实地回答他的问题,"我喜欢啊。"

两句话,江织所有不确定的惶恐全部被安抚了。

嗯,原谅她了。

江织嘴角勾了勾,有点笑意了:"我在你家楼下。"他有点鼻音了,"你再不来接,你男朋友就要被冻死了。"

他在她家小区外面等了两个小时了,怕吵她睡觉,才忍着没来敲门。

周徐纺愣了一下,跳下了沙发就下楼了。

江织左手还拿着手机,右手拎着保温盒,风吹红了他的眼睛与鼻子,他看着眼前顶着一头"鸟窝"的姑娘:"周徐纺,你飞过来的吗?"这么快。

"不是,我跑来的。"

她没穿外套,衣服单薄,更显得消瘦。

江织把外套脱下来,裹她身上:"让不让你男朋友进门?"

"让。"

他牵住她的手:"走吧。"

周徐纺住七楼,她爬上爬下,脸不红、气不喘。她家门是黑色的,那只穿着兔头粉裙子的灰猫就窝在她家门口,懒洋洋的,见人来了,喵了两声,然后继续打盹。

周徐纺下去得急,门还没关,她先进去,在鞋柜里找了双拖鞋出来,给江织:"你穿这个。"

蓝色的拖鞋一看码数就是男人的。

"这是谁的?"

周徐纺把包装袋拆了,又把标签扯掉,蹲下放在江织脚边:"给你买的,还没来得及送。"

她之前送了江织一双粉色的,薛宝怡先生去医院探病的时候,看见江织穿了,就取笑他说娘气,所以她就又买了一双蓝色的,上面不是兔头,是蘑菇。

江织摸摸她的头,夸她:"眼光不错。"

周徐纺笑得腼腆:"你在这坐,我去刷牙。"

他把她乱糟糟的头发揉得更乱:"去吧。"

周徐纺就去浴室刷牙了。

江织趿着拖鞋,在屋里走着打量着她的屋子。怪不得先前不让他进来,光是那几台电脑和更衣室,就看得出异常了。两间套房打通,没什么家具,一眼能望到头，不是灰就是黑，那么喜欢粉色的女孩子，屋子里却没有一点暖色。除了两盏吊灯。

周徐纺从浴室出来。

"那两个灯，为什么放在床头？"

两个灯都是他送的，一盏是他家里的，一盏是粥店的。

周徐纺解释说："因为是你送的。"本来装屋顶上了，可她很喜欢这两个灯，总想摸摸，就放床头了。

江织看看灯，看看她，这姑娘啊，随便说说，都能戳他心窝子。

"过来，先吃早饭。"

"哦。"

周徐纺坐沙发上去，刚拿起筷子，发现有未读，是江织给她发的微信，时间是早上五点。

她疑惑地看着江织："你为什么给我转账？"

江织把打包带过来的水晶包和虾饺拿出来，正要跟她说，她就先问了："我被你包养了吗？"

她的脑洞一直都很清奇。

"什么包养，谁教你的词？"净不教好的。

"电视上。"

江织给她盛了粥："哪个电视？叫什么名字？"

"《顾总的小娇妻》"

这种名字也能过审？

周徐纺最近有点太沉迷电视剧了，之前她在医院给他当看护的时候，一有时间就捧着平板看剧，林晚晚向她推荐了各种肥皂剧。

她都是被林晚晚带坏的！

"喜欢看电视剧？"

"嗯。"她以前看得少，最近才发现电视剧特别好看。

"不要看一些乱七八糟的，等电影杀青了，我拍电视剧给你看。"周徐纺跟张白纸似的，他得看紧点，不能让一些乱七八糟的东西把她带歪了。

"好。"

江织给她喂了个饺子："那你喜欢什么样的电视剧？"

"《顾总的小娇妻》那样的。"

江织被噎住。

周徐纺往嘴里塞了一个水晶包："你还没说为什么给我转账。"

"南楚给的，见面礼。"

周徐纺看了一下金额："好多钱,可以收吗？"

"收着,等他有女朋友了,我再送回去。"

"那我转给你。"

"是给你的。"江织把她手机抽走,"吃饭。"

"哦。"周徐纺又夹了一个水晶包,真好吃,她把剩下的都推到江织面前,分给他吃。

吃到一半,江织接了个电话,是乔南楚打过来的。

"有案子,跟你有关。"

江织说知道了,挂了。

周徐纺把筷子放下："你要去警局吗？"

"嗯,听到了？"

"我听力很好。"

江织也没有追问有多好,给她又盛了半碗粥。

"我跟你一起去。"

"好。"

吃完早饭后,周徐纺拿了衣服去浴室换,江织在外面等她,靠着门,看对面的衣帽间,里头什么衣服都有。

"徐纺。"

她在里面答应："嗯？"

"你为什么会做职业跑腿人？"浴室玻璃是单向可视,他只能看到她模糊的轮廓,"如果不想说,可以不回答。"

周徐纺穿好衣服出来："我需要很多钱。"不然买不起月亮湾。

职业跑腿人的收入很高,尤其是她,而且她任务成功率高,在业内很有名,开价就更高。

江织走过去,手放在她腰上,轻轻一捞,细得可怜："才刚交往,我不应该干涉你太多,只是这个行业太危险了,我不放心你,转不转行让你自己决定。如果你想继续做,我也不会阻碍你,但有一点,你得答应我,那些高危险的任务,以后不接,行不行？"

乔南楚在情报科,江织多多少少也知道一些,职业跑腿人的很多任务形式多样,容易结仇。

周徐纺答应："好。"

其他的事,等她想说了再说吧,江织没有再问,从钱包里拿了张卡出来,塞她手里："以后钱不够花,你就花这里面的。"

周徐纺不要,给他塞回去："我有很多钱,这栋楼都是我的,我存了好多钱的,要是你们江家破产了,我能养你,我也可以给你盖医院盖实验室。"

她乖得让他毫无办法。

八点半,江织和周徐纺到了警局。

"来了。"乔南楚喝了口速溶咖啡,因着他长相是偏风流,穿一身警服,笑起来有点坏,"你好啊,弟妹。"

周徐纺不好意思:"你、你好。"

她还是不习惯跟人打交道。

江织从大衣口袋里摸出个口罩,给周徐纺戴上,然后把她藏到身后,朝乔南楚扔了个勒令他适可而止的眼神。

这恋爱的酸臭味啊。

乔南楚喝完一次性纸杯里的咖啡,扔了个抛物线,把两人带去了会议室。

会议室里的投影仪开着,刑侦队的邢副队在做案件报告:"死者段惜,二十二岁,天星的女艺人。"

程队接了一句:"又是天星啊。"骆家今年是非可真多。

邢副队按了下一页,投影仪上放了死者的照片。

周徐纺目光一定,是她。

"死者被捅了四刀,凶手把尸体装在行李箱里,扔到了郊外的池塘。法医已经做了尸检,死者生前下体被人用钢笔之类的利器侵犯过,而且伤得不轻,但施暴者没有留下精液。死亡的致命伤在颈动脉,凶器只是普通的水果刀,因为尸体被泡在水里的时间太长,只能大致推测出死亡时间。"邢副队看向江织,"跟江少你被推下海的时间差不多。"

江织不作声,把身边的姑娘往怀里带了带,怕太血腥,伸手遮她的眼睛。

周徐纺推开他,她要看。

邢副队继续:"而且,我们的人调查过,段惜那天也去参加了游轮婚礼,有目击证人在船上看到过她,就是说,她的死亡时间是在上那艘游轮之后。游轮的一二层是宾客的休息室,没有监控,只在几个楼梯口拍到过死者,在她死前,与她有过接触的人有两个。"

投影仪上放了两张照片。

江织桃花眼里的涟漪波动了一下,几乎是下意识动作,把周徐纺的口罩紧了紧。

嫌疑人一号:周徐纺。

别人认不出来,江织一眼就认出来了。

邢副队道:"嫌疑人一号,女性,看穿着,应该是游轮上的侍应生,但她戴了口罩和手套,形迹可疑,目前还没有核实到她的身份。"

周徐纺若有所思。

江织,生怕她被认出来,把她可劲儿往怀里藏。

"嫌疑人二号,只拍到了一只手,不过这只手表,"邢副队问江织,"江少认得吗?"

手不记得,手表认得。

江织瞧着那只男士手表:"是推我下海的那个人。"

"对,是同一个人。"

因为照片里的男人手背上也有抓痕。

乔南楚仔细看了几眼那手表,笑了:"织哥儿,你以后还是别画画了。"

灵魂画手江织没说话。

屋外阴云散去,太阳又出来了,这天阴晴不定,好生善变。

出了警局,江织牵着周徐纺走远了一些,他才问她:"那个死者,你还有印象吗?"

周徐纺点头:"她向我求救了,我当时赶着去找你,就把她藏在了柜子里。"

那个房间是侍应生聚集的地方,照理说是安全的。

她想了想细节:"我见到她的时候,她就已经受伤了,裙子上好多血。她应该是在下船之后才遇害的,如果是在船上,凶手直接把尸体扔进大海会更省事,没必要带下船再找地方弃尸。"

江织的关注点与周徐纺不一样:"她向你求救的时候有没有碰到你?"

周徐纺点头。

"衣服呢?"

"扔了。"

"再想想,不能让警方查到你头上。"

"我很小心的。"她语气有一点点的小自豪,"我当了这么久的职业跑腿人,都没有人发现我的身份。"

"我不是发现了吗?"

她被江织逮到了。

周徐纺一下子就挫败了,想不明白:"我什么时候露出马脚了?"声音装了,脸也遮了,连脚步声和走路步长都故意不一样了。

"你身上有牛奶味。"

她嗅一嗅:"我闻不到啊。"

江织端着她的下巴,让她抬起脸来:"你的眼睛我也认得。"

她眨巴眨巴眼。

他戳一下她脑门,轻轻地说:"还有头盖骨,后脑勺我都摸得出来。"

原来她的头盖骨和后脑勺这么有特色,周徐纺很苦恼了:"那我以后出任务,要把头盖骨和后脑勺也包起来吗?"那样好奇怪,好像女鬼。

"不用,别人肯定认不出你来。"

"你就认出来了。"

"别人不能跟我比,谁有我这么喜欢你。"

周徐纺脸红。

江织好会说情话啊,那她也要说一点:"我也喜欢你的头盖骨和后脑勺。"说完,她很不好意思地撇开头,悄悄地偷笑。

头盖骨和后脑勺被表白了的江织失笑,他招招手:"过来。"

周徐纺碎步挪上前。

江织摸了摸她脑袋:"有一点点发烧。"

她发烧都烧习惯了:"不要紧,马上就好了。"

江织手凉,贴在她发烫的脸上给她降温:"别人亲你抱你,对你说好听的话,你也发烧吗?"

周徐纺把头摇成拨浪鼓:"不发烧,我会打他。"

"所以,"江织笑弯了眼睛,"你是喜欢我,才这样?"

她惊呆了,然后她红着脸点头。

江织又想到了一件事儿:"那要是你以后不喜欢我了——"

求生欲一下子爆棚的周徐纺:"我免疫力很好,要是以后不发烧了,那一定是免疫了,不是不喜欢你。"

这也不是不可能的,她第一次发烧,就烧了很久,吃药也不管用,可现在呢,几分钟就退烧了,说不准以后烧都不烧了。

江织哼了一声,被自己的假设弄得心情很不爽。

周徐纺也不知道他发什么脾气,就挪过去,牵着他一根手指,讨好地晃。

江织伸手揽住她的腰,往怀里一带:"说三遍,周徐纺会一直喜欢江织。"

"哦。"

她表情、语速一成不变,宛如复读机,重复三遍。

"周徐纺会一直喜欢江织,周徐纺会一直喜欢江织,周徐纺会一直喜欢江织。"

江织被哄得很心软,把下巴搁在她肩窝上,轻轻地蹭:"想亲你。"

"不可以,在外面。"

她脸皮薄,在外面就不给亲。

江织在她红的耳尖上啄了一下:"行,我们去车里。"

他话刚说完就听到:"老板!老板!"

阿晚把车费给了出租车司机,然后朝他的雇主狂奔,"你出门怎么不叫我啊?你自己开车晕倒了怎么办?"

被扰了好事,江织脾气很差:"你冲谁发牢骚呢?"

"您误会了,您是我的老板,我怎么会冲您发牢骚,我这是担心您的贵体。"阿晚真诚脸,"老板您贵体还安康吗?"

戏精阿晚露出关怀备至的表情,以及"谢天谢地菩萨保佑老板没事"的表情:"我看您面色红润,应该还安康,那我就放心了。"他顺其自然地转移了话题,把他刚刚发牢骚一事揭过去,"周小姐也在啊。"目光扫到雇主与周小姐十指相扣的手,阿晚吓了一跳,"呀!你们好上了?"

周小姐这只小白兔,最终还是被大灰狼江织叼进了狼窝啊。

车停在百来米之外,江织牵着周徐纺走在前面:"江家那边,把嘴巴给我闭紧点。"

"为什么呀?老板,您是怕老太太棒打鸳鸯吗?"

"还不开车,要在这儿过夜吗?"

阿晚弱弱地问地点。

江织说,回他的住处。车刚启动没一会儿,周徐纺的手机来微信了。

"谁找你?"

"粥店的老板娘,问我能不能帮忙送外卖。"

今天是周末,粥店会很忙,周徐纺干活实诚,手脚也快,粥店老板娘忙的时候就会找她帮忙。

"你要去?"

"要去的,我上周就答应了帮忙。"不能说话不算话。

"那我呢?"

"我先送你回家。"

江织严词拒绝:"我要跟你一起去。"

周徐纺想了想,说好。

江织其实有一点生气的,他们昨天才在一起,今天却不能去约会。他把周徐纺拉过去亲了一下。

亲完他就不气了。

到了粥店,周徐纺让江织去楼上坐着,江织不肯,她走到哪他跟到哪。

老板娘在收银,没注意到江织:"徐纺,客人催单了。"

周徐纺哦了一声,拿好外卖,对江织说:"我先去送外卖,你在店里等我。"

江织接过她手里的袋子:"我跟你一起去。"

这个时间,路上很堵车,四个轮子的还不如两个轮子跑得快,周徐纺会骑电动车去送外卖。

江织是娇养长大的,很娇贵的。

"你别去了,外面很冷的。"

他牵着她,没撒手:"周徐纺,带不带我?"

他口吻是强势的,但周徐纺觉得他在撒娇。

她怎么可能扛得住他撒娇,一秒都没犹豫,从了:"带。"江织一笑,她心情也好了,"老板娘,还有没有备用的头盔?"

老板娘这才注意到江织:"我去给你拿。"

拿了头盔,老板娘拉着周徐纺在一旁说了几句悄悄话。

"这是你男朋友吧?"

周徐纺点头。

老板娘对周徐纺印象很好,也知道她没什么社会经验,怕她吃亏,就多问了两句:"他做什么的?"

"他是导演。"

还不等老板娘细问呢,周徐纺就夸了他:"他是很出名的导演,特别厉害的。他拍过好多电影,还拿了很多奖。"

平时不怎么爱说话的姑娘,夸起男朋友来,话还挺多,亮晶晶的眼睛里有很多小情绪,期待、骄傲,还有小小的得意:"老板娘,你看过《赤城》吗?"

老板娘说看过。

"那是我男朋友拍的。"瞧给她自豪的。

老板娘非常惊讶:"原来是大导演,怪不得我看着眼熟呢。长得也俊,比电视上的男明星都俊。"

周徐纺可劲儿点头,江织最俊了!

"不知道要惹多少女明星前仆后——"

周徐纺脑袋瞬间耷拉。

老板娘意识到话不妥,赶紧打住:"哎呀,都这个点了,你快去送外卖吧。"

周徐纺抱着头盔,去找江织了,两人一前一后地出了粥店,她走在前面,走得快,手也不给江织牵。

江织敲了敲她的黄色头盔:"怎么了?"

她戴一个,抱一个,表情复杂。

"江织。"

"嗯?"

她又不说话了,江织把她有点歪的头盔扶正:"怎么不开心了?"

"是不是有很多女明星喜欢你?"她第一次掳走江织就是个女明星指示

的,还有个叫余然的,晚上还穿那种布料很少的衣服去找江织讲戏。

想到这里,周徐纺的眉毛已经皱成了两坨:"你这么厉害,长得也好看,肯定有很多女明星喜欢你。"

肯定有很多女明星穿着布料很少的衣服去找他!

江织说没有:"我以前不喜欢女人。"

对哦。

周徐纺用苦大仇深的表情纠正:"那肯定有很多男明星喜欢你。"肯定很多男明星穿着布料很少的衣服去找他!

他都闻到了,酸味儿。

"吃醋了?"他笑着瞧她,"是不是吃醋了?"

"是的。"

她会吃醋就好,说明他没那么不受宠。

江织抬起她的脸,在她唇上亲了一下:"还醋不醋?"

她点头。

他就再亲一下,没有立刻离开,蹭蹭她唇角:"你哪需要吃醋,我就只亲你。"

亲了两下,周徐纺完全被哄好了,瞄着眼看看四周,然后把口罩给江织戴上:"被偷拍了怎么办?"

"我是导演,出镜率不高,没有那么受关注。"

他低调惯了,进圈的时候就撂了话,少盯着他的隐私。再说了,江家的地位就摆在那里,没有他点头,敢乱说话的,不多。

周徐纺瞅瞅他的脸,还是有很强烈的危机感:"你长得这么好看,还是很显眼,男孩子在外面也要注意安全,你以后出门可不可以戴口罩?我也戴,我们一起戴。"

以前,谁敢当江织的面夸他长相。

他不喜欢被夸好看,实力摆在那里,偏偏要夸脸,他每听了都不大爽快。只是这让他不爽快的话,从周徐纺嘴里说出来,怎么就这么顺耳。

江织心情大好:"都听你的。"

一人一顶黄色头盔,周徐纺骑车,载着江织去送外卖,他们要去的天京路,骑电动车十五分钟就能到。

目的地很偏僻,是个老旧的小区,对面就是工地,因为环境不好,这一带的住户都迁走了,小区里住的大多是工地上的人。

小区也没电梯,这会儿午休时间,走廊和楼梯里都是人,大多是男性,还有几个大冬天还光着膀子的,三五成群地在闲聊。

江织把周徐纺的口罩往上拉了一点:"你在外面等我,我去送。"

"好。"

"有事叫我。"

江织拿了块帕子，捂着口鼻进去了。

周徐纺站在一楼的大厅里等，稍稍凝神静气，听楼上的动静，这么一细听，四面八方的声音都涌进耳朵里。

"三楼新搬来了个女的，是做那个的。"

"你怎么知道？试过了？"

"走路那么骚，一看就知道了。"

"你个老流氓，也不怕你家婆娘知道。"

"婆娘在老家，才不管呢。"

后面的对话越来越不堪入耳，小区里的租客男性居多，女人和孩子的声音寥寥无几。

"是我，韩先生。"一个年轻女人的声音，像是在抽烟，沙沙哑哑的，有点慵懒。

"尸体被找到了？"

"这您放心，我都处理干净了。"

"那钱什么时候打给我？"

这时，门外有人喊："外卖。"是江织。

周徐纺继续听着。

"我等不了太久，最好尽快把钱结给我。"女人挂了电话，把烟也掐了，套了件外套去开门，"来了。"

打开门，她见是个漂亮的男人，即便戴着口罩，也看得出他的不凡。

"姓陈？"

"是。"女人伸出手去接外卖，露出来的手臂上有几道红痕。

江织把外卖给她了，转身走人。

"等等。"女人笑得格外妩媚，"小哥哥，给个联系方式呗？"

"我不用手机。"

女人笑了："外卖上有骑手的电话。"

昏昏沉沉的走廊灯下，一张漂亮的脸笼在半明半暗里："那是我女朋友的号码。"

一楼的周徐纺捂着嘴在笑，不一会儿，江织出来了。

"那个女的搭讪我！"他语气很不满，向周徐纺告状。

"那你理了吗？"

他更不爽了，在她脸上重重嘬了一口："理了，不理怕她给你差评。"

周徐纺忍俊不禁。

两人刚回粥店,乔南楚的电话就打过来了,江织去外面的走廊接电话。

"什么事?"

"刚刚法医送来了新的尸检报告,从致命伤的高度和力度来推测,凶手很有可能是个女人。"

江织没作声,目光穿过玻璃橱窗,他在看周徐纺。

"目前看来,嫌疑最大的是那个女侍应生,如果我猜得没错的话,她是那个职业跑腿人,对吗?"

江织不否认也不承认。

"你跟她到底是什么关系?"

江织答:"不可告人的关系。"

午饭时间已经过了,店里人少了很多。

"二姨。"女人束了个马尾,穿女士西装,搀着一位年长的女士从二楼走下来,"帮我看一下我妈,我出去一趟。"

女人是老板娘的甥女。

老板娘正在收银,抽空应了她一声,随后她领着身边的女士去收银台旁边的椅子上坐着,嘱咐了几句才离开。

那位女士明显精神状态不正常,坐着自言自语了一会儿,她就自个儿走了出来,老板娘顾着给客人结账,也没注意。

她走到周徐纺那一桌,很大声地说:"你怎么还在这呀,快去干活,不然大小姐二小姐看到了,又要抽你。"

"你跟我们说话吗?"周徐纺并不认得这位女士。

阿晚认得,他喊了一声:"何女士。"

那位何女士回了收银台,拿了把剪刀,看着周徐纺笑,又冲她招手:"骆三,快过来,秀姨给你剪头发。"

周徐纺愣住了。

何女士已经把剪刀举过了头顶,身后一只手伸过来,抓住了她的手:"妈,你拿剪刀干什么?"

何女士的女儿阿晚也认得,是骆家的唐想。

唐想抢下了剪刀。

何女士尖叫了两声,嘴里开始自言自语。

"我要给骆三剪头发,他们会打她的,要剪头发,玫瑰花又开了,要给骆三剪头发。"

她不停地喃喃自语,手也不停地捶打桌子。

唐想扶着她坐下，低声安抚："妈，她不是骆三，骆三被二小姐叫去浇花了。"

"去浇花了吗？"

唐想点头。

何女士这才不闹了，也不捶桌子了，低着头嘀嘀咕咕："她又要挨打了，小哑巴又要挨打了，电话呢，我要打电话给老爷子。"

唐想喊了声二姨。

老板娘立马把座机拿起来，唤何女士过去。

唐想松了一口气，把剪刀收起来，走到周徐纺那一桌："很抱歉，吓到你了吧。"

周徐纺摇头。

风吹门铃，响了两声，江织进来了，问了一句："怎么了？"

"江织。"

"江织。"

前面一声是周徐纺叫的，后面一声是唐想。

唐想打量了周徐纺几眼，礼貌地点点头，再看向江织："不介绍一下吗？"

江织坐下，简明扼要，就三个字："周徐纺。"

是周徐纺，而不是女朋友周徐纺，周徐纺明白了，此人，要防。

"你好，我是唐想。"

周徐纺抬头："你好。"

她穿一身黑，脸色冷漠，目光警惕，浑身上下都写着一句话——别跟我说话，我跟你不熟。

"刚才唐突周小姐了，"唐想再一次道歉，"实在抱歉。"

"没关系。"

周徐纺是覆舟唇，只要一抿，距离感就很强，再加上她有高级厌世脸，眉眼里写的还是那句话——别跟我说话，我跟你不熟。

唐想看了一眼时间："不好意思，我要先失陪了。"

周徐纺点头，表示请便。

等唐想与她母亲离开之后，周徐纺才问江织："她是谁？"

江织倒了杯热水，把勺子洗净了，才将自己那碗粥端过去，把虾肉挑出来放到周徐纺碗里："半个骆家人。"

怪不得江织戒备，周徐纺在片场也听到过小道消息，江织和骆家好像有仇。

"为什么是半个？"

"她和她的父亲一样，是被养在骆家、服务于骆家的外姓人。"

在古代叫家仆，在现代叫管家，但唐想不同，她不止管内务，她还管骆家的生意，手头上权力很大。

"唐想有能力、有手腕，骆家老爷子很重视她，对外称她是骆常德的义女。"

周徐纺觉得不止半个了，算大半个骆家人。

"骆三又是谁？"她今天问题很多。

江织挑虾的动作停顿了一下："谁跟你说了骆三？"

"刚才唐想的母亲喊我骆三。"

那位何女士真是病得不轻，性别都分不清了。

"他是骆家的养子。"

周徐纺认真听着，少有这样好奇的时候。

"八年前骆家失火，骆三被烧死了。"江织眼睫毛垂着，遮住了眼里的情绪，"唐想的父亲也是死于那场火灾，在那之后，她母亲就精神失常了。"

周徐纺在江织眼里看到了一大片阴云。她想起来了，在游轮上，骆青和说过，骆三是江织搁在心尖上的人。

现在她也是江织心尖上的人了，那骆三就是她的"邻居"了。

她感觉她马上要吃醋了，不，她不能吃醋，"邻居"都去世了，不能再斤斤计较。安抚好自己，她才继续问江织："骆家失火是天灾吗？"

"是人祸。"

周徐纺陷入深思了。

江织把最后一块虾肉放到她碗里："为什么好奇这个？"

"我不喜欢骆家。"

江织摸摸她表情认真的小脸："我也不喜欢。"

看吧，她和江织多么般配呀，周徐纺心想。

京柏城是帝都陆家的，七层高的建筑坐落在市中心，一到四楼是商场，五楼是茶楼和餐厅，六楼与七楼分别是俱乐部和电影院。

周清让与人约在了五楼的茶馆里，三点，对方准时到了。

"周先生。"

中年男人坐下，把文件袋递过去："八年前的那场火灾，骆家应该暗中动过手脚，所有相关的人都被处理过了。"

这个男人是职业跑腿公司的人，周清让雇佣了他，要查骆家的底。

"骆三呢？"周清让拆开了文件袋。

"和骆家对外的说辞差不多，骆三是唐光霁夫妇从老家抱养的，具体是哪里抱来的孩子，除了骆家人，只有唐光霁的妻子何香秀知道。八年前，唐光霁去世之后，何香秀就精神失常了。"

周清让翻阅了几页："帮我查一下，我住院期间，我的住院费是谁在缴纳。"

"好。"

周清让从钱包里抽出了一张卡,放在桌子上,然后将杯中的茶一饮而尽,便推着轮椅出了茶楼。

因为是周末,往来的路人很多。

走廊拐弯的时候,他放在轮椅上的拐杖刮到了人,那人在打电话,很恼火,骂了句脏话:"妈的,走路不长眼啊!"

周清让把轮椅挪到最靠里,低声道歉。

人概他一身清贵,坐在轮椅上,低着头,也叫人看得出气质不凡,被撞的男人看他西装革履就不顺眼,摸了摸脖子上的纹身,语气很不屑:"腿不好就不要出来妨碍别人。"

男人觉得晦气,朝地上吐了一口唾沫才了事,继续讲电话:"没事儿,倒霉碰到个死瘸子,你继续说。"

前两天降温,戴假肢太痛了,周清让今天没有戴,毯子下面的左腿空荡荡的,他扯了扯毯子,盖好,推着轮椅朝电梯移动。

电梯的按键有些高了,他伸手没有够到。

一只女孩子的手按了键,然后是女孩子清脆的声音:"需要我帮忙吗?"

周清让抬头:"不用,谢谢。"

女孩没有说什么,站在他旁边。

等电梯门开了,她先走进去,到最角落的位置站着,然后周清让推着轮椅进来了,他背朝她,她低头就能看见他挺直的后背。

轮椅上的人回了头:"你好。"

陆声一愣,半晌才结结巴巴地说:"你、你、你好。"

他语气温和,问得礼貌:"你的伞还在我那里,方便告诉我你的住址吗?"

"啊?"

陆声十几岁的时候就在商场摸爬滚打了,什么场面没见过,她陆二小姐的名头在帝都都是响当当的,还没人见过,她这样紧张得直吞口水的样子。

"上月,在听雨楼的外面,你借我的伞还没有归还。"

播音主持的嗓子得天独厚,一些很寻常的句子经由他缓缓念出来,都很动听。

陆声还记得第一次听见周清让的声音,当时啊,她只有一个念头,要让这人天天在她床头给她讲故事,后来,她见到他的人了,想法就变了,她要把这人哄来,藏在床上。

她失态了,兴奋的表情没藏住:"你还记得我?"

"记得。"

"我的地址不方便说。"今天她穿了一身黑色的职业套装,妆容也很干练,就是她嘴角压不住,笑得像小女生一样,"能给我你的号码吗?我可以自己去电台拿。"

她知道他在电台工作。

"你认得我?"

"嗯,我是你的粉丝。"

"好。"他从轮椅扶手旁的置物盒里拿出了纸巾,写了一串数字递给她,"麻烦了。"

"不麻烦。"

刚好,电梯到了一楼。周清让颔首后,先行出了电梯,陆声随后。她没好意思直接跟上去,便装模作样地往咨询台去。

"二小——"

陆声嘘了一声,前台的小姐姐赶紧闭嘴,只见他们京柏城的小老总悄悄地跟上去,贴着玻璃看了半天,才依依不舍地折回来。

秘书杨修这才过来。

陆声顺了顺耳边的头发:"人在哪?"

气场一下子就变了。

商界小魔头的称号不是白来的,杨修仔细着回话:"在二楼。"

她抬脚去二楼,杨修跟在后面,在电梯里,她冷不丁地说了句:"商场电梯的按钮太高了。"

"我这就安排人来改装。"

"尽快。"

商场每一层都设了休息室,只有年消费过百万的客户才能出入,这会儿二楼的休息室已经清场了,门外有人在守着。

人没到,脚步声先到。

门口两个男人立马站直:"二小姐。"

她嗯了一声,进了休息室,把外套脱了扔给女秘书:"人呢?"

女秘书使了个眼色,保安便进屋,把人拎出来,摁在了沙发上。

"你们是什么人?"

被摁着的男人脖子上有纹身,他手脚哆嗦,还在挣扎。

一屋子保安、秘书都不作声。

陆声道:"教你做人的人。"她拿了瓶红酒,走过去,"出门在外要懂礼貌,你爸妈没教过你?"

纹身男蹬腿挣扎,杨修直接一脚过去,把他踹老实了。

"瘸子？"

陆声笑了，手里把弄着的红酒瓶调了个头，瓶口敲在桌子上："谁给你的优越感，敢骂他死瘸子。"最后一个字，尾音一提，锋芒毕露。

"我、我——"

没等说完，红酒瓶就砸下了，酒里有气体，爆开时发出巨响。

红酒和玻璃碴子溅了男人一脸，他已经吓傻了，愣愣地看着桌子边角被红酒瓶砸出来的凹陷。

陆声是正经生意人，不做违法乱纪的事，扔了手里碎得只剩小半个的酒瓶子，抽了张纸巾擦擦手："人还没走远，滚下去道歉，要是他不原谅你，我就弄你。"

男人说不出话来了，哆嗦着腿，拼命往外爬。

陆声把擦完手的纸巾扔进垃圾桶里：哼，真不经吓。

"二小姐。"杨修拿了手机上前，"星澜少爷的电话。"

她接过去："哥。"

电话那边的声音懒洋洋的，像没睡醒："周清让是谁？"

陆声坐直，扫了一眼屋子里的人："是谁又去你那嚼舌根了？"

谁敢啊。

"刚才在饭桌上碰到了电视台的人，跟我说周清让马上就会调回电视台。"他不紧不慢着，"说说，周清让是谁？"

"是我喜欢的人。"

电话那边沉默了好些时间。

"长了你十四岁，截了一条腿，另一条腿也快瘸了。"陆星澜直呼其名地喊，"陆声。"

他语气一严肃，陆声就怵。

"我们家没有门第之见，但作为你的丈夫，至少得身体健康。"

陆声撇撇嘴："你还在这挑三拣四，人家都不知道我是谁呢。"

陆星澜低笑了声："你的意思是，你还单相思？你——"

话突然就断了，陆声喊："哥。"

"哥？"

没人应她，一会儿后，电话那边换了人接，是陆星澜的随行秘书："二小姐，星澜少爷又睡着了。"

她哥这嗜睡症越来越严重了。

挂了电话，她起身走到落地窗前，俯视楼下，她有轻度近视，平时不爱戴眼镜，瞧楼下瞧得不太清楚。

周清让果然没有走远,今天周末,人太多,他轮椅移动起来很慢。

"先生!"

"先生,等等!"

周清让回头:"有事?"

是骂他瘸子的那人。

男人满头大汗,脸上、脖子上还有没擦干净的红酒,以及几道玻璃碴子溅出来的血痕,很狼狈,也很慌张。

"我、我来道歉的,刚才对不起了。"

周清让端坐在轮椅上,没有作声。

男人看了商城二楼一眼,立马又慌慌张张地收回目光,然后跪下来,双手合十:"都是我有眼不识泰山,我嘴贱,我没素质,对不起先生,我知道错了,我以后再也不会歧视残疾人,再也不会目中无人了,求您大人不记小人过。"就差磕头了。

周清让沉默地看跪在地上的男人。

"先生,那您……"男人目光恳切,"您原谅我了吗?如果您不原谅我,我就,我就——"

男人一咬牙,"我就长跪不起!"

一个大男人跪在马路上,很快就惹来了路人的注目。

周清让把轮椅推到路边,尽量不挡着通道:"你起来吧。"

他还跪着:"那您是原谅我了?"

周清让颔首。

男人感恩戴德,眼泪都要冲出来了:"您真是好人啊。"

周清让有些好笑。

下午,周徐纺送了七个外卖单子,江织不肯歇着,非要跟着去,在电动车上吹了半天冷风,周徐纺给他贴了八个暖宝宝在身上,生怕冻着他。

傍晚,江织送她回家,迈巴赫停在御泉湾的外头,没有开进小区。周徐纺说天晚了很冷,让他快点回家。

"周徐纺。"

江织有小脾气的时候,就喜欢连名带姓地喊她。

"嗯?"

"早点睡,明天早上八点我过来接你。"

"好。"

她答应完,刚要推开车门,江织就抓住了她的手:"你太不黏我了,我要回去了,你都没有一点不舍得。"

他的语气像是恼她,但怨气很多,像只养娇了的猫,你不宠着它了,它就发脾气,它还会用肉嘟嘟的爪子拍你。

他在她下巴上又嘬了一口,用了力,给她弄红了。

周徐纺很淡定地擦掉他的口水:"有的,但我们明天就可以见了。"

"你也不主动亲我。"

周徐纺的正经脸被他搞垮了,变成了羞涩脸:"有人。"

"林晚晚,下去。"

阿晚:"哦。"

雇主大人又要带着周小姐做坏事了。

江织关上车窗,把她抱到腿上来,然后把自己的脸凑过去:"周徐纺,没有人了,你亲吧。"

周徐纺东张西望四处瞄。

江织笑着瞧她慌张的模样:"你亲你男朋友,干吗搞得跟做贼一样。"

阿晚就蹲在五米外的路边。

周徐纺赶紧捂着他的嘴:"你别那么大声,被人发现了影响不——"

江织把她手拿开,低头就含住了她喋喋不休的嘴。

十分钟后,江织才放周徐纺下车,周徐纺像做了贼一样溜回了小区。

迈巴赫停了一刻钟后,启动开走了,三十秒后,一辆黑色的沃尔沃从小区开出来,跟了上去。

沃尔沃是周徐纺的车,有点小贵,江织还不知道是她的。她偷偷摸摸地把江织送回了家,一来一回快两个小时,等到再回小区已经十点多了。

她借着路灯,踩着一地雪松树的影子,慢悠悠地回了小区,地上的人影晃啊晃,她发梢也荡啊荡。夜色真好。

小区的门卫老方最近把他的狗也带来了,很乖顺的一只金毛,叫贵妃,贵妃已经认得周徐纺,老远就对她摇尾巴。

老方从门卫室里出来,笑得满脸褶子:"徐纺回来了。"

贵妃和老方对周徐纺都很友好,友好到她快忘了,上一个门卫就是被她红色的眼睛吓得屁滚尿流的。

周徐纺上前问候:"方伯伯晚上好。"

老方看她的眼神更慈爱了,贵妃继续摇尾巴。

周徐纺说了再见,然后回了家,开电脑找霜降。

"帮我查一个人。"

"谁?"

"骆三。"

以前查骆青和的时候，霜降简单查过骆家，对骆三有一点点印象："骆家人？"

周徐纺说："是骆家的养子。"

"骆家那个养子不是去世了吗？为什么要查他？"

"他可能是我认识的人。"

霜降发了个问号。

"我对骆家的阁楼有印象，也梦见过骆三，但也可能不是做梦，或许是我目睹过什么。"

她的记忆里有骆家的阁楼和骆三，只有两种可能，她是当事人，或者她是旁观者。

"好，我去查查看。"

这天晚上，周徐纺又做梦了，还是骆家那个阁楼，阁楼上有一扇窗，窗外是一棵很大的香樟树，有人在外面喊。

"骆三。"

"骆三。"

是一个少年的声音。

然后阁楼里的那个小光头跑出去了，大概是刚剪了头没多久。

少年背身站着，在树下："到我这来。"

小光头跑过去，摊开手，手里有块肉，他笑得傻兮兮的。

少年似乎有些恼他，戳了戳他的头："是不是又去偷红烧肉了？"

"你这小傻子，谁说我爱吃肉了。还有你这头怎么回事？丑死了。"

小傻子还笑。

一道闪电突然劈下来，周徐纺睁开眼，坐起来，缓了几分钟，再躺下去，一梦惊醒，再闭上眼就睡不着了。她在床上翻来覆去了很久，还是没有一点睡意，便干脆爬起来了，换了衣服出门。

已经是凌晨两点了，江家老宅里拴的狗突然叫唤。

管家江川还没睡，在游廊上喊了声："福来。"

藏獒叫福来，许九如赐的名。

"大半夜的，叫什么呢？"江川走到院子里，训斥那藏獒，"莫要再叫，要是吵着老夫人了，就把你炖了！"

福来又汪了汪，就回狗窝了。

轰隆一声，突然打雷。

江织睁开眼就看见窗户上面倒挂着一个头，黑不溜秋的头。他缓了好一阵子，才呼了一口气，没开灯，用手机的光照过去。

"周徐纺。"

那个头歪了一下。

江织掀被子下床,趿着周徐纺送的那双粉色兔头拖鞋,走到窗前,"你是要吓死你男朋友吗?"

啊,他认出她来了,好高兴哦,那个头歪来歪去,很开心。

这画面惊悚得江织觉得好笑,他打开窗。

那个头问:"我像不像女鬼?"

"像。"

"那你怎么也认出我了?"倒挂着的那个头往后扭了扭,露出一个黑漆漆的脑袋,"你看,我把头盖骨和后脑勺都包起来了。"

都找不到她的脸,但她挂在那里,江织就是知道,这不是别人的头,是周徐纺的。

"化成灰你也是周徐纺。"

周徐纺脚钩着防盗窗,翻了个身,终于露出身子了。她浑身上下都包着,就露眼珠子,她踩在防盗窗上,蹲下去看江织:"那你不怕吗?"

"周女鬼,你会把我的阳气吸干吗?"

周徐纺摇头。

"那我还怕什么?"看她踩在外面的防盗窗上,江织胆战心惊,就怕她掉下去,"这里有防盗窗,你进不来,我去开门,你先——"

防盗窗已经被她掰开了,用一只手。

江织愣住。

周徐纺觉得她太用力了,赶紧细声细气地装柔弱小姑娘:"是不是吓到你了?"

"你真是个小女鬼啊?"

"我是呀。"

江织笑,让开位置:"进来吧,小女鬼,给你吸阳气。"

周徐纺一溜,就进去了。

江织关上窗:"大晚上的不睡觉,怎么跑我这——"

话还没说完,周徐纺往前一扑,两人倒在了床上,他被她死死抱住了。

江织被她软软的身子撞得晕头转向了,手抱在她腰上,他人被压在了下面,身上的小姑娘没什么重量,一身牛奶味。

"怎么了,这是?"

周徐纺用包得严严实实的头盖骨蹭他胸口,声音闷闷的:"想你了。"

这姑娘,学会撒娇了。

江织扶着她坐起来,把她帽子口罩围巾全摘了,再下床去,给她脱鞋:"那别走了。"

"好。"乖得不寻常啊。

江织把床头灯开了,借着光看了她一会儿:"那先把衣服脱了。"

"哦。"

窸窸窣窣了一阵,她脱完外套毛衣和裤子,穿着一身秋衣秋裤就钻进被窝了,那秋衣裤……嗯,老年款。

她滚到床的最里面,盖好被子,露一个头出来:"江织,快来,你睡这儿。"

江织笑,他的小女友今晚很主动呢,他掀了被子躺下去:"等你睡了我再去隔壁房间睡。"

周徐纺说好。

"徐纺,是不是发生什么事了?"

"没有。"

江织挪过去一点:"周徐纺,给我抱抱,我想抱。"

周徐纺也想,她立马滚到他怀里去了,两只手也乖,就抱在他腰上,他亲亲她的脸,拍着她的背哄她睡觉。

安静了一会儿,他以为她睡了,刚要起身,她突然抬起头来:"身份证上的生日是假的,我也不知道我是哪一天出生的,我应该是被丢掉的。"

江织没有说话,听她东一句西一句地说着,这是头一回,她跟他讲她的身世。

"他们说我的染色体跟普通人都不一样,排列很奇怪,基因突变的诱发因子也很多。"

他们是谁?

"不知道是不是因为这个,我才被遗弃了。"

就是说,她的异常是染色体和基因异常所致,这是江织完全陌生的领域。对了,骆家那个小傻子,也是染色体异常。

周徐纺有点困,声音越来越小:"从我有记忆以来,就是一个人,遇到过帮助我的好人,也遇到过害怕我的坏人。"

江织是个阴谋论爱好者,在他看来,这世上只有极少一部分人能称作好人,当然,坏人也不是大多数,最多的是那些称不上好但也不坏的人。而往往就是这部分人,平时和颜悦色待人友善,可一旦舒适圈和安全范围遭到破坏,就会竖起满身的刺,变成那种人不为己,天诛地灭的人。

普通人都会有很强的自保意识和利己主义,所以他能想象得到,异于常人的周徐纺一个人生活、一个人成长会受多少罪。

她是个没人疼、自己摸爬滚打长大的姑娘。

"江织。"她迷迷糊糊着,"我要睡了。"

"睡吧。"

她咕哝了一声,睡了。

不一会儿,呼吸就平稳了,江织关了灯,亲了亲她的额头,"以后不会一个人,你有我了。"

翌日,天晴了,太阳从窗外漏进来,铺了一地金黄色的光。周徐纺睁开眼就看见了江织的脸,也不知道他什么时候过来的。

"早啊。"

"哦。"周徐纺刚醒,有点蒙,她靠墙坐着,顶着乱糟糟的头发,身上还穿着她的老年款秋衣。

这时,屋外有脚步声。

江织声音压低:"有人来了。"

周徐纺立马钻进被子里,像具尸体一样趴好。

下人敲了几声门:"小少爷,早饭已经准备好了。"

"没起。"房间里头传来恹恹无力的声音,伴随着几声咳嗽,"我要再睡会儿,别来吵我。"

"知道了。"下人这便退下了。

等脚步声远了,周徐纺从被子里出来,扒拉了两下头发,指着床头一幅画问江织:"你画的是什么?是辟邪的画吗?"

"是你。"

周徐纺挠挠头,重新看画,用力看、使劲看、认真看:"仔细看看,还是像的,颜色用得真好。"都是一坨黑。

江织不想跟她交流画。

周徐纺爬起来:"我要回家了。"

"别回家了,待会儿我带你出去。"

周徐纺不要:"我要回去刷牙换衣服,今天要跟你的朋友吃饭,我要回去穿好看一点。"昨天说好了的,他要带她见朋友。

江织被她后面一句话哄到了,手一伸,搂住她的腰,把她整个抱起来,放到床上去,捡起她的衣服,一件一件帮她穿好。

"我九点去你家接你。"

"好。"

周徐纺用围巾把后脑勺和头盖骨都包起来,包完就走。

江织拽着她的袖子:"你也不亲我一下再走?"

"不亲，没刷牙。"

江织想：他交的不是女朋友，是钢铁。

这块钢铁在翻窗的时候身段可柔软了，轻轻松松上了防盗窗，就用一只手扒着，另一只手冲他挥手再见。

江织看得都战战兢兢："别摔着了，你小心——"

她一蹿就上了屋顶。

江织把头伸出窗外，已经看不见人影了，这种感觉……怎么形容，就好像她是寻花问柳的恩客，他是红鸾帐里的美人。

下人又来敲门："小少爷，老夫人让我把早饭送过来，您要不吃了再睡？"

江织开了房门："搁着。"

端着托盘进来的是个年轻的小伙子，叫小天，是江川的远房亲戚。他来江家做事没多久，不是很懂规矩，经常一惊一乍的。

"呀！这窗户怎么了？不是进贼了吧？"

"哪个小贼敢来江家偷东西。"江织面不改色，"是被雷劈的。"

昨晚是打雷了，不过——

"雷会把防盗窗劈成这样子吗？"

"那要不要我去问问雷公？"

"不用惊动老太太，尽快找人弄好。"

"知道了。"

◆第二章◆
你不是小怪物，你是小仙女

九点，江织去接周徐纺，车停在小区外面，他在楼梯口等她，她说要穿好看点。

江织愣住了。

周徐纺走到他跟前，很忐忑："不好看吗？"

他先是笑，然后蹲下，把她没来得及系好的鞋带不熟练地绑了一个丑丑的结："好看。"

被夸了好看的周徐纺很高兴，在原地转了半圈："我也觉得好看。"

她觉得粉色是最好看的颜色，无敌好看！所以，她从里到外，甚至发卡和鞋带，都选了粉色的。

以至于薛宝怡在浮生居的停车场见到她的时候，一时没忍住，问了个不太成熟的小问题。

"弟妹，你成年了吗？"

这粉色，看着就很少女啊。

头上戴着粉色发卡的周少女回答："我成年了。"

以前没注意，今天仔细一瞧，这姑娘看着很小啊，薛宝怡有理由怀疑江织老牛吃嫩草。

"薛宝怡。"

江织把粉嫩少女藏怀里了，不让看，目光饱含警告。

薛宝怡露出老姨妈般的微笑："这不是怕你诱拐未成年少女嘛。"

"我二十二了。"实验室被端掉的时候，她看了自己的资料，出生月份没有，但年份有。

薛宝怡朝江织抛了个眼神："看不出来啊，能领结婚证了。"

这暗示，也就周徐纺没听懂。

"薛先生。"

薛先生剑眉星目看着人模人样的，就是土匪气重了点："不用见外，你就跟着织哥儿一起，喊一声宝哥哥吧。"

"哦。"周徐纺脸上的表情正派得像薛宝怡那个梳着背头搞学术的外公，"薛先生。"

她从后备箱里搬来个四四方方的大盒子，用粉色的彩纸包好了，盒子上面还有个大大的蝴蝶结，但看不见里头装的是什么，周徐纺诚恳地说："这个送给您。"

连您都用上了，还当真是拿出了见家长的架势。

薛宝怡被逗乐了："弟妹客气了。"他伸出一只手去接弟妹的礼物——

好重！他赶紧用两只手。

送完礼物，周徐纺再送上真挚的祝福："祝您身体健康。"

这姑娘说话一板一眼，跟他快八十岁的外公一模一样。

薛宝怡把江织拉到一边："你媳妇送我礼物了。"

江织嗯了声："我女朋友懂事，你就收着吧。"

"什么东西？"

江织眼里只容得下女朋友，根本没看薛宝怡："土鸡蛋。"

这年头，还有人送这玩意？

"八十八颗，寓意好人一生平安。"

怪不得，他手快断了！

费了一番功夫，薛宝怡才把土鸡蛋搬到后备箱里，然后他不动声色地揉了揉被勒红的手腕，再朝周徐纺投去尴尬又不失礼貌的微笑，最后看着江织，压低声儿：“织哥儿，你媳妇这作风，老干部啊。”

"嗯，在外面都不给亲。"

周徐纺全部听到了，心里想：江织怎么什么话都往外说，好不知羞呀。

三人先去了包厢，乔南楚还没到，包厢里什么娱乐设施都有，薛宝怡坐不住，把外套脱了，拿了飞镖在玩。

周徐纺规规矩矩地坐着，江织坐在她旁边，给她剥蚕豆。油炸过的蚕豆，周徐纺第一次吃。

豆子壳已经扔了一大盘子了，周徐纺前面的小碟子里剥好的蚕豆堆成了小山，江织把一次性手套摘了，给她倒了杯清茶："好吃吗？"

周徐纺咬得嘎嘣响："好吃。"

"那我让厨房多弄点，你打包带回去吃。"

"好。"

江织想了想，改口："我剥完再给你送过去。"

刚坐下的薛宝怡抖抖鸡皮疙瘩，受不了了！这还是江织那个小狼崽子吗？这是被周徐纺磨平了爪子、拔了牙变成了小奶猫？

"我可以自己剥。"

洁癖的江织这会儿也不嫌脏了，用手给周徐纺擦嘴："你都交男朋友了，免费的劳动力要用，知道吗？"

周徐纺很犹豫，很纠结，朝桌上那堆蚕豆壳看了三次，她还是觉得要说实话："可我想嗑蚕豆壳啊。"她悄咪咪地从盘子里顺了一个江织剥了扔掉的蚕豆壳，快速扔进嘴里嗑了嗑，然后露出了满足的微笑，"壳上好多调味粉，啊，真的好鲜呀。"

做人真的不要轻易嘲笑别人，尤其是做哥们儿的，除非你真的忍不住了。

薛宝怡："哈哈哈哈哈哈哈……"

江织一个眼神过去，薛宝怡憋笑。

乔南楚还没来，江织拿出手机，给薛宝怡发了一条莫名其妙的微信。

"我真不育？"

薛宝怡朝他挤眉弄眼了一番："目前是，怎么着，想跟你的小女朋友生娃娃了？"

江织没回。

薛宝怡又发了一条："那就别再乱吃药了。"

这时，乔南楚打电话过来了。

"别等我了。"

薛宝怡往嘴里扔了颗蚕豆:"怎么了?"

"追尾。"

薛宝怡刚要问上两句,手机听筒里传来了女人的声音。

这声音薛宝怡听着耳熟:"女司机?"

"嗯,你也认识。"

"谁啊?"

"张子袭。"说完,乔南楚挂断手机。

薛宝怡笑了:"这都什么事儿呀。"他瞅江织,"南楚被人追尾了,知道对方谁吗?"

江织在给周徐纺喂食倒水,兴致缺缺道:"张子袭。"

江织抽了张湿巾给周徐纺擦擦手,周徐纺问:"张子袭是谁?"

"南楚的前女儿啊。"江织有点儿印象。

乔南楚到浮生居的时候都快饭点了。

江织往杯子里倒了半杯牛奶,推给周徐纺,抬头分了个眼神给他:"你迟到了。"

乔南楚拉了椅子坐下:"说,罚几杯?"

"自己看着办。"江织把菜单给了侍应生,"我女朋友的汤好了没有?好了就先端过来。"

侍应生连忙应了。

乔南楚倒了三杯白的,坐下,慢条斯理地一杯一杯饮尽。

薛宝怡一直觉得他是他们三个当中最斯文败类的一个,他踹了踹乔南楚的椅子:"说吧。"

乔南楚三杯白酒下肚,眼皮都没跳一下:"说什么?"

"你那前女友啊。"

"都多久前的事儿了,有什么好说的。"

听听,这事不关己的口气!

"要是哪个女人敢给我戴绿帽子,腿都给她撞断了,你倒大方,反被她追了尾。"薛宝怡恨铁不成钢啊,"我要是你,得把她的车撞个稀巴烂。"

乔南楚和张子袭交往了两个月,分手原因是女方被抓奸在床。

乔南楚倒了杯茶,抿了口:"三岁小孩啊你,还撞个稀巴烂,我看你是想吃牢饭。"

他又是这个死样子!

薛宝怡最受不了乔南楚这副天塌了都跟他没关系的态度,就拿张子袭绿了他的那件事来说吧,正常人的反应不是先弄死奸夫吗?乔南楚倒好,好整以暇地打量着奸夫,最后做了个很客观的评价:"腹肌练得太丑了。"

奸夫当时脸都绿了。

薛宝怡一时嘴快:"我看你就是舍不得那个渣女,男人嘛,没几个能忘记初恋的,你看织哥儿,不就惦记了这么——"

啪嗒!周徐纺的勺子掉地上了,江织正在剥的蚕豆也掉了,薛宝怡的右眼皮开始跳了。

"江织。"周徐纺把勺子捡起来,擦干净放好,"我要去一下洗手间。"

江织起身:"我带你去。"他走到薛宝怡旁边,留了一句话:"回头再跟你算账。"

一前一后,小两口出去了。

"织哥儿那眼神,像是要把我弄死。"

乔南楚懒骨头地靠在椅背上:"有什么遗言,说吧。"

"是兄弟就一起死。"

"滚吧,谁跟你是兄弟,我跟你不熟。"

包间外面,周徐纺蹲在墙边,背对着江织,就给他一个后脑勺。

江织蹲她对面去:"不去洗手间了?"

她头一甩,不看他,还把卫衣的帽子戴上:"你朋友在,我在里面吃醋不礼貌,我到外面来吃。"

江织被她逗笑了。她好气:"你还笑。"

"好,不笑了。"他嘴巴不笑了,眼睛还在笑。

周徐纺不想理他了,蹲着挪开,江织跟着挪过去,她再挪,他也挪。

行吧,她不挪了:"我有问题要问你,你不可以撒谎。"

偶尔有路人往来,江织掏了个口罩给她戴上:"想知道什么?"

"你交过几个女朋友?"

"就你一个。"

"那男朋友呢?"

"没有,男朋友、女朋友都没有,就你。"

他在她脸上啵了一口,她就跟着了火似的,面红耳赤得不行,愣了一阵,然后往没人的墙角去了。回头见江织支着下巴,还在看她,没跟着动,她又挪回来把江织也拽到墙角,这下路人看不到了。

她还没被哄好,生气道:"你骗我,薛先生说你有初恋。"

这事儿瞒不住,江织也没打算瞒:"算初恋,是个男孩子,那时候我十六,他十四。"

他没有透露给她一点情绪，语气平常得不能再平常。

周徐纺注意到的第一个重点是：江织的初恋是个男孩子："你是不是因为他才出柜了？"

"嗯。"

她要酸死了："哼，原来你就是被他弄弯的！"

"这不是又被你弄直了吗？"江织好笑，伸手摸摸她脑袋。

她不给摸，往后跳，她还注意到了第二个重点："你早恋！"

"别躲。"江织把她拉过去，抱在怀里，"还来不及恋，人就没了。"

他声音有点无力，还有点压抑。

周徐纺立马一动不动了，小心地问："他不在了吗？"

"嗯，被火烧死了。"

平铺直叙的一句话，把周徐纺满肚子的醋和小情绪全部说没了。她知道了，这个男孩子不可以提，江织会难过。

"我不生气了。"她用手指轻轻戳江织蹙着的眉头，"你别难过。"

江织笑了，他太喜欢她了。

"所以，纺宝你要好好的，一直陪我，知道吗？"

她用力点头："江织，我会长命百岁的，你也要长命百岁。"

江织说行，然后逮着她吻。

她也不躲了，跟他亲昵了很久才回包间，薛宝怡眼尖，哟了一声，笑骂江织是禽兽，江织一脚踹过去，让他滚。

周徐纺在心里反驳薛先生，江织才不是禽兽，他就一点点坏，是大好人！她很心疼江织，所以，把最好吃的红烧肉全夹给他吃了。

饭局最后，周徐纺给乔南楚也都送上了礼物和最真挚的祝福——祝长命百岁。她现在觉得，长命百岁就是最好的祝福。

翌日，傍晚六点一刻，江织接到了乔南楚的电话。

"什么事？"

天黑过后，凉意浓，江织躺在小榻上，身上搭了条薄薄的毯子，下人刚刚端来了药，就放在桌子上晾着。

"程队来电话了，如你所料。"

那块男士手表是限量，能追溯购买人身份，其中就有骆常德。

江织从榻上起身，端着药走到窗前，将乌黑的药汁倒进盆栽里："可以去抓人了。"

六点半，刑侦队出动，去骆家拿人。

骆家书房里，骆怀雨砸了一杯茶，拿起桌旁的拐杖就往长子背上砸："不成器的东西！我们骆家怎么就生出了你这么个畜生！"

这一拐杖下去，骆常德双腿一软，跪在了地上，他痛得汗都冒出来了，扶着桌子站起来："龙生龙，凤生凤，爸，你说怎么生出来的？"

骆怀雨气得发抖，又扬起了拐杖。

"爷爷。"骆青和上前，把拐杖拦下了，"这件事交给我处理。"

骆怀雨狠狠剜了长子一眼才作罢，拄着拐杖出了书房，只给孙女留了一句话："记住，绝不可以牵扯我们骆家。"

"我知道。"

等老爷子出了书房，骆青和关上门，脸色陡然变了："那个女人我都替你处理好了，你为什么非要灭口？"

"只有死人才不会乱说话，钱只能一时管用。"

"那行啊，你捅的娄子，你自己去收拾。"

骆常德冷笑了声，他坐下："我把江织推下海，你以为是为了谁？八年前的那场火是怎么烧起来，要不要我帮你再回忆一下？"

一句话，叫骆青和脸色骤变。

骆常德扯扯嘴角笑了："乖女儿，别让我在警局等太久。"

这时，下人在门口道："大小姐，警局来人了。"

八点，骆常德被警方拘留。

八点半，周徐纺还在外面送外卖，她九点要回去跟江织视频，这是最后一单，买家地址是天京路，先前她和江织去那里送过一次外卖，路她记熟了。对面的工地在连夜赶工，小区里反而没什么人，安安静静的。

她去三楼，敲了门："306，外卖。"

屋里的男人回："稍等。"

不一会儿，有人来开门。

"蒋先生？"

男人四十多岁，上身套了件灰色的棉袄，下面只穿着睡裤："是我。"

周徐纺递出袋子："你的粥。"

男人接过去，目光放肆，冲她笑："谢谢啊，小妹妹。"

周徐纺不喜欢这种人，连好评都没要，扭头走人，刚走到楼梯口，她脚步突然停顿住，这是什么味儿？

她吸了吸鼻子，可劲儿嗅了两下，像是血腥气。

她闻着味儿寻过去，一路往里走，停在一扇门前，门没上锁，她轻轻一推就开了，正好是通风口，浓重的血腥味扑面而来。她脚才刚迈进去，就看见了地上的血，还有躺在血泊里的女人。

她扫视了一圈,拿出手机,淡定地报警:"警察同志你好,我要报案。"

因为骆常德的案子,整个刑侦队都没有下班,连夜提审。

"招了吗?"乔南楚从外头进来,嘴里还叼着根烟。

刑侦队的程队晚饭都没吃,往嘴里塞了块面包:"审了四次,一个字都没有说,就在刚刚,那畜生两眼一翻,直接装晕了,现在人送医务室了。"

"队长,接到报案。"队里的同事挂了座机,"天京路三十八号,有命案。"

约莫九点,江织接到了乔南楚的电话,他简明扼要:"来一趟警局。"

"身子弱,不出门。"

这人还真当自己是林黛玉了,乔南楚懒得听他胡说:"你媳妇在这,来不来?"

江织从小榻上坐起来:"怎么回事儿?"

"天京道发生了命案,你女朋友是报案人。"

江织拿了车钥匙往外走:"让周徐纺接。"

不一会儿,电话里传来小姑娘欢喜的声音:"江织!"

江织上了车,把蓝牙耳机戴上:"做笔录了吗?"

"嗯。"

车倒出了停车位,江织一踩油门,开得飞快:"给你做笔录的人凶不凶?有没有欺负你?"

"没有,那位大哥人很好,还给我吃了泡面。"

"他们只给你吃泡面?"

"没有,还有火腿和鸭脖子。"

乔南楚听不下去了,拿了烟和打火机,出去抽烟了。周徐纺就把免提关了,跟江织说鸭脖子和火腿很好吃。

"等回家了,我给你买。"先不说鸭脖子和火腿,江织问她,"你又去天京道送外卖了?"

"嗯。"

这世道处处是危险,又不能不让她打工。江织略作思考:"明天你跟我去片场当群演。"

"哦。"

"我马上就到警局,你让南楚给你找个地儿歇着,等我过去。"

"好,你是不是在开车?"

江织嗯了声,方向盘一转,拐了个弯,车开进了国道。他开得快,风从车窗外猛烈地灌进来,周徐纺都听见声音了,怎么能开这么快!

"你开慢点。"她立马念出了交通口号,"道路千万条,安全第一条,行车不规范,亲人两行泪。"

"没有很快。"

"你别打电话,好好开车。"说完,周徐纺直接把电话挂掉了。

江织舔了舔唇,算了,开慢点。

已经夜深,刑侦队一个也没下班,刚从案发现场回来,在做案件报告。

"死者陈丽,二十六岁,女,职业是酒吧调酒师。"

移动白板上贴了几张现场的照片,还做了几点提要。

邢副队用笔标了一下重点,继续:"尸检报告还没出来,从现场照片推断,应该是他杀,屋内没有被翻动过的痕迹,基本可以排除入室抢劫的可能,而且,门锁完好,没有挣扎的痕迹,很有可能是熟人作案。"

"伤口利索,凶手可能是男性。"程队问,"凶器呢?"

邢副队指了张照片:"应该就是这把水果刀,已经送去痕检部门化验了。"

法医、痕检的检查结果都没有出来,目前还没有什么突破口。

程队先将任务分派下去:"志文,你带人去走访案发的小区,问问最近有没有什么异常,死者有没有跟人结过仇之类的。"

"小钟,你去一趟死者工作的酒吧。"

"刚子,查一下死者的个人账户、通话记录,还有社会关系。"

"张文,你继续跟骆常德的案子。"

一一交代完,程队挥了下手,示意大家收工:"行了,先下班吧。"都安排妥了,他才记起来还有个人:"南楚,你帮我把报案人送回去。"

"不用了,"乔南楚下巴朝门口的方向抬了抬,"报案人的家属来了。"

周徐纺立马从椅子上站起来:"江织。"

江织走得快,带进来一阵风:"吓到没?"

"没有。"

周徐纺送外卖的头盔还放在桌子上,江织一只手给她拿了头盔,一只手牵她:"人我领走了。"

程队说行。

乔南楚朝江织看了眼:"我车送去维修了,载我一程。"

江织拿手机,拨了个号:"林晚晚,过来警局一趟。"说完他挂断,对乔南楚说:"帮你叫司机了。"

乔南楚:"滚吧。"

江织牵着女朋友就走了,车停得比较远,有一段路要走,周徐纺被牵着,心不在焉。

晚上天冷,江织把头盔给她戴上,又把自己的围巾裹她脖子上:"在想什么?"

"案子。"

"案子的事,让警察去想。"

"共建和谐社会,我们人人有责。"

林晚晚带着她看了电视剧和小说,自从她开始看电视剧,她的词汇量大了不止一倍,也打开了很多新世界。她比以前开朗了很多,不那么怕人了。

江织问:"那你想到了什么?"

她把手机里偷偷拍的死者照片给他看:"是她吗?上次搭讪你的那个客人。"

江织扫了一眼,认出来了:"是她。"

"我听到过她跟别人通电话,好像在说命案,这个死者说她把尸体处理好了,让一个姓韩的先生给她打钱,她会不会就是被这个韩先生杀的?"

不等江织说,她就开始猜测了,说话的语速、语调都跟某部侦探剧里的主角一模一样,"他们在密谋一件大事,事成之后,韩先生怕走漏风声,就把死者杀人灭口了。"

江织摸摸她的小脸,夸赞:"分析得很有道理。"

被表扬了的周徐纺很兴奋:"电视剧里都是这么演的。"

"你听到的,我会都转告给南楚,让他们警方去查。周徐纺侦探,你先告诉我,你是怎么听到死者打电话的?"

糟糕,说漏嘴了。

周徐纺显然很不擅长撒谎,眼望四方目光闪躲:"我在外面听到的。"

"你当时在楼下。"三层楼,她有顺风耳不成?

"我听力比较好。"

江织端着她的下巴,把她小脸抬起来:"有多好?"

编不下去了,周徐纺决定坦白。听力有多好?她需要举个例子,于是她聚精会神,把耳朵竖起来,听着四面八方的声音,并且,她有样学样,原原本本地念出来了一小段。

"这是什么?"

这是女人质问的声音。

"口红啊,还能是什么?"

这个呢,是男人的声音,周徐纺也学得像模像样。

一男一女的对话,她一人分饰两角,男人她就站左边粗着嗓子念,女人她就站右边掐着声音学。

她学女人:"谁的口红?"

学男人:"不是你的吗?"
学女人:"不是。"
学男人:"那可能是谁不小心落下的。"
高潮点来了,情绪爆发!
"恐怕是谁故意落下的吧。"
"你什么意思?"
"你心里有数。"
"我心里怎么就有数了,刘彤,你别无理取闹。"
"停车。"
"大马路上的,你差不多就行了。"
"停车!"
随着周徐纺一声怒吼,呲的一声,她和江织对面的路上突然急停了一辆车,只见一个穿黑色羽绒服的女人从副驾驶上下来。
"王中良,你真没品,有种让别的女人在车上留下口红,又没能耐承认。"女人夹枪带棍地讽刺男友,"你也就这点本事。"
她男友在车里,没下来:"你乱发什么神经,你哪只眼睛看见我有别的女人了?这也跟我闹!不吵架不舒服是吧?有病!"
男人骂完,把人撂下,直接开车走了。女人在路边站了会儿,蹲下,哭了。
一对情侣在吵架,前面周徐纺念出的对话便是两人吵架的内容,起码吵了有半分钟,就算车开得再慢,声音也在百米之外,夜里还有风,有车水马龙的干扰声。
"你全听得到?"江织觉得匪夷所思。
"嗯,要聚精会神才听得到。"
然后她聚精会神地继续听,继续说。
"刘文慧,你到底什么意思,你把口红放我车上,是想故意让我女朋友发现?"周徐纺学那个男人的话,"我们当初不是说好了,玩玩就行,不会把事情捅开,你现在耍我呢!"
车已经开出去很远了,她还听得到,继续学:"你这样就没意思——"
江织打断了她:"可以了。"
周徐纺停下来,看江织。他也在看她,眼睛像坠了星星在里面,明亮而灼热。
"江织。"她两只手攥着,不安地捏自己的手指,"我是不是像个小怪物?"
她把焦虑不安都写在了脸上、眼睛里。江织稍稍弯下腰,目光与她一样高:"为什么是小怪物?"

"我跟别人不一样。"

江织听得出来，她不喜欢异于常人的自己，她怪罪自己，把所有别人的不能容忍全部归咎在自己身上，她用小怪物形容自己。

江织把她东倒西歪的外卖头盔扶正，让她把脸露出来："看过仙侠的电视剧吗？"

"看过。"

"不一定是怪物，周徐纺，你可能是天上的仙女，下凡来历劫，因为封印被解除了，所以法力无边。"

他在胡说八道，周徐纺笑了："江织，世上没有神仙的。"

她虽然爱看电视剧，但也知道电视剧里有很多杜撰的成分，她不相信会有神仙。

江织戳她的脸，在她右边脸颊上戳了一个小窝窝出来："那你怎么不懂呢，世上也没有怪物，只有被邪念蒙住了眼睛的人类。"

周徐纺似懂非懂。

"就算真是怪物，"江织笑了笑，眼里的星光溢出来，"我阳寿很长，会喜欢小怪物很久的。"

她没有全部理解他的话，但她听明白了最后一句，江织说，他会喜欢她很久。这一句就够了，她不贪心。

她笑了，眼睛弯弯的，把自己的卫衣帽子戴上，又踮脚帮江织戴上："小怪物要亲你了，你低头。"

江织便低头，她踮脚，小心翼翼地吻他。

连着下了两天的雨，帝都气温太低，雨滴被冻成了冰，滴滴答答地落。早上八点，唐想开车去了疗养院。

专门照顾她母亲的看护小瞿刚从病房出来，见了她，笑着打招呼："唐小姐来了。"

"我妈今天的精神状态还好吗？"

"一大早就管我要纸和笔，说她要写字儿。"

又闲聊了两句，唐想把雨伞放在了雨伞架上，推门进了病房。

"妈。"

何女士趴在地上的泡沫垫子上，撅着屁股在写什么，她抬起头，对唐想招手："骆三快来，秀姨教你写字。"

她又不认识人了，平日里念叨最多的就是骆三。

唐想耐着性子解释："是我啊，妈，我是想想，不是骆三。"

何女士一把拽住她的手，拉过去，四处看了看："嘘，你小声一点，不能让他们听到你说话。"

唐想无力解释，随她闹。

何女士突然跳起来："你的项链呢？"

"什么项链？"

什么项链何女士也没说，坐在泡沫垫子上，摇头晃脑地在自言自语："项链去哪了？那是你妈妈给的，不能弄丢，项链上有名字。"

前言不搭后语，唐想也没听明白，目光扫到了地上的本子，上面写了字，工工整整的，是何女士的笔迹，她写满了一页，就两个字：徐纺。

唐想把本子捡起来："这是什么？"

何女士晃悠着脑袋，笑得像个七八岁的孩童："是你的名字啊。"

"我叫什么？"

何女士愣了愣，歪着头盯着她一直看，然后认出来了："你是想想，你怎么现在才回来？"

唐想把本子摊开，给何女士看清楚："妈，你先告诉我，这是谁的名字？"

何女士把本子推开，探头看向门口："你爸呢？他怎么还不回来？是不是老爷子又差他去哪里办事了？你去打个电话，让他回来。"

唐想看着本子上的字，若有所思。

外头又开始飘小雨了。

今天这场戏是外景，在帝都郊区外的一处天然山脉取景，离拍摄点一千米处有个停车场，剧组临时休息的地方也在附近。

停好车，江织把周徐纺的安全带解开。

"外面有记者，你先过去。"

周徐纺没动："江织，我们是要偷偷摸摸地谈恋爱吗？"

"你不想偷偷摸摸吗？"

她想偷偷摸摸，不想被别人知道，江织是名人，曝光了恋情会有很多的不便，而且江家人在虎视眈眈，也要小心为上。

她担心的是："我演技很差，怕会露馅。"

她演技是真差，不然也不会当了这么久的群演，除了江织，其他的导演连有镜头的死人都不给她演，她拍戏的时候一般都是只露后背，一露脸就很容易整段垮掉。

"谁说你演技差了，你演鬼就演得很好。"

她该说什么呢？她说："谢谢。"

江织笑，不逗她了："露馅也没关系，如果被发现了，我们就公开。"

"好。"

江织把帽子和口罩给她戴上。

"江织,我们这样好像偷情。"周徐纺觉得很好玩。

江织好气又好笑:"林晚晚又给你发小说了?"

"没有。"

江织刚想夸赞她,她老老实实地说出了事情的真相:"我自己找的。"

江织有点气闷,每天都在担心她会不会学坏,会不会被人骗、被人拐,没生过女儿的估计不会懂他的心情,还不敢说重话,怕她叛逆反着来。

江织就用慈父般的口吻提醒她:"少儿不宜的东西不可以看,知不知道?"

"哪些算少儿不宜的东西?"

江织想了一下,一句话概括:"脱衣服之后。"

周徐纺别开头笑:"江织,我早成年了。"

"是,早成年了,可以亲了。"

江织把她拉过去,狠狠地亲。

几分钟后,周徐纺偷偷摸摸从江织车上下来的,她刚走到停车场的出口,后面冷不丁有人叫她。

"周徐纺。"

周徐纺刚刚做了"坏事",很心虚,挺直腰杆大声答道:"在。"她一扭头,就看见了方理想。

方理想最近资源很好,上了不少综艺节目,现在是小火的艺人了,脸包得跟周徐纺一样严实,露在外面的那双笑眼眯成了两条缝:"我都看到了。"

周徐纺歪头,装傻。

"江织把你按在座位上。"

周徐纺继续装傻。

"亲了三分钟。"

周徐纺眼睛一下子就瞪圆了:"没有那么久!"这是诬赖!

方理想笑了,笑得特别坏:"徐纺,你承认了。"

啊,被诈了。周徐纺好懊悔!

方理想勾勾手指:"小乖乖,坦白从宽哦。"

周徐纺是信任方理想的,虽然认识也没有多久,但她觉得方理想是个乐于助人、不拘小节的好人,她就没有瞒她了:"我跟江织在谈恋爱。"

方理想被萌到了,瞬间母爱泛滥,用老母亲般的眼神看着周徐纺:"江织喜欢女的了吗?"

"喜欢了。"

"以后还会不喜欢吗?"

周徐纺斩钉截铁："不会。"

江织喜不喜欢女的，方理想不是很确定，关于江织的传闻太多，哪些是真哪些是假她也不确定，但她确定了一件事，周徐纺是真的很喜欢江织，喜欢到她眼里有了人间烟火。这个总是死气沉沉的女孩，终于有人教会了她喜怒哀乐。

方理想笑着问："是认真的吧？"

"嗯。"

"那你好好耍。"

"哦。"

不过方理想还是有点不放心啊，毕竟江导那段位看着就高："那什么，注意点，别耍出人命来。"

周徐纺还没反应过来："啊？"

"咳咳，措施要做好。"

周徐纺红着脸，跑掉了。

方理想眨眨眼，瞧不见人了，跑这么快，兔子吗？她刚要去逮兔子——

"方理想？"

后面有人叫她，但不确定，像试探，方理想条件反射就回了头。脸白包了，这一回头，就差在脑门上写六个大字——我就是方理想。

她瞧瞧是谁，这眼睛、这鼻子、这嘴巴……她不认识："你是？"

对方走近，双手递上一张名片："你好，我是唐想。"

有点耳熟的名字，方理想扫了一眼名片，什么职位她没看清，但上面的标志她看清了，是骆氏。

她没接名片："抱歉，我暂时没有跳槽的打算。"

唐想把名片收回，就近放在了一辆车上："我不是来挖你的，只是有几个问题想问你。"

只要跟骆家扯上了关系，方理想都避而远之："我们不熟。"

"请问令尊是叫方大顺吗？"

哦，不是找她的，是找她家老方的。

"不是哦，我爸叫方小溪。"

老方啊？他早就不干消防员了。

应该是享福去了，他女儿当了明星，叫什么来着？奋斗？前进？

想起来，叫理想！

唐想回忆了一下那几个老消防员的话，基本能确定这女孩就是老方的女儿："如果方便，可以给我令尊的号码吗？"

"不方便。"

"那麻烦帮我带一句话给令尊吧，我姓唐，是唐光霁的女儿。"

说完，她便走了。

方理想站在原地，皱眉深思：这人什么来头，是敌是友？她还是把那张名片收起来，揣进了兜里，然后给她老爹打电话。

"老方啊。"

老方端架子了："怎么跟你爸说话呢，没大没小的！"

"刚才有人来查你了，还报了你方大顺这个曾用名。"

"谁呀？"

"她说她是唐光霁的女儿。"方理想越想越觉得不对劲，"唐光霁是谁啊？"

老方沉默了挺久，平时老不正经的一个糟老头这会儿突然严肃了："是骆家火灾的另一个受害人。"

果然是为了那件事而来。

方理想眼皮直跳，有很不好的预感："老方啊，纸兜不住火，咱们父女俩估计要凉了。"

老方嚎了一嗓子："还不都怪你！我叫你跟着我改名，你偏不肯，这下好了，被找上门了吧！"

老方以前叫方大顺，干消防的，后来受伤转行了，名字也改了，叫方小溪，当时，他要女儿跟着一起改，说是做了亏心事，得改名隐世。当时，方理想拒绝了。

"怪我咯，怪我没改名为方大浪。"

是的，方小溪给他女儿取名方大浪，方理想当然死都不从。

停车场到拍摄地有十多分钟的脚程，除了江织那个剧组，《大魏天朝》剧组也在此处取景。两个剧组中间隔了块占地不小的水域，彼此互不干涉。

"唐总来了。"

"你忙你的，不用管我，我随便看看。"

骆氏是《大魏天朝》的投资方，导演自然认得唐想，态度很恭敬："那我先去忙了，唐总有什么吩咐，叫人喊我就行。"

唐想走到水域边儿上，拨了个电话。

对方很快接了："喂。"

"我微信问你的事，你还没回我。"

这人还跟她拿乔了："你谁啊？"

唐想觉得江孝林很无赖，尽管圈子里的人都说他成熟稳重、斯文优雅、睿智精明，她还是觉得他跟上学那会儿一模一样，无赖透顶。

"不说算了，我自己查。"

江孝林说她："你这臭脾气就不能改改？"

"不能。"她挂了。

江孝林咬牙，没见过这么刚的女人。

十几秒后，他回拨过去："是有个消防员把骆三背了出来，但人没救过来，死在了救护车上，骆家当天晚上就处理掉了尸体，还把这件事给瞒了下来，我猜应该是尸体上有什么不能让人知道的秘密。"

骆家大火那晚唐想并不在骆家，第二天她才接到报丧电话，她也没见到她父亲的尸体，更没有见到骆三的尸体，只有两抔骨灰。尸体被处理得太快了，像毁尸灭迹。

火灾第二天纵火凶手就自首了，骆家对外说两人都死在火海里了。

唐想毫无头绪："什么秘密？"

江孝林说："这就要问姓骆的了。"

"谢了。"

"口头的就免——"

电话已经挂断了。

《大魏天朝》是骆家投资的电视剧，自然由骆颖和来担当女一号。

骆颖和平日里被一群人巴结着、奉承着，自小被养得骄纵又蛮横，一点不如她的意，她就要发小姐脾气。这不，又在闹。

听说是因为江织的新电影她被刷了下来，连着几天，火气都很盛。

咣的一声，她把杯子撂桌上了："你想烫死我啊？"

女助理连忙道歉："对不起颖姐，我这就给你换一杯。"

地上都是线，户外的路又凹凸不平，女助理端着咖啡，一时大意，绊到了地上的线，她脚下一趔趄，一杯热咖啡就全部倒在了骆颖和的脚上。咖啡其实并不是很烫，骆颖和却气得尖叫。

女助理已经吓蒙了，老半响才反应过来，抽了纸巾去擦，嘴里连连道歉。

骆颖和一把推开她的手："你故意的是吧！"

"不是的颖姐，是地上的线——"

"你还敢顶嘴？"她拿起旁边粉丝送的玫瑰花，就往女助理身上抽，"我让你顶嘴！"

骆颖和有轻微的暴躁症，这件事知道的人并不多。

"咖啡都端不好，我雇你还有什么用。"

"还敢不敢烫我了？"

"敢不敢顶嘴了？"

谩骂声从水域对面传来，周徐纺听得一清二楚，也看得一清二楚，玫瑰花瓣碎了一地艳红，拿花的人做了很漂亮的指甲，专挑带刺的地方抽在人身上。

"还敢不敢偷我课本了？"

"就你还想学写字儿。"

"弱智！"

"又哑又傻，去死算了！"

周徐纺跟跄着后退，不知道从哪里传来的声音，突然在她耳朵里横冲直撞，撞得她耳鸣头晕。

"让让，快让让。"

"前面的，让一下！"

场务推着挂满了戏服的架子从后面过来，架子上堆得太高，有点挡视线，他推着架子边移动，边冲前面喊："喂，说你呢！"

周徐纺一转头，铁架子已经撞到了腰，她整个人失重，往后栽。

"徐纺！"

哗啦一声，水花四溅，这片水域水深二十米，人掉下去，瞬间没顶。

"徐纺！"

江织在喊她，喊完没有得到回应，他下一个本能动作是跟着往里跳。

好在跟在后面的阿晚眼明手快，给拽住了："老板，你做什么！"

江织却把他推开，继续往水域的边缘靠近。

十几秒了，已经十几秒了，周徐纺还没有冒头，她通水性的，却没有起来。又过了几秒，水面渐渐平静，还是不见她游上来。

会不会脚抽筋？会不会受伤了？会不会被什么植物缠住了脚？

江织脑子里全是这样的假设，弄得他没有办法深思熟虑，脚就已经先于大脑，迈了出去。

阿晚立马拉住他："老板，您不能下去。"他回头冲后面喊了声："愣着干什么，快下去救人啊！"

阿晚喊完，立马有几个男工作人员脱鞋下水，陆陆续续下去七八个了，水花溅得到处都是，就这样，江织还是硬要往水里扎。

他掰开阿晚的手："松开。"

阿晚不松，死死抱住他一只胳膊："您不会游泳。"下去干吗？送死啊！！

不仅不会游泳，他还有怕水的毛病，下去的话，就是去送死！

"林晚晚，"江织看着水里，眼底有惊涛骇浪，"松开。"

阿晚不敢松，江织已经方寸大乱了，他就更不能大意松懈："您下去干什么？添乱吗？本来只要捞周小姐一个人，您下去了，还要分出精力捞你。"

江织听进去了，站着没有再动，眼睛一直盯着水里："会游泳的都下去，只要周徐纺平安无事，我全部重谢。"

重赏之下自然不缺勇夫，前前后后又有不少人下了水。

江织站在岸边，出了一身冷汗，唇早就抿得发白了。他耳鸣，腿也发软，手心被掐得麻木，脑子是空白的。

度秒如年，大概就是这样。

下水的人陆续有冒头出来的，一个个脸色都不怎么好。

"江导，没有。"

"没看到人。"

"我去了深水区，也没有。"

"奇怪了，分明从这掉下去的。"

一个接一个冒头，都说没有看到周徐纺，人没有，尸体也没有。

人间蒸发了不成？江织声音紧绷着："继续捞。"

拽着他的阿晚明显感觉到了，江织整个人都在抖。

气温太低，水面原本凝了一层薄冰，已经被搅得七零八碎了，有二十几个人下了水，在落水处附近一寸一寸地找，就差把水域抽干来翻个底朝天。可五分钟过去了，还是没捞到人，正常人落水五分钟不呼吸，就算捞起来，存活的可能性也不大，下去打捞的人都在摇头。

江织突然往前挪了一步。阿晚立马抱住他："老板！您要干什么？"

"下去找周徐纺。"他说得很冷静，就像在陈述一件再平常不过的事情。

可阿晚觉得他像在梦游，没表情，也没思维："你是不是疯了！"

江织看着水面，唇已经被咬破了，有血珠渗出来："松开。"

阿晚不松，一只手抱胳膊，一只手抱腰，拽着人拼命往后拖："你是要去送死吗？你不要命了！"

"不要了，松开。"

他不是梦游，这是被抽了魂，下了降头。

阿晚脸涨得通红："我不松！"要是松了手，明天的头条就是著名导演江某殉情而死感天动地。

江织还是很平静，声音不大，交代给阿晚一个人听："让我下去，找到了周徐纺，就把我一起捞上来，找不到，也不用捞我了。"

阿晚跟江织两年了，知道他不是一个意气用事的人，甚至可以说他无情无义、冷漠、薄凉，很少能与人产生共情，也没有同情心、慈悲心、怜悯心。这么个人，终于被爱情绊了一跤。

阿晚以后都能料想到了，以后谁要对付江织，逮住周徐纺就行，只要把周徐纺抓了，江织算计不了，也谋划不了，他脑子没了，会乖乖把命给你的。"

阿晚现在要拽住这个没脑子又不要命的："你别冲动，先冷静下来，我们再想想办法。"

"滚开！"

江织狠狠推开阿晚。阿晚一屁股坐在地上，手刚好打在凳子脚上，也来不及多想，抡起凳子冲上去，用力一砸。

江织身体晃了一下，倒下了。

阿晚整个人像水里捞出来的，坐在地上，大汗淋漓地喘。

水域的长度不短，但宽度并不宽，对面剧组听不见声音，只能看个大概，唐想沿岸站着，若有所思。

周徐纺落水之前，目光的方向是骆颖和。

江织被敲晕了，只能阿晚主持大局了，他也慌，脚都在抖，但没办法，他捏大腿都得镇定。

"120打了吗？"阿晚问片场的统筹。

"打了。"

阿晚又把副导叫过来："赵副导，你再去找人，一定要把周徐纺打捞起来，死也得见尸。"

"行。"赵副导立马去叫人了。

阿晚看着水里的众位，沉痛地说："拜托各位了，落水的人对我老板很重要，请务必仔仔细细地找。"

还是没忍住，阿晚掩面而泣。

周小姐好可怜啊，她才二十二岁，她还没结婚，还没生小孩，哦，生不了小孩，江织不育。

阿晚继续悲痛，她才二十二岁，她游乐园都没去过，好多小说和电视剧都没看过⋯⋯阿晚忍着才没哭出声，可有人哭出声了，嗷嗷大哭。

哭的是刚从厕所回来的方理想，她就去了个厕所，她的挚友就⋯⋯

方理想往水域边儿上一坐，开始哭："周徐纺，周徐纺你在哪呀？"她悲痛欲绝，痛哭流涕，"你快上来啊。"

"呜呜呜⋯⋯周徐纺⋯⋯你别死，我们老方家对不起你啊，徐纺，徐纺！呜呜呜呜⋯⋯"

鬼哭狼嚎，越嚎越大声。

方理想她妈走的时候她都没哭这么大声过，因为她妈病了多年，有心理准备了，周徐纺不同，她就去了趟厕所。

"我以后再也不上厕所了，都是我害了你啊⋯⋯呜呜呜⋯⋯我应该拉你一起去厕所……我可怜的徐纺啊,呜呜呜……可怜啊,苍天啊……"

这哭喊声惊天动地的,搞得阿晚都忘记了悲伤,赶紧叫人来:"先把她拖走。"免得影响救人。

两个导演助理过来了,把方理想架着拖走,她仰着泪流满面的小脸,悲恸欲绝。

"徐纺,周徐纺!"

她被拖到人群外面去了,她还停止不了哭泣:"呜呜呜呜……呃!"

她突然打了个嗝,是因为她突然看见了个人,那人浑身湿漉漉,脸被包着,就露出一双眼睛,这人像女鬼,像周徐纺。

"理想。"声音也像。

方理想还坐在地上,嗓子哭哑了:"你、你、你、你,"这话八成烫嘴,"你你是周徐纺吗?"

那个像女鬼的人回答:"我是。"

方理想有点眩晕,她觉得她可能是哭傻了,产生了幻觉,她用力甩甩脑袋,可幻影还在。

"你是鬼吗?"方理想揉揉眼睛,虽然是好姐妹,但她也怕鬼啊,"我看到你的鬼魂了。"

周徐纺把口罩扒了,头发贴在脸上,还在滴水,下巴也在滴水,因为穿了件羽绒服,羽绒服泡了水,下摆鼓鼓囊囊的,她把脸上的头发扒开:"我不是鬼,我是人。"

"你不是在水里吗?"

"我从那边游上来了。"

方理想两腿一蹬,晕过去了。

这时,有两个特约演员在交头接耳,虽然很小声,但周徐纺都听到了。

"江导怎么了?怎么反应那么大?"

"谁知道,落水的不是个群演吗?江导怎么有种死了老婆的感觉。"

"慌了神吧,毕竟是他的剧组,要是出了人命,就麻烦了。"

"江导自己还是个半只脚在棺材里的人呢,真怕他一口气上不来。"

后面周徐纺就没听清,她挤开人群往里蹿,她落水的那个地方聚的人最多,阿晚在最前面,水里冒出来一个人,他就立马问:"有没有?"

"没有。"

阿晚听完拔凉拔凉的,抹了把伤心的泪水:"再往水域上面去找——"

身后熟悉的声音喊:"阿晚。"

阿晚转过身来,卧槽!他吓了一跳:"你、你、你、你——"

周徐纺知道他要问"是人是鬼"："我是人。"她很焦急地问，"江织在哪？"

阿晚傻愣愣的："在休息棚里。"

周徐纺说了声谢谢，然后扭头就跑去休息棚了，她跑得飞快。

愣了十几秒，阿晚对水里的勇士们说："都上来吧。"

勇士问："不捞了？"

"不用捞了。"人家自己爬上来了。

因为是户外，天冷，也怕下雨，就搭了几个休息棚，搭得很简陋，只有江织是单间，这会儿人都去瞧热闹了，没什么人，周徐纺直接跑去了江织那间。

阿晚怕江织寻短见，所以上了锁，周徐纺两根手指一扯，锁就断了，她慌忙跑进去。

江织正搁一张躺椅上躺着，盖着毯子一动不动。

"江织。"

周徐纺过去蹲着："江织。"

他不答应，她担心得都要哭了，小心地摸了摸他的脸："你醒醒啊，江织。"

江织还不醒，她不敢掐他人中，怕手劲儿太大把人掐坏了，所以，她打算给他做人工呼吸，噘着嘴巴要凑上去——

江织突然睁开眼睛。四目相对，周徐纺愣了一下才欣喜若狂："你醒了！"

江织躺着没动，目光一开始呆滞，眼底零零碎碎的影子聚拢，倒映出周徐纺的脸。

"还活着吗？"他声音低，有点哑。

周徐纺用力点头，脸上的水甩了江织一脸："活着。"

江织没什么实感，盯着周徐纺："你咬我一口。"

他没等周徐纺给出反应，他伸手，罩在她脑袋上，掌心压着她的后脑勺，用力一按，她的唇就压在他唇上。

周徐纺失重，两只手撑在了江织肩上。

他贴着她的唇："咬重一点。"

她眨巴眨巴眼，照做了。

江织的唇本来就被他咬破了，这下又渗出血了，很疼，是真疼，后颈也痛，估计被林晚晚敲瘀青了，他松开手，用力喘了口气，"没做梦啊。"

周徐纺有种在梦里的感觉。

江织坐起来，一把推开了她，脸色白得吓人："周徐纺，你要吓死我是吧！"

他语气很凶，不是平日里撒娇成分居多的凶，是真凶她了。她眼睛都红了，吸吸鼻子："对不起。"

她都要哭了。

这样子江织哪里还狠得下心训她："是我不好。"他笨拙地捧着她的脸，给她亲亲眼睛，"不凶你了，你别哭啊。"

"你没有不好，都是我不好。"她脸上是一副"要哭但要死死忍住"的表情。

江织也不管她一身水了，扶着她湿答答的脑袋，按到自己怀里："我都要被你吓死了，你不哄我就算了，还要我来哄你，你再哭，不哄你了。"

"没哭，我不会那么容易死的，我是下凡来历劫的仙女，封印解除了，法力无边。"

她在水里能呼吸，只是她在水里眼睛是血色。她不敢上来，所以一落水她就往深处潜，然后一直游一直游，水域不宽，但长度够了。她游到了很远的地方，趁着人不注意，找了个避人视线的地方，才敢爬上来，等眼睛不红了，她就跑来见他了。

可还是吓坏了他，全是她的错。

"对不起江织，下次我一定快点爬上来见你。"

"你怎么上来的？"

"我从水域的东边游上来的。"

怪不得了，她从南边掉下去，却游到东边去了，这水域宽就十几米，可长度有几百米，下去打捞的人也没有游那么远去捞。

她游得真快！

"我水性很好。"

江织知道她水性好，上次在海里就是她把他捞上来的，可看着她摔下去，却没看到她起来，哪还管得了水性，怕什么想什么，他怕她上不来，脑子就全是最坏、最悲观的假设。

"徐纺。"

以前不知道，他这么儿女情长，这么不堪一击，要是她没了，他没准真会去殉葬，没出息的怂货啊。

江织认怂："我还不想死，所以你要长命百岁，知不知道？"

周徐纺并没有太懂他的话，只是乖乖答应："好。"

"你衣服还是湿的。"他用手背碰了碰她的脸，冷得跟冰一样。

"我不冷，我体温低，一点都不怕冷。"

再不怕冷，也是肉体凡胎，她真当自己铁打的了。

江织把她推开，不抱她了："你身上太冰，抱着你我冷。"

周徐纺拧了拧袖子上的水，都拧不下来，可能要结冰："可我没有衣服换。"

江织掀了毯子起身，去翻了件备用衬衫出来，只有一件，林晚晚放这的："只有这个，你先换上，躲到毯子里去，我让人给你送衣服过来。"

周徐纺纠结了几秒,接过去,然后瞧了瞧这个一眼能望到头的休息棚,连个藏身的地方都没有。

她有点别扭:"你转过去。"

江织笑着说行,背过身去了。

她攥着衬衫,躲到躺椅的后面,探头出来,瞧江织的后背,非常严肃地跟他说:"你不可以转头。"

江织抬手挡住了眼睛:"不看你,你快换。"

"哦。"

周徐纺蹲着,边四处张望,边剥掉身上的湿衣服,她手忙脚乱的,但动作很快,套上衬衫后,她把鞋袜也脱掉了。换好后,她看了江织一眼,偷偷摸摸把内衣包在湿衣服的最里面,然后一股脑塞进一个塑料袋里。

就穿了一件衬衫,空荡荡的,周徐纺从来没有穿这么少过,很没有安全感,她赶紧钻到江织的毯子里,团成一团,缩在躺椅上。

"江织,我好了。"

江织把手从眼睛上拿开,转过身去,下意识扫了一眼地上的湿衣服,以及躺椅里的人,然后又立马不自然地挪开视线。

"你脸红了。"

江织走过去,坐她脚边的地方:"嗯。"他把纸巾拿过来,抽了几张,压着她滴水的发梢,轻轻地擦,"纺宝,你要记住,男人大多是禽兽,就算不用手、不用眼,也能用脑子扒光人的衣服。"

这下轮到周徐纺脸红了。

江织把她衬衫最上面的扣子也扣住,脱下来自己的外套,从头给她兜下去,全部罩住了:"谁撞你下去的?"

周徐纺回忆了一下当时的情况:"不能怪那个人,是我自己走神了,他喊了我几次,我都没有反应过来,还在看别人。"

"你在看谁?"

"骆颖和。"周徐纺皱着眉头,"她用玫瑰花抽她助理。"

她最讨厌别人用玫瑰花抽人,以前不知道为什么,这次看见骆颖和这样毒辣,她猜想,她可能以前也被人抽过,有阴影。

这些,周徐纺还不确定,就没有告诉江织。

江织没再问,桃花眼里有冰冻三尺。

半小时后,《大魏天朝》摄影组的负责人被阿晚请了过来。

这位负责人很慌啊:"江导,你好。"

不怪他尿,是江织的名声太大了,帝都不能惹的人排行榜上位列第一!

帝都第一不能惹的人坐在导演专用躺椅上，拿着罐牛奶在喝："贵姓啊。"

"我姓黄。"

"废话就省了，"江织换了个姿势坐着，与其说是坐，不如说是躺，弱柳扶风没骨头一般，"我想知道黄先生有没有跟我合作的意向。"

黄先生一时激动差点没破音："当然有！"

江织是低产导演，导的电影不多，但不是高票房就是高评分，大奖拿到手软，不止片子本身，他的团队也跟着水涨船高，各个名利双收。所以就算江织是个不能惹的人，想伺候他的人也能从帝都城南排到城北。

黄先生就是想不明白，为什么他被挑中。

江织轻咳："那要看黄先生有没有诚意了。"

黄先生明白，天下没有白吃的午餐："江导您请直说。"

他轻挑眉，念了个名字：骆颖和。

黄先生懂了。一般来说，就算是演员的休息时间，也会有特定的摄像机开着，骆颖和会这么胆大包天，就是仗着剧组不敢得罪骆家。不过呢，这帝都，谁又敢得罪江家的小公子。

原本今天的戏下午四点之前就能收工，因为周徐纺落水，耽误了些时间，拍到了日落。

周徐纺就一场戏，演一个卖橘子的，不露脸，但有一句台词，还是和第二主角方理想搭戏。

方理想问："这橘子怎么卖？"

周徐纺："三文钱一斤，姑娘，不买可不能摸。"

对，这不仅是普通的台词，这还是联络暗号，方理想当然知道了，这是导演在给他女朋友加戏呢，非得让她这个快要打入敌人内部的特务跑到山脚来买一斤橘子，还把原本男二号的暗号台词，给了周徐纺。

江大导演还丧心病狂地把敌方的重要信件藏在了橘子里面，无形之中把周徐纺烘托得很神秘，搞得一些群众都以为这是大反派出场了。

这波操作，让方理想想竖起大拇指。

拍摄结束后，江织送周徐纺回家，晚饭在周徐纺这儿吃的，两人都不会做饭，叫的外卖，吃完饭江织还舍不得走了，哄着要周徐纺吻他，磨磨蹭蹭了很久才下楼。

周徐纺家里除了睡觉换衣服洗澡的地方，剩下的都有摄像头，江织在的时候她都关了，等他走了她才打开。她住的楼栋、小区、小区外面也都有监控，她盯着电脑屏幕，江织的车已经开远了。

霜降上线了："徐纺。"

周徐纺心不在焉地答应。

"江织已经走远了。"

"哦。"她把目光从一台电脑上移到另一台电脑上。

霜降有正事找她:"我查了一下,骆家那个养子。"

"有查到什么吗?"

周徐纺怀疑她跟骆三或者骆家有一定的关系,那些断断续续的片段可能是记忆。

"能查到的,基本就是骆家对外的那一套说辞,是骆家的管家从乡下抱来的,骆家收了当养子,染色体异常,天生带残疾,不会痛不会饿,还有语言障碍。"

又是染色体异常,周徐纺拧了拧眉。

"但一件事很奇怪,骆家上下没有一个人待见这个有缺陷的养子,为什么还要留着他。骆家可没有什么善人,不会无缘无故养一个外人。如果只是因为骆家这一辈没有男孙,完全可以领养一个正常的孩子,而不是一个被骆家人称之为弱智的孩子。"

周徐纺沉默了半晌:"我只想到了一种可能。"

"什么。"

"骆三是骆家的血脉。"

"如果是血脉,又是唯一的男孩,为什么不好好待他?"

周徐纺声音低低地说:"骆三可能不是男孩子。"

如果她脑子里的那些片段都是真实存在的话,住在阁楼里的那个小光头应该是女孩儿。

"那她的父母是谁?为什么要隐瞒性别?"

周徐纺摇头。

"来任务了。"霜降截了个图过来,"雇主,唐想。"

原本低着头在思考的周徐纺听到唐想的名字立马抬头:"任务内容是什么?"

"取一个人的头发。"

"谁?"

"你。"

唐想要取周徐纺的头发,雇佣金,八百万。

霜降并不认识唐想:"她要你的头发做什么?"

周徐纺思忖着,手里拿着罐牛奶:"有两种可能,跟我的身世有关,或者跟基因实验有关。"

一提到基因实验，霜降就很警惕："那你不要给了，太冒险了。"

"要给，我也想知道，我到底是谁。"

"你要不要告诉江织？"

她说暂时不要："如果我解决不了，我再找他。"

说了徒惹他心疼，她喜欢报喜不报忧，关于她的身世，没有一点好的记忆，她不是很想让江织知道，尤其是那个基因实验室。

九点，周徐纺躺到床上，并没有睡意，她盯着江织送的那两盏灯，在发呆。

叮。是江织给她发微信了，他发了个波浪号过来。

周徐纺打字回他："你怎么还不睡？"

薛先生说江织以前都是八点多就睡，跟她在一起之后才开始熬夜了，熬夜不好。

江织发的语音："这个点儿，我估摸着你该想我了。"

下一句，江织想说：我就想你了。

结果，周徐纺回了他一句："我没想你，我在想别的事情。"她在想骆三的事。

他本来想撩撩她，反被她堵得无语凝噎了，他回了她一个"按在地上亲哭你"的表情包。

表情包的底图是他和周徐纺的画，很好认，他是一头蓝色的头发，周徐纺是一身黑，只露眼睛，蓝头发的小人儿把黑衣服的小人儿按在地上，亲哭了。

周徐纺第一次见这个表情包，觉得好稀奇："这个表情包好可爱啊。"

江织说："我找人做的，我做了一套。"

周徐纺："你好厉害！"

周徐纺："可以发给我吗？"

他用大灰狼引诱小白兔的口吻："求人就要有个求人的态度。"江织提要求了，"先发个亲亲过来。"

周徐纺发了个亲亲的表情包。

江织看她乖，就把一整套表情包都发给她了。

【躺下给江织亲】一身是黑、只露眼睛的小人儿躺着，两眼冒星星看着头顶打了江织两个大字的蓝头发小人儿。

【不管不管就宠你！】蓝头发小人儿抱着手，头一扭，表情画得很生动，一副"你不宠我就不理你"的表情。

【你的小祖宗上线了】蓝头发小人儿乖乖坐着，头画得很大。

【不想睡觉想你】蓝头发小人儿躺着，被子踢到了床下面，他在勾手指。

【不可以发句号，要忍住】一身是黑、只露眼睛的小人儿死死憋着，表情像便秘。

【再发句号亲哭你】蓝头发小人儿把一身是黑、只露眼睛的小人儿摁在墙上，一个表情很大魔王，一个楚楚可怜要哭了。

【我是封印解除的小仙女】一身是黑、只露眼睛的小人儿原地转圈圈，头上顶了一坨五颜六色的光，手上还有一支魔法棒。

【纺宝晚安】、【江织晚安】，这两个图呢，蓝头发小人儿躺着，衣襟半敞，一身是黑、只露眼睛的小人儿坐在他身上，一手抬着他下巴，一手按在他腹肌上。

前面的都很棒，就是这两个晚安的表情包，周徐纺觉得有点热，把被子踹了，她爬起来，喝了一杯水，全部点了收藏，才给江织回了微信。

周徐纺："江织，不可以发小黄图。"

江织发语音，听得出来他在笑："哪里黄了？"

周徐纺不好意思说出来，就打字："你衣服没穿好。"

江织还笑："你不是穿好了吗？"

周徐纺："。"

江织：【再发句号亲哭你】

江织："这是我梦里，你就是这个样子的。"

江织是小流氓！

周徐纺把新收藏的表情包发过去：【不可以发句号，要忍住】

江织："终于不发句号了。"

周徐纺是强迫症患者，一定要最后一个结束聊天：【不可以发句号，要忍住】

第二天上午九点，爆出了一条娱乐新闻——天星当家小花旦骆颖和片场殴打助理，有图有真相。

一时间，网友们炸开了锅。

"卧槽！最毒妇人心啊！"

"抽人手法很娴熟，应该不是第一次，怪不得老是换助理。"

"又一个人设崩塌的，滚出娱乐圈！@骆颖和v"

"掐头去尾能说明什么问题？不知道事情的起因，就不要随便评判结果。"

"都这样了，粉丝还洗？打人就是不对，不管是什么原因都不能饶恕。"

一会儿工夫，转发和评论就破新高了。

骆颖和从出道起就顺风顺水，天星力捧的小公主，不管是真粉还是黑粉，微博粉丝总归破了五千万，她平时资源又好，与她搭档的都是大咖，可演技却上不去，对她看不顺眼想踩一脚的大有人在，这黑料一出来，讨论度持续升高，还不到半天，骆颖和用玫瑰花殴打助理一事就上了热搜头条。

骆颖和把平板摔在了桌子上："公关部都在做什么？为什么热搜还没有

撤掉？"

经纪人杨帆回："话题度太高，撤不下来。"

骆颖和情绪激动，她猛地站起来，冲着经纪人吼："那你不会想办法？天星花那么多钱雇你，是让你来当废物的吗？"

如果不是因为骆颖和是骆家的二小姐，是天星的半个主人，杨帆绝对不会给这种只有脾气却没脑子的小公主当经纪人。

她深吸了一口气："先发道歉声明——"

"我凭什么道歉？我花钱雇的助理，她做不好，我为什么不能教训她？"

"你不道歉，公关做得再漂亮也没有用。"

"你——"

工作室的门被推开，骆青和站门口："行了。"

骆颖和立马噤了声，看得出来，她很怵这个堂姐。

"先发道歉声明。"

骆颖和不敢放肆，只是小声地拒绝："我不要。"

"不要？"骆青和笑了笑，"不要就给我滚出天星。"

骆颖和脸色发白，不再说话了。

她这大小姐脾气，对谁发也不敢对骆青和发，整个骆家，她最怕的就是她，当然，最讨厌的也是她。

骆青和进来，把门带上，拉了把椅子坐下，身上的职业套装一丝不苟，她问杨帆："那个助理平时做事怎么样？"

"比较仔细。"

"那找点不仔细的东西出来。"

杨帆明白她的意思了："热搜怎么办？"

骆青和抬头，细长的单眼和风细雨地瞧着人，却透着狠劲儿："撤不下去就找更有爆点的事情去压，这么简单的道理还用我来教你？"

杨帆噤若寒蝉，不敢接话。

不同于骆颖和那个狂躁骄纵的花瓶，骆青和可不是善茬，在商场多年，她的手腕不输男人半分。

这时，手机铃声响。

骆青和接了，电话里，秘书道："小骆总，尸检报告出来了。"

她起身，往外走："把韩封叫过来。"

◆第三章◆
愿江织长命百岁，愿徐纺百岁无忧

  尸检报告一出来，刑侦队就开了紧急会议。
  投影仪开着，会议室里拉了窗，邢副队拿着翻页笔，指着幕布上的报告内容："死亡时间是下午三点左右，致命伤在肺部，死者身上没有太多伤痕，凶手杀人意图明显，几乎一刀致命，法医做了比对，遗留在现场的这把水果刀就是凶器。"
  同事张文提了个问题："那凶手为什么不把凶器带走？"
  把凶器留下来，指纹，甚至衣物上的纤维都有可能暴露，聪明的罪犯绝对不会把凶器留在现场，除非是他慌张逃窜时落下了，或者他想把凶器留下来挑衅警方。但现场很干净，可以排除凶手失误的可能。
  邢副队道："这一点我也想不通，而且这把水果刀上除了死者陈丽的血迹，还有一个人的血迹。"
  张文问："是不是凶手？"
  "不是凶手，是行李箱弃尸案的死者，段惜。"
  那个弃尸案的嫌疑人二号被拍到了手表，推江织下海的凶手也被拍到同一只手表，莫非这三起案子都有关联？
  "行李箱弃尸案的凶手是个女的，"刑侦队的同事就猜测，"那会不会是陈丽？"
  邢副队也不能下结论："这把水果刀与段惜的致命伤的确吻合，而且在陈丽家的厨房也发现了段惜的血迹，但有一点解释不通，如果是陈丽杀了段惜，她为什么把凶器带回了家？甚至连血迹都不清理。"
  这时一个慢慢悠悠的声音接了一句："是买凶杀人，不留证据，怎么讹钱？"
  声音是情报科乔队的，他来旁听。
  刑侦队的程队坐他对面："为什么说是买凶杀人？"
  乔南楚把桌子上的资料翻到一页，扔给程队："陈丽跟段惜认都不认识，没有杀人动机，而且她吸毒，调酒师的工资不够，她极有可能是拿钱办事。"
  最重要的是，江织说他女朋友听到了，陈丽和一位叫韩先生的男人通电话，电话里提到了处理尸体和汇钱，只可能是买凶杀人。
  邢副队结合了乔南楚的推测，再做推论："就是说，有人雇佣陈丽去杀段惜，陈丽把尸体装在行李箱里弃尸之后，带走了凶器，并且打算用来讹钱，但与买凶杀人的雇主没有谈妥，最后被雇主用同一把刀灭口了？"

段惜又是游轮上被性虐的受害人，这么推断的话，那个施暴者就极有可能是买凶杀人的雇主。

乔南楚不置可否："陈丽的手上有伤痕，验一下段惜的指甲就知道她是不是杀害段惜的凶手了。"

一句话戳中要点了，这家伙，就该来刑侦队啊。

程队朝旁边的同事吩咐了句："去给法医部打电话。"吩咐完，他朝乔南楚投了个戏谑的眼神："乔队，有没有兴趣转来我刑侦队？"

"没有。"

程队继续挖墙脚："你这刑侦能力，待在情报科有点浪费啊。"

乔南楚冷漠地说："不浪费，我全能。"

这个家伙！

不插科打诨了，程队继续说案子："现在基本可以确定了，推江少下海的凶手与雇佣陈丽杀段惜的凶手是同一个人，或者是帮凶。"

邢副队接着话说："骆常德手臂上有伤，手表的线索也对得上，而且，骆常德有性虐的前科，动机也有了，那是不是只要能查到他跟陈丽之间的资金往来，就可以给他定罪了？"

程队驳了副队的话："哪有那么容易，他的那块手表到现在都还没有找到，而且也没有直接的杀人证据，指纹、目击证人一个都没有，全是间接证据，要胜诉很难。"

案件讨论到这里，出外勤的小钟回来了。

"程队。"

"陈丽的个人账户最近有没有大笔进账的记录？"

小钟摇头："她的账户没什么问题，她亲友的账户也都没问题，没有大笔的资金往来。"

"难道不是买凶杀人？"邢副队抓了一把头发，觉得脑子有点不够用。

如果不是买凶杀人的话，那前面的猜测全部要被推翻，程队看向对面的乔南楚。

他没作声，接了个电话，听了一分多钟就挂了："没有走账户，她收了两袋现金，存放在了珠峰大厦的储物柜里。"所以还是买凶杀人。

程队诧异："你怎么知道的？"

乔南楚笑而不语。

傍晚，他给江织打了个电话，也问了他这个问题："你怎么知道的？"

那两袋现金就是江织给挖出来的。

江织说："猜的。"走个人账户太危险，如果是他要买凶杀人，也会选择用现金。

"那你再猜猜，凶手是不是骆常德？"

"是他，但他会脱罪。"

"怎么说？"

"陈丽都被灭口了，为什么还把凶器留下？"江织轻描淡写地说，"因为要用来脱罪。"

要把三起案子全部关联起来，然后搞一个帮凶出来或者替罪羔羊。

乔南楚另一个手机这时响了，他接了电话，接完之后笑了："全给你料准了，'凶手'去警局自首了。"

"韩封？"

乔南楚失笑："你又猜到了？"

"推你下海的四个嫌疑人里，江孝林排除了嫌疑，黄沛东是被江孝林故意拉下水的，除了骆常德，就只剩韩封，而且一开始就是韩封给骆常德作了不在场证明。"

也就是说，这俩算是帮凶。

江织猜："应该是骆青和出手了，要弃车保帅。"

全对上了，还好江织不是罪犯，他这个脑袋要用来犯罪那就不得了了。

"还有一个问题，骆常德为什么要推你下海？难不成他性虐段惜的时候被你瞧见了？"

江织说："因为你。"

"我？"乔南楚握着手机，伸长了腿，"关我什么事儿？"

"我被他推下海之前，在跟你通电话。"

乔南楚想起来了："骆家的纵火案？"

当时江织说要查骆家的纵火案，所以骆常德一不做二不休。

"本来只是怀疑，现在我可以确定，"江织语调微沉，"那场火是骆家人自己放的。"

乔南楚啧了声："骆家人也是真够禽兽的。"

江织挂了电话，继续陪女朋友吃饭，晚饭叫的外卖，汤不错，江织给周徐纺盛了一碗。

"别光吃肉，喝点汤。"

周徐纺往嘴里塞了一块红烧肉："放了鸡蛋，我不喝，我不吃鸡蛋。"

江织倒诧异，她平时十分好养活，什么都吃，很少会挑食："还有别的不爱吃的吗?"

周徐纺继续吃肉:"没有,我只不吃鸡蛋。"

江织把那碗汤放到了自己面前。

她嘴里的肉还没吞下去:"你吃了鸡蛋不可以立马亲我。"

江织把汤推走,口气有点不满了:"那你还送我一车土鸡蛋。"成心不让他亲?

"因为有营养。"她说的全是真心话,"你要多补充营养,不补好身体,你会一直不育的。"

江织无话可说。

骆颖和黑料在热搜上挂了三天,第四天一对明星夫妻吸毒的消息盖过了骆颖和的丑闻。

骆颖和召开了记者招待会,针对这次暴力事件,她声泪俱下地道了歉,并且将她患有轻微暴躁症的病例公开了。其工作室也跟着发了声明,说会暂停一切通告,积极配合心理医生的治疗,还成立一个慈善基金会,用来援助心理病患者。

网上大批大批的水军开始为她卖惨,为她树立积极正面的人设,当然也有大批不买账的。

晚上七点,刑侦队的同事还没有下班。

张文从外面回来:"程队。"

程队把手里的便当放下:"怎么样?"

"上周二,韩封的卡里的确有一笔现金出账,数量与陈丽存在珠峰大厦储物柜里的现金刚好对得上,而且,大厦附近的监控也拍到了两人碰面。"

邢副队看程队:"难不成真是韩封干的?"他还是觉得骆常德不可能是无辜的。

程队起身去倒了杯水:"就算是他干的,那也是骆家授意。"

办公室的座机响了。

张文听了电话,挂断后说:"程队,段惜指甲里的血迹验出来。"

"是不是陈丽的?"

张文点头,血迹和凶器都有了,买凶杀人的现金也找到了,基本可以确定陈丽就是杀害段惜的凶手。

法医的报告一出来,刑侦队就提审了韩封。

这是第三次审了,这家伙不知道是精通心理学,还是不想活了,他从头到尾镇定自若地"供认不讳"。

"把你犯罪的详细过程再说一遍。"程队看着嫌犯的眼睛。

韩封戴眼镜，目光躲也不躲一下："12月3号晚上九点，我以公事为由，把段惜骗到了没有监控的宾客休息室，对她施暴，用钢笔。"

与段惜的尸检报告吻合。

"我打了她，脖子、脸上、大腿都有，哦，她头上是用烟灰缸砸的，但我没有强暴她，她不听话，一直叫，我就用钢笔刺伤了她的下体。"

韩封不急不缓，供词与第一遍几乎毫无差入。

"她说要去告我，所以在游轮上我就想杀了她，但让她跑了，游轮婚礼结束后，我找到了陈丽。"

程队问："为什么是陈丽？"

"陈丽在我的一个朋友那里拿毒品，她毒瘾重，但没钱。我答应给她两百万，让她替我杀了段惜。段惜死了没多久，尸体就被你们警方找到了，我怕事情败露，就打算把陈丽送出国，可她却狮子大开口，要我再给她五百万，我不肯，只给了两百万，她就用那把杀了段惜的水果刀来威胁我。"

程队打断："所以你就把陈丽也杀了？"

"是。"

"当时在陈丽家中，还有没有别人在场？"

"没有。"

"你撒谎！"程队把现场的照片扔过去，"陈丽的家中，除了你，还有一个人的脚印，说！你的帮凶是谁？"

对面的嫌犯面色不改："没有帮凶。"

他从容应对，没有半点身为阶下囚的慌张无措，条理和逻辑都天衣无缝。

"可能是陈丽的朋友、邻居，也可能在我杀她之前、或者之后的任意时间进来。"他抬头，反问程队，"这能说明什么？"

这个家伙，恐怕自首之前就打好了所有腹稿，简直滴水不漏。

程队坐回去，压着想暴打犯人的怒火："那你有什么证据，证明人是你杀的？"

他沉默了片刻，把右手腕上的手表取下来，放在桌子上："这上面应该还有陈丽的血迹，我杀她的时候沾到了。"

"沾到了死者的血迹还不清理，刚好留着自首吗？"

韩封不置可否。

程队把手表拿过去，掂在手里打量了两眼："这是骆常德的手表。"那块限量的、在游轮上被拍到了的手表。

"他上个月就转送给了我。"

程队看了一眼他的右手："江织是你推下海的？"

"是。"

"动机是什么?"

"他也在那一层,我怀疑他看到了什么。"

"怀疑?"程队磨了磨后槽牙,"只是怀疑你就动了杀人的心?"

韩封抬头,目光挑衅:"不行吗,警官?"

程队没忍住,直接把一沓资料扔在了他头上。从审讯室出来,程队火气都没消。

邢副队给了他一杯咖啡:"韩封的证词都是假的吗?"

"半真半假。"

就怕这种了,如果是帮凶,半真半假的证词很难推翻。

程队把证物袋里的手表给邢副队:"把手表送去鉴定科化验。"

化验的结果三天后出来了,手表内的确还有死者陈丽的血迹,甚至还有韩封的血迹,凶器、物证都全了。

骆常德的律师当天就要求释放骆常德,警方拒绝,以骆常德为韩封做伪证为由。骆常德的律师声称骆常德当时在游轮上并未佩戴手表,错误估计了时间,才误做了伪证,并且愿意承担法律责任。骆常德的律师把人保出去了。

平安夜那天,骆常德就被释放了。

程队看着骆常德满脸笑容地出了警局,咬着牙才没追上去打,他看身边的人:"就这么放了他?"

乔南楚一只脚搁在地上,一只脚搭在椅子上:"不然呢?"

程队不甘心:"推江织下海,还有杀陈丽的凶手,都是左手佩戴手表,可韩封是个左撇子,手表习惯戴在右手上,就是说,极有可能韩封只是奉命买凶杀人,性虐死者段惜与杀害陈丽的真正凶手都是骆常德。"死者陈丽的衣服上有个血印子,就是手表留下的,那位置、方向都能说明凶手当时是左手戴表。

乔南楚一脸淡定:"个人习惯不能当证据,他完全可以说他那天手疼,换了只手戴手表。"韩封就是这么说的!甚至不等警方审问,他自述的时候就把这个漏洞补上了。

程队烦躁得想打人。

乔南楚收了腿,把扔在桌上的资料翻开,推到程队那边:"韩封五年前做过胃癌切除手术,一个月前被查出复发,他的妻儿都已经被骆青和送出了国,要撬开他的嘴把骆常德供出来,基本没有可能。"

程队简直难以置信:"这都是骆青和搞的鬼?"

"嗯。"细思极恐,怪不得说最毒妇人心。

程队听着都觉得心惊胆战的:"处理得这么干净,这个女人没少干这种事吧。"

乔南楚不置可否:"她的每一任秘书,都工作不满一年,知道为什么?"

"为什么?"

乔南楚起身,拍拍程队的肩,压低了肩在他耳边说了句:"因为都坐牢去了。"

程队顿时觉得毛骨悚然。

乔南楚出了警局,给江织拨了个电话:"骆常德脱罪了。"他抽出了根烟,叼着,从裤子口袋里摸到把打火机,点燃,吸了一口,"你有什么打算?"

江织在车上,还有风声灌进来:"光明磊落的法子行不通,那就要换条路。"

"比如?"

江织咳了一声,声音里有倦意,懒到了骨子里似的:"比如歪门邪道之类的。"

乔南楚笑骂他胡来。

"我胡来也不是一天两天了。"江织喊了声停车,才又道,"不急,骆家的人,得一个一个送进去。"

警局对面停了辆黑色的路虎,骆常德与律师告别之后,又去了对面,看了看车牌,问主驾驶的人:"你是青和叫来的司机?"

对方低着个头,鸭舌帽遮住了脸:"嗯。"

骆常德便上了车。

路虎开得很快,一会儿就上了高架。后座上,骆常德闭眼在小憩了,约摸十几分钟,他被车窗外的风声惊醒了,打了个哈欠,看了看窗外。

路灯昏黄,外头僻静。

骆常德突然坐直:"这是开去哪里?"不是回骆家的路!

主驾驶的人抬了头,口罩遮着脸,一踩油门,进了隧道,昏昏暗暗里阴阴冷冷的声音传来:"黄泉路。"

女人的声音,压得低沉,冷而犀利。

骆常德后背一凉:"你是谁?!"

方向盘猛然一打,车拐进了桥洞下面,主驾驶上的人回头,戴着特殊眼镜,看不清她眼睛的颜色,只有黑漆漆的一片。

风声很大,她声音夹在里面:"职业跑腿人,Z。"

骆常德听完脸色大变。

车停了,在海边,就是江织落水的那片海。

周徐纺解了安全带:"听过我的名字?"她没想干什么,她才不做违法乱纪的事，就是江织在这海里喝了几口水，她就让这个家伙也来喝几口。

当然，她不能暴露了自己。所以，她决定骗他："你既然听过我，那你也应该知道，我是拿人钱财替人消灾。"

"是谁雇你来的？"

"你猜啊？"

"是不是骆青和，是不是她让你来杀人灭口的？"

杀人灭口，这个词说得妙。

周徐纺打开车门，下车走到后面，把骆常德从后座上拎出来。车停得离路灯很近，光线很强，骆常德被一只手提着，吓破了胆，慌乱挣扎时抬了头。

周徐纺这才看清他的脸，这张脸……她只怔愣了一下，骆常德把早攥在手里的钢笔尖用力扎进了她肩锁下面，她手一脱力，骆常德就摔在了地上。

钢笔扎得不浅，血渗出来，瞬间脏了她的衣服，她眉都没皱一下，拔出肩上的钢笔，抬起来就往骆常德背上扎。

突然路过的车灯一闪，是明晃晃的光，像火，像熊熊大火。

"别叫。"

男人粗犷的声音压着。

"不要叫，很快就好了。"

"很快你就解脱了。"

火光太亮，灼人眼睛，她什么都看不清，隐隐约约就看见一肥硕的手，那手握着锤子，一锤一锤地敲打着。锤子下面是一截很粗的钢筋。

周徐纺握着钢笔的手开始发抖，她趔趄了两下，钢笔掉地上了，手上还有血，她木讷地抬起手，捂在右边胸腔上。

她几乎站不稳，连连跟跄。骆常德从地上爬起来，捡起一块石头，从后面靠近，高高举起石头——

下一秒，他的手被截住了，他回头："江、江织。"

路灯下面，江织的脸白得几乎剔透，眼珠却漆黑，与身后浓浓夜色一样，像一摊化不开的墨。他截了那块石头，毫不犹豫地，直接砸在了骆常德脑门上。

骆常德身子一软，倒下了，脑门的血汩汩地流。

江织扔了石头，伸手拉住了趔趔趄趄的周徐纺："徐纺。"

她回过头来，瞳孔无神，摇摇欲坠着往后倒去。

"徐纺！"

她倒在了他怀里，目光空洞，像是呼吸不上来，张着嘴大口大口地喘息："钢筋……"

江织看见她胸口的血整个人都慌了，他听不清楚，摘掉她的口罩："怎么了，纺宝？"

她眼睛通红，在瑟瑟发抖。

"这里，"她颤着手，抓住江织的手，按在胸腔上面，"这里……被钉了钢筋……"

有只手拿着锤子，把钢筋一点一点往她胸腔里钉。

"江织，江织。"

她小声呜咽着，叫了他两句便昏过去了。

江织把外套脱下，包裹住她，小心地抱在怀里往车上走。愣神了老半天的阿晚赶紧跟上去。

江织回头瞧了他一眼："你留下。"

"啊？"

"把地上的血迹，还有那块石头都处理掉。"

毁尸灭迹！

阿晚惊恐地看了一眼"尸体"，以及"凶器"，还有凶案现场的"证据"，他哆嗦了："老老板，我、我、我不敢，我怕坐牢……"

"人没死。"江织看他像看智障，"蠢货！"

阿晚差点被吓死！

附近没有医院，江织也不放心把周徐纺送去医院，就带她去了一家中医诊所，还不到九点，诊所关了门。江织两只手抱着周徐纺，满头都是汗，他直接用脚踹，踹了好几脚，里面才有人吱声。

"别敲了，没人。"

江织继续踹，一脚比一脚狠。

里面的人不耐烦了："叫你别敲了！"

"是我，江织。"

诊所里是薛宝怡的老师，一个大龄单身男中年。

大龄单身男中年在发火："是你也不开门！今天打烊了，明天再来。"

江织继续踹："再不开门，老子放火了。"

这死小子！门被大力拉开，大龄单身男中年披了件老年款军大衣，脸比炭黑："大晚上的，干吗呀！"

季非凡，男，四十九岁的年纪，五十九岁的脸，六十九岁的步伐，七十九岁的头发，偏偏，二十九岁的心理年纪，他是一名三代单传的老中医。

薛宝怡就是拜在了他名下，学中医学。

江织抱着人，绕开他进去："我女朋友受伤了，你快帮她看看。"

季非凡摸了摸头顶那所剩无几的几根黑白参半的头发，扫了几眼伤患："把她放床上。"

江织小心翼翼地把人放在了看诊的病床上,扯了床被子,仔细盖好。

季非凡打着哈欠,拖着老年人的步伐:"用什么扎的?"

"钢笔。"江织不满地瞪了他一眼,"你快点!"

季非凡也是个火爆脾气的,横了江织一眼:"急什么,皮肉小伤,死不了人,你先把她的衣服脱了。"

他抹了一把因为太困而流出来的生理眼泪,趿着拖鞋去拿药。

江织坐在床头,只纠结了几秒,伸手去解周徐纺的衣服,手才刚碰到她领口,她突然就睁开眼睛,同时,抓住了他的手。

她还有点混沌,目光呆滞:"你是要脱我衣服吗?"

"要处理伤口。"

他把她外套的拉链拉下去。

她立马按住他的手:"不可以脱。"涣散的意识慢慢回来,嘴唇很干,她舔了舔,"我已经没事了。"

江织还有种坠在半空中踩不到实处的感觉。

刚刚她瑟瑟发抖的样子,让他还心有余悸,这会儿她又生龙活虎了,从看诊的病床上爬起来,站在地上,还蹦了两下。

"真的,已经好了。"怕他不信,她接着蹦。

江织的心脏还跳得飞快,脸色比她还要难看,他把人拽住:"别跳了。"他把她抱起来,放回床上,"我不看你,你自己擦药好不好?"

她不想让他看她的伤口,那他就不看。

周徐纺这才躺老实了:"好。"

江织催:"药配好了没?"

季非凡回头就吼了一句:"催催催,催什么催!"他把药和绷带都捡到托盘里,端过去,瞅了一眼伤患:"衣服怎么还没脱?"

周徐纺看得出来,江织和这位大夫是认得的,就主动打招呼:"爷爷好。"

"我今年四十九。"

周徐纺表情管理很差,那副"真的吗?简直不敢相信"的表情全部写在脸上:"叔叔好。"

季非凡已经不记得多少次被三十几岁的人称作爷爷了,万箭穿心也穿麻木了:"先上药吧。"

"我可以自己上药吗?"

季非凡把托盘放下,看了看小姑娘衣服上的血迹:"血止住了?"

"嗯,止住了。"周徐纺补充,"伤口小。"

他戴上手套,没管小姑娘旁边那个家伙的眼神,按了按她伤口周边的穴位:"痛不痛?"

"不痛。"她的伤应该已经愈合得差不多了,按起来没有一点感觉。

"把手举到头顶。"

她照做,把手举高了,还绕着圈活动了两下。

"钢笔里有没有墨水?"

"没有,是很新的钢笔。"

她没伤到动脉,也没伤到神经,就是皮肉小伤。

季非凡对着江织翻了个白眼:"先用这个清洗伤口,然后上药粉,最后是药膏。这个是内服,一天三次。"他把药往那边一推,取下手套扔进垃圾桶里,"自己弄,我去睡觉了,走的时候帮我把门关上。"

江织没说话,还是一张被欠了一亿的脸。

周徐纺回答:"好的,谢谢叔叔。"

季非凡趿着拖鞋上楼去了。

江织一直一言不发,他有很多话想问,可话到了嘴边又问不出来,怕她哭,怕她像刚才那样,在恐惧里出不来。

他把帘子拉上:"我在外面,有事叫我。"

帘子全部拉上的那一刻,周徐纺垂下了眼睑,大口大口地呼吸,耳边已经听不到那些声音了。

她静坐了一会儿,把衣服拉下来,钢笔扎的伤口已经开始脱痂了,明天就能全好,她还是把药都用了。离那个伤口半寸的地方,有个圆形的疤,她把掌心覆在上面,轻轻摩挲着。原来,这疤是钢筋钉的。

她深呼吸了几下:"我好了。"

江织把帘子拉开,眉头一点没松:"真好了?"

"嗯。"她从床上站起来,动动胳膊给他看,"不痛了,也不流血了。"

江织按着她的肩,不让她动了,她的伤怎么样他也能猜到一些。她不说,是还有顾虑,他也就不问,这姑娘情商不行,还看不出来他对她的底线和容忍度在哪里。

"等你想说了,再告诉我。"

不是不好奇,只是不敢问,怕问错了戳到她伤口。他是真怕了,怕她像方才那样哭,就那样瑟瑟发抖着,他看了难受得要命。

"我送你回家。"

周徐纺一路上都默不作声,到了御泉湾,江织抱着她上了楼,她也不害羞了,乖乖抱着他脖子,把脸贴在他怀里,就算有路人路过,她也不挪开,一直往他身上钻。

江织把她放在沙发上:"我去给你拿衣服,你先去洗洗,伤口别沾到水。"

"好。"她要爬起来,江织没让,抱着她去了浴室,不放心地在门口站了一会儿,等水声响了,他才去衣帽间给她拿衣服。

放在桌上的手机响了,江织接了。

阿晚:"老板,骆常德已经送去医院了,人没死。"

"哪个医院?"

"第五人民医院。"

江织嗯了声,没有下文了。

阿晚有很多疑问:"老板,那个,那个……"

"少吞吞吐吐。"

"我好像听见你喊那个跑腿人徐纺了。"当时他站得远,脸没瞧清,"我一定是听错了吧,周小姐怎么可能是——"那个淫贼。

江织冷冰冰的声音:"嘴巴给我闭紧了,你要是把这件事透露出去,不管有意无意,我都会弄死你。"

阿晚哆哆嗦嗦:"我不敢。"嘴上弱唧唧,心里万马奔腾,高风亮节、心地善良、温柔体贴的周小姐居然是淫贼!

周徐纺还在洗漱,江织挂了阿晚的电话,坐了一会儿,又拨了个号码。

"江、江少?"

是第五人民医院的孙副院长。

江织走去阳台,看了一眼浴室,把声音压低了:"是我。"

"您这么晚打过来有什么事吗?"

江织十八岁的时候也抽烟,抽着玩儿的,也不记得是什么原因戒掉了,没什么瘾,这会儿心烦,竟勾出了烟瘾。他翻了包棉花糖出来,拆了颗扔进嘴里:"有件事要劳烦孙副院长。"

"江少您尽管说。"

他嚼着糖,却没尝出什么甜味儿:"骆常德认得?"

"认得?"

"别弄死了,多折磨几天。"

帝都的医院一大半都是江家的地盘,要弄死个人很容易,要弄得生不如死也很容易。

孙副院长心惊了半天,才回话:"我明白了。"

刚好,浴室的门开了。

周徐纺眼睛湿漉漉的出来:"江织。"她头发也洗了,用毛巾包成一坨。

江织把手机放下："过来。"

她穿着那双粉色的拖鞋，走到他身边去。

江织拉着她坐在沙发上，把她头发打散，没有用吹风机，用毛巾耐着性子给她擦："伤口有没有弄到水？"

"没有。"

江织先放下毛巾，把季非凡开的药拿过来，放在周徐纺手里，他起身去倒了杯温水："先把药吃了。"

"好。"

周徐纺乖乖吞了几颗中药丸。

江织把毛巾罩在她头上，捧着她的脸，低头在她脸上亲，从额头到下巴，最后是唇："还怕吗？"

她摇头："不怕了。"

"徐纺。"他沉默了会儿，把她抱紧，声音轻得几乎听不到，"告诉我，是谁用钢筋钉你？"

他别的都可以不问，她想说就说，这个不行。他忘不掉她在海边哭得瑟瑟发抖的样子，也不敢想她胸口被钉进钢筋时的模样。

"我不记得了。"她缩在他怀里，"我小时候被送到了国外，在那之前的事情都不记得。"

她不记得是谁，只流了很多血，还有模糊视线里那只肥硕的手。不知道为什么会突然想起这些，或许是因为钢笔扎的伤，也或许是因为骆常德那张让她陌生却恐惧至极的脸。

"我小时候，应该是被人虐待过。"

她怕很多东西，她怕玫瑰花，怕火，怕锤子，怕钢筋，怕骆常德的脸。

江织没说话，抱着她的手微微在抖。

"我现在很好，我遇到你了，现在很好。我也不记得以前了，不会很难过，我还是很走运的，江织，你也别难过。"

她把手放在江织背上，轻轻地拍，轻轻地哄。那些跌跌撞撞摸爬滚打留下的伤都是她受的，她还在安慰他，叫他别难过，叫他别心疼。

江织把脸埋在她肩上，眼睛通红。

这个傻子，也不知道怨，也不知道恨，不像他，怨恨得想杀人，想把她受过的罪千百倍地还回去。

江织原本打算等周徐纺睡着了再走，可周徐纺在做梦，也醒不过来，一直哭。

"徐纺。"

她没有醒,手在挣扎,嘴里含糊不清地喊他的名字。

江织把她抱起来,一直亲她:"我在这。"

周徐纺没有醒,没有看见抱着她的江织眼泪都要下来了。

前半夜下了雨,后半夜风消雨歇,格外的静,放在柜子上的手机突然振动,夜里堪比午夜凶铃。

被子里的人翻了个身,不想管,可手机没完没了地响,不厌其烦地响。

乔南楚骂了句粗话,恼火地接了:"你知道现在几点吗?"

"有事请你帮忙。"

乔南楚烦躁,开了灯坐起来:"你就不能白天找我?说。"

"职业跑腿人Z,不管用什么手段,帮我彻查一下,我想知道她的过往。"

隔着电话乔南楚都能感觉到那边的低气压,这感觉像八年前,当时骆家那个孩子没了,江织就是这个样子,浑身都是煞气,谁也拦不住。他去骆家放了把火。

乔南楚觉得不对劲儿:"你给个理由。"

电话那边沉默了一阵。

"她是周徐纺。"

乔南楚刚摸到的烟掉了:"江织,你居然连我都瞒这么久。"

江织的理由是:"你是个警察。"

"还怕我抓她不成?"

他不置可否。

乔南楚笑骂了句:"她之前在国外活动,不好查,我试试看吧。"

"谢了。"江织倒很少这样正儿八经地道谢。

乔南楚好笑:"你到底找了个什么女朋友?"看着像个不谙世事的小姑娘,生人都不敢见,居然还是个让人闻风丧胆的角色,他可查了几年了,尾巴都没抓到。

江织那个不要脸的回答:"全天下最好的女朋友。"

"滚。"乔南楚把电话挂了。

江织轻手轻脚地回了床边,周徐纺睡得不安稳,眉头一直皱着。他低头,吻落在她眉间:"以后不会让人欺负你了。"

次日早上七点,骆常德被推进了重症监护室。

骆青和赶到的时候,骆常德还没有恢复意识,这个点,整个医院走廊只听得见她的声音:"到底怎么回事?"

"还没有查到。"

男人叫沈越,是她的新秘书,三十上下,国字脸,寸头,看上去刻板又严肃。

"监控呢?"

"那一路的监控全部故障了。"

监控全部故障,就是说是有人蓄意。

这时,病房门开,护士出来了:"病人醒了。"

骆青和问能不能探视,护士说可以,领着她去换了无菌的隔离衣。

骆常德伤到了头部,刚醒,还戴着氧气罩,躺在那里出气多进气少。

骆青和扫了一眼他满身的管子:"是谁弄的?"

骆常德身体动不了,就手指动了动,脸是青的,唇色惨白,一张一合吐出两个字:"江、织。"

骆青和一听是江织脸色就冷了。

"你又去惹他了?我跟你说过多少遍,不要去招他。"

"你——"

他说不出话,心电监护仪上的折线大起大伏。

骆青和根本听不清楚他说什么,俯身靠过去:"你说什么?"

骆常德咬着牙,一字一顿:"你、雇、了、人。"

模模糊糊的,听不清,也听不懂,骆青和站直了,俯视他:"你到底在说什么?"

骆常德哆嗦着手,把氧气罩摘了,发白的嘴唇一抖一抖的:"职……业……Z。"

骆青和听清了最后一个字眼,眉宇轻蹙:"职业跑腿人Z?"

他眼皮一撑,死死瞪她:"是你!"

她这才听懂了来龙去脉:"不是我。"

骆常德显然不信,眼里怒火中烧,氧气罩又摘了,他一时气急攻心,脸憋得发青。

骆青和走上前,把氧气罩给他扣上,手没有立马拿开,顺着输送氧气的管子移到了呼吸机上:"不是我雇的,这件事跟我一点关系都没有,你不信我?"

骆家人,都只信自己。

"我要是想跟你作对,"话点到为止,她把手从呼吸机上拿开了,"是那个Z说的,我雇了她?"

病床上的人目眦尽裂,张张嘴,已经发不出声音,呼吸越来越重。

"嘀——嘀——嘀——"

心电监护仪突然响起了警报,骆常德再次被推进了手术室。

骆青和等在手术室外。

秘书沈越过来:"小骆总。"

骆青和嗯了一声。

"韩封想见您一面。"

她看着手术室门口的灯,眼里像有一把幽幽绿火:"不必见了,叫他安心去,该走的人,若是留恋太久了,对留着的人可不好。"

因为周徐纺"受伤",江织要近身照顾,他就提议搬到周徐纺隔壁的702,十七栋都是周徐纺的,而且七楼精装了,可以直接入住,周徐纺没有拒绝的理由,别说一套房,就是一栋房,江织要她也给。

就这样,江织和周徐纺成了邻居,他花了一天时间,把新家布置好了,贴一整面墙的粉色墙纸,阳台的榻榻米上东倒西歪放着的几只粉色兔子玩偶,柜子上的杯子、沙发上的抱枕、玄关墙上的风铃,全是暖暖的粉色。

周徐纺很吃惊:"好多粉色啊。"

江织在青山公馆的装修是禁欲风格,这里却弄得特别少女。

江织牵她去粉色的沙发上坐着,把备用钥匙给她:"喜不喜欢?"

她拼命点头。

"你喜欢就成。"

她抱住他的腰,往他怀里扎,笑得像只餍足的猫:"江织,你真好。"

他不好,他只对她一个人仁慈、善良。

圣诞节那天,周徐纺一觉醒来,发现枕头下全是糖果,是江织塞的,他有她这边的钥匙。江织拎了早饭进屋。

周徐纺下床:"为什么枕头下面有糖?"

"今天是圣诞节。"他捋了捋被她睡觉时压弯了的头发,"想要什么,都满足你。"

他低头,想亲亲她。周徐纺躲开:"要刷牙。"就不能懂一点点情趣!

刷完牙,周徐纺问:"今天不用去片场吗?"她开了水龙头,接了一抔冷水就往脸上浇。

江织抓住她的手,把她手里的水抖掉,给她把冷水调成了温水:"今天放假,我们出去约会。"

她不洗脸了,兴高采烈地问江织:"去哪里?"

"游乐园。"他拿了条毛巾,浸了水给她擦脸,"去过吗?"

"没有。"

她没玩过的,她没吃过的,他都要补给她。

他们穿了情侣衫去游乐园,因为是圣诞节,游乐园在搞活动,人山人海的特别热闹,外面街上还好,游乐园里面节日氛围很浓,四处都能看见戴着圣诞帽的工作人员,还有挂满了铃铛和串灯的圣诞树。

他们坐了旋转木马和摩天轮,吃了棉花糖和冰激凌,还一起戴了恶魔与天使的圣诞头箍。周徐纺很开心,嘴角的笑从出门就没停过,她吃了两桶草莓味的冰激凌、两瓶牛奶、一桶炸鸡,还有四根棉花糖。

江织觉得得控制一下他女朋友的零食了,尤其是高糖分食品,这么想了一下,他又带周徐纺去买甜品了,因为她吵着想吃。

甜品店门口的位置有一棵很大的圣诞树,树上挂着各种颜色的彩纸,彩纸系了线,线上串着铃铛,风一吹叮叮当当地响,树下还有一堆礼品盒,礼品盒旁边站着圣诞老人,他说二十块钱就可以在树上挂两个愿望,还可以得到圣诞老人的一个礼物。

都是小朋友去许愿,只有周徐纺一个大朋友。

圣诞老人淡定地把松掉了的胡子贴牢了,问面前的大朋友:"二十块钱两个愿望,要写吗?"

周徐纺:"要。"

圣诞老人给了她两张彩纸。

周徐纺写完愿望,挑了两个粉色铃铛,系好,把愿望挂到树上去。

圣诞老人对她露出了慈祥的微笑,并且送给了她一个礼物,礼物是一根很大的棒棒糖。

周徐纺把糖送给了一个小朋友。

江织端了甜品回座位:"许了什么愿?"

她语气颇严肃:"不可以说,说了不灵。"

他把甜品推到她面前,语气像教育小孩的大人:"纺宝,都是骗小孩的。"

"我知道啊。"她看着他,眼睛里黑白分明,清透干净得没有一丝杂质,"我很想许愿,就让他骗好了。"

她犹如赤子,还有着童心。江织摸摸她的头。

甜品里的樱桃很好吃,周徐纺尝了一个,把剩下的一个挑出来放到江织的碟子里。

吃完后,周徐纺去洗手间了,江织也没有回座位,靠在收银台等她。这时,有客人进店里,门一推开,风吹进来,圣诞树上掉下来几张彩纸,圣诞老人走过去,捡起来,瞅瞅没人注意,挪到垃圾桶旁边,刚要扔掉——

饱含警告的声音冷冰冰:"挂回去。"

圣诞老人抬头,尴尬了。

一双漂亮的桃花眼落在那两张粉色的纸上:"把我女朋友的愿望挂回去。"

哦,是那个大朋友的男朋友啊。

圣诞老人干笑:"风吹掉的,我正要挂回去呢。"他摸摸后颈,把粉色的愿望纸系回树上了。

江织站着，盯着那树瞧了一会儿，没忍住，走过去，打开了周徐纺的愿望，两个愿望一模一样，上面是端端正正的字迹，力透纸背，她写道：愿江织长命百岁。

江织笑了笑，把纸张卷好，又系回去："给我纸和笔。"

圣诞老人递上了一盒纸。

江织挑了两张粉色的，想了一会儿，下了笔，龙飞凤舞，他写了一句话：愿周徐纺百岁无忧。

写完后，江织用线绑着，串了两个粉色铃铛，再系到圣诞树上，就系在周徐纺的愿望纸旁边，怕再被风吹掉，他打了两个死结。

弄好了，周徐纺刚好出来："江织。"江织回头看她，眼里灿若星辰。

一月九号，许九如寿宴，骆常德还没出院，骆怀雨带着两个孙女去江家拜寿，并亲自赔礼，道江织落水一案是他骆家没有管教好底下人。

当天江织没有出席，因为落水之后落了病根，天气一冷身子骨就受不住，这几天在医院养着。许九如以此为由，问骆怀雨要了一株灵芝，说是给江织补身子。那株灵芝可以说是骆家的镇宅之宝，骆怀雨自然舍不得，可落水案的凶手韩封是他骆家的人，他理亏在前，这灵芝再不舍也得给。

这里就不得不提一下寿宴上发生的另一件事，骆颖和不是有暴躁症嘛，在寿宴上发病了，用花束把堂姐骆青和打了一顿，薛宝怡当时也在寿宴上，一眼就认出那花不寻常，找人一查，竟是秋露华。

秋露华是违禁植物，花瓣散出的药香闻久了会致幻，许九如命人彻查，查到了秦世瑜头上。当天，骆青和被打的视频就上了热搜，骆颖和与骆家一道遭了殃，被网民取笑。

乔南楚晚上去医院"探病"，提起了这事儿。江织病恹恹地窝在病床上，问了句："非法购入并培育违禁植物，能关多久？"

"情节不严重，不会很久，你搞的鬼啊？"

江织不承认也不否认。

乔南楚觉得有意思："那你是想搞骆家姐妹，还是秦世瑜？"

"秦世瑜，"他说得像是跟他没关系似的，"骆家只是顺带。"

乔南楚问这阴险的家伙："他得罪你了？"

"我已经停药了，秦世瑜很碍事。"他唇红齿白面若白葱，一副病西施的模样，"而且我也想知道，我的'病'他有没有在中间添砖加瓦。"

秦世瑜藏得深，是敌是友他还没摸清楚，没那个耐心，弄了再说。

"我先前劝了你那么久，你也不听，刚交了女朋友就停药。"乔南楚打趣，

"织哥儿，你是打算父凭子贵吗？"

江织心情顿时好了："这个建议不错。"还真想父凭子贵啊。

做兄弟的，当然得献策了："那我建议你先治好不育。"

江织冷眼，能不提这事儿？

行，不戳他伤口，乔南楚说正经的："我问过专业人士，秋露华的花香会加速神经刺激，是有致幻作用，但是会不会对暴躁症患者起负面反应，目前还没有任何这方面的相关研究。"也就是说，骆颖和发病不一定跟那束花有关。

江织心不在焉，看着手机等外出打工的女朋友给他微信。

"骆颖和，是不是你另外下药了？"

江织没回答，给周徐纺发了一个亲亲的表情包。

晚上许九如过来了。

"如果只是违禁植物，还能保释出来，不过这件事牵扯了骆家，世瑜恐怕要在里头待上一阵子。"许九如说，"这段时间，就先让孙副院长给你照看着身子。"江织没意见。

许九如走后，周徐纺就来了。

江织去把门关好，拉周徐纺到病床上坐着："徐纺，你喜欢小孩吗？"

周徐纺没有多想："喜欢。"

江织语气别别扭扭的："那我要不要去看病？"

周徐纺一时没反应过来："你不舒服吗？"江织虽然身体不好，但这次住院她知道是骗骆家的，不然要不到灵芝。

他含含糊糊地说了一句，周徐纺听力好，听清楚了。

他说："不育。"

周徐纺很不好意思："随、随你。"

"随我没用，这事儿得你做主。"江织说得不自然，但很强硬，"你想要我就跟你生。"

他是认真的，有没有子嗣他无所谓，这事儿都看周徐纺的意思。

"那你呢？你喜欢小孩吗？"

江织不假思索地摇头："不喜欢。"

他见过乔南楚堂哥家的小孩，又吵又皮，一点点儿大，训了听不懂，打又打不得，就是个麻烦的小拖油瓶，他对小孩一点好感都没有。

不过，如果是周徐纺生的小团子，黑漆漆的小团子，不爱说话，萌萌的一小坨……他嘴角往上跑："你生的我就喜欢。"

"你不介意吗？万一像我。"她的基因是可遗传的。

江织想也没想:"最好像你,是个法力无边的小仙女。"

周徐纺没有接话,她不希望像她,她希望像江织,全部像他。

江织见她不出声,怕她不开心:"你要是不想——"

"去治吧。"

江织眼角弯了弯:"好。"

第二天上午,江织打点好医院就秘密出院了。九点,他和周徐纺一起去了季非凡的诊所。

季非凡应该是刚起,一头黑白相间、根数不多的头发东倒西歪,没盖住光溜溜的"地中海",眯着睡眼看了看门口来的病人。

"怎么又是你俩?"

周徐纺很懂礼貌,进门先问候:"季叔叔好。"

季非凡把俩人各打量了一番:"你俩谁看病?"

周徐纺回答:"是江织。"

江织跟在她后面,一脸别扭,冷着张美人脸,闷不吭声。

季非凡又瞅了他一眼,这气色还不错啊,看什么病:"跟我进来。"

小两口跟着进了诊室。

季非凡不知从哪里拿来一瓶奶,插上吸管吸了一口,问江织:"哪里有毛病?"

他半天不说,坐在椅子上跟个大爷似的,就看着女朋友,那眼神别别扭扭,又奇奇怪怪得很,像村口那个忸怩作态的小媳妇。

他一直不开口,周徐纺就代为回答了:"不育。"

季非凡一口奶差点喷出来:"不育啊。"

周徐纺镇定自若:"嗯,不育。"

关于不育这个话题,往深了聊肯定会少儿不宜,江织坐不住了:"徐纺,你跟我来一下。"

"哦。"周徐纺跟着江织出去了,他让她坐在外面候诊的椅子上:"你在这里等我。"

他害羞了,周徐纺就依他好了:"好。"

"那我进去了。"

江织就进去了,不到十秒,又出来了,满脸的不放心。

"怎么了?"

"你带耳机了吗?"

周徐纺点头,从包里把耳机掏出来。江织给她戴上耳机,放了一首歌:"不准偷听。"

周徐纺点头，眼神真诚。江织这才进去，并且把门关上。

季非凡喷了几声，还真没看出来，这家伙居然还是个小纯情："宝怡给你那药停了？"

江织拉椅子坐下："停了。"

"停多久了？"

"快一个月。"

季非凡把牛奶盒扔了，面不改色："性功——"

"正常。"

季非凡想笑，但他是个正经医生，要忍住："手伸过来。"

江织把手伸过去。

号完脉，季非凡露出了"情况不太妙"的表情："乱七八糟的药吃太多了，身体底子很差。"

江织眉头一皱："不能治？"

"看你造化。"季非凡拿笔，写了张方子，"先吃一段时间的药试试。"

十多分钟，江织就出来了。周徐纺规规矩矩地坐在候诊椅上，一副乖巧的样子。

江织走过去，把她耳机拿下来："有没有偷听？"

"没有。"

"药还没抓好，再等一会儿。"

"好。"

江织挨着她坐下，把她的手拉过去牵在手里："下午你来医院陪我。"

"不陪。"

江织在她手心戳了一下，再戳一下，泄愤。周徐纺被他戳得手痒，把手收起来，不给他握着，她解释："我下午要跑任务。"

"什么任务？危不危险？"

"不危险。"周徐纺想了想，还是没把任务内容告诉江织。

江织话题转得很自然："徐纺，季医生开的药一天吃几次？"

"一次，三碗水煎一碗药。"

就知道是这样，江织在她脸上戳了一下："你偷听了。"

周徐纺埋头：江织好奸诈啊。

他把她因为做贼心虚而埋着的脑袋端起来，眼睛对着眼睛，他在笑，不怀好意："这么好奇啊？"

周徐纺耳朵已经红了。

江织好笑，唇凑近她耳边，轻轻吹了吹："那要不要我跟你仔细说说？"

她认怂:"不要。"

她就是只纸老虎。江织笑,在她耳尖的地方嘬了一口。

下午,周徐纺去跑任务,江织继续"住院",可能周徐纺没在,他提不起劲儿,也睡不着觉,拿着手机等女朋友消息。傍晚的时候,薛宝怡直接在群里艾特了他。

帝都第一帅:"织哥儿,我老师说你去看不育了@我女朋友纺宝小祖宗"

他故意的!

我女朋友纺宝小祖宗:"薛宝怡,撤回!"

帝都第一帅:"就不!"

江织想拧断他的头了。

乔南楚:"我有个朋友也有这个病,有偏方要不要?"

我女朋友纺宝小祖宗:"差不多就行了,别激我,不然灭口。"

乔南楚:"我闭嘴。"

薛宝怡看热闹不嫌事大,开始疯狂发小广告了。

帝都第一帅:"治疗不育不孕,到帝都××医院。"

帝都第一帅:"××不育不孕医院,好'孕'伴你行。"

帝都第一帅:"××医院,见证生命的奇迹。"

我女朋友纺宝小祖宗已退出了群聊。

帝都第一帅:"哈哈哈哈哈……"

江织烦躁地把手机扔在了桌子上,一脸的不爽。

也不知道又是谁招惹小祖宗生气了,为了不被殃及,阿晚说话都温柔了好几个度:"老板,骆家把灵芝送过来了,是送去老宅,还是?"

"留着。"

阿晚明白了:"那我让我家宋女士给您做。"

江织嗯了一声:"周徐纺不吃鸡蛋。"

阿晚懂了,灵芝是要给宝贝女朋友吃的。

江织躺了会儿,从病床旁的柜子里拿了袋煎好了的中药,倒了碗热水,把真空装的中药泡在里面加热。

阿晚凑上去:"这是什么药?老夫人送过来的吗?"

江织冷漠地下逐客令:"你怎么还没走?"

"哦,走了。"

五分钟药就温好了,江织用牙齿撕了个口子,喝了两口,给周徐纺打电话,她接得很快。

"徐纺,任务跑完了?"

"跑完了。"周徐纺问，"你在做什么呀？"

江织吞了两口中药："喝季医生开的药。"

"苦吗？"

应该苦吧，他当了这么多年药罐子，不记得喝了多少药，早麻木了，不过她这么问，心疼似的，他就想作一下，让她哄哄。

他说："特别苦。"

"那你吃点棉花糖。"

"不想吃糖。"江织把空了的药袋子扔进垃圾桶里，语气故意压得软趴趴，"想亲你。"江织很会撒娇。

他这么说话，周徐纺就忍不住什么都听他的、什么都给他，特别心软："那我现在去你那。"

江织满意了，哪里真舍得折腾她："太晚了，明天我出院去找你。"

"好。"

江织刚想哄着她再说些好听的话，她就说："我朋友找我，我待会儿再给你打。"

"哪个朋友？"

"我的搭档。"她说，"是女孩子。"

估计跟她的跑腿工作有关，江织没有多问："等你电话。"

"好。"

周徐纺挂了电话，坐到电脑前。

屏幕上接着两行字弹出来："头发已经给唐想了，她并没有立刻送去鉴定，我在她手机里装了监听，等有结果了我再通知你。"

"好。"

"新任务的资料我已经发给你了，那个雇主是匿名，雇佣金五百万，让我们转移一包钻石。"霜降问，"接吗？"

周徐纺思考了会儿："接。"

霜降把任务内容发过来："货在京柏城三楼的储物柜，明晚九点，景明路二十八号街尾交货。"

这次的雇主匿名，只有一个不知道真假的姓氏，姓张。

次日早上八点，江织来接周徐纺去吃早茶。两人一上车，江织就靠在她肩上闭目养神，他脸色不是很好。

周徐纺把肩膀放低，让他靠得舒服一些："怎么了？身体不舒服吗？"

他在她肩上蹭了两下才睁开眼，没睡醒似的："困。"

"你晚上熬夜了吗？"

他声音有点鼻音："做了一晚上的梦。"

"梦了什么？"

他氤氲的桃花眼里有一盏朦胧的花色："你。"周徐纺偷偷地笑。

江织头枕在他肩上，抬起时唇刚好就落在她脸上，他啄了两下："不问问你在我梦里做了什么？"

"做了什么？"

她跟只兔子似的，随便挖个坑，她就往里蹲。

他凑到她耳边："你压着我——"

她立马捂住他的嘴，贼心虚地瞄了一眼主驾驶的阿晚，羞红了脸："你不要说了。"她想到了那个表情包……

哼，江织没羞没臊！

没羞没臊的江织笑了，拿开她的手："懂了？"

她点头，耳朵被烫红了。

江织不逗她了，困得厉害："昨晚应该是季非凡的药起作用了，也不知道他在那药里放了什么。"他躺下，枕在她腿上，"我再眯会儿，到了叫我。"

周徐纺坐好不动，让江织躺着睡觉。刚躺下没一会儿，他手机就响了，他懒得管，周徐纺便伸手到他外套口袋里，把手机掏出来。

他枕着她的腿，没睁眼："谁打来的？"

"是乔先生。"

"你帮我接。"

他继续睡他的，周徐纺转过头去，捂住手机的听筒，小声地接电话："你好。"

乔南楚："是弟妹？"

"嗯，是。"周徐纺声音小得跟说悄悄话似的，"江织在睡觉。"

"没别的什么事，跟江织说一声，韩封在牢里自杀了。"

周徐纺只听不问："好。"

这么乖巧的小姑娘，怎么看也不像个职业跑腿人。乔南楚挂了电话。

"乔队。"是刑事情报科的同事李晓东，"我们的电脑被黑客入侵了，对方发了一条举报消息过来。"

乔南楚走到他电脑前："什么内容？"

李晓东迅速敲动键盘，屏幕上一满屏的代码在不停地滚动，定格后，他点击进入。

"今晚九点，景明路二十八号，有毒品交易，而且还透露了明确数量和接头人。"

乔南楚短暂思索后:"路宁,追一下举报地址。"

路宁活动活动手指:"好。"

情报科除了负责刑事案件的信息搜集、处理、储存之外,也会负责警局所有秘密行动的信息中转,是一张巨大的情报网,与缉私局、缉毒队合作最多。

乔南楚拨了一通电话到缉毒队。

"萧队,有件事要你确认一下。"

下午江织只有一场戏,也是《无野》的最后一场戏,拍完就杀青,就这最后一场戏,周徐纺还去当了群演。

一堆大佬们在畅谈下一个改革计划,周徐纺作为没有正面镜头的群演,去给大佬们倒了一杯茶。

杀青后,制片请下午茶,江织以身体不适推了,顺带把群演周徐纺拐去了休息室,用两个甜筒拐的。

"晚上有杀青宴,你陪我去?"

周徐纺舔着草莓味的甜筒,怀里还抱着江织的棉花糖盒子,她发现了一种新吃法,用棉花糖蘸着甜筒吃,味道简直棒极了,她吃得很满足,眼睛惬意地半眯着:"都是剧组的人,我去不合适。"

别人家女朋友都是走哪跟哪,他家这个,太不黏人。

"怎么不合适?你也是剧组的人。"江织说得正儿八经,"你是剧组杰出的群演代表。"

杰出的群演代表周徐纺舔了一口甜筒,拒绝了剧组导演的相邀:"我不去了,有工作。"

"几点,在哪?"

"九点,景明路。"周徐纺简单概括了一下任务内容,"送一个包裹。"

想叫她不要去,又觉得会显得他无理取闹不识大体,江织就问:"不能带我去?我不会妨碍你。"

周徐纺摇头:"你在我会分心。"她的自保能力足够了,江织去了她会担心他。

江织把她手里的甜筒没收了:"为什么接那么多工作?"

"赚钱啊。"

"我有钱。"

"你的钱要拿去搞事业,我的钱就用来养你。"周徐纺拿着颗糖,扶着江织的手去蘸他手里的甜筒,"我看电视上,企业家赚钱容易,破产也容易,我有钱就不怕了,就算你搞事业搞失败了,我也可以让你过大富大贵的日子。"

江织被大富大贵四个字哄到了,漂亮的眸子里如坠了星河,他把甜筒还给她了,蘸着糖喂给她吃:"我不会破产,不用你养。"

"就算不破产,你以后还要跟江家对抗,需要很多资本,我给不了你很多,只能让你衣食无忧。"

这话越听江织越觉得好听,满心欢喜都从眼睛里跑出来。

说到了这里,周徐纺就开始专心致志地做起了规划:"你现在二十四岁,活到一百岁的话,还有七十六年,你又这么娇气,吃东西要吃最好的,穿也要穿最好的,还有车子房子,每年就算不给你买钻石手表,也要好几千万,七十六年的话……"她简单算了一下,"要好多钱呢,我还没攒够。"

她还想给江织买钻石手表,江织的朋友都有,他怎么能没有。所以,她还得攒钱。

江织被她哄得心花怒放了,顾不上这算不算吃软饭:"我可以不吃好的,不穿好的,房子车子手表也不要,就要你就行。"

"那怎么行,你怎么可以穷养,必须富养!"

江织笑得肩膀都抖了。周徐纺很严肃:"你别笑,我没开玩笑。"

"嗯,我不笑。"

他嘴巴还在笑,眼睛也还在笑,一边笑一边把她按在沙发上亲个不停。

晚上八点,灯红酒绿的夜生活刚刚开始。

杀青宴是在酒吧办的,江织包了一层楼,任他们闹。当然,怎么闹也没人敢在他面前闹,他嫌吵,找了个角落坐着,看着手表百无聊赖地数时间。

"江导。"

江织抬了抬眼皮子。方理想的私服一直很一言难尽啊,来酒吧穿了件花色的大袄子,进来不到半小时,热成了一条狗,她喘着问:"徐纺怎么没来?"

"她赚钱养家去了。"所以,江导您就负责貌美如花吗?

方理想真心实意地称赞:"徐纺真贤惠啊。"

江织回:"嗯。"他接着看手表数时间。

一轮酒之后,几个演员过来敬酒了。

江织兴致缺缺,一律拒绝了:"开车来的,不喝酒。"

旁边的制片人大着胆子调侃:"家里那位管得很严吧?"

"不怎么管。"江织往高脚杯里倒了杯牛奶,没抬眼,坐在最暗的一处灯光下,像从画里走出来的清贵公子,"我自觉。"

搂着美人的电影人们都很尴尬。

晚上八点半,离交货时间还有半个小时,缉毒队的萧队给乔南楚回复了。

"数量对上了,的确是我们正在追的那批货。"

乔南楚问:"路线呢?"

"我们的人已经去'踩点'了。"萧队也在现场潜伏,声音压得很低,"举报人的地址查到了吗?"

"是个高级黑客,地址是假的。"

"这是怎么回事?联系了我们这边派出去的卧底,消息不是他们放出来的。"不是卧底,会是谁举报的呢?

"先看看真假吧。"乔南楚挂了电话。

"队长。"路宁手没停,飞快地操作电脑,"景明路的监控被人截了。"

情报科整个网络技术组都在加班,乔南楚亲自坐镇:"谁截的?"

路宁摇头:"只有这个。"她的电脑里弹出来满满一屏海绵宝宝。

"这个海绵宝宝,"李晓东凑过来,看了又看,"怎么看着有点眼熟。"

路宁调出来另外一个页面:"这俩像不像?"

"的确像同一个人的作风。"李晓东对比了两屏幕的海绵宝宝,"这谁啊?"

"我们的老对头,霜降。"路宁说,"我们上次追她的地址,也是查到了一屏的海绵宝宝。"

霜降,职业跑腿人 Z 的搭档。

◆第四章◆
哦,原来江织是装病

这个点,华灯初上,纸醉金迷。

刚切完杀青的蛋糕,酒吧的重金属乐就响了,剧组的一个男演员在台上打碟,镭射灯忽闪忽闪,气氛火爆。

薛宝怡美哉美哉地喝着小酒,时不时逗逗身边的美人,惹得美人娇笑连连,与美人玩闹的闲暇里抬了个头,刚好瞅见江织从座位上站起来。

"织哥儿,你去哪呢?"

江织也不理他。

他起身过去:"你就走了?这杀青宴你可是主角儿,哪有撂摊子的理。"

江织兴致索然:"八点半了。"

"才八点半。"

"周徐纺那边九点结束,我要过去接她。"

薛宝怡笑骂:"德行。"真是一刻都离不得周徐纺。

这时,江织的电话响了。

江织接了,是乔南楚,说了什么他也没听清楚,台上打碟的声音太大,他听着烦躁不已:"有点吵,你大声点。"他拿了张卡给薛宝怡,"帮我结账。"

说完,他直接往外走。

电话里,乔南楚言简意赅:"周徐纺是不是去景明路了?"

江织脚步停下:"你怎么知道?"

"有人秘密举报,景明路今晚有毒品交易,而且周徐纺的搭档截了景明路的监控。"

江织快步往外走:"周徐纺从来不碰非法交易。"他笃定,"是陷阱。"

乔南楚认同:"我也怀疑这事儿不简单,可能有第三方在操控。"

"有任何情况,联系我。"

挂断后,江织拨了周徐纺的电话,打不通,她关机了。她跑任务的时候,一般都不会开机。江织深吸了一口气,走进夜色里。

车停在酒吧的外面,阿晚下车:"老板,你怎么就出来了?"

江织拉开车门坐进去:"去景明路。"

八点四十五,刑事情报科的办公室里很静,只有键盘飞快敲击的声音。

技术组姚安突然惊喊一声:"乔队!你快来看。"

乔南楚把抽了一半的烟按在了烟灰缸里,起身过去。

姚安把屏幕上移动的红点拉大,标了一条线路出来:"这个定位器移动的方向刚好是景明路。"

"谁发过来的?"

"还是那个举报人。"

乔南楚思忖了片刻:"先把定位发给萧队。"

"好。"

八点四十六。

至一总部,一眼望过去全是电脑,里面装修很数字化,三面投影,一面监控墙,几乎隔几步就有一台触屏的显示屏。

至一成立才一年,已经是国内最大的跑腿公司。

"老大。"男人三十多,格子衬衫,戴着眼镜,坐在电脑前,手指飞快地在键盘上移动,"定位已经发给警察了。"

被唤作老大的男人,寸头,国字脸,浓眉大眼,很高很壮,他是至一的负责人赢哥,手上纹了花臂,额角有一块硬币大小的疤。

赢哥走过去,手撑在桌子上,袖子挽着,整个花臂露出来:"痕迹都处理干净了没有?"

"我办事您放心,定位就在货上面,已经发给警方了,这次没跑了,那个Z肯定会完蛋。"

赢哥抽了根雪茄出来。

至一的四把手叫雷霆,他上前,给赢哥点上火:"哥,这事儿要是让张总知道了,恐怕会影响我们日后的合作。"

"他已经选了Z,这个顾客不如不要,再说了,"赢哥抽了口雪茄,"我们至一要做大,Z必须完蛋。"

晚上八点五十九,景明路。

对面的公园里广场舞的音乐震耳欲聋,隔着一条街,这边小巷子里冷冷清清,只是偶尔有行人路过。

缉毒队的便衣们就混在那些行人里,"不经意"地路过。

九点整,路边摆摊卖氢气球的男人动了动耳麦,低声道:"一号位,目标未出现。"

隔了十米。

绿化带旁坐着的一对情侣站起来,男人拉了拉帽子:"二号位,目标未出现。"

再隔十米。

"三号位,目标未出现。"

景明路二十八号是街尾,只有一家关门了的幼儿园,那里就是交货地点,可目标始终未曾出现。

晚上九点十六分,至一总部。

赢哥接到了手底下人的电话。

"被抓了吗?"

"没有。"

赢哥从老板椅上站了起来:"怎么回事?"

电话那头的人汇报:"警察去了景明路,但是Z没有出现。"

"说什么屁话!Z没去景明路,那她去哪了?"

去哪了呀?

女孩子声音压低低的:"我在这呢。"

门被推开,周徐纺穿了一身黑,扛着一根棒球棍就进来了。黑色鸭舌帽遮住了额头,下面是一副有特殊功能的眼镜,口罩也是黑色,皮衣套卫衣,搭黑色铅笔裤，马丁靴，利索又干净，走起路来不带风，带的是杀气。

她会找来至一的大本营完全在意料之外，赢哥惊愕，眼里有一闪而过的慌乱，手臂的肌肉全部绷起，是随时战斗的状态："你怎么会在这？"

当然是算账了。

周徐纺把黑色的背包取下来，扔在地上，手里拖着根棒球棍，往前走了两步，停下，然后抬起棒球棍，对着门口那台电脑就砸。

电脑屏幕瞬间四分五裂了。

赢哥退了半步，大办公室里所有电脑技术人员全部噤若寒蝉，这一声响，至一的打手们全部闻声出来了，楼上楼下，少说也有三四十人。

只见周徐纺拎着根铁棒子，敲了敲电脑桌，分明是女孩子，一开口气势凌人："算计我是吧？"

时间拨回四十分钟前。

周徐纺从京柏城三楼的储物柜里把货取出来，她没有走陆路，怕有人追踪，走了"空路"，就是奔走在大楼与大楼之间，虽然累了点，但安全。

刚出京柏城不到一千米，霜降就叫她停下。

"徐纺，不太对劲。"

周徐纺停在一栋楼的楼顶，往下俯瞰是车水马龙的大街："怎么了？"

耳麦里是霜降的合成声音："除了我，警方也在调这一路的监控。"

周徐纺放下包，打开，把一层一层的白色包装纸撕开，撕到最里面一层，脸色就沉了："我们被算计了，包里不是钻石，是毒品。"

"你找一下，看有没有定位追踪？"

周徐纺把包翻过来："有。"

"等我三分钟。"

"好。"

周徐纺先找了个地方坐下，掂了掂包里的重量，这个量，够判死刑了。

不多不少，三分钟，霜降把定位器查出来了："定位的服务器在至一的总部。"

有两种可能。

第一种，是至一搞出来，再举报给警方，拉她下水。第二种，交易不是至一牵头，但他们知情，并从中作梗，拉她下水。

不管是哪种，至一都惹到她了。她心情差到极点了，本来九点要去见江织的，这下恐怕要推迟了。

霜降问她的意思："怎么办？"

"去算账。"周徐纺不喜欢事端，但是别人害她，她也要报复回去，不立威，跑腿人的圈子还怎么混。"

时间回到晚上九点十六，至一总部。

周徐纺拎着金属的棒球棍，敲着桌子，嗓音压得低沉："算计我是吧？"

赢哥抬了抬手，办公室里的技术员们全部退后，随后一个个身材壮硕的打手们围上来。他面色凶狠，额角的疤隐隐抽动，目光像毒蛇，盯着周徐纺："你知道这是什么地方吗？一个人就敢来？"

周徐纺没说话，抬起棒子，又是一砸。又一台电脑四分五裂了，连带旁边的玻璃门也应声而裂。

她蹲下，把铁棍子放在肩上，系好松了的鞋带，抬起头，眼镜下的眸子穿透过镜片，杀气凛然："那你知道我是谁？有我不敢去的地方？"她把卫衣帽子戴上，套在鸭舌帽外面，站起来，掂了掂手里的棒球棍，"业内顶尖，可不是你们能惹的。"

好大的口气啊。

赢哥拍了拍手，花臂上的肌肉一块一块的凸起，眼里有跃跃欲试的兴奋，他大声喊道："兄弟们，都给我好好招待贵客。"

话落，十几个魁梧健壮的男人朝周徐纺逼近。她面不改色，高高抛起手里的棒球棍，一跃而起，接住棍子，再狠狠落下。

晚上九点二十三。

霜降收到了一封邮件，她以为是雇佣邮件，点开才发现不是，里面只有一句话：

"告诉我周徐纺的位置，我是江织。"

她不放心周徐纺，犹豫了很久，还是把定位发给了江织："帮她找个帮手，要能打的。"

景明路附近，一辆灰色宾利停了有几分钟。

车里的阿晚到现在也没搞清楚发生了什么事，气氛有点古怪，他也不敢问，就默默地充当称职的司机。

江织查看完手机里的定位："你下车。"

"啊？"

"下车。"江织直接下了车，拉开主驾驶的门，"快点！"

阿晚蒙逼地下了车："您一个人干吗去啊？"

江织坐进去，一踩油门，走了。

晚上九点四十五。

至一的总部，地上已经躺了不少人了。

周徐纺一脚踩在一个男人的肚子上："只要你把来龙去脉给我交代清楚了，

我就到此为止。"

赢哥面不改色："什么来龙去脉?"

装傻是吧。

周徐纺抬头,看三米之外的一群人："太慢了,一起上吧。"

脚下的男人挣扎不停,试图用脚侧踢,她一棍子敲中了他的小腿,他嗷嗷叫了几声,就老实不动了。

赢哥看了看地上躺下的人,笑了："全部只打腿,不伤人命,这就是你的规矩?"

周徐纺把脚下那个踢开,棒球棍扛到肩上,一口气放倒了十几个人,她气都不喘："打腿也可以把你们打趴下。"

女孩子到底是女孩子,不适合这个凶残的圈子。

赢哥突然生出了一股冲动,想扯了她的口罩看看,看看是个什么样的女孩子,竟有本事让他这样兴奋。

"这里有六十几个人,我倒要看看,是我们先被打趴下,还是你先累趴下。"他走到桌子旁,拿了根高尔夫球杆,"我从不打女人,你是第一个。"

说完他抬起球杆,朝周徐纺进攻,正向对她,狠狠一球杆就往她脸上挥,就在快要碰到的咫尺间,她侧身一闪,动作看上去不紧不慢,轻而易举地躲开了。

球杆挥了空,砸在了墙上,顿时凹进去了一块。

周徐纺看了一眼,很客观地评价："力道可以,速度太慢了。"

不愧是业内第一,不是花架子。

赢哥单手拿高尔夫球杆,跳起来前扑,同时高举球杆,往左劈,对准的是周徐纺的右肩。她下腰,一闪,绕到他身后了,被高尔夫球杆砸中的玻璃瞬间破裂。

这家伙好快的速度!

赢哥活动活动脖子,长呼了一口气,双手握紧球杆,迅速移动位置,到离她不足杆长的距离,抬起球杆自下而上攻击她的下巴,这次她没有躲,她伸出一只手来,徒手去接那高尔夫的杆头,手上动作轻飘飘的。

这一下赢哥使了全力,若打在她手上,指骨都能给她震碎了,她却不怕死用手指去截。

啪,很轻的一声响,杆头被她握住了。赢哥愣了一下,大力抽开,却发现球杆在她手里纹丝不动。

她戴着眼镜,稍稍侧着身子,只能看到浓密的睫毛掀动："我不会累趴下,因为我都没用力。"

说完,她捏着杆头,轻轻一折,断了。

球杆突然断裂脱力,赢哥重心不稳,往后趔趄了两步,他立马站稳,伸左脚,朝她左小腿攻击。

周徐纺小转了一圈,抬脚就踩住他的腿,他抽回脚,却抽不动。周徐纺觉得没意思了,脚尖一踢,他整个人飞出去,撞在了墙上,整个背都撞麻了,坐在地上,一时起不来。

从头到尾,他连她衣服角都没碰到。

"你们老大已经趴下了,下一个谁来?"

一屋子人高马大的男人们面面相觑,谁也没有往前。

赢哥扶着墙站起来,铁嗓一喊:"你们给我一起上!"

他话落后,几十个男人蜂拥而上,围住了周徐纺,她被缠住了,一时脱不了身。

铁棒撞击的声音被惨叫声盖过,电脑和桌子都被砸成了碎渣,整个办公室里一片狼藉。倒下的人越来越多,哀嚎不断。

赢哥站在门口,观望了很久,从外套口袋里摸出了一把麻醉枪,瞄准,手指移到扳机。

突然从后面伸出一只手来,骨节分明,肤白剔透,两指捏住了枪口。

"爷最讨厌偷袭了。"

那只手顺着往上,擒住赢哥的手腕,用力一掰,叫声与骨头脱节的声音几乎同时响起。一只胳膊被卸了。

赢哥半边身子都痛麻了,他回头,只见那卸了他一只胳膊的男人抱手站着,穿了一身黑,头戴鸭舌帽,口罩覆面,生了一双又妖又纯的桃花眼。

他压了压帽子:"大人,我来了。"

周徐纺听闻声音,立马回了头,她风平浪静的眸子顿时风起云涌,一脚踢开缠斗的男人,快速到了江织身边。

"你来干什么!"

原本她玩儿似的,随便打打,江织一来,她整个神经都绷紧了,目光四扫,严阵以待,盯紧前面靠近的敌人,没回头,拽着江织的衣服一扯:"你快走。"

她迅速回头,吼了一声:"快点!"

江织站在后面:"来保护你啊。"

周徐纺急了,手里的棒球棍被她捏得紧紧的,她一边防备靠近的敌人,一边低声催促江织:"我不用保护,你快走。"后面的人不动。

她伸手,戳他小腹,想把他戳走:"快走好不好?嗯?"

因为紧张,她手心有些出汗,一只手握着棒球棍,一只手呈张开的姿态,挡在江织前面，像只护犊子的母豹子呢。

江织抬起手，牵住了她那只张开的手，站到她身侧，与她比肩，他声音低低的，就她能听得到。

"纺宝，不要慌。"

周徐纺回头："可你的身体——"

话没说完，有人趁她回头，一棒子敲过来。

江织拽着她后退，躲开后，他立马把她推到身后，捡起那根折了杆头的高尔夫球杆，纵身跳起，脚踝钩住一人腿部，用力把人摔在地上，那人想爬起来，他将球杆掉了个头，蹲下，直接把尖锐的一端扎进了那人肩膀里。

"啊！"

血溅出来了，把白色的墙染红。

江织抓着球杆，狠狠一拉，又从皮肉里拔出来，白皙修长的手指沾了血，他一脚踩着肩膀还在流血的男人，慢条斯理地把手上的血擦在男人的衣服上，抬抬眼皮，桃花眼里媚态没了，全是煞气："我不同，我不止废你们的腿，我还取你们的命。"

周徐纺愣住了，她从来没见过，杀伤力这么大的江织。

就在她愣神的片刻里，江织放倒了六个人，地上横七竖八的躺了一地的人，伤得都很严重。

江织手里那根高尔夫球杆已经被血染红一半了，他拿着拄在地上，敲一下血就滴一下。

"别再爬起来了，再打，我就不保证你们还能治得好了。"

至一的兄弟们伤的、没伤的、残的、没残的、站的、躺的……都杵着不动，不敢上前了。

Z不伤人，小打小闹，可这个男的就凶残了，他招招都跟要杀人似的。六十几个弟兄，都不敢贸然上前了。

形势不妙，赢哥立马大喝了一声："都杵着干什么！谁能把他们两个拿下，赏金随便开！"

重赏之下，当然有不怕死的。

不少人蠢蠢欲动，迈出了脚，往前逼近，有的拿了电棍，有的拔了匕首，这是真要拼命了。

周徐纺担心江织体力不支，推他："你先走。"江织不同，再能打体力也有限。

江织目视前方："别分心。"

她转头看他："你先走！"

江织把她的脸掰回去，满手的血沾了她一口罩："别看我，看刀！"

周徐纺就是看他,急红了眼睛:"你在这里,我怎么能不看!"

他在这,她根本没办法全心应敌,怕别人打他,怕别人偷袭他,怕他大意不敌,怕他筋疲力尽,怕他的背后有人逼近。

她顾不上自己。

就在她分神去看江织的时候,后面一把匕首刺过来,江织顾不得面前逼近的人了,腾出手去拉她。

他手一伸出去,匕首就刺过来了,他先推开她再收手,晚了一点,匕首的刀锋擦过他的手臂,划破衣裳,割了一刀,伤口很浅,血渗得不凶,却还是沾湿了衣裳。

江织没管:"不要紧,小伤。"怎么会不要紧,都流血了。

周徐纺眼睛瞬间红了,她推开江织,几乎一眨眼时间就移到了持刀的那人前面,速度快得让人眼花缭乱,那人根本没看清怎么过来的,愣神时,就被夺了匕首,一抬头,看见一双猩红的眼睛。

"你——"

周徐纺抬起手里的刀,冲着那人的心脏,狠狠扎下去。

江织立马截住她的手,几乎抓不住,让那匕首往下滑了好几分,已经刺破了那人胸膛的皮肉,他急喊:"不可以!"

周徐纺左手按着那个人,把他摁在柱子上,右手的匕首一点一点刺进去:"他伤你了。"她要报仇,她想弄死这个男人。

江织抓着她的手,太用力,手臂的伤口崩开了一些,血滴在了她的手背上:"不可以。"

她的手,不能沾上人命,绝对不可以。

周徐纺抬头看他,眼镜不知道什么时候掉了,眼睛殷红,像血一样的颜色。她生了一双很漂亮的丹凤眼,只是生气的时候会变成红色,像个怪物,所以她从来不正视别人的目光,从来不抬头看人,总把眼睛藏着。

江织愣住了,直直看着她的眼睛。她睫毛颤动,慌了,手一松往后退,刚退两步,手被拽住了,然后视线被挡住了。

江织突然伸手,把她的帽子扣下去,遮住了她的眼睛,他拉她到身后,扔了手里的铁棍,铁棍刚好砸中吊灯,屋里瞬间暗了。

他抱住她的腰,把她藏到柱子后面。

"纺宝,躲在这里,别睁眼。"

没有光了,她看不见他,只听得到他的声音,他还喊她纺宝。她觉得眼睛有点烫,闭上了。

擒贼先擒王。

江织借着窗外微弱的月光，从混乱的人群里夺了一把匕首，踢开两个男人，一把擒住了赢哥，反扭住他的手，按在了地上："谁再过来，我弄死他。"

赢哥一只胳膊被卸了，动弹不了。暗处，所有人全部止步不动了。

江织摁着赢哥，匕首的刀尖就戳在喉咙上，他压着声音："要做什么？"

他在问周徐纺。

周徐纺问："姓张的是不是你们的人？"

赢哥汗流浃背："不是。"

"把他的信息给我。"

赢哥不作声。

江织也不急，用那刀背拍拍他的脸："我数三下，你不说，我就把刀扎下去。"他直接数，"一。"

赢哥握拳，还不吱声。

"二。"

赢哥咬着牙，哼都不哼一句。

"三。"

几乎同时，江织抬起匕首，把刀尖重重刺进他肩膀里。

这下吭声了："啊！"

"非要挨刀子才吭声是吧。"江织不紧不慢地拔了刀，又听见啊的一声惨叫，他面不改色，桃花眼里冷冷凝着一层薄冰，"你以为爷跟你开玩笑呢？不说我真把你弄死。"

赢哥脸色彻底变了，额角的疤抽动着，豆大的汗顺着脸颊淌下来，他都没见过这么凶残的人。

江织用那沾血的刀子拍他的脸："再数三下，这次扎心脏。"他开始数了，"一。"

赢哥眼皮抖动，

"二。"江织没耐心，也不停顿，直接数，"三。"

三字一出口，他手里的匕首就抬高了，直接对准心脏——

赢哥大喊："我给！"

这男人是个疯子。

"这才乖。"江织弯了弯眼角，拽着赢哥的衣领，把他提起来，踹了踹他的腿，"快点。"

赢哥按着肩上的伤，去开了电脑。

周徐纺把U盘插上，打开耳麦："霜降。"

霜降立马会意，把至一的客户资料拷贝下来。

三分钟后:"搞定了。"

这时,楼下警笛响了。

周徐纺当机立断,一脚把赢哥踹开,她直接用棒球棍敲碎了玻璃,把江织牵到窗前。

至一总部的选址很偏僻,在郊外,两边是山,后面是湖,只有一条出路。

周徐纺问江织:"下面是湖泊,怕吗?"她知道他怕水。

"不怕,死了就跟你做一对鬼鸳鸯。"

"我不会让你做鬼的。"她伸手,环在江织腰上,"抱紧我。"

江织抱紧了她。

两人纵身跳下窗,落水,水中起了层层水花。

那年,江家的小公子在骆家落了水,大病一场,昏迷了一宿,因为身子骨弱,不宜挪动,便暂留在骆家将养。

床上铺了黑色的鹅绒被,少年侧躺着,汗湿了枕巾。

"江织,江织……"

不知道是谁,不厌其烦地一直叫着他,声音又粗又哑。

少年被烦醒了,睁开眼,只在床头看见了自家管家,他坐起来,身子无力:"刚刚是谁来了?"

高烧过后的声音像烟熏过,实在不好听。

江川回话说:"我去厨房拿药了,没注意。"他端着托盘上前,"小少爷,您先把药喝了。"

药味冲鼻,闻着都苦。

少年接过药碗,皱着眉想一口灌下去,可苍白的唇才刚碰到碗,房门就被撞开。

骆家那个光头的养子莽莽撞撞地跑过来,一把抢了少年的药碗,扔在了地上,汤药溅得到处都是。

管家江川正要发火,被少年制止了,他问那小光头:"怎么了?"

小光头不会说话,平时会笨手笨脚地跟他比画,这次却不比画了,用脏兮兮的手去拽他,也不知道哪来的胆子,拽着他就往外拖。

江川急着跟上去:"小少爷。"

少年回眸,用眼神打发了江川,任由小光头拉拉扯扯地把他带到了阁楼。

阁楼的门被闩上了,那小光头这才松手,见少年脸色发白喘得厉害,连忙给他顺气。等少年不喘了,他才踮脚,偷偷地说:"你要躲起来,他们给你喝毒药,他们都是坏人。"

骆家的养子,大家都说他是哑巴,从来没开过口。

这声音又粗又哑，跟少年刚才在睡梦里听到的一模一样："你会说话？"

小光头没有回答，去床头抱了个枕头来，那枕头破破烂烂的，他把手伸到枕芯里面，翻找了老半天，翻出来一颗药来，然后双手捧着给少年。

"你吃这个，这个没毒。"

他发出的声音很奇怪，不像男也不像女，又粗又沙。

少年目不转睛地看着他。

"你吃啊。"他催促。

少年有些愣神，却还是张了嘴，让那只脏兮兮的手碰到了他的唇，扔了颗药在他嘴里，药还没吞下去，他又被推着进了柜子里。

那小光头立马把柜门关上了，然后用背顶着："你别怕，我在这里。"

"江织，江织。"

江织猛地睁开眼，撞上了一双通红的眼睛。

周徐纺小心地用手擦他脸上的水："你别怕，我在这里。"

那次落水之后，江织就落了个怕水的毛病。他愣了一下，一把抱住她。

"怎么了？吓到你了是不是？"

她耳边，江织在轻喘，额前发梢的水滴顺着侧脸，滴到了她脖子上。

"纺宝。"叫了她一句，他又不说话了。

周徐纺笨拙地拍他的背，想哄一哄他："你怎么了？"

他伏在她肩上，情绪压抑着，被沉在眼底。

"别像他那样，别比我先死。"

她太像骆三了，眼睛像，说话像，乖巧的时候像，不乖的时候也像。她跟那小傻子一模一样，满心满眼地拿他当一整个世界，恨不得掏心掏肺，把所有最宝贵的东西都给他。太像了，给了他一种错觉，像是在兜兜转转，在重蹈覆辙。

"我会长命百岁。"周徐纺在许诺，声音响在他耳旁，"我会一直一直陪你。"

晚上十二点，缉毒队。

"刚刚不知道是谁，在缉毒队的门口扔了个人。"萧队在给乔南楚打电话，语气听起来很兴奋，"你知道是谁吗？张子袭，我们缉毒队追了四个月的毒贩子！"

"然后呢？"

然后萧队更兴奋了："还有那包我们扫了一个晚上的货也一起送过来了。"

这是连人带货一起送去缉毒队了？

乔南楚笑："不是正好，帮了你大忙。"

"忙是帮了，就是没留名。"萧队就请他这个警局"智慧树"做参谋了，

"你觉得是谁?"

乔南楚一本正经:"难道是惩恶扬善的活菩萨?"

周徐纺把那个姓张的雇主送去了警局,货也一起送过去了,之后去店里买了一堆药,拉着江织坐在江边的椅子上,很熟练地帮他处理伤口。

"痛不痛?"棉签有点粗糙,她把药膏挤在手上,用指腹给他抹。

伤口不深,早结痂了,江织摇头,说不痛。

"怎么会不痛,这么长的口子。"

江织突然伸手,摸她的眼睛。

她下意识就往后躲,目光也闪躲:"你看到了是吗?"

"嗯,红色的。"

江织在盯着她的眼睛。

她不躲了,与他目光相接,漂亮的一双丹凤眼因为惶惶不安而颤着眼睫:"那你怕我吗?"

"那你吃人吗?"

她摇头,她不吃人,她牛排都要吃全熟的。

"如果你吃人,我可以给你咬。"江织从袋子里拿了绷带,塞她手上,再把手臂伸过去,要她包扎,"我连这个准备都做好了,你觉得我还会怕吗?"

周徐纺眼睛酸酸的,没说话,闷着头给他缠绷带。

"徐纺,都告诉我好不好?"

她犹豫了许久,说好。

"还记得我们第一次见面吗?"

江织点头:"你跳进了海里。"

那时候,他以为她不要命了。

周徐纺把绷带缠好,系了个蝴蝶结:"眼睛的角膜没有血液供应,是人身体上唯一一个可以直接从空气里获取氧气的部位,而我的基因发生过突变,角膜特殊变异,所以能在水中摄取大量溶解氧,生气的时候也会,但颜色会变红。"

她是双栖生物,人类里唯一的一个。

即便江织已经做好了心里预设,还是惊了一下,忍不住再伸手,去碰她的眼睛:"像刚刚那样?"

"嗯,像刚刚那样。"周徐纺不躲,眼皮因为他指腹的触碰跳动了两下,"我还不怕冷,我的体温只有二十多度。"所以她身上总是冰凉冰凉的。

"我不能吃鸡蛋,吃了鸡蛋的话,会像你们正常人喝了酒那样。"

江织想起来了:"所以那次在粥店,你是吃鸡蛋才醉了?"

周徐纺点头，继续说："我跳得很高，跑得也很快，力气也大，是常人的三十多倍，视力和听力也特别好。"

她从口袋里拿出一把匕首来，把另一只手伸出来。

"干什么？"江织去抓她的手。

他没抓住，她用匕首在手背上划了一下，血冒出来了。

江织看着她的手背，那里的伤口迅速止了血，然后开始结痂了，太快了，他甚至能看到动态的变化。

"不用一天，这个伤口就会连痕迹都没有。"

"那痛感呢？"江织没碰那个伤口，只用指腹摩挲周边的皮肤，"会痛吗？"

"恢复越快，痛得会越厉害。"

江织眉头皱了下，拿了消毒水，用棉签蘸着给她清理："那你干吗割自己？"

他很平静，平静得出乎了她的意料。

她把手心的冷汗擦在衣服上："我的记忆最早的时候是在疗养院里，那时候是十四岁。"

她说得很轻松，一句话带过去了："怎么到疗养院的我不记得，我有异于常人的能力。"

"江织，我不正常，也不知道以后会不会变得更不正常，我不是小仙女，我是异类。"她眼睛红了，声音也哽咽了，"你还会要我吗？"

她本想等到他喜欢她喜欢到离不开她了才告诉他的，她怕他不要她。

她也知道的，他找她谈恋爱，就注定以后不会安稳。

"要啊。"

江织说得很轻松，一点点犹豫都没有，"就算是妖魔鬼怪，你不也是周徐纺。"

周徐纺眼睛一眨，泪珠子没忍住落下来。

"纺宝。"

江织伸手，摸她的头："我要怎么做你才不会这么没有安全感？你看不出来吗，我已经非你不可了，是异类也好，是什么都好，我全认了。"

他坐到她身边，两只手捧着她的脸，俯身去亲她脸上的眼泪，咸咸的，她的泪都是冷的。

"生不出后代也没关系，我不也不育，你也没不要我啊，要是生出了小异类，我们就偷偷地养起来，不让任何人知道好不好？"

周徐纺红着眼睛拼命点头："小异类我也喜欢，只要是你的，我都喜欢！"

江织被她傻里傻气的话逗笑了："那个疗养院呢？"

她吸吸鼻子："疗养院和做基因研究的研究院有非法往来，后来都被查获了,当时人心惶惶,护工心神不宁给我用错了药,因为我的基因本来就异常,药物作用下发生了变异,我速度变快了,力气也变大了,就趁乱逃了。中间因为暴露了和别人的不同,被一家实验室'请'去过,他们很贪婪,想利用我做一些违法的事,不过他们关不住我,逃出来之后我加入了职业跑腿人组织,后来和霜降脱身出来单干了。"

"你的异能除了我还有谁知道?"

"只有霜降知道。"

那个霜降,江织听乔南楚说过,身份不详,国籍、背景、年龄都不详,而且神出鬼没,技术又好,一点踪影都逮不到。

"她信得过吗?"

周徐纺点头。

还有最重要的一点,江织问她:"弱点呢?你有没有弱点?"

"我也不知道,目前还没发现。"

江织松了一口气,亲亲她的眼睛:"不哭了。"

她不哭了,她有话要问:"你怎么回事?"

江织还在心疼她,没缓过来:"嗯?"

"你不是病秧子吗?"她手放到他腰上,捏了捏,"有腹肌,你是练家子。"

江织坦白:"我和南楚是一个师父教的,都学过一点。"

周徐纺是行家,直接拆穿了:"才不是一点,你最少练了五年以上。江织,你是不是也有事瞒我?"

江织还在犹豫要不要告诉她。

"我不问了,你想说就说。"

她这么乖,江织都不忍心再瞒她了,招了:"我的身体其实早几年就已经好了。"

周徐纺震惊了:"那你的病是装的吗?"

装得也太像了!可以拿影帝了!

"也不全是。"江织看她大跌眼镜的样子觉得好笑,"在遇到你之前,我一直在吃药,长期服用的话,会有器官衰竭的假象,最近才断了药。"

他是吃药才病?这算有病还是没病?

"你断药是因为我吗?"

江织点头认了:"嗯,那药的副作用太大了,不是要跟你一起长命百岁吗,不能再乱吃药了。"

周徐纺拍拍他的头,夸他做得很棒:"我可以问为什么吗?"为什么好了还要装病?

"若是我好了,那些不盼我好的人,只怕又要想方设法地让我躺下。"他说得心平气和,跟说别人的事似的,"病得最严重的时候,我还没成年,没有反抗的资本,只能剑走偏锋。"

他就干脆躺下了,不起来,这病秧子一当,就是多年。

周徐纺有一点想不明白:"你奶奶呢?她不管你吗?"

江家坏人是很多,但不管怎么说,许九如还是大家长,她怎么能任由别人害江织呢?外面还都传江织是许九如的心、许九如的肝,心肝都被人害得器官衰竭了,她不管吗?

"我那时候也这么想,她不管我吗?不知道我的病有古怪吗?她是不救我?还是救不了我?或者不能救我。"

周徐纺没怎么听懂,许九如到底是什么立场?

"我的病并不全是先天而成,还有后天人为。"不是一天两天,是年复一年。

江织笑,觉得好笑:"我就是老太太她手把手教出来的,我都能有这样的手段,她会没有吗?她执掌江家快五十年了,还保不住一个她最疼爱的孙子吗?"

整个江家他最看不透的就是许九如,疼也是真疼他,但也是真没保住他。

"所以,我不信她了。"至少,他的命得自己来保了。

周徐纺本来挺喜欢宠江织的那位老太太,现在不喜欢了,她跟着点头:"嗯,不信她了,她保不住你,我保你。"

这世上不会再有人比周徐纺还疼江织,不会有。

江织把她抱进怀里。

"江织,你之前生病都是骗我吗?"

江织的求生欲很强,立马咳了两声:"我身体还是很差的,我只是比较能打,我以前吃了太多乱七八糟的药,没有那么快恢复。"

他又咳了两声:"我还是很娇弱的。"

"那不育呢?也是假的吗?"为什么话题突然拐到不育了?

江织沉默了几秒:"这个是真的。"

周徐纺大概知道了,她拍拍他的背,语重心长:"那你不要自卑。"

回去的路上,周徐纺在车上问江织:"你为什么会怕水?"

"溺水后遗症。"

怎么溺水的他没有多解释。

周徐纺惆怅:"那以后不能带你去月亮湾了。"

江织是第一次听她说这个地名:"月亮湾在哪?你去那做什么?"

"是国外的一个小岛,我以前想买下来当住的地方。"

车里空调开得高,方才又落了水,一冷一热的,将江织眼里那点水汽腾成了雾气,朦朦胧胧的一层,遮着桃花眼里的光。周徐纺觉得他很像一朵出水的小娇花,又娇嫩又艳丽。

江织问:"想住岛上?"

周徐纺点头,告诉江织:"独居很安全,人来了我就可以躲到水里去,不让别人发现我。"

她喜欢独居,江织也知道,若不是跟他交往,她估摸着不会在城里长久居住,早晚要去"深山老林"里做个"世外高人"。

隐居可以,他就一个要求:"去岛上行,带我。"

周徐纺有认真想,然后拒绝了:"不带。"

"咳咳咳……"他本来就喉咙痒,被她一句话噎得腹中火烧火燎。

周徐纺一听他咳嗽,立马给他拍背顺气,心想,他虽然是装病,但身子骨是真的很弱啊。

"为什么不带我?"

"月亮湾很冷的,你这么娇贵,住不了。"江织是小少爷,不能去艰苦的环境。

"你以后要是买了岛,一个人过去,把我留在这边?"江织恼了。

周徐纺忍不住伸手去摸他的脸,东摸一下,西摸一下,她跟江织说:"我的钱不够买岛,要养你,等我攒够了再买。"

她前半句话动听,江织被安抚到了一点。

她又说:"霜降跟我说,让我先买下,要是以后你惹我生气了,我就去岛上,不跟你住了。"

江织毫不犹豫地把她乱摸的手推开,头一甩,用脸色表达了一句话——你去岛上一个人过吧,别摸我!

还有一句话——快!哄我!

周徐纺就哄了一路,到御泉湾的时候,刚过八点半。

江织在自己那边洗了澡,过来周徐纺这屋,她洗漱完出来的时候,江织鸠占鹊巢,霸占了她的床,一只手端着她的杯子,一只手用着她的平板。

周徐纺趿着拖鞋走到床边,爬上去:"你在看什么?"

江织把平板拿给她看:"手表。"

她也凑上去看了两眼。

江织放下杯子,他身上的睡衣跟她同款,粉色的,背后的印花是一只大兔子。

"徐纺,给我买个表。"这还是他第一次主动问她要东西。

周徐纺感觉很棒:"好,你喜欢哪个?"

"这个。"

江织挑了最贵的一个,周徐纺爽快地保存了那个钻石手表的链接,动作颇有一掷千金的帅气。

江织笑了,他一笑,周徐纺就晕晕乎乎。

"徐纺。"他缠上来。

周徐纺愣愣地发晕:"嗯?"

他笑着:"再给我买辆车行不行?"

周徐纺:"买。"

买买买!全部买!他要星星都给他买!榨干她也愿意!

江织满意了,笑出了小虎牙:哼,买岛?这辈子都不可能让她买岛。

他又要使坏了:"这栋楼都是你的吗?"

周徐纺说:"都是我的。"

"我还有一栋别墅。"周徐纺笑着说,"我有很多钱的。"

万一她把楼卖了,去买岛……

江织按着她躺下,自己趴着伏在她上面:"房产证上不是你的名字?"他查过她,名下根本没有不动产,一穷二白。

"怕被人查,霜降帮我弄在别人名下了。"

江织突然凑近,睡衣领口一滑:"周徐纺,你爱不爱我?"

周徐纺立马做贼心虚地闭上眼,拼命点头,脸蛋像只煮熟的龙虾,红透了。

江织又来蛊惑人了:"房产证上都没我名字,你还说爱我。"

周徐纺睁开眼,就看了一眼,羞涩地撇开头,露出发烫的耳根子:"我明天转你名下!"全部转!

江织满意地点了点头:这下没钱买岛了吧。

但也不能让徐纺变成穷光蛋,只能偷偷地给她存钱,还不能让她知道,省得她拿去买岛。当然,他并不觉得他俩以后会吵架。她撇下他去岛上住的可能也微乎其微,不过不把这个岛解决掉,他估计今晚会失眠。

从不熬夜的江织在周徐纺那边待到了十二点才回自己屋。

晚上十二点,阿晚还没睡,熬夜在等漫画更新,然后收到了老板的微信,顿时觉得好扫兴。

阿晚给江织的备注是:美貌的神经病。

美貌的神经病:"有个叫月亮湾的岛,你去联系一下,把它买下来。"

阿晚自己给自己的备注是:勇猛无敌的林。

勇猛无敌的林:"老板,你买岛干什么?"

江织没有回复了。

江织一直这样,想回就回,想不回就不回,随心所欲得让阿晚想打他一顿。

次日早上七点,乔南楚直接去了缉毒队,昨晚抓的那几个都在审。

"我们至一是正经公司。"赢哥面不改色,一看便是老手,"就跑跑腿,不犯法,警官。"

小赵嗤了一声:"不犯法,你们贩毒。"

"这你就冤枉我们了,我们只负责给雇主跑腿,至于雇主是做什么的可跟我们没关系。"

"没关系你怎么知道张子袭是干什么的?"

"警官,干我们跑腿这一行的都很小心的,张子袭给我们公司下过委托,我们查过她,知道她不是什么好人就没有跟她合作,跟她合作的是那个跑腿人Z,而且我还举报了她,你不去抓Z就算了,抓我干吗?我可是良民,要不是我举报,你们警方能破案吗?"赢哥手撑在桌子上,抬了抬自个儿的脸,"你看我脸上的伤,就是被那家伙弄的。"

还有肩上,是那个疯子刺的。

"我们至一的员工都受伤了,"他摸了摸额角的疤,"我们也是受害者。"

隔壁监听室里的萧队直摇头:"审也审不出什么来,电脑里只有客户资料,没有直接的犯罪证据,这帮子人关不了几天。"乔南楚嗯了声。

萧队摸了一把他的地中海:"我昨个儿晚上想了一宿,把张子袭打包送过来的人应该是跑腿人Z吧。"

除了她,他想不出别的人,至一那群人明显是想搞她。

乔南楚不置可否。

萧队对这个职业跑腿人是越来越好奇了:"你们刑事情报科不是查她查挺久的吗?她是个什么样的人?我看着不像是什么大奸大恶的人。"

若是大奸大恶的人,把姓张的送来就够了,那包货可值不少钱。

乔南楚答非所问:"刑侦队上个月破了桩金店抢劫的案子。"

"这我知道啊,说是有举报人给了重要线索,才破了案。"

乔南楚:"就是她举报的。"

那个案子还死了三个人,有五个凶手。凶手作案之后没急着销赃,藏匿了一阵子相继回了老家,但金子太招眼,就没随身带着,五个凶手就雇佣了职业跑腿人运金子。萧队世界观都塌了,这是运完金子,就把人举报了?

"还有三个月前那个博物馆失窃案,也是她给的线索。"

一样的道理,职业跑腿人跑完腿就把犯罪分子透给警方了。刑事情报科追了Z和霜降很久,没查到她们犯罪,反而收到了不少她们的举报。

"非要定义的话,"乔南楚想了想,"她是不会给我们警方添麻烦的人。"

这么一说,萧队更好奇了:"就是亦正亦邪咯。"

接连一周都是雨天,冬天的雨下得不凶,落地就凝成了冰,今天终于放晴了,太阳融了冰,微风有些刺骨。

屋外,管弦丝竹声声悦耳,帝都寻欢作乐的地儿里头数浮生居最为雅致。

浮生居竹苑的最东边是贵宾间,装修得古色古香,楠木做的屏风上绘了一片落梅。门紧闭着,侍应生前来送茶,被门口守着的秘书拦下了,秘书把茶送进去,又出来,继续守在门口。

"结果呢?"

浮生居里面是唐想,和她的客人。

男人戴着四四方方的眼镜,五十多岁,头发半白,他把文件袋推过去:"没有亲子关系。"

意料之中,又意料之外,唐想思忖片刻,向他再一次确认:"那几个人都没有?"

男人点头:"而且这个人染色体异常。"

"哪一条?"

"6号染色体异常。"

偏偏是6号,骆家的养子也是6号染色体异常。

骆青和打走廊路过雅间外头,瞧着对面身影熟悉,突然停下了脚:"那是唐想的秘书?"

沈越回:"是。"

"去看看,她在做什么。"

沈越会意,走过去。

唐想的秘书将人拦下,说里面在谈要事,骆青和给了个眼色,沈越便不顾阻拦,直接推开了门。

"项目预算我——"

里面话说到一半被打断了,唐想抬头,脸色十分不好看:"不会敲门?礼貌都学到哪里去了?"

骆青和已经走过来了,门大开着,她往里瞧了两眼:"这不是想给你个惊喜吗?自家人玩笑,发那么大火干什么?"骆青和眼角含着笑,瞧里头另外一人儿:"王总也在呢。"

章林建材的王总从椅子上站起来,笑眯眯地打着招呼:"正好在谈跟你们骆氏的项目,小骆总有没有兴趣旁听?"

"不了,唐想的项目我就不插手了。"她往外退,"你们继续。"

唐想喊住了她:"等等。"

骆青和倚在门口,好整以暇地等着她的下文。

唐想坐着,手里还拿着茶杯,目光波澜不惊:"不道个歉再走?"

骆青和当家之后骆氏上下唯她是尊,唯独唐想,在骆氏、在骆家,都是个例外,老爷子信她,半壁江山都舍得让她打理,甚至她一个外姓人从来不把她这个小骆总放在眼里。

骆青和抱着手,嘴角收了笑:"抱歉,打扰了。"

"以后懂点礼貌。"

唐想说完,把门关上了,待外面没有动静了,她才坐回去,亲自斟了杯茶端过去:"谢了,王总。"

王总摆手:"谢什么,举手之劳。"

等王总走了之后,藏在卫生间里的人才出来。

唐想这才继续刚才没说完的话:"裘医生,这件事还请你保密。"

"我明白。"

今天天气好,太阳很暖。周徐纺出摊了,今天不贴膜,她今天卖热水袋。

快九点的时候,江织打电话给她了。

她接到电话很开心:"江织。"

"要收摊了吗?"

"嗯。"

"我过去接你。"

她说不要,不想耽误他:"你不是有首映会吗?"本来江织是要跟她一起出摊的,但他八点有首映,导演怎么能缺席。

江导演说:"可以早退。"

早退不算缺席,周徐纺觉得可以:"那我等你。"

江织又跟她说了好一会儿才挂电话。

大桥下面有很多夜宵摊子,对面的公园里有许多人在跳广场舞,隔着一条街都能听到音乐,很热闹。

周徐纺把摊子收好,乖巧地等男朋友来接,嘴里不自觉地跟着哼出了广场舞神曲。

五十分钟后,江织来了。

"徐纺。"

周徐纺立马站起来。

隔壁烧烤摊的大妈问了句:"小周男朋友啊?"

周徐纺笑得腼腆:"是的。"

大妈夸了句真俊。

江织走过来，先亲她的额头："累不累？"

"不累。"

江织把她抱到三轮车上坐着："扶好。"

周徐纺笑着扶住座位："扶好了。"她越来越爱笑了。

江织有十几辆几百万的车，他没有开，骑着她八百块买来的二手三轮车，载她回家。

到御泉湾的时候已经快九点半了，刚进小区，周徐纺就听见有人兴奋地喊她。

"徐纺。"是门卫室的老方，周徐纺过去问好："方伯伯好。"

老方从窗户里探出头来，笑得满脸褶子："这么晚才回来呀，你一个女孩子在外面不安——"老方这才注意到小姑娘身边还有个人，"这是？"

周徐纺大方地介绍："这是我男朋友。"

江织点了点头，不亲近，也不敷衍。

老方看着江织，露出了慈祥的笑容："江织是吧？"

"你认识我？"

"当然认识了，大导演嘛。"老方瞧瞧江织，又瞅瞅周徐纺，"哎呀，真登对啊。"

这话江织爱听："谢谢。"

老方摸出两个水果，塞给周徐纺："你们拿着吃。"

她接了，乖巧地道谢，然后才和江织一起上楼了。

老方远远看着那登对的背影，感慨了一声："多好啊。"

当年那场火，把骆家花棚烧了个干净，都说那个孩子没了，可骆家没有一个人露出半点的悲痛，都在漠视或者都在旁观。

只有那个少年，那个身体不好的少年，拿了个骨灰盒，进去装了一盒子灰出来。也只有他哭了，抱着那只橘猫，抱着那个骨灰盒，坐在被大火烧得狼藉的花棚里，哭了很久。

"我不好，我来晚了……"

那么多人，只有他在难过。

想到这里，老方重重叹了一口气，正惆怅着，背后有人喊："方大顺先生。"

老方回头："我不是方大顺。"他都改名多少年了！

"那您是方小溪先生没错吧。"女孩子从昏暗的光线里走出来，"我是唐想，唐光霁的女儿。"

老方一听这名字神色就警惕了："你找我有什么事？"

唐想上前来:"想问问当年骆家大火的事情。"

他摆摆手,一副"我不知道!我怎么会知道!你怎么问我也不知道!"的表情:"我就是个消防员,还能知道什么事情。"

"刚好,我要问的事情只有你这个消防员知道。"

老方把手往背后一背:"你想问什么?"

"你把骆三从火里救出来的时候,她还活着吗?"

他想都不想:"断气了。"

撒谎呢,那晚分明来了救护车。

唐想走进门卫室,欠身鞠了个躬:"方先生,我的父亲是那场大火的受害者,我今天过来,不是以骆家人的身份,而是以受害者家属的身份。"她拿出一张名片,放在桌子上,"如果您想起来什么,还请您联系我。"

周徐纺做了一个梦,梦里有个小光头,他蹲在铁栅栏后面,手里抓着一把狗尾巴草。他在那蹲了很久,从日上三竿蹲到夕阳西落。

树上,蝉鸣声歇了又吵,吵了又歇。树下,捧着狗尾巴草的小光头昏昏欲睡。

远处有人喊:"骆三。"

小光头立马睁开了眼睛,抬头就看见了天边大片大片的晚霞,还有晚霞下面的少年。

少年穿着白色的衣服,还有白色的鞋子,从橘红色的落日里走出来:"你蹲在这里干什么?"

小光头不会说话,把手里的狗尾巴草捧给他。

少年似乎有些嫌弃,却还是接了,夕阳落进他眼里,溢出淡淡的笑来:"在等我啊?"

小光头点头,他在等他,他不知道他什么时候会来,所以等了三天。每天他都会摘一大捧狗尾巴草在这等,他想给他摘花,但是花棚的主人会打他,他只能把狗尾巴草摘来送给他。

少年生得好看,拿着一把狗尾巴草,漂亮得不像话:"手伸出来。"

小光头伸出手,脏分分的。

他给了他一罐牛奶:"给你的。"

小光头咧嘴笑了。

栅栏外面,停了三辆车,车上有人在喊:"织哥儿,在干吗呢?快点!"

少年的同伴在催促他。

他不满地回头,应了一声:"薛宝怡,你催什么催。"他起身,对小光头说:"我就是路过,走了。"

他手里拿着狗尾巴草,挥了挥手,走了。

小光头扒着铁栅栏，拼命把头往外顶，少年坐进了车里，他看不到了，就爬到了栅栏上面，等车走远了，他捧着牛奶在傻笑。

他看看四周，没有人，才张嘴，念少年的名字。

"江、织。"

声音很沙哑，从生涩，到熟练。

"江织。"

周徐纺突然梦醒，才发现，眼泪湿了枕头。

她从床上爬起来，呆坐了很久，去冰箱里拿了一罐牛奶，打开喝了一口。再躺回床上，她已经睡不着了，睁着眼看着床头的吊灯，有一句没一句地念着江织的名字。

早上八点，霜降找她："唐想去见过鉴定医生了。"

"查出什么了吗？"

"她验了很多人，但都没有亲子关系，可是她为什么拿你的去验？她怀疑你和何香秀有亲属关系吗？"唐想拿周徐纺的头发与何香秀老家的亲戚全部比对了一遍。

"骆家对外说，骆三是何香秀亲戚的孩子，唐想是怀疑我就是骆三。"

霜降发了两个感叹号。

周徐纺眼神一点点暗下去："如果唐想的猜测是对的，那可以说明一件事，骆家对外说辞是假，骆三不是何香秀老家的孩子，她很可能是骆家人。"她肩膀耷拉着，叹了一口气，"霜降。"

"嗯？"

周徐纺声音沉闷，快快不乐："我现在也怀疑了，我可能是骆三。"

她已经很多次梦到了那个不会说话的小光头，昨晚，梦里除了小光头，还有江织。或许那不是梦，她对骆家的阁楼有记忆，她不是当事人就是旁观者，而唐想也在查她，所有的蛛丝马迹都在指向这一个方向。

周徐纺心情很低落："但我还不确定，我也不想当骆家的人。"

九点还没有太阳，大片乌云罩住了天，阴阴沉沉的，像是要下大雨。唐想把车停在疗养院的外面，拎着盒子去了病房。

小瞿在里面更换被套："唐小姐来了。"

"我妈呢？"

"小慧带她去公园了。"

唐想在桌子上给小瞿留了一盒小蛋糕才出了病房。

疗养院的后面有个占地不大的公园，何女士原本坐在轮椅上的，见了她，从轮椅上跑下来。

"想想!"

何女士很高兴,朝她跑过去。

唐想搀着她坐回轮椅上:"给你带了你喜欢的核桃酥。"

"你又乱花钱。"

唐想让小慧先去忙,她推着轮椅带何女士在公园里转悠。一路上何女士絮絮叨叨,抱着核桃酥的盒子傻乐,唐想问她:"怎么不吃?"

"等你爸回来再吃。"

何女士的精神状态时好时坏,这会儿又不大清醒了。

唐想把轮椅停在一旁,走到前面蹲下,随意地问了句:"妈,骆三呢?"

何女士眉头一皱:"她又跑哪去了?是不是又去偷红烧肉了?这小傻子也不怕挨打,还敢去偷肉吃。"

何女士骂了小傻子几句,从轮椅上站起来,嚷嚷着说要去找骆三。

唐想也不阻止,跟在后面:"妈,骆三的爸爸妈妈呢?"

"她妈妈啊,"何女士突然站住了脚,小声地说了句,"她妈妈被关起来了。"

"关在哪里了?"

何女士突然像惊弓之鸟,慌慌张张地来回踱步,嘴里在不停碎碎念:"死了,死掉了。"

"那她爸爸——"

"嘘!"何女士把她嘴捂上,"他们会杀人的,不能说,不能说!"

薛宝怡刚到茶餐厅就接到了周徐纺的电话。

"薛先生,是我,周徐纺。"

"弟妹是要找织哥儿吗?"

"不是,我想约你见面。"

薛宝怡很惊讶啊:"就我和你?"

"嗯。"

好端端找他作甚?难不成小两口吵架了?薛宝怡再三思量:"那我用不用跟织哥儿说一声?"

"不用的。"

这是要瞒着江织私下见面?薛宝怡有种不太好的预感。

半个小时后,周徐纺到了茶餐厅。

薛宝怡绅士地起身,帮忙拉了椅子:"坐。"他回头喊了一声服务员,"给你点了牛奶。"

江织把女朋友当闺女养,薛宝怡只敢给她喝牛奶。

周徐纺坐下:"谢谢。"

薛宝怡坐到对面去："有事找我？"他猜，"跟织哥儿有关？"

周徐纺点头，服务生送来了牛奶，她喝了一口："骆青和说骆三是江织心尖儿上的人，他们早恋了吗？"

薛宝怡觉得保命要紧："你可以直接问江织啊。"

周徐纺料到了电话里会问不到答案，所以才把人约出来，她诚实说："江织听到骆三的名字就会很难过。"

薛宝怡思前想后，还是松了口："不算早恋吧。"

周徐纺突然恍然大悟："是初恋啊。"她早该想到的，江织那个葬身火海的初恋就是骆三。

她没有再问更多，把牛奶喝光了，又同薛宝怡先生道了谢，说了再见就先走了。出了茶餐厅，她给霜降发了邮件。

"霜降，你晚上有空吗？"

霜降回复："有的。"

周徐纺把帽子和口罩都戴上："你辅助我吧，我晚上要再去一趟骆家。"她要尽快确认她是不是骆三。

"好。"

晚上有个电影节，薛宝怡作为颁奖嘉宾出席，江织也来了，他提名了最佳导演，薛宝怡进场就瞧见了他。

那个视线最佳的黄金位置，已经连着三年都是江织的。

薛宝怡穿着身宝蓝色的西装，烫了个小卷，浪着步子过去，拖着吊儿郎当的调调："织哥儿~"

除了江家人，也就这人一口一个织哥儿，也不看场合，也怪不得圈子里一直有两人的诸多传闻。

他招摇过市地坐到江织身边："织哥儿，我们是不是好哥们儿？"

江织窝在座位上，眼皮都没抬："说人话。"

薛宝怡坦白从宽："周徐纺今天找我了，她问了点儿骆三的事情。"

"你说什么了？"

薛宝怡抓抓头发，有点心虚啊："就意思意思地说了一点。"

"具体点。"

"说了你初恋的事。"

江织冷着脸看他。

"不怪我，她是你媳妇，她问我我能不说？"

刚说到这里，阿晚抱着个手机跑回来，气喘吁吁地说："二爷，你闯祸了。"

"啊？"

阿晚一米九的大块头，艰难地从过道挤进去，到老板身边，把手机奉上："老板，周小姐和二爷一起上热搜了。"

江织把跷着的腿放下，眉眼一抬，昏暗的光线里，冷冷地说："拍到脸了？"

阿晚把图打开，递上去："只拍到了侧脸，不是很清晰。"

江织眉宇紧蹙，拿手机拨了周徐纺的电话，她不接。连着打了三次也没通，江织用脚踹薛宝怡的西装裤："撤热搜。"

薛宝怡："哦。"他掏出手机——

阿晚制止："不能撤。"

薛宝怡："啊？"他脑子是直的，转不过弯。

阿晚小说电视剧看多了，猪肉没吃过，但猪跑没少见，就开始分析了："二爷带姑娘上头条也不是一次两次了，以前更过火的都有，也没撤过热搜，现在撤了不是更像做贼心虚？"

有道理，薛宝怡挠挠头："那我澄清？"

说真的，他头条是上了不少，但公关还真没做过，他一个花花公子，哪用循规蹈矩。这次扯上周徐纺就不好办了。

阿晚搜肠刮肚地想了一遍他看过的娱乐圈文："澄清也不行，会越描越黑。"宝光的薛小二爷花名在外，以前哪里给女人澄清过，越澄清越说不清。

这薛宝怡就犯难了，看江织："那怎么办？"

"我先问过周徐纺再说。"周徐纺的电话还是打不通，江织坐不住，找阿晚拿了车钥匙，起身就走。

薛宝怡喊他："你现在走，颁奖怎么办？"最佳导演谁去领？

江织踹开他挡道的脚："你看着办。"

白天下了雨，乌云未散，月亮被遮在云里，天阴沉沉。

这般天气就是让人烦躁，耳边，母亲还在絮絮叨叨："要先修剪一下叶子。"

骆颖和烦不胜烦，把剪刀一摔："不弄了。"

她自从暂停了工作之后，就被拘在家里，成日里不是插花就是品茶，她哪有这个耐心，恼恨得只想发脾气。

徐韫慈把剪刀捡起来，说话轻声细气的："你耐心点，医生说——"

"别跟我提医生，烦死了！"

徐韫慈怕她发病，连忙顺着她："好好好，不提了。"

"天天插花，没劲儿透顶了。"

"再等等，嗯？"徐韫慈好言劝着，"等风头过了，就让公司给你安排一些公益活动，把形象立好了，我们就复出。"

"那得等多久？"

"年后我就去跟你姐姐说。"

她哼了一声,提到骆青和就来气,一脚踹翻了一个盆栽。

徐韫慈知道她有火,不敢再提这事儿:"明天我们去医院看你大伯。"

"我不去,他外面有那么多私生女,轮得到我们去献殷勤?"她语气鄙夷,很反感骆常德。

徐韫慈是个软性子,劝着:"你别这样说,都是一家人,闹僵了不好。"

"一家人?"骆颖和冷笑了声,"谁跟那畜生一家人。"

徐韫慈这下冷了脸:"颖和!"

骆颖和非但没收敛,更气恼了:"你少在我面前维护他,别以为我不知道你们那点事儿,我就奇怪了,他命根子都被周清檬剪——"

"够了!"

徐韫慈鲜少这样疾言厉色:"是谁在你面前这样胡言乱语?这种话岂能乱说,要是被你爷爷听到了,非缝了你的嘴。"

"我没乱说,是骆青和她妈发疯的时候说的。"

骆青和的母亲八年前就去世了,去世之前,疯了好几年。骆家人都心知肚明,她是被骆常德逼疯的,只是这事儿谁也不敢提。

"别管别人说什么,你要记住,"徐韫慈板着脸,口吻严肃,"在这个家里,那三个人绝对不能提。"

骆颖和不耐烦:"知道了。"

哪三个人?

周徐纺蹲在花棚的角落里,数着地上的玫瑰花。徐韫慈很喜欢玫瑰花,花棚里种的最多的就是玫瑰,各种品种都有。

周徐纺又听了一阵墙根,然后悄咪咪地摸到花架最底下的一瓶百草枯,把整瓶药都倒在玫瑰花上。

她轻手轻脚地从花棚里出来,然后跳上别墅的楼顶,翻楼去了骆家的阁楼。里面还是老样子,蜘蛛网爬了一屋子,她没敢开灯,拿着手电筒四处照,桌子和木床上都是灰,除了床头那幅瞥脚的画,什么痕迹都没有。阁楼盖得很矮,周徐纺伸手就能摸到屋顶,她觉得很压抑,重重呼了一口气。

耳麦里,霜降问:"有想起什么吗?"

"没有。"她在里面转了一圈,最后坐到木床上,伸手摸那床头的画,"不过很熟悉。"

这画的是江织吗?头发画得太少了,才三根。

她凑近一点,趴着仔细瞧,还是没能从画里瞧出江织的影子来,倒是瞧到了木板床后面有一个洞,她起来,把床挪开,手伸进洞里去掏。

她掏出来一个已经烂掉了的牛奶罐,一把褪了色的糖纸,还有一个破破烂烂的本子。年岁太久了,牛奶罐和糖纸都已经看不出来原本的模样。她把那本子上的灰抖掉,翻开,纸上的字体歪歪扭扭的,满满一本,都是一个人的名字。全是江织。

那个孩子,一定很喜欢那个少年。

楼下,突然有脚步声。周徐纺迅速把东西装进背包里,挪好床,跳下阁楼窗户,一跃上了楼顶。

不知是谁上了阁楼,在里头站了一会儿便又出去了。

周徐纺跟着脚步声,从阁楼的楼顶跳到了骆家别墅的屋顶,刚趴好,听见了说话声。

"爷爷呢?"

哦,刚刚去阁楼的是唐想。

下人回话:"在书房。"

书房在一楼,唐想敲了门,刚要推门进去,屋外骆家的司机跑进来,到门口来传话:"董事长,有客人来访。"

骆怀雨在里面问:"谁?"

"是一位男士,他说他姓周。"

唐想知道是谁了。

里头静默了会儿:"请他进来。"骆怀雨拄着拐杖出来,看了唐想一眼:"有事明天再说。"

唐想点头,先行离开了。等她走远了,骆怀雨才吩咐,去请客人进来。

周清让把轮椅放在了大门口,他拄着一根拐杖走路,就一小段路,他走得慢,一瘸一拐的很吃力,头上沁出了汗,好一会儿才进屋。

下人已经沏好了茶,骆怀雨坐在客厅的沙发上,见他进来,目光复杂:"你好多年没来骆家了。"

因为是冬天,天气很冷,假肢戴着疼,他左腿跛得厉害,打过钢钉的右腿支撑不了身体的重量,他用手撑着椅子,慢慢坐下,这样简单不过的一个动作,他却出了一身薄汗,呼吸微微急促。

他坐得笔直,目光清冷:"叙旧就不必了。"

"你来问你姐姐的事?"

"你们骆家不是说她死了吗?"他眼里清晖很淡,眸子冷冷淡淡,像装了一潭死水,"尸骨在哪?我要带走。"

骆怀雨面不改色道:"她没有死在骆家,她怀了别人的孩子,死在了外——"

"本来我还不确定。"他现在可以确定了,"尸骨都不给,是怕我查出什么吧。"

骆怀雨脸色微变。

想知道的已经确定了，周清让一刻都不想待，拄着拐杖起身："骆怀雨，不要睡得太安稳了。"

骆怀雨手里的茶杯应声而碎。

◆第五章◆
她是周徐纺，她也是骆三

乌云彻底遮了月，细雨蒙蒙湿了路面。

轮椅放在一旁，周清让拄着拐杖站在路边，他等了很久，来来往往的出租车很多，却没有一辆车肯停下。这种天气，大抵谁也不愿去载一个腿脚不便的人。

他便坐在轮椅上，漫无目的地等，雨雾很冷，落在眼里模模糊糊。

前面五百米路口，一辆车突然急刹车。

主驾驶的男人吓出了一身汗，把车窗摇下来，脑袋伸出去，破口大骂："你他妈的想死啊！"

原来是有人突然跑到路中间。那人穿着一身黑，脸捂得严严实实，被骂了也不走开，看了主驾驶的男人一眼，然后蹲下了。

男人骂骂咧咧了几句，打开车门冲下去，脚刚落地，就发现车身动了一下，低头一看，车被抬起来了！

"你、你、你——"

周徐纺松手，车身震了震才停稳，她抬头，两个眼珠子看着已经吓白了脸的男人："你要是听话，我就不吸你的血。"

男人双腿发抖："我听！"

听话就好，周徐纺伸手，指前面："那里有个坐轮椅的男人，把他送回家。"她必须补充，"安全地送回家。"

男人拼命点头，开始冒汗。周徐纺挥挥手："去吧。"

两分钟后，骆家别墅前一辆私家车停下来，车主是个脸特别白、汗特别多的小胖子，小胖子说话还结巴："喂喂喂，你要去哪？我送你。"

周清让拄着拐杖从轮椅上站起来："谢谢。"

小胖子惊恐万状："不客气。"

周徐纺回御泉湾的时候快十点了,她老远就看见楼下蹲了个人,拔腿跑过去,欢快地喊:"江织、江织!"

"知道我给你打了多少个电话吗?"

周徐纺蹲下,一把抱住他:"我好喜欢你呀。"

他被她扑得撞在了墙上,差点一口气没上来,他蹲稳,把人抱住:"哄我是不是?我又没生你气。"

她还抱着,不撒手,拼命往他怀里扎:"不是哄你,江织,你喜不喜欢骆三?"

江织微愣了一下:"宝怡跟你说了什么?"

"喜不喜欢她?"

她是固执的样子,非要听答案。

关于骆三,江织不知道她知晓多少,也不知道该从哪里说起,久久沉默之后,他伸手,把她的口罩摘了。

"以前我以为我会一直喜欢他。"他用手背蹭蹭她凉凉的小脸,"然后遇到你了。"

她眉头皱了,似乎在苦恼。

江织捧着她的脸,用指腹摩挲她眉心,语气郑重却小心:"纺宝,你别吃醋好不好?骆三不一样,无关喜不喜欢,他是很重要的人,你也不一样,你是我最爱的人。"

他这一生,让他牵肠挂肚的人也就只有这两个,一个被他亲手装进了骨灰盒,一个在他怀里,是他整个世界。

周徐纺半蹲着,伸手抱住他的脖子:"我不吃醋。"

就算是搞错了,就算她不是骆三,她也不会介意。那个孩子他够不到太阳,他在暗无天日里,只抓住了江织。

"江织,如果我是骆三,你会开心吗?"

"不会,纺宝,我希望你是一个平凡的人,不需要轰轰烈烈,不要像骆三,吃尽了别人给的苦。"

他只愿她平凡,骆三那个孩子,命运待他太不公了。

"我知道了,你不要难过。"在她确定之前,还是先不要说好了。

江织放开她,面对面蹲着:"你跑哪儿去了,为什么关机?"

"我跑任务去了,你等很久了吗?"

"我等了你两个小时。"

周徐纺态度良好,亲他一下:"对不起。"

行吧,他原谅她了,把手往她面前一伸:"我腿麻了,你扶我起来。"

周徐纺赶紧扶着他。

他腿还是麻的，干脆靠在她身上，没骨头得像只软体动物："周徐纺，知不知道你闯祸了？"

"啊？"

"你跟薛宝怡上头条了。"他用酸溜溜的语气抱怨，"网上都在说你是他女朋友。"

他这个男朋友连姓名都没有！

周徐纺好惊讶："我被偷拍了吗？"薛先生居然是这么有名的人啊！

江织用下巴磕她的肩窝，表达他的极度不爽，"你以后不准跟薛宝怡单独待一块儿，他的人设就是浪荡公子，很多狗仔都喜欢蹲他。"

一个娱乐公司的老总，硬是把自己玩成了流量小生。

"那现在怎么办？"

罢了，都怪薛宝怡，不能怪女朋友。

"别担心，没拍到你的正脸。"

她大大松了一口气。

"你是不是不想露脸？"

"嗯。"露脸她会没有安全感，怕被注意。

"薛宝怡太高调了，他的历任绯闻女友都是媒体争相报道的对象，如果就这么放任不管，早晚会把你的信息挖出来，而且我也不愿意别人传你是他的女朋友。"后面一句才是重点。

江织眼里揉了期待进去，亮晶晶的："徐纺，公开好不好？"

说实话，他的背景、他的家族都不适合高调，一开始他也做了跟她一直不公开恋情的准备，可真当别人把她认作他人女友的时候，他心里的嫉妒就占了上风，想让人知道她是他的人，想高调地把她介绍给所有认识或是不认识的人。他对周徐纺，独占欲越来越强了，网上的一条谣言都忍受不了。

周徐纺还有顾虑："江家那边会不会有麻烦？"

"要是麻烦来找我，就解决掉，周徐纺，给个名分吧。"

周徐纺被他逗笑了："好，你想公开就公开，反正我平时在外面也都会戴口罩。"

江织满意了，笑着牵她上楼，在她那待了会儿，他才回自己那边，刚到家就给薛宝怡拨了一通电话。

"把那个偷拍的记者找出来。"

语气听起来还行，还没炸，薛宝怡问："你要干吗？"

"杀鸡儆猴。"

"要做到什么程度？"

江织略作思考,语气跟讨论天气似的,丝毫听不出狠辣:"至少得让圈子里都知道,我江织的私事他们消费不起。"

在他进娱乐圈这个大染缸的时候,他就撂话了,谈他的作品可以,好坏都无所谓,但消费他这个人不行。

这事儿薛宝怡有责任,爽快地应下了:"我帮你。"

关于薛宝怡和圈外女友的话题,网上热度还没退,他两千万的粉,各个彪悍,硬是让他的名字在热搜上挂了一整天。真粉也好,黑粉也好,都要来凑一脚。

"二爷居然给她拉椅子了!完了,我二爷真被这小妖精给勾走了,二爷,你忘了大明湖畔的江织了吗?@帝都第一帅"

"二爷还给她点牛奶了,二爷以前的绯闻女友哪个有这待遇,这要不是女朋友,我直播吃键盘!"

"看看二爷以前的那些女伴就知道了,这个真是正宫级别的待遇。"

"这侧脸,我怎么觉得像某位女艺人。"

"小二爷是江织的,谁也不准抢!"

"宝织粉大军在此,妖魔鬼怪速速撤退!"

"……"

这边,薛宝怡的微博下面热翻了天,那边,记者媒体无孔不入,这套话都套到江织这儿来了。

本是他电影的发布会,不识趣又胆大的记者竟问起了八卦。

"江导,网上都在传薛总热恋了,您作为他的好友,知道这件事吗?"

江织和薛宝怡关系好,是圈子里都知道的。

江织脾气不好在媒体圈不是什么秘密,这记者也是斗胆才问出了口,没想到,竟还得到了回复。

"知道。"

在场的记者都竖起了耳朵,把收音的麦克风往前放。

江织坐着,抬了抬眼,对上镜头:"纯属捏造。"

这话一出,媒体都躁动了。

还是刚刚那个发问的女记者:"您是在替薛总澄清吗?"

江织轻咳,神色病恹恹:"我为什么要替他澄清?"

因为你才是原配啊!当然了,这些话记者也就敢在心里呐喊。

江织的回答重磅了:"我是在替我女朋友澄清,那是我女朋友。"

猝不及防的一波官宣把整个风向都搞歪了,媒体朋友全部大跌眼镜,第一反应是震惊,第二反应就是怀疑。

"江导，"某个角落里的记者有点怕，"您不是出、出……"

"我有女朋友了，"面无表情的他在眼里放了点宠溺，"不行？"

我的天！今年娱乐圈最惊天的新闻了。发布会现场的记者们一股脑都站起来了，问题一个接一个。

"江导，能说一下你女朋友吗？她是圈外人吗？"

"你们是怎么认识的？是因戏结缘吗？"

"你们交往多久了？"

所有镜头全部聚焦在江织脸上，问问题的记者络绎不绝，全程被晾在一旁的电影主角们有点尴尬啊。

全场也就江织跟个没事儿人一样："以后拍我可以，但如果拍到我女朋友，记得打上马赛克。"他跟你说着玩儿似的，但真不是说着玩儿的，"她是圈外人，谁若擅自曝光她的任何信息，我一定会追究。"

一般人说这种话记者们大概都会觉得是在大放厥词，但江织说这个话就要警惕了。

现场的记者们面面相觑，想问又不敢问。

江织换了个坐姿："还有问题？"

有有有！

"我只回答与电影相关的问题，至于我的私事，无可奉告。"

后面发布会的流程该怎么走怎么走，江织不再说一句私事，他不提，也没人敢问了。发布会结束不到两个小时，薛宝怡被挤下了热搜，江织上去了，带着他的无名氏女友，把微博搞炸了。

薛宝怡凑了个热闹，表了个态。

帝都第一帅Ｖ："快把你女朋友带走！@江织Ｖ"

江织早几年就开了微博，但他连电影都懒得宣传，微博一直放着长草，好几年了，也没发几条微博。不过这次，他转发了薛宝怡的微博，并且回复了一个摊手的表情包。

然后，网友炸了。

"江导都直了，离我当导演夫人还远吗？"

"本来以为是薛二爷给江导戴了顶绿帽子，没想到到头来是二爷自己头上顶了呼和浩特大草原，不是说好做彼此的天使吗？"

"宝织女孩不哭，我这就抄起键盘写同人，宝织不倒，宝织永存！"

"我有个大胆的猜测，段正淳的老婆刀白凤知道吧，她为了报复段正淳的风流，故意勾搭了丑男段延庆。薛·正淳·宝怡这么浪，江·白凤·织肯定气不过啊，就交了这个女朋友——无名延庆！"

"楼上，笔给你，请继续你的故事！"

江织官宣不到半天，家里老太太的电话就打过来了。

"织哥儿。"

江织单手在开车："嗯。"

周徐纺坐在副驾驶，觉得一只手开车一只手接电话不安全，她就给江织拿着手机，提醒了一句，让他认真开车。

许九如在电话里问："你那女朋友，真的假的？"

许九如自然是怀疑的，江织十八岁说自己喜欢男生，当时闹得很大，为了这事儿，祖孙俩还红了脸，他也确实这么多年身边一个女的都没有，这会儿毫无预兆地蹦出个女朋友，许九如倒不信了。

江织答："真的。"

许九如笑了："真是祖上积德啊。"

周徐纺在旁边，认真地憋笑。

"明天晚上有没有时间？把女朋友带回来吃个饭。"

江织不作考虑，直接拒绝："我们交往没多久，暂时不见家长。"

许九如摸不准他的意思，也不好干涉："既然找了个女孩，就好好交往，别跟宝怡一样瞎闹。"

"知道。"

挂了电话，江织把车靠边停："不带你见家长，怪我吗？"

周徐纺摇头。

江织知道她懂，还是想认真给她解释："不是不想带你见，是那群人算不上我的家长。"也不想太早将她卷入江家的是非里。

"我知道。"

她乖巧又懂事，江织要亲她，周徐纺往后躲："在外面，会被人看到。"

江织不管，把她的安全带解开，手放在她腰上，把她抱过去："看到更好，省得说我谈的是假恋爱。"

他摘掉她的口罩，细细吻她。

暗中的狗仔：请继续！请深吻！

一个小时后，某著名导演和女朋友车内亲热照就挂上了热搜，引来无数群众的围观。

"好甜。"

"薛二爷：只见新人笑，不闻旧人哭。"

"原谅我，见一对粉一对。"

江织恋爱的热度只持续了几天，他毕竟是导演，又出身江家，媒体不敢太过分，再加上圈子里都传开了，最先曝光江织女朋友的那个狗仔人间蒸发了。圈内的人都心知肚明，是江织在以儆效尤，媒体也就都收敛了，犯不着为了八卦新闻去得罪江织。当然，记者为了满足网友的好奇，也拍了不少他女朋友的照片，马赛克没打。

别误会，不是媒体胆大包天，是根本没机会打，江导女朋友除了跟江导亲亲，基本全程戴口罩，穿一身黑，捂得比艺人还严实。

因此，江导女朋友得了个外号——黑衣人。

快年底了，江织的新电影都排在了年后开拍，这阵子便空闲了起来，当然，有很多电影宣传的通告，只是他懒得去，天天就想着跟着周徐纺去摆摊。

周徐纺已经两天没带他出去摆摊了，这也就算了，人也见不着，电话也不给打，微信都没有几条！

哐！空牛奶罐被江织扔了个抛物线，狠狠砸到了垃圾桶里，他从沙发上坐起来，拿起手机，把周徐纺的微信拖出来，备注名——纺宝小祖宗，前几天刚改的，还用了情侣头像，他的是一个黑不溜秋的小人，周徐纺的是这个绝顶貌美的蓝发小人，拼在一起还有一颗粉红色的心心。

纺宝男朋友："徐纺，我们多久没见面？"还有一个表情包跟在后面：【你的小祖宗上线了】

大概十秒吧，周徐纺才回复。

纺宝小祖宗："两天。"

纺宝男朋友："是五十三个小时。"

纺宝小祖宗：【不可以发句号，要忍住】

纺宝男朋友："你不是说中午之前能回来吗？"

事情是这样的，两天前周徐纺接了一个跑腿任务，要去临市送一个重要快递，江织当然想跟着去，被周徐纺果断拒绝了，理由是临市在下暴雪。江织不肯，怎么也不放心她一个人出门。周徐纺晚上偷偷摸摸地走了，就这样，江织被撇下了。

纺宝小祖宗："火车晚点了，还有一个小时才进站。"

纺宝男朋友："快到了给我打电话，我去接你。"

周徐纺说好。

江织打了电话过去："不接任务不行吗？"他真的一刻都不想跟她分开。

"不行，我要赚钱。"

"那手表我不要了，车子也不要了，我以后不乱花钱了，而且我钱多，都给你，这样行不行？"

周徐纺犹豫。江织退步："那以后别接这种任务好不好？我们就接那种钱多、不吃苦、不用出远门，还不危险的活儿。"

"有这样的吗？"

"有啊，让我家老太太长期雇佣你，你待我身边就可以了。"

他们要一起诈老太太的钱吗？

"江织，你聪明啊。"

江织在去火车站接周徐纺的路上接到了乔南楚的电话。

"彭先知的儿子回国了。"

彭先知是骆家那场大火的纵火"凶手"，当年大火后不到一天，彭先知就去警局自首了，已经在狱中服刑了八年。

江织一只手握方向盘，一只手戴蓝牙耳机："什么时候？"

"上周。"

"他有没有跟骆家人联系？"

"联系了骆常德，我赞同你之前的猜测，彭先知应该是替罪羊，骆家那场大火，十有八九是姓骆的放的。"

乔南楚估摸着："彭先知的儿子手里应该有点什么。"

"管他是什么，抢了再说。"

乔南楚听得见那边的风声："你在开车？"

"嗯。"

这家伙开车跟漂移似的，乔南楚说他："赶着投胎呢，你开慢点儿。"

江织把车窗关上："不说了，我要去接周徐纺。"

说完，江织挂了电话。

这次周徐纺从临市给江织带了一份礼物——身体乳。

次日小雪，帝都又是冰天雪地，邹家添了重孙，包下了整个听雨楼，晚八点邀请帝都各家吃酒，一楼到三楼，共设宴三十六桌。

八点十分，宴席开始，江川脚步匆匆地从楼上下来，候在听雨楼的门口，频频往外瞧。不一会儿，不见其人，先闻咳声。

"咳咳咳……"

屋外下着蒙蒙细雨，江织撑着把黑色的雨伞，从厚重朦胧的雨雾里走来，待走近了，伞往后倾，他露出脸来，唇红齿白面若芙蓉，三分病态，七分清贵，一笔不多，恰好十分颜色，处处精致。

他撑伞而立，像是一卷江南水乡的画。

江川上前去迎："小少爷。"他伸手接过雨伞，"老夫人差我来给您领路。"

江织拢了拢身上的大衣，扶着门歇了会儿脚，轻喘着往里走。

今天许九如也来了，她与已逝的邹家老夫人年轻时是手帕之交，自然要亲自来贺喜，她辈分高，被安排在了听雨楼三楼的贵宾桌上。开席前，不少宾客过来问安，许九如也好耐心，一一回应，不损一分江家的风度。

隔壁一桌，骆常德刚就座。

许九如慰问道："常德什么时候出院了？"

骆常德整个人瘦了一圈："上周。"

"身体没大碍吧？"

"已经没什么事了。"

许九如面色不改，又问："那砸你脑袋的凶手可抓到了？"

骆常德阴着脸："没有。"

许九如面露惋惜之色："那以后还是少走点夜路吧。"她端起茶杯小抿了一口，眼角溢出笑来："织哥儿来了。"

骆常德回头，手握成拳越攥越紧，这不就是那个砸他脑袋的凶手，他三步一咳，病歪歪地走来。

他在乔南楚那桌落了座。

晚上有点儿凉风，迎面吹来时，携了点屋里的花香，另外还有一股味儿，乔南楚笑看着江织："你喷香水了？"

他眉头一拧："没有。"

乔南楚笑得眉眼更衬风流，打趣着江织："那你怎么香得跟个女人似的。"

江织被他取笑得有些恼了，板着张俊脸："不是香水。"他不想搭理，可又怕被误会，只能别扭地解释，"是身体乳。"

乔南楚笑得肩膀都抖动了，实在忍不住："你一大老爷们，还用这玩意？"

"周徐纺送的，我能不用？"

江织无奈，不知道别人家女朋友都给男朋友送什么，估计不会有人像周徐纺，送土鸡蛋、送暖宝宝、送身体乳。可周徐纺送的，他能怎么着，就算她明天再送个防晒，他也得抹了出门。

"你女朋友是养了个儿子吗？"乔南楚还火上浇油，"你离我远点，别沾我一身味儿。"

江织冷脸："滚吧。"

乔南楚夸了句："这香味儿不错，还挺少女。"

薛宝怡刚好到了，凑过去可劲儿闻："织哥儿，你长这样就够了，还倒腾自己，勾引谁呢！"

江织懒得搭理他。

薛宝怡挑了个不羁的眼神来了一句："你这个男人，真是该死的甜美。"

江织冷着脸，直到周徐纺的电话打过来，他脸色才好起来。他离席到一边去接。

"徐纺,你在干吗?"

"在和理想吃饭。"她问江织,"我给你的身体乳用了吗?"

打电话过来就问这个?还以为她是想他了。

"用了。"

"好不好用?"

好不好用他不知道,他一个大老爷们,哪知道那些:"太香,别人闻得到。"有一点点抱怨的意思,不能太多,怕周徐纺不高兴。

周徐纺说:"那让他们闻好了。"

可一个男的,身上香喷喷的像什么话。江织不想惹女朋友不高兴,旁敲侧击:"女孩子才用,男的都不擦那玩意。"

"你不能跟他们比。"她说的是认真的,"你娇气。"

娇气的江织……

周徐纺开了免提,把手机放下,用微信给江织发链接:"我给你选了两个防晒,你挑一个。"他能一个都不选吗?

周徐纺在微信上给他发了个亲亲的表情包:"不喜欢吗?"

她都发亲亲了,他就应该要有听话的自觉:"没有不喜欢。"

"那你选一个。"

江织点开链接,看是看了,不懂:"哪个没有味道?"

"紫色那个。"

"就那个吧。"

"好。"周徐纺把防晒霜加到购物车里,加了两件,她一瓶,江织一瓶,她打算先自己试用,好用的话再给江织擦。

嗯,是的,周徐纺最近爱上了网购。

网购的软件还是江织帮她装的,她买了一次之后,然后一发不可收拾,江织这两天都有快递,全是周徐纺给他买的,牙刷、杯子、枕头、衣服、鞋子、四件套……什么都有,甚至还有面膜。

"周徐纺,你别给我买礼物了。"面膜、身体乳、防晒霜之后,他猜不到周徐纺还会给他买什么。

"为什么?"

不能打击她的积极性,江织就想了个听上去还不错的理由:"我们得存奶粉钱。"

周徐纺悄悄问了一句:"你不育治好了吗?"

江织笑:"你来试试。"

周徐纺挂了电话。

八点二十分，将要开席，各桌先上了茶酒，随后曲乐响了，听雨楼的名伶登台，唱了一出曲调欢快的昆曲。

这时，骆常德起身离席，整个听雨楼都被邹家包下了，三楼除了大厅宾客满座，其他的包房都空着，他挑了间进去。

接了电话，他压着声音说："钱已经打给你了。"

灯也没开，昏昏暗暗的，手机屏幕的光照在他一边脸上，将瘦骨嶙峋的脸切割成半明半暗的两部分。

"到了帝都，你先找个地方住下，剩下的钱等见面再给你。"

"别动歪心思，不然怎么死的都不知道。"

"这你别管，你只要记住一点，我只要东西，不要你的命，可她就难说了。"

门外有路过的脚步声，骆常德把声音压低，最后说了一句："杀人灭口的道理不用我教你吧。"

随后他挂断电话，看了看包房外面，没见到人影，这才出去。

外头，昆曲已经唱到了一半。

放在桌上的手机亮了屏幕，骆青和看了来电显示后，接了电话。

"小骆总。"是秘书沈越，"彭先知的儿子联系了骆董。"

"先盯着，别打草惊蛇。"

"我知道了。"

骆青和挂完电话，骆常德刚好回了席，在她旁边坐下。

台上昆曲唱到精彩处，宾客纷纷鼓掌。

骆青和斟了一杯酒，放到骆常德面前，他看了一眼，没端上手，她笑："怎么不喝？怕我下毒？"骆常德不作声，横眉冷对。

"爸，"她自己端起她斟的那杯酒，小口饮下，"我要是真不盼你好，你就不会这么快出院了。"

骆常德嗤笑："就破了个口子，我进了两次重症监护室，再不快点出院，估计命都要交待在医院了。"

骆青和脸色稍变，冷了眉眼。他还是怀疑她，跑腿人Z就随便挑拨了一下，他就开始防她，开始抓她的把柄。

乔南楚的位置偏左，抬头就是骆家父女的方向，他用膝盖碰了碰江织的腿，示意他看过去："喏，急眼了。"

江织往后靠着椅子，别人面前都是茶酒，就他面前是一盅汤一杯牛奶，他懒懒掠过去一眼："狗咬狗才有意思。"

薛宝怡在一边打游戏，没听两人对话。

乔南楚随口问了句："你搞的？"

江织也随口应了句："随便栽赃了一下。"骆常德进了两次重症病房，他稍微给了点提示，他便想到骆青和头上了。

上次，周徐纺也是随便挑拨了一下，那对父女就生了嫌隙。骆家的亲情，当真不堪一击，一个个都是利己主义，最好离间。

这时，江织接了电话。

方理想："你好，江导，我是方理想。"

"有事吗？"

"能不能来接一下周徐纺？"

江织一听周徐纺三个字，无精打采的眼里瞬间有了神采："她怎么了？刚刚还好好的。"

没等方理想说怎么了，电话那边就传来一阵欢快的歌声："我们的祖国是花园，花园里花朵真鲜艳，和暖的阳光照耀着我们……"

周徐纺在唱歌，唱得还挺欢。

方理想解释了一下那边的大致情况："她正在马路上给交警哥哥唱歌，我怎么拉她都不走。"

"她是不是醉了？"

"看着像喝多了。"方理想就很迷惑了，"可我们没喝酒啊。"她们就去吃了个料理。

可能是哪道菜里放了鸡蛋。江织没有解释："让她在那别动，把地址发给我。"

"行。"

"别让她去有树的地方。"上次周徐纺吃了鸡蛋就拔了一棵树，他在还好，他不在怕她被人看出异常。

江织起身离席。

乔南楚问了句："都要开席了，你去哪？"

"我去接周徐纺，她喝多了。"

江织先去许九如那里打了个招呼，说身子不舒服，许九如担忧地询问了几句，他一一应答之后才走。

九点，街上处处霓虹。

十字路口左边的大厦上面，有一块巨大的显示屏，正在放广告，大厦下面，蹲着个人，抬着头看着电子屏，嘴里哼哼唧唧，脑袋一晃一晃。

方理想怕她摔着，去扶她，她不要扶，歪歪扭扭地又晃去了交通岗亭那儿，蹲下："交警小哥哥。"

交警小哥哥刚跟交警叔叔换班，现在是休息时间，小哥哥年纪小，很害羞，红着脸嗯了一声。

周徐纺蹲在地上，跟挡车石礅并排，仰着脸摇头晃脑地看交警小哥哥："你这个衣服真好看。"

她醉醺醺，有一点点的口齿不清，交警小哥哥被夸得更害羞了。

她脸上口罩早就不知道扔到哪里去了，脸红彤彤的，笑得很甜，夸着交警小哥哥的衣服："黄澄澄的，特别好看。"

交警小哥哥拉了拉身上的执勤服。

"小哥哥，你能把这个衣服卖给我吗？"交警小哥哥为难了。

"我想买给我男朋友穿。"说起她男朋友，她很开心，很骄傲，"他长得好看，穿这个黄澄澄的衣服，一定会更好看。"

有男朋友啊，交警小哥哥有点失落："这个衣服不能卖。"

"我给很多钱也不能卖吗？"

交警小哥哥摇头："这个是工作服。"他不能卖，而且就算他卖了，一般人也不能穿。

周徐纺吃了鸡蛋，迷迷糊糊："那我帮你工作能卖吗？"

"不能。"

谁家的小可爱，还不快领走。

周徐纺很遗憾："不能啊。"她重重地叹气，"我男朋友好可怜，都穿不到漂亮衣服。"

没有买到漂亮的衣服，她垂头丧气了一会儿，然后又开始唱歌了："头九二九，相唤弗出手，三九廿七，篱头吹觱篥，四九三十六，夜眠如露宿，五九四十五，穷汉街头舞，六九五十四，篱笆出嫩刺……"

后面的风把江织的声音吹来："周徐纺。"

周徐纺蹲在地上，愣愣地回头，然后咧出一个大大的笑："江织。"

"江织、江织！"

她冲他挥手，笑得像个小傻子，笑了一会儿，撑着膝盖站起来，跟跟跄跄地朝江织跑过去。江织张开手接住她，让她抱了个满怀。

她醉醺醺的，站不稳，软趴趴地窝在他怀里："江织，你来驮我回家吗？"

江织扶着她的腰："嗯。"

她要跟江织走。她扭头跟方理想摆手："理想，我回家了，再见。"

方理想还坐在石礅上，脸上包得严严实实，她起身，也挥了一下手，跟江织打了个招呼："那我回去了。"

江织道："谢谢。"

江织并不是个好相与的人，相反，他接触了太多虚假与奉承，待人也就有了距离感，多少有些骄纵，除了薛宝怡他们几个，他也就对周徐纺，以及周徐纺的朋友尚有耐心。

江大导演这般正经地亲自致谢，方理想倒有些不习惯了："江导客气了。"挥一挥手，她走了。

后头，周徐纺撒娇似的，一直在喊江织、江织，每一字里都是欢心雀跃。

这个姑娘，真的很喜欢江织呢。

方理想没忍住，在路灯下回头看了一眼，笑了："她遇到你真好，没遇到你之前，我从来没见她笑过。"

江织没说什么，嘴角是上扬着的。

方理想把鸭舌帽压了压，先走了。

今晚夜色真好，周徐纺满心喜欢的人也同样满心欢喜。风刚刚好，灯光也刚刚好，热闹喧嚣的城市里一栋栋人间烟火。

江织扶着周徐纺蹲下："徐纺，爬到我背上去。"

周徐纺拽着他的衣服，趴上去了，然后抱住他的脖子，两个腿放在两侧，晃晃："我爬好了。"

江织驮起了她。

周徐纺老实趴着，不乱动，路过交通岗亭的时候，她指给江织看："我想把那个交警小哥哥的衣服买给你穿，可是他不卖给我。"

岗亭旁，交警小哥哥有点不好意思，假装不经意地瞄了江织一眼。天有点儿黑，借着灯光看不大清楚，不过那穿着与气质都是顶顶好的，就是染了个看上去不大正经的头发，不知道是不是个正经人，交警小哥哥正想再多看一眼，目光刚好撞上了。

交警小哥哥心头一跳，赶紧收回了目光。

江织瞧完了那衣服，跟周徐纺说："那个衣服我不能穿。"

"为什么？"

"那个衣服只有交警可以穿。"

"哦，你别伤心，我给你买别的漂亮衣服。"

街上人不多，沿路栽了两排樟树，路灯穿插在中间，光从树缝里透过。风吹呀吹，树摇呀摇，灯下人影漫漫而行。

"徐纺。"江织走得很慢，路灯被抛在了身后，影子在前，背上的姑娘在摇头晃脑，他看着地上她的影子，"你给别人唱歌了，没给我唱。"

"那我也给你唱，我会唱你电影里的歌，全部会。"

江织低低笑了声。

她就开始唱了:"风来了,雨来了,和尚背了鼓来了,哪里藏?庙里藏,一藏藏了个小儿郎……"

一首换一首,全是他电影里的歌,唱着唱着,就睡着了。

江织叫了个代驾,周徐纺睡了一路,车开进御泉湾,停在了一边,她翻了个身,没有醒。

"徐纺。"

她枕着江织的腿,脑袋拱了拱,迷迷糊糊地应了一声。

江织把她脸上的头发拨到耳后去:"到家了。"

她小睡了一会儿,醉意醒了一半,不肯睁眼,伸出两只手,抱紧江织的腰:"不走,要你驮我上去。"

"抱行不行?"

她睁开眼睛,有点迟钝,半天才点头:"行。"

江织先下车,再把她抱出来,她半睡半醒,不吵不闹。上了七楼,江织开了门,周徐纺进屋先脱鞋,踩在地毯上,开始脱衣服。

江织去给她拿拖鞋,一转过身来,地上全是她扔的衣服,外套、裤子、毛衣她全给脱了,就穿一身老年款的秋衣秋裤。她还觉得热,把秋衣掀到了肚皮上,要脱掉。

江织被那截白皙的腰肢晃了一下眼,抓住她的手:"可以了。"

周徐纺哦了一声,把秋衣拉下去,拖鞋也不穿,晃晃悠悠地走进去,趴到沙发上:"那我睡了,晚安。"

闭上眼,她趴下了。

江织哭笑不得,把她的拖鞋放下,蹲到她旁边:"徐纺,去床上睡。"

周徐纺一动不动,笔直趴着。

江织俯身,把她抱起来,往卧室走。

她刚沾床,就睁开眼了:"我还没刷牙洗脸。"

"不困了?"

她困得眼皮子打架:"我要刷牙洗脸。"她自己爬起来了,脚踩在地板上,身子一摇一晃。

江织扶着她,把自己的拖鞋脱了给她:"穿上。"

她穿上他的鞋,大了很多。

江织把手递过去:"我带你去。"

她抓住江织的手,让他牵着去了浴室,也不看路,眼睛半闭半合。

江织用杯子接了一杯水,挤好了牙膏才把电动牙刷给她,她还不睁眼,电动牙刷的开关都不开就往嘴上捅。

"周徐纺。"

她睁眼了，三两分醉意，七八分睡意："嗯？"

"牙刷给我。"

"哦。"

江织端起杯子喂到她嘴边："先喝一口水。"

周徐纺喝了一大口。

"吐掉。"

她咕噜一下："吞了。"张嘴给他看。

江织戳她通红的脸："这个水不能喝。"

她睡意蒙眬，慢了半拍："是你说先喝一口的。"

江织不跟她这小醉鬼说了，把杯子再次喂到她嘴边："现在不可以吞了，漱一下口就吐掉。"

"哦。"她喝了一口水，吐掉。

江织端着她下巴，让她抬着头："啊，张嘴。"

她跟着："啊——"

江织把电动牙刷开到最低挡，给她刷牙。

她还在那："啊——啊——啊——"

电动牙刷："嗡——嗡——嗡——"

镜子里，江织笑得肩膀直抖，这傻子。

牙刷嗡了两分钟，她就啊了两分钟，江织关了牙刷，把杯子接满水，递给她："漱口，不可以吞。"

她听话地漱了几口水，把杯子给江织。

"我想起来了，"她坐到马桶上去，把脚下的拖鞋蹬掉了，"江织，我还没洗脚。"

江织一口咬在她下巴上："真是我祖宗啊你。"

他祖宗还傻笑。

"坐好。"

江织去换了一盆热水过来，把小姑娘粉色的袜子脱了，他先试了试水温，然后抓着她的脚丫子碰了碰水面："烫不烫？"

"不烫。"

他让她把脚放进水里，她蹬了几下水，脑袋栽在了他肩上，睡着了。

江织无奈，抱她去睡觉，守了一会儿才回隔壁。

翌日，江织一整天的心情都非常好。

不过，薛宝怡觉得他笑得太荡漾了，晃眼睛，他把手提推过去："你电影的选角,过目一下。"

江织从沙发上坐起来,翻了几页,按键的手指停下来:"这个是你公司的?"

薛宝怡扫了一眼,摇头:"靳松被捕之后,华娱就在走下坡,苏婵解约之后自己成立了工作室,对她不满意?"

江织没表态。

薛宝怡继续说:"容恒是电影咖,这几年作品太少,理想又还是新人,他们两个话题度和流量都不够。苏婵之前是华娱最年轻的影后,演技和人气都一流,人物形象跟你电影里的角色也切合,而且她是武打替身出身,打戏很出彩,目前,没有比她更合适的。"

最开始江织这部电影的女主预定了她,因为靳松的关系,合作破裂,才换成了方理想。

薛宝怡说:"是她那边的意向,说想尝试一下反派角色。"

"先安排试镜。"

"还要试镜?"他这个当哥们儿的都觉得这家伙很难搞啊,"人家可是影后。"

江织往沙发后靠:"我的规矩,不行?"

"行行行,你是祖宗,你说什么都行。"

放在桌上的手机振动,江织手指压在唇上,示意薛宝怡安静,他接通电话,嗯了一声。

乔南楚:"彭中明到帝都了。"

彭中明是彭先知的独子,随彭先知的前妻定居在国外,骆家那场大火之后,彭先知入狱,到现在八载,彭中明一次也没有露过面。

江织问:"藏身的地方在哪?"

"还没找到,盯着骆常德就行了,他肯定会找上门。"

"得准备了。"

"准备什么?"

江织懒洋洋地回了一句:"抢东西。"

乔南楚清楚他的打算了,换了件事儿说:"周徐纺的事,查到了一点儿。"

他原本漫不经心地躺着,这下坐直了。

"有个医学研究院,叫微化,你听过没有?"

江家最主营的生意就是医疗,只要是业内的动向,不论是国内国外,江家都或多或少知道一下。

微化是一所基因研究院,五年前被警方查获,研究院的运作人在警方赶到之前就毁了研究院。之所以会轰动一时,是因为警方在毁掉的研究院里找到了一本研究日志,里面清楚地记录了一系列的研究数据,都和基因异能有关。

江织沉默了很久:"听过。"

"里面就有关于周徐纺的基因研究记录,血液的来源是一家疗养院,周徐纺应该在那里待过,后来疗养院被查获,她就不知所终了。"

她逃出来了,在她身体发生变异之后。

江织垂着眼,微微颤动着睫毛泄露了他的情绪:"她之前的身份呢?"

"身份背景全部被抹干净了。"

说明那家疗养院有问题。

傍晚六点,天已经黑了。

周徐纺以前也摆夜摊,后来江织不许她晚上出来,她就改下午了,天黑了就得回家。正帮人贴着手机膜呢,她一抬头,就看见了江织的车,停在了八一大桥下面。

她挥手喊:"江织。"

客人问:"多少钱?"

周徐纺看见江织了,心情很好,原本这个钢化膜要二十的,她给便宜了五块:"十五。"

客人扫了支付码:"谢谢。"

"不用谢。"

等客人走了,她从小板凳上起来,跑到江织那儿,脸上戴着口罩:"你来接我吗?"

"嗯。"江织解开安全带,要下车。

周徐纺按住了车门,八一大桥下很多人往来,江织都没戴口罩,她担心他被人认出来:"你在车里等,我去收摊。"

她刚转身,江织叫住了她:"徐纺。"

她回头,眼睛很亮,像今晚的星子。

江织下车,张开手绕到她背后,把她纳到怀里,头一低,下巴落在了她肩上。

"你怎么了?不开心吗?"

他声音闷闷的:"想你了。"

疗养院被查获了,无处寻仇,他心里堵得难受,一看见她就心疼。

"以后你要是想我,早一点告诉我,"她乖巧地让他抱着,戴了一顶毛线的帽子,头顶有个球球,毛茸茸的,"我可以去见你呀。"

江织松开手,隔着帽子摸摸她的头:"好。"他牵着她往摆摊的地方去,"今天生意好吗?"

"嗯嗯,除掉成本,我还赚了九十多块,可以买一桶超大的冰激凌。"

一桶冰激凌就能让她眼睛里有星星，是真不贪心，还像个孩子。这么纯善的她，凭什么不幸，凭什么……江织垂着眼，里头覆了一层阴翳，挥之不去。

"想吃冰激凌吗？"

"想！"

"要多少都给你买。"

周徐纺只要两桶，她抱着冰激凌到家的时候已经晚上九点半了。江织说太晚了，冰激凌就不要吃了，明天白天再吃。周徐纺觉得吃几口不要紧，而且她也不会告诉江织，她偷偷摸摸地吃。

她拆了一包棉花糖，放在冰激凌里面，然后又拿了罐牛奶，抱着冰激凌坐在沙发上吃。电脑嘀了一声，屏幕亮了，一只超大的海绵宝宝跳出来。

"来任务了，雇主姓彭，学生，外国籍，没有犯罪史。"

周徐纺舀了一大勺冰激凌，就着两颗棉花糖塞到嘴里，甜丝丝的："任务内容呢？"

"护送他到一个地方，有重要文件交接，雇佣金一百万。"

周徐纺拉开牛奶罐的拉环："有没有说明是什么文件？"

"这部分对方保密。"

保密的话，多半危险系数和难度系数都高，甚至可能是灰色交易。

霜降："接吗？"

周徐纺想了想，拒绝了："不接。"她又舀了一大勺冰激凌，吃得很开心，"我男朋友说了，以后只能接钱多、轻松、不出远门、还不危险的活儿。"

男朋友的话，得听呢。

霜降："比如。"

周徐纺正儿八经地举例子："保护我男朋友。"

周日上午江织回了江宅，周徐纺在家看小说，最近她沉迷言情小说，并且废寝忘食，她看得又慢，二十几万字的小短篇看了一上午才看了一小半，停下来的时候，已经快一点了。

她点了个外卖，拆了一包棉花糖，吃到一半，外卖到了，她点的是意面和披萨。

送外卖的小哥笑得很亲切，周徐纺给了好评，并且打赏了骑手。吃饭的时候，方理想找她了。

方理想："徐纺、纺纺，你兼职吗？我们剧组在找脚替。"

仙女纺："脚也要找替身吗？"

仙女纺是方理想给周徐纺备注的昵称。

方理想："嗯，女主角的脚三十九码，导演嫌太大了不好看。"

露脚的话不要紧吧,她以前偶尔也会穿拖鞋出门倒垃圾,周徐纺问:"什么时候拍?"

方理想:"下午四点左右。"

下午四点江织和乔南楚要谈事情,她一个人待着也是待着。

仙女纺:"好,我去。"

方理想:"等你。"

周徐纺吃完午饭,再看了半个小时的漫画就出门了,因为理想说的那个影视城有点远,周徐纺就开了自己那辆有点小贵的车。她到城东影视城的时候,三点半。

方理想在片场外面等她,隔得老远跟她挥手:"徐纺,这里。"

周徐纺跑过去。

今天依旧是包成黑衣人的一天,方理想把手里的小点心和罐装奶茶给她:"给你留的下午茶,你拿着吃。"

"谢谢。"

"我先带你去见导演。"

"好。"

这个剧组也是大制作,方理想是演女二,女主周徐纺不认得,不过方理想说她很出名,方理想直接带周徐纺去了导演那里。

"陈导。"

陈导没抬头,在剧本上写写画画,应了一声。

方理想拉着周徐纺上前:"这就是我跟你说的替身演员。"

周徐纺觉得戴口罩见导演不礼貌,就把口罩拿了。

陈导百忙之中抬了一下眼皮,扫了一眼:"把鞋和袜子脱了。"

脚替是要看脚的,周徐纺蹲下,脱鞋。

这时,陈导后面站着的布景师俯身:"导演。"他小声说了句,"我上次在江导的剧组见过这姑娘。"他余光瞟了一眼那黑不溜秋的一坨,"她好像就是江导的女朋友。"

上次也是这样,穿得黑不溜秋的,而且江导很宠她!时时刻刻缠着她,她走到哪江导就跟到哪!

先不论江织的背景,光看江织在影视圈子里的手腕和人脉,陈导也得看他几分面子,得罪不得啊:"不用脱了。"

周徐纺把鞋穿回去,有点茫然。

陈导语气放客气很多:"先说工钱吧。"既然是江织的女朋友,肯定不缺钱,给少了没面儿,陈导就问了,"你觉得多少合适?"

周徐纺想了想，伸了五根手指。

"五千？"

周徐纺摇头，五百啊，她以前当群众演员一天能有一两百，但替身是会贵一点的，脚替应该是替身里最便宜的，所以她觉得五百合适。

陈导看着那五根手指，有点肉疼："五万啊？"谁让不小心请来了一尊大佛，他只能忍痛割肉了，"行，五万。"

周徐纺和方理想："……"

两个人偷偷到一边去，周徐纺小声地说了一句："你们剧组好有钱。"

"我也才发现。"

快四点的时候，场务刚从外面回片场，老远就看见个熟悉的身影，在人群外面。

场务走过去："唐总，"他把人领进去，"您来了。"

这个剧是天星出资拍的，直接负责人就是唐想。她不常来片场，只是偶尔过来探班。

她指了指不远处坐在小凳子的女孩："那位也是我们剧组的演员？"

场务看了一眼，那个黑衣服的啊："不是的，她是临时招的替身演员，今天刚过来。"

"你去忙吧，我再看看。"

"行，有事您叫我。"

唐想站在原地，审视了周徐纺良久，拨了个电话给秘书，推了下午的其他行程。

那边，方理想去换衣服了，周徐纺一个人坐在不起眼的角落，不知道为什么，突然有点惆怅，以前她也是各个剧组跑的，后来江织给她开后门，她就只跑江织的剧组了，现在换了个剧组跑，她突然有点不习惯了，不习惯摄像机前面的椅子上坐的不是江织。就在她想江织的时候，江织就给她打电话了。

她一下子就不惆怅了，开开心心地接电话："江织。"

江织听出来她那边的动静："怎么这么吵？你在外面？"

"嗯，我在城东影视城，当替身。"

江织立马就问："替哪？"

"脚。"

他似乎在思考什么，过了一会儿问："开拍了吗？"

"还没有。"

"别替了。"江织颇不自然地解释，"我不想别人看你的脚。"

他好爱吃醋，跟她上午看的那个小说里的女主一模一样。

周徐纺好话跟他商量:"我已经答应导演了,要是我现在罢演,会耽误剧组拍摄。"她像小说里的那个男主一样,都特别宠女朋友,"我以后不当脚替了,就这一次。"

"在那等我。"

"你要过来吗?"

"嗯,去探你的班。"

这时方理想在喊:"徐纺,到你了。"

"那我先挂了。"周徐纺挂了电话,"来了。"

水池是临时挖的,盖了一层绿布,后期会用特效做出仙雾缭绕的效果,因为一开始没打算用替身,所以片场这边没有准备多余的裙子,周徐纺只有脚出镜,女主角就把裙子里面的裤子换给了她。

拍的是天妃娘娘第一次在凤梧宫里洗浴的镜头,洗浴完,天妃娘娘就要跟天帝陛下合房了,所以,裙子裤子都是红色的。

周徐纺按照导演的指示,站好位置,单腿站立,另一条腿伸到水池里,用脚背勾过水面。

摄像机拉近,远景改近景。

陈导专心致志地看着摄影机里的效果,后面谁说了句:"水面的影子穿帮了。"

陈导回头:"唐总。"

"影子穿帮了。"唐想建议,"还是让替身演员把上衣也换了吧。"

陈导看了一下回放,还真穿帮了,替身演员上身穿了件蓬蓬的羽绒服,在水面映了个影子出来。

陈导喊停:"裴凝,把你的上衣换给她。"

裴凝是女主演,周徐纺就跟着她去换衣服,不过裴凝的休息室是独立的,周徐纺要去公共的更衣间。

方理想给她指路:"从那里进去,左数第三间。"方理想不能带她去了,她的助理过来催她了,"我得去补妆拍下一镜,你找不到地儿就让场务带你过去,我拍完再去找你。"

周徐纺说好,没麻烦场务,自己过去了。

她走了不到五分钟,江织到了。

"江导。"陈导很吃惊,"你怎么过来了?"他跟江织不是很熟,就几面之缘。

江织理所当然的口气:"探女朋友的班。"他目光四处寻着,却没看到周徐纺的身影,"她人呢?"

传闻果然不假,江导很宠爱他的女朋友。

"她换衣服去了,马上就过来。"

江织现在就要见人:"更衣室在哪?"

"小钏,"陈导把场务叫过来,"你领江导过去。"

场务小钏就把江织往更衣室那边领了,刚走到过道,江织示意他停步。

前头,唐想叫住了方理想。

"方小姐,可以跟我谈谈吗?"

方理想微笑:"可以。"她继续微笑,此刻她饰演的是有修养且日理万机的大总裁,"要到我经纪人那里预约,我很忙的。"

言外之意就是:现在不行,现在方总很忙。

"你这么避着我,想必是知道我要打探什么。"

对方太精了,方理想自知说不过,拿出了破罐子破摔的态度,以及装傻充愣的表情:"唐小姐,你真找错人了,我爸就是个消防员,灭完火就跟他没关系,骆家的事你还是去问骆家人吧。"谁知道你是不是跟骆家一伙的。

"问骆家人,"唐想笑道,"你确定?"

方理想被这个笑给镇住了,心里头一咯噔,有不好的预感。

唐想也不急,还是心平气和的口吻:"如果骆家人也查出点什么,你觉得你们父女还能安生吗?"

方理想听出来了:"你在威胁我?"

"不,我是在向你示好,我知道你现在还不信我,我就只问你一个问题。"

方理想是不信她,不知道她是好人还是坏人,不过能确定一件事,骆家那一家子肯定都是坏的。

她权衡了一下:"问。"

"骆三是不是女孩?"

这家伙知道的一定不少!方理想在说真话和说假话之间犹豫了十几秒钟,最后还是点了头:"是。"

比起骆家,唐想更安全一点。

更衣间里,周徐纺坐着在等,没多久裴凝把衣服送过来了,并且嘱咐她:"你小心点,别扯破了衣服。"

"哦。"周徐纺特别温柔地抱着衣服去换,温柔得宛如抱着娇贵的江织。

裴凝刚坐下,来了个电话:"晴姐。"她起身往更衣间外面走,"我现在在片场。"

电话里是她的经纪人,在催她广告代言的事。

裴凝边走边回答经纪人:"合同我让小金先送过——"一句话还没说完,险些在拐角撞到人,她抬头一看,"唐总。"

唐想稍稍颔首后，继续往里走。

裴凝提醒："唐总，那边是更衣室。"

"随便看看。"她脚步并未停下。

公共更衣室有什么好看的？裴凝打住疑惑，继续跟经纪人谈合约的事："你先看看合同有没有别的问题，晚点我过去找你。"

嘎。更衣室是临时搭的，和化妆室共用，很简陋，门开合时会有声音，一眼望去里头没人，唐想进了屋，往里走。

左右两边墙角各拉了一个帘子，作为更衣隔间。左边帘子被撩起来了，唐想往右边走，看了一眼脱在地上的两只黑色球鞋，她抬手，伸向帘子，刚碰到那层布，手腕被从帘子里伸出来的手抓住了。

帘后，周徐纺问："干什么？"

唐想微微愣了一下："抱歉，我以为没有人。"

周徐纺这才松手。

唐想低头看自己手腕，被抓过的地方红了一圈，手劲儿真大。她坐到沙发上去，等周徐纺换好衣服出来。

"还记得我吗，周小姐？我们在粥店见过。"

周徐纺点头，身上穿着女主演那身大红色的戏服，她平日里总是一身黑，突然换上这一身红衣，看上去明艳又张扬。

唐想像是在闲聊："周小姐也是帝都人吗？"

周徐纺面无表情："不是。"

"那方便告诉我你老家在哪吗？你和我一个失散的旧友有些相像。"

她在套话。

周徐纺："不方便。"

唐想笑笑，并未生气。

周徐纺把鞋穿好，用袋子装好自己的衣服："我要去拍戏了。"说完之后，她就先出去了。

等人走了，唐想从沙发上起身，目光随意一抬，正好落向右边墙角的更衣隔间，帘子被卷着，地上有条黑色细线穿着的项链。

她走过去，把项链捡起来。

周徐纺从更衣室出来，没走几步就看见了靠墙等在走廊的江织，他低着头，像在发呆。她跑过去："江织。"

他像没听见，她伸手拉拉他的袖子，更大声一点，"江织。"

江织这才回过神来："嗯？"

"你在想什么？"

他没说，牵着她往外走。

周徐纺觉得他好像有心事，可他好像不想说，她也就不问了："什么时候到的？"

"刚到。"

这时候外面片场有人在喊替身演员，周徐纺应了一声，跟江织说："我先过去了。"

"去吧。"

周徐纺多看了江织两眼才跑出去。他好奇怪啊，她穿了这么漂亮的衣服，他都没有夸她穿得真很漂亮呢。

等外面已经开拍了，江织才拿出手机，拨了个电话，声音压得很低："帮我查个人。"

"谁？"

"方理想。"

周徐纺的替身戏不到二十分钟就拍完了，方理想夸她脚好看，并且和她的脚合照了。为了纪念周徐纺穿得这么漂亮，方理想还给她拍了很多照片。

四点半，江织送她回家，之后就出门了，他说有事。刚好周徐纺也有事，等江织走了，她就换了一身行头，开了辆机车出去了。

晚上八点，唐想的车停在了疗养院外面。

她平时都是周末白天才过来，看护小瞿便问她："怎么这么晚过来了？"

"有点事，我妈睡了吗？"

小瞿把何女士病房的钥匙给她："没呢，刚刚还吃了两个核桃酥。"

因为何女士精神时好时坏，唐想担心她不清醒的时候会自己跑出去，平时睡觉的时候都会让看护锁上门。

唐想拿了钥匙，去了病房。何女士没睡，正坐在床上发呆。

"妈。"

何女士看见她很惊讶："你怎么回来了？学校没有课吗？"

何女士清醒的时候不多，意识停留在八年前，那时候骆家还没大火，唐想还在上大学。

唐想关上门进去："明天周末。"

何女士哦了一声，起身说要去给她做饭。

唐想拉住她，坐到床边，把口袋里的项链拿出来，摊开手给何女士看："妈，我刚刚在路上捡到了条项链，你知道是谁的吗？"

何女士立马就认出来了："这是骆三的项链，丢三落四的，这么重要的东西也不知道收好。"

果然是骆三的东西。

何女士一把把项链抢过去,压在枕头下面,叮嘱唐想:"想想,项链的事你别出去说。"

唐想看了一眼枕头下露出来的那截黑线:"知道了。"

等把何女士哄睡了,唐想才从病房里出来。

小瞿问:"这就回去了吗?"

她心不在焉地应了一句,把病房的钥匙放下。

今夜是阴历十五,月圆。

疗养院总共就三栋,两栋病房,一栋诊疗室,周徐纺就在诊疗室的楼顶,穿一身利索的黑色,与夜色融为一体。她蹲着,在思考刚刚听到的那段对话。

耳麦里,霜降用合成声音通知她:"监控已经拦下了。"

周徐纺纵身一跃,跳下了大楼。

她没有走楼梯,直接爬窗去了何女士那一楼,病房门上了锁,她左看右看,细听附近,并没听到脚步声,她尽量放轻动作,握着门把用力一拧。

锁被她卸了。

所幸里面的人还没有醒,周徐纺用椅子挡住门,轻手轻脚地靠近床边,找了一圈,看见了枕头下的黑色细线,她伸出手去拿。

何女士突然睁眼:"骆三。"

周徐纺直接愣了,月光很亮,她眼珠也很亮。

何女士坐起来,开了床头的灯:"这么晚了你怎么还不睡?"

怎么认出来的?她脸上还戴着口罩。

"问你话呢。"何女士在催促她。

周徐纺想了想:"我在找项链。"

半真半假,她是来找项链的,也是来确认的。那项链是她故意落下的,唐想想确认她的身份,她自己也想确认,既然目的相同,她干脆将计就计,把项链"给"了唐想。

何女士信了她的话,把项链从枕头底下拿出来,放到她手上:"你怎么这么不小心,重要的东西也不收好,可别再乱丢了,万一给他们看到了,又要拿你撒气了。"

他们?骆家人吗?

何女士突然面露惊慌,她想起来了:"你怎么说话了?"

骆三是不可以说话的,她是"哑巴"。

何女士情绪大动,惊慌失措地抓住了周徐纺的手:"我不是让你不要开口吗?完了完了,老爷子知道你是女孩,一定不会让你继续待在骆家的。"

骆怀雨知道?

周徐纺默不作声,在思考。

何女士还在自言自语,慌慌张张地左右张望:"你妈妈就是突然没了的,你会不会也像她那样?"

周徐纺眸间骤起波澜:"我妈妈是谁?"

何女士头上开始冒汗,催促她:"你快跑,快去找江小公子。"见她不动,何女士推了她一把,"愣着干吗,快跑啊!"

周徐纺蹲着,重心不稳,被推着后退了一步。

何女士下了床,在房间里走来走去:"老爷子来了,老爷子来了……"

外面有脚步声,越来越近。周徐纺把项链放下,看了何女士一眼,转身出了病房。

片刻后,唐想就过来了,她是过来拿项链的,一扭门把才发现锁坏了,她推门进去,看见何女士在屋里踱步。

"妈。"唐想走过去扶她,"你怎么了,妈?"

"嘘!"何女士把手指按在她唇上,紧张兮兮地咕哝,"瞒不住了,咱们家要遭大殃。"

"遭什么大殃?"

"你爸呢?他在哪?"她又开始失魂落魄地自言自语,"是不是老爷子把他叫去了,肯定是要拿他问罪了,完了,完了……"

随后何女士要冲出去找丈夫,唐想喊了看护过来,给何女士注射了镇定剂。

等声音消停了,周徐纺才从楼梯间里出来,刚走到疗养院的外面,有陌生号码来电。

周徐纺见四下无人,一跃上了楼顶,接了电话:"喂。"

唐想问:"周小姐吗?"

周徐纺不清楚唐想怎么弄到了她的号码,想来,骆家老爷子最器重的这个左膀右臂本事不小。

"是我。"

"我是唐想。"

"有什么事吗?"

"你是不是丢了一条项链?"唐想描述了一下,"黑线、圆片,上面有你的名字。"

看来她已经确认了,项链也用不到了。

周徐纺语气镇定,丝毫不露马脚:"对,是我的。"

项链是她故意落下的,她身上唯一能证明身份的东西就只有那条项链。

就算唐想不找上门来,她也会找过去,她要确认自己的身份,就不能被动。

"方便给我你的地址吗?我明天让人送过去。"

周徐纺报了地址,并道谢。

唐想说不客气,挂了电话。

周徐纺蹲下,吹了一会儿冷风,脸是凉下来了,心还在发烫,她指尖都蜷缩了,握紧又松开,指腹摸到了手心的冷汗。

为什么是骆三?为什么是骆家人?可不是骆家人,她也遇不到年少的江织。她不幸,又幸运着。

心坎里又酸又痛,像劫后余生,又像踩空了悬崖,一脚坠进了深渊,她快要呼吸不过来,深深吸了一口气。

耳麦里,霜降迟疑了很久才问:"确定了吗?"

"嗯,确定了,我真的是骆三。"

她以前查过骆三,骆三有这几个标签:骆家养子、哑巴、弱智、童年虐待、染色体变异。

还有最后一个标签是从江织口中知道的:初恋。

周徐纺抬头,看看月亮,又看看星星,想了一会儿,决定不怨了,她的命也不是很不好,至少她还活着,还有江织。

"而且我怀疑骆三是被骆家人烧死的。"

霜降不理解:"为什么?"

如果她们的推断没有错的话,骆三应该是骆家的血脉,不然骆家不可能养一个"天生残缺"的孩子。

五层楼的高度,周徐纺直接跳下去:"因为骆三暴露了。"

"暴露了什么?"

"性别。"

如果何香秀颠三倒四的话是真的,那么骆怀雨应该是知道的,周徐纺基本可以确定了:"骆家缺德事做多了,这一辈一个男孩都没有。"

所以要在骆家活着,她就不能是女孩。

她的机车停在了路边,她上车,戴上头盔,把防风罩打下:"我要再去一趟骆家。"

御泉湾的门卫是晚上十点半换班,还有二十多分钟才下班,老方百无聊赖,拿出他新买的智能手机,放了一出京剧,老方跟着咿咿啊啊地唱,好生惬意。

"汪!"

拴在桌子腿上的金毛突然叫了一句,金毛是母的,毛色生得均匀又亮丽,一根杂毛都没有,气质贵气又端庄,一看就不是普通俗狗,所以老方给金毛取了个配得上它外貌与气质的名字——贵妃。

贵妃又叫了一声。

老方踢踢桌子腿:"方贵妃,大晚上的,你叫什么呢!"

贵妃:"汪!"

哦,来人了啊。

从门卫室的小窗口处只能看见半个影子投在地上,老方背着手出去,借着灯光打量,那人逆着光,那身姿、那贵气、那样貌……

"徐纺对象?"老方这下看清了,"这么晚了,来找徐纺啊。"

江织走近,从逆光到背光,眼里的一团墨色由亮到暗:"找你。"

"找我有事儿?"

他沐着夜色而来:"八年前,骆家大火。"

老方打了个哆嗦,脸上的笑一下就僵住了,沉默了良久,继而叹了一口气:"是我把人背出来的。"

气压太低,仿若天寒地冻里被抽掉了最后一丝空气,有种逼人的窒息感,贵妃不叫了,缩到了桌子底下。

江织往前一步,桃花眼里一盏花色凝了秋霜:"女孩儿,还是男孩儿?"

老方不作声。

他再问一遍:"女孩儿,还是男孩儿?"

老方抬头,目光不躲了:"是女孩子。"

骆家那场火来势汹汹,老方当时是消防二队的小队长,骆家大火,整个消防二队都出动了。

他在花棚里找到那孩子时,人已经奄奄一息了,花架上、地上全是血。这么大的火,那孩子身上却冰凉冰凉的,一点体温都没有。他当时一只手受了伤,只能勉强把人背出去,才一会儿,他整个后背都沾上了血。

听说是骆家的养子,十四岁大了,可大家族的孩子怎么还这么瘦骨伶仃的,又矮又小,背在背上一点儿重量都没有。

那孩子气若游丝,嘴里喃喃着,在说话。

老方没听清:"你说什么?"

"江织……"

声音又粗又哑,烟熏了嗓子,他快要发不出声了,还在一句一句念着,反反复复都是这两个字。

是谁的名字,让这个垂危的孩子这样念念不忘。

老方于心不忍:"有话跟江织说?"

他点头,还在喊那个名字。

"听叔叔的,现在别说话,等你好了,你再慢慢跟他说。"

那孩子摇头,说是遗言:"好不了,他说……他说女孩子得死。"

她是女孩子啊。

老方还以为天底下所有的女孩子都像他家里那个一样,会肆意大笑,会撒娇耍赖,怕了就闹,疼了就哭。背上这个不一样,她不哭不闹,她安安静静地让身体里的血流干。

"谁说女孩子得死?谁说的?"

她像快睡着了,声音越来越弱:"江织,你不要难过,我只是要去天上了。"

老方眼睛都红了,背着她往外跑。地上滴了一地的血,那孩子身上有个窟窿,不知道是用什么凿的。

"天上没有坏人,天上很好,你不要难过……"

那是她最后的遗言,说给一个叫江织的人听。

"之后呢?"江织问。

老方眼睛发酸:"没有之后,她断气了。"

贵妃叫了一声:"汪!"

方理想来了,她行色匆匆,跑过来的,看了老方一眼,问江织:"你已经有周徐纺了,为什么还要查问骆三的事?"

她不想周徐纺再一次被卷进骆家。

"因为杀人偿命。"江织说得很慢,"因为除了我,不会有人替那个孩子申冤。"

方理想眼一红,话就冲出了口:"没有断气。"

老方立马喝止她:"方理想!"

她管不了那么多了:"她还活着。"

江织眼底乌压压的墨色全部压下来,浮光乱影波涛汹涌,他声音都发抖了:"她在哪?"

"她有一条项链,上面刻了她的名字。"这一段老方醉酒的时候跟她说了无数次,每次都声泪俱下,可真当她说出口,却平静得出乎意料,"她叫周徐纺。"

"你说她叫什么?"

"她叫周徐纺。"

江织趔趄了两步,几乎站不稳,冷风一口一口往喉咙里灌,他被呛得大咳,像要把肺咳出来。

为什么是周徐纺?为什么偏偏是她?骆三生来渡劫,受了所有能受的苦。

江织站了很久才挪动脚,往周徐纺家的方向去,脚步跌跌撞撞,他站在楼下，仰着头，眼里有泪。

"周徐纺。"没人答应他，她大概不在家，他像个傻子一样，念了很久她的名字，风都吹干了眼睛，他才拨了个电话。

"喂。"

江织说："我在粥店等你。"

唐想："有事？"

江织没有任何耐心跟她周旋："别明知故问。"

"你猜到了？"她承认，"我的确是故意让你听见的。"

江织一句话都不想多说："四十分钟后，粥店见。"

"看来你已经见到方大顺了。"跟她料想得一模一样，方家父女不信她，但信江织。她也信江织，他的能力和手腕整个帝都也找不出第二个，这才半天呢，全部让他知道了。

江织没否认，挂了电话。

◆第六章◆
骆三，到我家里来，我用零花钱养你

十点四十，云遮了一扇月光。

唐想到那里的时候江织已经到了，粥店没有客人，她直接坐到江织那一桌："上次也是在粥店，我妈认出了周徐纺，一直喊她骆三。"

江织面前放一杯白开水，已经凉透了："从那时候起，你就怀疑她？"

唐想摇头："我妈疯了之后，很多事情都不记得了，她有时候连我都不认得，可骆三的事情，她全记着。"

唐想也是那时候才知道骆三还有另外一个名字，也是，骆三是何女士一手带大的，喂她吃，给她剪头发，给她裁衣服，教她念字，教她在骆家苟且偷生地活着。何女士了解骆三，胜过了解自己的女儿。

"我在外景片场见过周徐纺，她好像跟骆三一样，也对玫瑰花有阴影，一开始也只是怀疑，今天才确定。"唐想把项链拿出来，放在桌子上，"周徐纺把它落在更衣间了，这是骆三的项链。"

江织拿起项链，放在掌心细看，金属圆片被打磨得很光滑，硬币大小，大概项链的主人经常抚摸，上面刻字的纹路已经浅了很多，字体很漂亮，秀气地篆刻着"周徐纺"三个字。

这条项链，看上去就有些年岁了。

江织把项链小心地收起来："直接说，你的目的。"

"当年骆家大火的知情者不多，方大顺算一个，但他不信任我。"

江织不置可否："你觉得我会信任你？"

"你既然知道了骆三是女孩，应该也猜得到是谁隐瞒了她的性别。"

是唐想的父母亲，骆三的身世除了骆家人，只有他们知道。

唐想说出了她的目的："我怀疑我父亲被烧死不是意外，是骆家要灭口，而我，只想查明这件事。"

她与骆家本来就不是一个阵营，她始终记得她父亲葬身火海的时候，骆家急急忙忙地处理了尸体，草草结了案。骆家大火两死一伤，凶手却没有判死刑，她不相信都是无意。

"你又凭什么信我？"

唐想很理所当然的语气，她从来没怀疑过江织对骆三的善意："你不是一直在调查八年前的事吗？大火之后，在外面哭过的人除了我，就只有你。"

骆家的人她一个也信不过，都是一群人面兽心的东西。骆三就算是抱养，也养了那么多年了，骆家却没有一个希望她好的。

"江织，我们是合作关系，不是敌对关系。"

江织走后，唐想在粥店坐了一会儿，店里的老板娘是她二姨，特地给她煮了一碗粥，她吃完了才走。她没有开车过来，挑了个人少的公交站点坐下，点了一根烟，看着路上车水马龙，有一口没一口地抽着。

一辆黑色的商务车停在了她前面，车窗打下来，一张硬朗的俊脸就闯进了她眼里："你还抽烟？"

西装革履，看着稳重儒雅。

也就看着稳重儒雅而已，唐想心情不好，没兴趣应付这个跟她素来不对付的老同学，她语气敷衍："不行？"

江孝林趴在车窗上，像在瞧好戏："怎么，跟江织表白被甩了？借烟消愁啊。"

他到底在这停留了多久？

唐想两指夹着烟，冲着车窗吐了一个烟圈："关你屁事！"

她上学那会儿是个颜控，当着这家伙的面夸了江织好几次，他便一直觉得她觊觎江织的美色。

他正了正领带，端的是斯文优雅："你一个女人，说话不能文明点？"

唐想嫣然一笑："那就要看看对谁了，我这人吧，对人说人话，对鬼说鬼话，对着流氓当然说流氓话。"

骂他流氓呢。

江孝林也不跟她生气，下了车，走到她面前："你不是说我是色情狂吗？那说点重口的。"

江家的大公子林哥儿，让多少人都赞不绝口啊，瞧，这才是本性。

唐想忍无可忍了："江孝林！"

他笑得像个登徒子："你真会叫。"

唐想抽烟的心情都没了，站起来，一脚踹过去："臭流氓！"

他也没躲，结结实实挨了一脚，一丝褶皱都没有的西装裤上多了个脚印，他弯下腰，淡定地掸了掸灰："现在心情好点了？"

唐想愣了一下。

他起身时顺带把她夹在指尖的烟抽走了："不是什么好东西，别抽了。"

他把烟摁灭，扔进了垃圾桶里，转身回了车里，一踩油门，走了。徒留唐想站在灯下，神色复杂。

晚上十一点二十分，云散去，星辰环绕。

周徐纺随手一拧，就把骆颖和房间的锁给拧下来了，这锁的质量她觉得还有待改进。

这个点，骆颖和居然睡了，房间里没开灯，黑的。

周徐纺摸黑进了浴室，从包里拿出个手电筒，在浴室的洗手台、地上找了一遍，捡了几根头发，又在梳子上和毛巾上也捡了几根，她用袋子装好，顺便把牙刷也带上。

突然，啪嗒一声响，随后就有脚步声从卧室里传出来，是骆颖和醒了。

周徐纺关掉手电筒，把浴室的门虚合着，她笔直站到门后去，屏住呼吸，当块没有存在感的木头。

骆颖和打着哈欠推门进了浴室，随手一甩，合上门，又迷迷糊糊按了浴室的灯，连锁被掉了都没发现，她脚步晃悠地走到马桶前，眯着眼解裤子，然后坐下，头一摇一晃，在打瞌睡，然后，就是哗啦哗啦的嘘嘘声。

周徐纺就站在骆颖和正前的方向，只要骆颖和一抬头就能看见她，所以她决定先下手为强，于是憋住呼吸挪动着上前了一步，伸手就关上了灯。

浴室顿时就黑了。

骆颖和唉了一声，抬头看见一个模糊的轮廓，她刚要叫，脖子就麻了，白眼一翻，往马桶后面倒了。

为了保险起见，周徐纺在她头上又扯了几根头发，才摸黑出去了。

就出去了一小会儿吧，她摸黑又回来了，嘴里叼着手电筒，双手并用，帮骆颖和把裤子给提上了。随后，她摸去了骆青和的房间。

骆青和的房间没人，应该是还没回来，她行事起来就方便多了，找到了头发和牙刷就出了房间，前后不到五分钟。

刚出骆青和的房间，她口袋里的手机就振动了，这个点只有江织会找她，她随手开了间客房，躲进去接电话。

她悄咪咪的，用气声："喂。"

"你在哪？"

江织声音有点怪，紧绷绷的，还沉甸甸的。

周徐纺一句两句也解释不清楚现在的状况："我在跑任务。"

他有些固执地追问："哪里？"

"怎么了？"她感觉江织声音有点压抑，好像心情很沉重的样子。

"想见你，告诉我在哪。"

"我在骆家。"

电话里风声灌进来，很久他才开口："在阁楼等我。"

"好。"

周徐纺挂了电话，江织好奇怪啊，一定是发生了什么让他悲伤的事情，等会儿他来了她要好好哄哄他，边这样想着，她边摸去了骆常德的房间。

骆常德喝了酒，睡得死，呼噜声阵阵，屋子里酒气冲天。周徐纺看他睡得像头猪，直接拔了他的头发。

她要拿到骆家所有人的DNA，最后是骆老爷子。他住一楼，周徐纺在外面就听见了里面的咳嗽声。

房里灯亮着，人还没睡。周徐纺不想打草惊蛇，所以她蹲在楼梯底下，听着屋里屋外的动静，静观其变。

约摸三四分钟后，骆怀雨接个电话。

"董事长。"电话里是个青壮年男人的声音，"彭中明到帝都了。"

"见过他父亲了？"

电话里的男人回答："没有，彭先知还不知情，是彭中明在国外沾上了毒品，资金出了问题，才把主意打到了骆总头上。"

骆总是指大骆总骆常德，骆青和平时会被称作小骆总。

骆怀雨吩咐电话里的男人："常德和青和那边都派人盯着，彭中明手里的东西，想办法弄过来。"

"是，董事长。"

彭中明，彭先知。周徐纺记住了这两个名字，并且打算回去就让霜降查查。

突然，一阵脚步声匆忙，是骆家的下人，见房间里灯还亮着，便敲了敲门："董事长。"

"什么事？"

"二小姐在房间里昏倒了。"

周徐纺心想，还好她帮人把裤子穿上了，她真是太善良了。

之后，骆怀雨拄着拐杖出了房间。

天赐良机！

人一走，周徐纺就进了骆怀雨的房间，她在枕头上四处翻找，还没等她找到头发，拐杖拄地的声音又传进了耳朵里。

声音越来越近，周徐纺还没拿到头发，不打算跑，骆怀雨推开门，正好与她打了个照面："你好大的胆子。"

房间里的白炽灯亮着，周徐纺抬头就看见了骆怀雨那张严肃又刻板的脸，脑子里记忆一晃，有断断续续的片段一晃而过。

那时候她还是个小光头，在阁楼里，从破破烂烂的枕头里翻出了一颗药丸，她双手捧着，给脸色苍白的病弱少年："你吃这个，这个没毒。"

少年看着她，没有张嘴。

她催促："你吃啊。"

少年愣愣张了嘴，她直接把药丸扔了进去，然后推着他藏进了柜子里，她在外面用后背顶住柜门。

"你别怕，我在这里。"

阁楼只有一扇小窗，正开着，那日太阳不好，天阴沉沉的，她背靠柜门，抬头就看见了窗外的一双眼睛，是她最怕的人。

老人在外面招手，示意她过去，她犹豫了很久，慢吞吞地跟着出去了。

柜子里，少年在喊："骆三，骆三，你在不在外面？"

还是没人应他，少年推开柜门出来了，阁楼里，小光头已经不在了，不知去了哪里。

骆怀雨领她去了书房，他关上了门。

"你会说话啊。"他眼珠浑浊，盯着怯生生的她，"叫声爷爷来听听。"

她很怕，本能地往后躲，后背抵在了房门上。

他手里拄着拐杖，拐杖扶手的地方雕刻成了龙头，龙的眼睛是翠绿的玉镶嵌而成的，他的手背上有很多老年斑，手指一下没一下地摩挲着龙头的眼睛，另一只手伸出来，朝她靠近："叫啊。"

他的手放在了她肩上。

她身体抖了抖，口齿不清地喊："爷、爷。"

眼前的老人看着她，突然发笑。

"你好大的胆子。"

周徐纺目不转睛地看着前面的人，这张苍老的脸和那一幕记忆里老人的脸重合，她并没有想起所有的事情，可尽管记忆不全，那种恐惧却依然存在，像本能反应一样。

骆怀雨拄着拐杖站在门口，还是那根龙头镶玉的拐杖："你是谁？"

她是谁？

骆三已经死在了八年前的大火里了。

"我是冤鬼。"她戴着夜里会发光的特殊眼镜，"冤鬼索魂听没听过？"

"装神弄鬼！"

那好吧，她就装一下神，弄一下鬼吧。她脚下快速移动，带起了一阵风，一眨眼工夫绕到了骆怀雨的身后，趁其不备，拔了他几根头发。

骆怀雨身子一晃，撞在了门上。

东西到手了，周徐纺没兴趣跟姓骆的躲猫猫，估计江织快到了，她脚下生风，边跑边像电视剧里的女鬼一样，留下满室"阴森"的声音："老头，下次再来找你索魂。"

之后，周徐纺听见了骆怀雨的大喊和怒斥声。

估计要报警了，周徐纺先不管那么多，一跃上了骆家房顶，走"空路"去了下人住的平房顶上的阁楼。

她先观察了一下地形，别墅那边吵吵嚷嚷乱成了一锅粥，不过倒没有人过来搜，她这才推开阁楼的门。

里面昏昏暗暗的，没开灯。

周徐纺偷偷摸摸地喊，像个贼似的畏畏缩缩："江织。"

阁楼是木窗，关上了，月光漏不进来，她看不清楚，关了门摸索着进去："我来了，江织。"

她从包里摸出她的手电筒，打开，光线笔直正向一射，刚刚好，整簇光都照在了一张脸上。江织就坐在阁楼积满了灰的小木床上，本来就白的脸被手电筒照得纸白。

气氛有点像恐怖片，周徐纺乍一看，被吓了一跳："这样用手电筒照着，你好像一只鬼——"

没等她说完，那只鬼冲过来抱住了她。手电筒掉到地上，滚了两圈，滚到了木床下面。

周徐纺愣了一下："怎么了？"

他抱得很紧，手在发抖。

"江织，你怎么了？"

"对不起。"他声音紧绷，如鲠在喉。

周徐纺不知道他怎么了,手绕到他后背,轻轻拍着:"对不起什么?"

"说好要接你去江家的,"他收拢了手,"可我去晚了。"

他也知道了。

周徐纺还不清楚他是从何得知:"我刚刚还在想,该怎么跟你说,我就是骆三。"她抬起手,捧着江织的脸,"该怎么说,你才不会替我难过。"

木床底下那个手电筒照在地上,铺了一层光,她在微光里看见了他眼底的泪。

江织哭了。

这是周徐纺第一次见他哭,他这样骄傲的人,流血都不流泪的。

那年盛夏,知了吵吵闹闹的。

骆颖和不爱学习,每每拿出书本作业,就打瞌睡,果然,不出十分钟,她就睡趴下了。等她醒过来,都日落了,收拾书本的时候,发现她原本解不出来的那道题下面有他人的字迹。

她火冒三丈,走到花架前,冲骆三推搡了一把:"谁让你动我作业了?"

花棚里就她们俩,除了这光头小哑巴,不可能是别人。

骆三手里的洒水壶掉在了地上,盖子滚落,水溅到了骆颖和的裙子上。

这下,骆颖和彻底暴躁了,拽住她身上那件不合身的旧衣裳,把她拖到桌子那儿:"你一个弱智,看得懂吗你!"

她比骆颖和小了两岁,因为长期营养不良,又瘦又矮,骆颖和高了她一大截,轻轻松松就把她按在了桌子上。

"这是你写的?"

骆颖和指着数学题:"谁教你的?"十六岁的少女,张牙舞爪的,"快说,是谁教你写字的?"

她被按在桌上,不挣扎,也没有表情,眼神麻木。

骆颖和看见她这个木讷的表情就窝火,拿了本书,专挑硬的地方往她身上砸:"我跟你说话呢!现在不仅哑了,还聋了是吧!"

"我让你动我的东西!让你不知好歹!"

骆颖和火气还没消,撂下书本,一把把人推在地上。

那时候的骆三还不满十四岁,瘦骨伶仃的,被一下推了好远,肩膀撞在花架上,她手麻了一下,一颗糖就从手里掉出来了。

粉色的糖纸很漂亮,很耀眼。

骆颖和一眼就认出来了:"你还偷了我的糖!人傻也就算了,手脚还不干净。"

她手攥得很紧,手里还有。

骆颖和掰开她的手指："松开！"掰不开她的手，骆颖和就上脚踹，"你给我松开！"

她不松，死活都不松，也不知道痛，被打了眉头都不皱一下。

她越这样犟，骆颖和就越讨厌："哼，我就算给狗吃也不给你吃！"

抢不过她，骆颖和就走到后面的花架，直接折了几枝玫瑰，用纸包着，扬起手就往人背上抽。

花茎还没落下，骆颖和的手就被抓住了。

她气恼地抬头，接着愣了一下："江、江织。"

那时江织十六岁，是个又高又俊俏的少年郎，骆颖和见他一次便脸红一次。

平日里江织从不正眼瞧她，可这次，他那双总是懒懒散散的眸子正盯着她，少年桀骜张狂，眼里的戾气丝毫不掩饰。他抢过那几枝花，反手就往她脸上甩了。

骆颖和尖叫了一声，捂住脸，花刺划破了皮肉，痛得她直抽气。

"再让我看见你打他一下，我就把你打到半死。"少年把花掷在了地上，"我江织说到做到，你可以试试。"

江家的小公子是个什么脾气，骆颖和常听母亲说起，念的最多的便是让她离远些，别惹恼了这个祖宗。

骆家是富贵家，却不比江家，而江织，是江家最受宠的小公子。谁都想跟他交好，可他偏偏只理骆家那个哑巴。骆颖和低着头，没有还嘴，垂在身侧的手攥紧了。

"你跟我出来。"

骆三乖乖跟着少年出去了。

出了花棚，他转头就骂她："你是傻子吗？"

她愣愣地点头，是呀，都说她是小傻子。

"谁说你是傻子！"骂完他自己哼了一声，受了气撒不出来似的，闷声闷气地数落她，"对，你就是个傻子，被打也不知道还手，你一个男孩子，还打不过她一个女孩儿？"

她想告诉他，她以前也还过手的，然后被打得更狠了。

她不说话，就眼睛亮亮地看他。

少年还在发脾气："跟个傻子似的，就会站着挨打，逃跑都不会吗？你是不是——"

她把手伸过去，摊开，掌心有一颗糖。不是她偷的，是在地上捡的，不脏，她擦干净了，想要送给他。

她以为他会开心的，可他好像更生气了，用漂亮的眼睛瞪她："你真是个傻子！"

骂完她，他就走了。

她傻乎乎地站着，不知道他在气什么。

然后没一会儿，他又跑回来了，因为身体不好，几步路便喘个不停，他拿了她手里的那颗糖。

落日时，余晖是红澄澄的颜色。漂亮的少年额头出了汗，脸与眼眶都是红的。

他说："骆三，你跟我去江家吧，到我家里来，我用零花钱养你。"

那时候，他也还是个孩子，还没长大，却信誓旦旦地向她许诺："这样的糖，我可以给你买一屋子。"

骆三笑了，傻傻地直乐，红着眼睛，用力点头。她想去江家，不是因为江家有糖，是因为江家有江织。

那日晚上，江织便与他家老太太说："我要把骆三接到江家来。"

许九如在院子里纳凉，手里摇着蒲扇："接来住几天？"

少年站在树下，萤火虫围着他绕："一直养着。"

到底还少不更事，这么随心所欲。

"不行。"

他漂亮的眸子立马就沉了，脸拉下去："为什么不行？"

"我们江家不需要养子。"

"谁说当养子了？"

许九如好笑："那你接他来做什么？"

他倒真想了想，可也没想到什么好的借口，干脆便说："就养着不行吗？"

许九如从摇椅上坐起来："织哥儿，你已经十六岁了，在家里养一个男孩子，别人会说闲话的。"

他可管不了别人："我用我的钱养骆三，碍着他们什么事了？我看谁敢嚼舌根。"

听他这么犟，许九如脸也拉下来了，口气重了："当着你的面是不敢，背地里会怎么说？"

他语气强硬，不退让："随他们说，我养我的。"

许九如怒了："织哥儿！"

"奶奶，"少年放软了语气，平日被宠着惯着，从来没有这样低声下气过，"当我求您了，让骆三来江家行不行？"

他还是头一回求人。

许九如也为难："就算我答应了，骆家也不会答应。"

他俊脸一沉，虽年少，可眼里透着一股不属于那个年纪的狠厉与果断："不答应我就抢。"

说的什么话！这是个十六岁的孩子做的事吗？

许九如哪能这么由着他乱来："说得容易，他的户口在骆家，骆家不点头，你怎么抢？"

少年面不改色："硬抢。"

"胡闹！"

月光从银松树里漏出斑驳来，笔直站立的少年突然跪下了。

他长到十六岁，从不跪人，祖宗都不跪，这次为了个外人折了膝盖："您不让我胡闹，我也胡闹定了，您若不帮着我把骆三抢来，我就跪着不起。"

他是故意的，许九如平日里最心疼他的身体，便故意用了苦肉计。

若是这一招还不顶用，那麻烦了，他得用不光彩的阴谋诡计，他还是希望能和平解决，那样也能少给那个孩子树点敌。

他是许九如一手养大的孙子，她还能不知道他的心思，甩手不管："那你跪着吧。"

这一跪，便跪了两个小时。

后半夜，许九如还没去睡，正想去院子里瞧瞧那个小子，江川就匆匆忙忙过来传话了："老夫人，小公子他……"江川急得满头大汗，"小公子他呕血了。"

许九如一听就急了："怎么回事？秦医生呢？秦医生来了吗？"

当时是江织身体最差的时候，每天都要用药养着，甚至主治医生说，准备后事吧，别说二十五了，恐怕成年都熬不过。

医生的诊断，还是那八个字：先天不足，心肺皆虚。

这一病，整整一日昏迷不醒。

他醒来的时候是天黑，许九如在床头守着他："织哥儿，醒了就好，醒了就好。"

床上的少年病恹恹地躺着，还在高烧，挣扎着要起来："我要去接骆三。"

"你先好好养病。"

他不肯，爬起来："先接骆三。"

许九如拿他没办法了，只能应下："行行行，我去骆家谈。"

羸弱的少年这才眉眼舒展，笑了。

许九如哭笑不得，起身，打算去一趟骆家。

门口，江川跑进来："夫人，小少爷，"江川看了看床上的人儿，"骆家传来噩耗，花棚大火，没了两条人命。"

少年立马问:"谁没了?"

江川不作声。

他吼:"谁没了!"

"骆家养子。"

话才刚说完,床上的人咳了一声,呕出一口血来,全吐在了被子上,染了一大片殷红。

"织哥儿!"许九如急得大喊,"快叫秦医生过来!"

江川立马跑去叫医生。

他还在咳,捂着嘴,几滴血从手指里渗出来了,另一只手撑着床起身,手背青筋隐隐跳动。

许九如按住他:"你别动了,先躺下,医生马上就过来。"

他用手背擦掉血,原本苍白的唇被血色染红了,眼睛也是通红的,撑着床的那只手在发抖,脸上表情平静得可怕:"让我去骆家。"

"你现在去也晚了。"

他不管,跟跟跄跄地下了床,消瘦的身体摇摇欲坠。

"织哥儿!"

少年回头,眼里融了灯光:"我不去,没人给骆三收尸。"

阁楼里,周徐纺仰着头,手足无措地看着江织:"江织,你别哭啊。"她见不得他哭,见不得他漂亮的桃花眼里泪光氤氲,她好着急,不知道怎么哄,就说,"你哭起来不好看。"

其实是好看的,美人垂泪哪会不好看,可是她舍不得呀。江织的眼睛生得那样漂亮,不应该用来盛眼泪。

可他看着她,什么也不说,殷红了眼角,一眨眼泪花就坠在了睫毛上。

"你不好看我就不喜欢你了。"周徐纺表情严肃,一本正经地吓唬他,"你好看我才喜欢你的。"

江织一颤一颤的睫毛定住了:"你就只喜欢我的脸?"

"是啊。"

突然哭不下去的江织:"……"

周徐纺却笑了,踮脚亲了亲他左边的眼角,又亲亲右边:"好了。"哄好了。

傻子!她跟以前一样,还是个小傻子,这时候了,却只顾着担心他。

江织张开手,抱她:"记得这里吗?"

"我只记得一点点,很多事都想不起来。"她还不忘补充一句,"所以我也不是很难过,你也不要再难过了。"

不记得也好。

"那就别想了。"她也没多少好的回忆。

"可我想记起来，我想知道你以前是什么样子的。"

年少的江织一定有她喜欢的所有模样，她想知道所有跟他有关的事情。

他眼里雨过天晴，是最好看、最纯粹的墨色："你只要知道，我从小好看到大就行了。"

周徐纺笑吟吟地点头，她也这么觉得，江织肯定从小就是美人坯子。

"关于我的，我都会告诉你，其他的，就不要记起来了。"

"好。"

江织突然想起来一件很重要的事："你在这里亲过我。"

"那我为什么亲你呀？"

江织眼角一弯，骄傲了："喜欢我呗。"

那一回是骆家二小姐的生日，骆家把生日宴办得很盛大，蛋糕有一米那么高，那天江家小公子也来了，还有他的朋友们，骆家特别热闹。平时骆三是不被允许去别墅那边的，因为骆家嫌她丢人。她是偷偷跑去的，躲在门后面偷偷看江织。

只是她还没看够，就被骆颖和逮住了："骆三！"

屋里，少年回头。

那傻子，又傻站着在挨骂。

"谁准你到这儿来的，还不快滚，又脏又丑，吓坏了客人看我怎么收拾你！"

骆三失落地走了。

屋里的少年搁下杯子，就要走人。

"织哥儿，你去哪儿？"

是十七岁的薛宝怡留着挡眼睛的那种刘海，耳朵上还戴了十字架的耳饰，非常的非主流，往那里一站，就是最靓的。

"别跟来。"江织用碟子盛了一大块蛋糕，走了。

薛宝怡问旁边的同伴："他干吗去啊？不是又去找那小哑巴吧？"

十七岁的乔南楚看着就正常多了，白衬衫黑裤子，翩翩少年郎："人家有名字，别小哑巴小哑巴的叫，当心江织跟你急。"

"他干吗那么护着那个小哑——"薛宝怡乖乖改口了，"护着那个骆三。"

"瞧上眼了呗。"

薛宝怡不懂，抓了一把他非主流的头发："什么意思？他不会想跟骆三结拜吧？"

乔南楚看他，宛如看一个智障："傻缺。"

再说江织,端了盘蛋糕,去了阁楼找那小傻子。
"骆三。"
他推门进去了:"骆三。"
在屋里找了一圈没人,然后一转身,他就看见她了,她在门口,刚跑过来的,像只小狗一样气喘吁吁。
他把手里的盘子一递:"喏,吃吧。"
她傻笑着接了,然后用勺子舀了一大勺,先给他吃。
"我吃过了。"
哦,那她自己吃。
她吃相不好看,狼吞虎咽的,吃得满嘴都是,奶油花白花白的,她小脸黝黑黝黑的,一对比,看着就很滑稽。
"慢点吃。"他掏了块手绢出来,塞她手里,嘴上嫌弃,"你脏死了。"
她是很脏,因为要在花棚干活。
江织的手绢很干净,月白色的,边角还绣了竹叶。她拿在手里,没用来擦嘴,想藏到枕头芯里去,等他走了,她就藏好。
"你真的不会饿?"少年看着她吃蛋糕的样子有点怀疑。
她点头。
"那你还这么喜欢吃。"语气又有点嫌弃,可少年眼睛里的光很温暖。
她舀了一大勺蛋糕塞进嘴里,吃得很满足,眼睛都眯起来了。
"也不会疼吗?"
别人打她,她从来不躲,也不哭。
她想了一下,点头,然后又摇头,好像不疼,又好像很疼。
少年又骂她:"傻子。"
她就是傻子呀。她捧着块蛋糕,吃得欢欢喜喜,因为他盛了太大一块了,比她的脸还大,她吃得又急,开始还用勺子,后来就用手了,弄得到处都是,嘴上沾了一圈奶油,脸上也有。
"脸上弄到了。"
她茫然地看着背光站在门前的少年。
少年指了指自己的脸:"脸上。"
他想说,她脸上的蛋糕脏死了。
她蒙蒙地思考了一下,然后朝他走了一步,踮起脚,一口亲在他脸上,沾了他一脸蛋糕。
少年白皙的脸瞬间爆红。
他猛地往后跳,摸了摸自己油腻腻的脸,耳朵都红了,指着眼前的小光头瞪着:"你、你不要脸!"

明明很生气,话到嘴边他却结巴了。他气急败坏,又瞪了她一眼,转身就走了。骆三端着半块蛋糕,顶着一嘴奶油,蒙逼地坐在小木床上。

阁楼外,突然警笛声响,是骆家报警了。

周徐纺抱着江织就跳下了平楼,一跃就跨过了围墙,再一跃,蹿上了对面别墅的楼顶。

周徐纺的机车停在了距离骆家约摸一千米外的路上,她看看四周,没人,问江织:"你开车来的吗?"

"嗯。"江织扒拉了两下头发,把"飞檐走壁"时弄得东倒西歪的头发都压下去。

"你的车呢?"

"停在对面路上,明天让林晚晚过去取。"

"你要坐我的机车回去吗?"

她的机车超帅的!机身是黑色,超炫酷!

江织点头。

周徐纺从超帅、超炫酷的机车上拿了粉色的头盔过来:"低一点。"

这粉粉嫩嫩的头盔……江织内心有点拒绝,还是低了头。

周徐纺给他戴上,再把挡风罩也打下来:"今天也是霸道纺总的小娇妻。"

江织直接把她抱起来,放在了后座,把另一个同款的头盔给她戴上,他坐前面,抓着她两只手放在腰上:"抱紧了,纺总。"

江织会玩车,什么车都会,机车开起来那叫一个溜,周徐纺都惊呆了,觉得江织超棒超帅!

今晚,江织特别的黏人,周徐纺走到哪,他就跟到哪。

周徐纺去倒杯水喝,江织也寸步不离地跟在后头,她又往更衣室去,他还跟着去。

"你为什么一直跟着我?"

江织漂亮的眼睛里凝着漂亮的光:"喜欢你啊。"

周徐纺有点发烧了,但她要镇定,不能被勾引:"可我要洗澡了。"

江织直勾勾地看着她,眼里的波光都是荡的:"一起不行吗?"

周徐纺坚决:"不行。"他们都要做个正直严肃的人。

既然不行,江织去搬了个凳子,就放在浴室门口,他坐下:"去洗吧。"

"江织,你是小变态吗?"

江织大长腿往前一伸,换了副浪里浪荡的表情,瞧着小姑娘:"再不进去我就要变成大变态了。"

周徐纺赶快去衣帽间拿衣服，然后迅速钻进浴室里。

浴室是单向可视的玻璃隔间，周徐纺在里面是可以看见江织的，他就坐在门口，她好不习惯，都不敢大动作，轻手轻脚地，洗个澡跟做贼一样。

她刚开始脱衣服，江织就在外面喊她。

"周徐纺。"

"嗯。"

"周徐纺。"

"你干吗一直叫我？"

"就是想叫了。"他继续叫，"周徐纺。"

周徐纺都不能专心洗头了："你别再叫了。"

他不听，还要叫："周徐纺。"

周徐纺头一甩，盯门口："不理你了。"再叫她就不答应了！

江织笑着喊："周徐纺。"

周徐纺好烦他啊，觉得他今晚好黏人："你烦不烦啊。"

他不嫌烦："周徐纺。"

周徐纺头一低，头发挡住脸："周徐纺要开水了，听不到你说话。"说完周徐纺就开了水，水兜头浇下去，把自己淋成了女水鬼的造型。

"周徐纺。"

她听不到。

"周徐纺。"

她听不到！

江织突然拧了一下门把，不是闹着玩的口气："周徐纺，你门没关紧。"

周徐纺被他吓得一哆嗦，抱住自己："不准进来！"

江织那个小变态得逞地笑了："不是听不到吗？"

她不要理他了！

"周徐纺，"江织在说情话，动人的小情话，"我真稀罕你，稀罕得要命。"

刚刚还决定再也不要理江织的周徐纺羞答答地回应了："我也稀罕你。"

江织在外面笑了。

后面周徐纺洗完澡了，江织回702洗漱，他非让她也坐在他家浴室门口，礼尚往来地"听"他洗。不知道江织听起来是什么感觉，反正周徐纺听得有点热，高烧到了40摄氏度。

江织洗澡很快，周徐纺问他怎么那么快呀，他说得赶紧出来给她吹头发。周徐纺觉得他好贤惠。

贤惠的江织给周徐纺吹完头发，把她抱到沙发上去，一条毯子盖着两人：

"你去骆家做什么?"

"去拿骆家人的DNA。"

"拿到了吗?"

"拿到了。"

江织猜得到她要做什么,也同样怀疑她的身份,骆家不是需要养子,也没有必要领养一个残缺的孩子,而是没得选,因为是唯一的"香火"。

"剩下的交给我。"

周徐纺靠在沙发上,有点犯困了:"好。"

江织手绕过她的脖子,把从唐想那拿来的项链给她戴上。

她眼睛一眨一眨,用脸蹭他的手背:"你见过唐想了?"应该是唐想设法让他知晓了来龙去脉。

他点头:"徐纺,我不会放过骆家任何一个人,到时候你别拦我。"

"不拦。"她就只有一个请求,"但你不要犯法好不好?"她不想江织因为坏人去做不好的事。

"我尽量。"

周徐纺打了个哈欠,很困。

江织抱她去她床上睡:"晚安。"他关灯,回了702。

周徐纺这一睡就睡到了中午,因为快年关了,江织的工作差不多都停了,他也不外出,在她这儿窝着,看看剧本看看她,时间一晃就过。

放在茶几上的手机响了,周徐纺接了电话:"喂。"

是送外卖的小哥:"周小姐,您的外卖。"

她十二点点的外卖,现在已经一点了,屋外在下雨,可能因为天气不好。

"请稍等。"江织在厨房热牛奶,周徐纺同他说了一声,"我下去拿外卖了。"

"穿好衣服。"

"哦。"

她套了件外套,出门了。下了楼,门开一小条缝,她把头探出去。

送外卖的是个中年男人,身上穿着黄色的工作服,他没有撑伞,身上已经湿透了:"是周小姐吗?"

三九天是帝都最冷的时候,说话的时候,都会冒"白烟"。

"是我。"

对方双手把袋子递上,头发上的雨滴顺着流到了脸上,再又滴在了袋子上:"不好意思,我来迟了。"

周徐纺伸出一只手,接了外卖:"没有关系,谢谢。"

男人没有立刻离开,他还站在外面,因为天气太冷,有些哆嗦,他解释:

"来的路上摔了一跤，把汤都洒了，汤的钱我另外算给您可以吗？"

周徐纺看了一眼袋子，上面还沾有血渍，被雨水冲淡了。

"汤是凑单点的，不用赔了。"

这一单外卖估计赚不了几块钱，而她给江织点了个很贵的汤，大概是外卖员一天的工资。

对方再三道歉。

周徐纺说没关系，看了看屋外，雨还在下："可以在这等一下吗？"

男人迟疑了一会儿，点头。

周徐纺上楼去，一会儿后又下来了，手里还提了一个袋子，她递过去："下雨了。"

袋子里有一把伞。

男人接了袋子，看了一眼，里面还有一些药："谢谢。"

"不用。"

周徐纺关上了门。

楼下，那人还站着，发了一会儿的呆，把雨伞拿出来，撑开，握着伞柄的那只手，掌心有几道擦伤，伤口外翻，红肿得很厉害，还在冒着血珠。

口袋里的手机响了。

他看了一眼来电，笑着接了电话："怎么了，离离？"

电话里是奶声奶气的童声："爸爸你吃午饭了吗？"

"吃了。"

没吃呢，还有两个单没送。

小孩儿有四五岁了，很懂事，很乖巧："妈妈说下雨了，让你买伞，不要不舍得钱。"

"嗯，知道了。"

男人眼睛发酸，撑着一把黑色的伞，步子有些颠簸，在雨雾里越走越远。

周徐纺关上门后，一转身便看见了江织，他只穿着黑色的毛衣就下来了，靠着楼梯的扶手，在看着她。

周徐纺走过去："你怎么也下来了？"

他没答，问了她一句："不怨吗？"

没头没尾的，周徐纺不明白他问的是什么。

楼梯间里是声控灯，暗了一下，又亮了，江织走到她面前："这个世界这么对你，你不怨吗？"

这姑娘心太好，他越加觉得不公平，这个世界太亏欠她了，凭什么啊，又没几个人对她好，凭什么她要与人为善。他也知道，他的想法变态又扭曲，

159

因为他太愤愤不平。

"怎么对我了?"

江织顶了顶后槽牙,眼里阴沉沉的:"对你一点儿也不好,什么苦都给你吃了。"

她不怨,他怨,怨骆家,怨江家,怨那些有关与无关的人,还怨这个烂透了的世道与瞎了眼的天。

他在怒火中烧,她还笑:"没有啊,还是有一点好的。"她伸手过去,牵他的手,"你不是很好吗?"

她倒觉得这个世界对她不算坏,她觉得呀,一个江织可以抵一整个世界了。

江织还是有些意难平:"你太善良,太容易知足,我要是你啊,若是被这样对待,我会拼尽我全力,跟这个世界同归于尽。"

搞得赢就搞,搞不赢,那就鱼死网破,他就是这么小气,谁在他头上动土,他就要在谁的领地里掘地三尺。认命?这辈子都不可能认命。他要是周徐纺,估计会心理扭曲吧,很有可能反社会。

虽然不会有这种假设,周徐纺还是认真思考了一下:"那我一定会阻止你。"她牵着江织往楼上走,他穿得少,手很凉,"你不是觉得这个世界不好吗,那它不值得你同归于尽。"

她抓着他的手,放在自己脖子上暖着:"然后,我再努力把这个世界变好一点,让你舍不得跟它同归于尽。"

心真善,这世道,有几个人命途多舛之后还能留着一颗赤子之心。

江织揉揉她的脑袋:"真傻。"

他家这个是个小傻子啊。

"我不傻。"

江织不跟她争,把他的小傻子领回家去。

午饭后,小歇了一会儿,周徐纺接到了方理想的电话。

"徐纺。"

"嗯。"

对话不像以前了,即便什么内容也没说,都像很沉重。

"待会儿能见一面吗?"

"好。"周徐纺问,"我可以带江织去吗?"江织跟她说了,关于她的身份,知情者除了唐想还有方理想和她的父亲。

"可以,我也会带一个人去。"

方理想带的是她的父亲,老方。

下午三点,她们约在咖啡厅见。

周徐纺到那儿，见到人了，先问候："你好，方伯伯。"江织脸色不是很和蔼友善，阴着张脸，挨着周徐纺坐。

老方激动得都要哭了。

"这是我爸。"方理想觉得还是有必要正式介绍一下。

周徐纺点点头，江织已经跟她说了。

打完招呼，就陷入了沉默。方理想先叫服务员过来，点了喝的东西。

"理想。"周徐纺先开了口。

"嗯？"今天的方理想一点都不像平常那样元气满满，也笑不出来，看着周徐纺，目光很悲恸。

周徐纺很平静，和平常一般："你是什么时候认出我来的？"

她希望不是一开始就认出来了。

方理想反复搅着自己面前那杯咖啡："那次在影视城的更衣室里，我看见你的项链了，那时候认出来的。老方以前每次喝醉酒，就跟我讲你的事情，我都能背下来了。"

周徐纺点头，不是一开始就好，发现的时候她们已经是朋友了，这就行了。

方理想说完后，用手肘捅了捅她老爹："老方，都招吧。"

老方还没酝酿好，有些手足无措，他端起前面的冰饮，灌了一口，冷静了一下才开口。

"当时被困在火场里的有三个人，那家的管家已经断气了，花匠伤了左边眼睛。"

第三个人是周徐纺。

"你当时受了重伤，我把你背出来的时候，你已经没有意识了。"

当时骆家大火，对外说辞是两死一伤，其实不是，周徐纺出火场的时候，还有气儿。

"救护车在外面等，骆家没有人跟车，我就上去了，车上有两个护士，还有一个男医生，在去医院的路上，那个男医生宣布了死亡时间。"

老方看着周徐纺说："可那时候，你还活着。"

江织问："那个医生，你还有没有印象？"

老方摇头："他戴了口罩，一米七左右，听声音应该是中年。"

"哪家医院？"

"长龄医院。"

长龄医院的院长萧轶，是骆青和的舅舅。

江织眉眼冷下去了："他给你开了什么条件？"

老方眼眶都红了，强烈的自责感让他抬不起头来："理想当时在住院，要做心脏手术,因为费用的问题,一直在拖。"

周徐纺看了方理想一下,她低着头,鼻子红红的。

老方说着说着就哽咽了:"我让那个医生把你带走了,然后跟骆家人说……说你抢救无效。"

老方抹了一把眼睛,老泪纵横:"我不是人,我——"

"是你把我背出来的。"周徐纺心平气和地说,"要不是你,我会死在火里。"她语气里没有一点怨恨。

"那是两码事,我是消防员,救你是我的职责。"即便人是他背出来的,他也没有资格卖了那条人命。

事实就是这样,他为了自己的女儿,出卖了一个孩子的命。

"是我造了孽。"

坐在对面的父女俩都要哭了,一人顶着一双通红的眼睛。

周徐纺有点心酸,为她自己,也为这对父女,她猜想得到,这八年来,他们肯定也在自我谴责。所以,当方理想认出她之后,老方就来她住的小区当门卫了,大概想弥补她。

其实仔细算来,她是受害方,也是受益方:"你救了我两回,要是那天晚上我被抢救过来了,应该活不到今天,那些人要的,反而是我的死讯。"

机缘巧合吧,老方正好给骆家的就是她的死讯。

周徐纺眼里安安静静的:"方伯伯,你不用自责,有意也好,无意也好,你都救了我两回。"

老方听了直掉眼泪,小方也跟着掉眼泪,父女俩哭成了狗。

老方抽噎着:"还有一件事,你身上的伤,不像是大火造成的。"他指了指自己胸口上面位置,"你这里有一个很大的口子,但我在现场并没有看到利器,我怀疑是谋杀。"

当时这孩子才十四岁,有什么深仇大恨啊,非要这样对她。

老方和理想走后,周徐纺坐在那发呆。

江织在她耳旁问:"在想什么?"

她思绪有点飘远:"我从疗养院逃出来之后,因为自愈和再生能力,身上就没有再留过疤。"她伸手,按在自己胸口上面的位置,那里有个疤,拇指大小,"这里的伤疤应该就是在大火里受的伤,是钢筋。"

她看着江织:"是用钢筋弄的。"

是钢筋和锤子凿出来的伤口。

"我只是想不通,我都已经在大火里了,还要杀我吗?是不是怕火烧不死我?"

她以为她不记得了就不会很难过,好像不是,原来在这世上,有人这么迫切地希望她死掉,而那个人,很有可能是她的血亲。

江织把手覆在她手背上,轻轻压了压那个伤疤:"现在还会疼吗?"

"早好了,不疼。"

江织握着她的手,放到唇边亲着。

"江织,会不会是我犯了很大的错?"

当年的她还是孩子,能犯多大的错。江织摇头:"是他们犯了罪,是他们罪不可赦。"

坏人做了坏事,就是坏人的错。

"罪犯就是罪犯,不要给他们的残忍找任何合理点,不管什么借口,都不能成为犯罪的理由。"

周徐纺点头。

"救护车上那个医生,你知道是谁吗?"

"还只是猜测。"江织说,"可能是骆青和的舅舅,他是生物医学博士,应该是他把你送去了国外的疗养院的。"

大火过后周徐纺身上有明显的人为伤,骆青和的舅舅为了帮骆家遮掩,也不确定她是否还有生还概率,就把她送去了国外。骆家人以为她和唐光霁一起火化了。后来因为她的血液有研究价值,骆青和的舅舅干脆瞒天过海,没有告诉骆家她还活着。"是姓萧吗?"

"是。"

"那我知道是谁了。"周徐纺说,"疗养院的院长萧轶,他也是微化研究院的成员。"

萧轶对研究很痴迷,当初在疗养院目睹了她的速度和臂力之后,看她的眼神像饿久了的狼突然看见了肉。

"他现在在哪?"

"在普尔曼的牢房里。"

江织心想,便宜他了。

屋外雨还在下,冬天的雨冷得刺骨。唐想的办公室在骆氏集团八楼,内线响了,她拿起电话接听。

"唐总。"外面总经办的秘书说,"有一位先生想见您,这位先生他没有预约。"

唐想把签过字的文件放到一边:"他贵姓。"

"他说他姓周。"

唐想突然想起来,周徐纺也刚好姓周呢,她知道这位周先生是谁了:"帮我在附近的咖啡厅里订个位子。"

"好的，唐总。"

咖啡厅离骆氏很近，唐想十分钟后就到了店里。对方已经在等了，坐在轮椅上。

唐想走过去："你好，周主播。"

周清让抬头，一双眼睛清澈，黑白分明，里头没有一丝烟火气，也没有一丝尘世的浑浊："你好。"

他像个画里的人，美则美，少了几分鲜活，像与这世界格格不入。

和模糊记忆里的他似乎相差好多。唐想拉开椅子坐下："公司里人多眼杂，约在这里还请见谅。"

"没关系。"

唐想要了一杯温水："您找我，有事吗？"

他坐在轮椅上，轮椅比店里的椅子高一点，从唐想那个角度，刚好能看到他的脸，皮肤很白，应该是因为久病。他因为在医院躺了十五年，身体很不好，这种下雨天，他的腿应该很疼吧。

唐想目光不禁落在他腿上，应该是没有戴假肢，毯子的一边空荡荡的。

他把医院的缴费证明放在了桌子上："我住院期间，是你的父亲在帮我缴纳住院费。"

十五年来一直都是。

唐想眼睛微红："他已经不在世了。"

她的父亲，是个正直的人，就是有些胆小，对骆家人毕恭毕敬。

周清让拿出一张卡，推到她面前："谢谢。"他郑重地说，"谢谢。"

他住院那年还只有十四岁，举目无亲，如果不是她的父亲，他应该已经不在人世了，这句谢谢来晚了，但还是得说，得跟家属说。

一句道谢的话，让唐想泪流满脸，她抬起头，笑着把眼泪擦掉："小叔叔，你还记得我吗？你在骆家的那时候，"她比画了一下，"我这么高。"

周清让投奔骆家那年，他十四岁，唐想还只有五岁。骆家的小孩也都不大，管他叫臭要饭的，只有唐想追着他喊小叔叔。

周清让颔首，嘴角有很淡很淡的笑："记得，你数学不好。"

唐想念书念得早，那时候刚上学，因为年纪小，学不好，尤其是数学，一加二她知道等于三，二加一，她就不知道等于几了。

她便拿着比她的脸还大的书去二楼找小叔叔："小叔叔，小叔叔。"小女娃娃迈着两条小短腿，爬到房间的床上，把书放上去，奶声奶气地问，"这题怎么做啊？"

当时的少年生得唇红齿白，很爱笑："这题昨天教过了。"

"我又给忘了。"

她好笨啊，又不知道二加一等于几。

少年耐心好，抓着她的手，教她掰手指数数。

楼下，女孩在喊："清让，清让。"

温温柔柔的声音，是江南水乡来的女孩子。

小女娃不想数数了，爬下床，扯着少年的校服："清檬姑姑在喊你。"

温柔的女孩子在楼下又喊了："吃饭了。"

楼上的少年应了一句："来了。"

那年，周清檬刚来骆家，还不到十九岁，是女孩子最花样的年纪，她带着弟弟前来骆家投奔，骆家将他们姐弟安置在了下人住的小平房里，一楼住的是唐想一家三口，二楼住的是周家姐弟。

唐想起身："小叔叔。"

周清让推动轮椅的手停下，他坐在轮椅上回头。

"车祸。"她哽咽，"我父亲说过，那不是意外。"

当年那个意气风发的少年已经少了一条腿，羸弱又孤寂地活着。

他没说什么，推着轮椅走了，消瘦的后背挺得笔直。

他姐姐出事那天，天气也和今天一样，很冷很冷，下着雨。那天是周一，他住宿，在学校。

晚上十点，他接到了他姐姐的电话。

"姐。"

电话里，喘息声很急，没有人说话。

"姐？"

他姐在电话里哭着喊："清让。"

他吓坏了，从寝室的床上起来，拿了外套就往外跑："怎么了？"

"清让，"她还在哭，在喊，"清让，救我……"

她的声音在发抖，害怕、无助，还有绝望。

他急坏了，没有拿伞就跑进了雨里："你在哪？"

他姐姐没有回答，声音越来越远。

"姐！"

"姐！"

那边已经没有声音了。

他疯了一样往骆家跑，可他还没见到他姐姐就倒下了，倒在了骆家的门口，一辆车从他的腿上压过去。这一躺下，就是十五年，他做了十五年的植物人，再醒过来，物是人非，他姐姐已经没了。

他坐在轮椅上，捂住心口，心脏在抽搐。他像脱水的鱼，伸着脖子，大口大口地呼吸，苍白的脸慢慢涨红，脖子上的青筋全部暴出来了。

呼吸不上来，他死死抓着轮椅的扶手，指甲在上面刮出一道道痕迹。

"先生！"

年轻的女孩弯下腰，扶住了他的手："你怎么了？"

周清让紧紧拽着那只手，喉咙像被堵住了："药。"他抓着眼前人的手，像抓着最后的救命稻草，"药……"

她见过这个人，周清让，跟她一样的姓。

周徐纺俯身，凑近去听："药在哪里？"

他已经说不出话了，倒在轮椅上，呼吸从急促到微弱。

江织在他轮椅扶手的置物盒里找到了药："几颗？"

他没有发出声音，唇型在动："两、颗。"

江织倒了两颗药，放进了他嘴里，他含了一会儿才咽下去，周徐纺正要去拿水，就听见一个火急火燎的声音。

"周清让！"

一个女孩子冲过来，心急如焚地抓住了周清让的手，她身上穿着 A 字裙，她也不管，膝盖直接磕在了地上："你怎么了？周清让！"

轮椅上的人无力地垂着眼，没有说话，

女孩子回头冲随行的人吼了一句："愣着干吗，快叫救护车啊！"

后面的男人拨了 120。

"谢谢。"女孩子道完谢，去推轮椅。

周徐纺往前一步，挡住了："你认识他吗？"

她理直气壮地说："我是他女朋友。"

周徐纺这才让开了路，女孩子推着轮椅出去了。

"那是陆家的二小姐。"江织随口说了一句。

陆家，周徐纺了解不多，只知道陆家很低调，陆家老太太和江家老太太是对头，还有陆家有个患有严重嗜睡症的"睡美人"。

周清让被送到医院的时候意识已经恢复了，他被推进了急诊室，过来给他诊断的是他的主治医生，大概是医院的"常客"吧，主治医生直接把他带去了专门的诊室。

陆声只断断续续听到几个医学术语，他用药之后就睡了，再醒过来，是三小时之后。

原本趴在床边的陆声立马站起来："你醒了。"

"嗯。"

声音还有些虚弱。

陆声又看看他的脸，白得不像话："还有哪里不舒服吗？心口还疼不疼？呼吸呢，呼吸得上来吗？"一口气连续问了几个问题，等不及听回答，她就扭头大喊，"医生！医生！"

她的手被抓住了，他的手好凉啊。

"我没事了。"

陆声整个人都被定住了，愣愣地看向自己的手。他的手不仅凉，而且很白，很瘦很瘦。

"冒犯了。"他松开了手，坐起来，又向她道谢，"谢谢。"

陌上人如玉。真的有这样的人，周清让就是这样的人，像是一块璞玉，干净、精致、漂亮、温润，还有冰冷。

他的眼睛里，藏了好多好多的悲伤。陆声每次看他，都有这种感觉，她甚至怀疑，这个人是不是从来都不会大笑。

"不客气。"

这是他们第三次见面。

第一次，她借了他一把伞，第二次，她要了他的号码，说会去拿伞，这是第三次了。

"你借我的伞，一直没有来取。"

她站在床头，好像有些手足无措，脚尖不自觉地前后小幅度地动着："我过几天就去。"

其实她已经去了好几次了，但每次都没有找他拿伞，怕伞拿走了，下次就没有理由再去了。他的号码她也打了几次了，但每次一接通，她就挂了，因为不知道说什么。

周清让想称呼她，才发现还不知道她叫什么，礼貌地问道："方便告诉我你的名字吗？"

"方便！"

她像个傻子！她本来只是声控粉的，现在变成脑残粉了。

别慌，陆声！默念了一遍，她说："我叫陆声，声音的声。"

要是用他那个能勾她魂的声音，叫一次她的名字……

"谢谢你，"他礼貌周到，只是语气疏离，喊她，"陆小姐。"

看来，离他喊她陆声，还要很久，陆声垂头丧气地出了病房。

后面有人喊："陆声。"

这声儿懒懒的、无力的、没睡饱似的。陆声回头，有种不好的预感，她面露微笑:"哥。"

她哥哥陆星澜是一个很矛盾的存在。

那张脸吧,可以两个字来形容,艳,还有,野,是很有冲击力和攻击性的那种好看。偏偏呢,他穿一身西装,身上只要能扣着的扣子,就不会松开一颗。看上去,禁欲又刻板。

表情永远是那副睡不醒的样子:"你怎么在这?"

"我的一位朋友在这住院。"

"你哪个朋友?"

她继续糊弄:"说了你也不知道。"

那就不用说了,陆星澜直接往她走出来的那间病房去。

陆声投降,抓住他的西装下摆:"哥,哥,别啊哥!"会吓坏人家的!

陆星澜推开她的手,整了整西装:"谁?"

"周清让。"

又是这个人,他这个妹妹是个深度声控,迷上了个新闻主播。

"陆声,你做好了当寡妇的打算吗?那个周清让,"他想了想措辞,还是委婉不了,"命不长。"

一身的病,腿不好,而且年纪太大。

陆声被兄长说恼了:"你调查他了?"

他突然打了个哈欠:"好困啊。"

说完,他捏了捏眉心,在医院走廊挑了一排没人的位子,躺下睡了。陆声无语,她哥的嗜睡症,不知道还有没有救。

◆第七章◆
江织布局,重查当年纵火案

周一,暴雨。

天气不好,周徐纺停工在家,江织也在她家。周徐纺觉得江织可能快忘了他还是个导演。

自从接触了网络,周徐纺的业余时间过得很充实,她有很多小说、漫画、网剧都没有看完,她还有游戏要打。所以,早上一起来,周徐纺就捧着手机开始了她愉快的闲暇时光。

江织就很不爽了，因为他被晾着了，剧本他是一眼都看不下去了，往沙发上一搁："周徐纺。"

周徐纺一个人坐在旁边的懒人沙发里，没抬头："嗯？"她还在专心致志地盯着她的手机。

江织觉得他家这个网瘾太重了："你在干吗？"

"打游戏啊。"

前两天不是还沉迷网购吗？什么时候又迷上游戏了？还不如网购。

"又是林晚晚带的？"

"不是，我的书友推荐给我的。"回答过程中，她全程没看江织一眼，只看她的游戏界面。

"你——"

"你别跟我说话了，影响我打游戏。"

江织坐回去，恶狠狠地拆了一袋棉花糖，弄出很大动静。

周徐纺没理他，继续她的游戏。

江织在沙发上浑身不舒坦，他开了一罐牛奶："周徐纺。"

周徐纺还不抬头："嗯？"

"咳咳。"咳了两声，他说，"牛奶罐的拉环伤到我手了。"

"哪里？"她放下手机，走过去，"给我看看。"

江织伸出一个手指。

周徐纺仔细查看完："伤口呢？"

他把食指的指腹亮出来，伸到周徐纺眼前："喏，红了。"

像不像男朋友在打游戏，被忽视的女朋友撒娇引人注意的样子？

周徐纺好无奈，起身去拿了药，给娇贵的某人擦上，并且在伤口都找不到的手指上贴了一张创可贴："可以了。"

她放下药箱去拿手机。

江织拽住她粉卫衣的帽子："你还要打游戏？"

"我还有一关没过。"

"明天玩不行？"

周徐纺摇头，把自己的帽子从江织手里扯回去："今天是活动的最后一天，十二点就截止了，那一关很难过，我要赶紧打。"她要是不通关，就拿不到套装了。

"给我看看。"

周徐纺觉得江织很聪明。周徐纺觉得江织什么都很厉害。周徐纺觉得江织肯定能过关。周徐纺立马把手机给了江织。

"规则是什么？"她把游戏规则讲了一遍。

"我给你过。"

"好啊。"

她以为江织以前玩过这游戏。她以为江织无所不能。她以为江织天下第一无人能敌……一局游戏之后，周徐纺怀疑人生了。

"江织。"周徐纺看了一眼游戏界面上的分数，犹豫着问，"你是不是一个节奏都没踩准？"还是她看错了？

"你看错了。"他漂亮的脸上是有火发不出的表情，"这种圆点，我点到了好几个。"

"咳。"周徐纺假意咳了一声，掩饰此刻的尴尬。

"你在嘲笑我？"

周徐纺头摇成拨浪鼓："没有！"嘴巴闭紧，她绝对不会笑的。

江织盯着她："你有。"

"我没有。"她觉得需要安慰他一下，温柔地拍拍他的头，"你不要气馁，人无完人。"

江织：这是女朋友，说不得骂不得打不得。

"周徐纺，三分钟之内别跟我说话。"他转过身去，拿了自己的手机，下了这个游戏。

周徐纺觉得他需要冷静，没有去打扰，她坐回懒人沙发上，给阿晚发了一条微信。

周徐纺："阿晚。"

阿晚：【微笑】

周徐纺："你听过江织唱歌吗？"

阿晚："没有，一次都没有，我估计他是个音痴。"

周徐纺："我也觉得，他节奏感好差。"

节奏感好差的江织已经下完了游戏，开始过关，大概过了三四十分钟吧。

"周徐纺。"江织颇为别扭地说，"你帮我过这一关。"

周徐纺看了一眼，这个水平，可以叫菜鸟了。当然，她才不会伤男朋友的自尊："这一关啊，这一关很难的，我刚开始玩的时候，这一关也打好多次。"

江织哼哼。

周徐纺还故意发挥失常，打了三局才帮他过关了，打得她手心都出汗了，原来，隐藏实力也这么不容易啊，以后还是别带江织玩这种需要手速和节奏的游戏了。玩游戏的时光总是过得很快，因为外面还在下大雨，他们没有出去吃饭，点了外卖在家吃。

上午为了不伤江织的自尊心，周徐纺隐藏实力地帮他过了几关，现在想想实在不容易，所以下午她不玩游戏了，她看网剧。江织开始还在处理公事，后来也跟着她看了。

网剧的男主很深情，喜欢了女主十五年。

周徐纺就夸男主："他好厉害。"

江织不太听得了她夸别人："厉害什么？"

"他喜欢了女主很久。"

这就厉害？江织胜负欲被激出来了："我也喜欢了你很久，我还喜欢了你两次。"

周徐纺听完，先是露出了恍然大悟的表情，然后头一甩，恼了。

江织捏着她下巴，把她脸转过来："我怎么了？"

她甩开下巴，气鼓鼓："你移情别恋了，你不喜欢骆三，喜欢我了！"

"不都是你啊。"

她钻到了死胡同里："你喜欢我的时候还不知道我是骆三！"

"你跟自己吃什么醋。"她吃醋，就不理他。

周徐纺以前是个很讲道理的人，她不喜欢小题大做，不喜欢无理取闹。江织教她笑，教她闹。有句话这样说的，被偏爱的总会娇纵些，因为有人惯，闹一闹，也有人哄。

"纺宝，你不可以这样钻空子，因为你和骆三是一个人，我才在你手里栽了两次。"

他伸手，很轻地戳了戳女孩子的脸，"你信不信啊？你要是变个样子，或者变个性别，我还会栽你手里。"

周徐纺被哄到了，一双丹凤眼笑成了两个弯月："这么喜欢我呀？"

"是啊。"

她一把抱住他，满心欢喜。

外面雨已经停了，云还没散，才下午三四点，看着就像天黑了。

周徐纺在看电视剧，江织起身去拿了车钥匙："徐纺，别看了，我们出去。"他走过去，把手伸给她。

周徐纺乖乖牵着："去哪？"

江织带她出了门："去超市。"

"去超市干吗呀？"

"给你买零食。"

周徐纺欢欢喜喜："好！"

这个点，又是周一，超市人很少。

江织一只手推车,一只手牵周徐纺,问冰柜前的导购:"哪个没有放鸡蛋?"因为周徐纺不能吃鸡蛋,买冰激凌要买那种不放鸡蛋的。

导购是个男的,似乎对江织的头发很感兴趣,看了又看:"那边的都没有。"

江织拿了两桶冰激凌放到推车里,又去隔壁拿了奶,周徐纺看了一眼推车,都已经堆出来了:"你买太多了,我们拿不回去。"

"超市可以送货。"

周徐纺觉得他好反常:"你不是不让吃太多零食吗,为什么突然给我买这么多?"因为你都没有吃过啊,因为你的童年连糖果都没有。

江织隔着口罩在她额头啄了一下:"因为我宠你啊。"

正好有客人走过来,周徐纺立马推开江织,手背到后面,姿势像个小老太太,脸上写着"我是正经人我什么都没干"的表情。

江织笑了,被她瞪了一眼。

他们结完账,还要等超市负责配送的人过来打包,江织在那边签字,周徐纺就靠墙站,拿出手机,准备玩一把游戏。她刚打开游戏,后面的人就撞上来了。手机脱了手,她快速弯腰,接住了。

反倒是撞过来的那个人手里一大袋子东西全掉了,他蹲下,匆匆忙忙地捡起来,头也没抬,他装好东西就走。

"等等。"江织过来了。

男人抬头,嘴角有一颗红豆大小的痣。

江织把周徐纺牵到身边去,他戴着口罩,没露脸:"不道歉呢?"

不道歉,他还想走?

男人把头上的鸭舌帽压了压:"对不起。"他道完歉,慌慌张张地走了。

"让你跟着我非不听,别玩游戏了。"江织干脆把人往怀里按,怕她又被人撞到,就走哪带哪。

回程的路上,江织接了乔南楚的电话。

"骆常德和彭中明碰面的时间定了。"

周徐纺在副驾驶打游戏,江织问:"几点?在哪?"

"晚上九点,洪江桥洞。"

挂了电话,过了红绿灯路口,江织又接了个电话。

声音是个男人:"江少。"

江织看了一眼副驾驶,腾出一只手,托着周徐纺的脑袋,让她往后退:"别离太近,对眼睛不好。"

周徐纺离屏幕远了点。

江织问电话里的人:"有动静了?"

男人回话:"骆青和以骆常德的名义,改了见面的时间。"

"几点?"

"八点,地点没变。"

这对父女啊,哪个都是狐狸,江织勾了一下唇角:"算好时间,告诉骆常德,他被人截和了。"

"我明白。"

江织挂了电话,看了一下时间,把周徐纺又耷拉下去的脑袋托高一点:"不能陪你吃饭了。"

周徐纺刚好打完了一局:"你晚上还要忙吗?"

"要去看戏。"

"看什么戏?"

"狗咬狗的戏。"

电话的内容周徐纺听到了一点儿:"你不带我去吗?"

他倒不是很想带她去,骆家的事没一件干净,他不太希望她插手:"你想去?"

周徐纺点头。

"那就带你去。"

江织话刚说完,周徐纺的手机响了一声。是邮件来了,只有霜降会给她发邮件。周徐纺阅览完,跟江织说:"我不去看戏了。"

"怎么了?"

她把手机里的照片给江织看:"我要去截和。"

霜降发过来的是彭中明的资料,照片里的人周徐纺刚刚见到了,超市那个嘴角有颗痣的男人。

晚上九点,值班的张文正在打盹,桌上的分机响了,他甩甩头,醒了一下神,接起电话:"你好,刑侦大队。"

报警人慌慌张张:"这、这儿有人死了。"

张文瞌睡全醒了:"哪里?"

"洪江桥洞。"

张文叮嘱了一些事项后,挂了电话,去敲了旁边小办公室的门:"副队,有命案。"

邢副队随即连线了法医和痕检部门。

九点半,刑侦队的程队赶到了凶案现场。

"程队。"

"死者身份确认了吗?"

邢副队递了一副手套过去："死者姓彭，外国籍，二十三岁，背包里有学生证，应该还是学生。"

程队戴上手套，进了桥洞："有没有联系到家属？"

"目前还没有。"

程队走到尸体前面，蹲下查看，尸体正仰躺着，地上血迹不多，也没有打斗的痕迹："死亡时间呢？"

"大概一个半小时之前。"邢副队指了指尸体的头部，"死亡原因还要等法医报告出来，初步估计是外伤性颅内出血，凶器还不确定。"

"附近有没有监控？"

"这一带荒废很久了，就十米外有个摄像头，还是死角。"

这个桥洞在荒废之前是高速与城市道路的交界口，后来重修了高速路，这边就不通路了，桥洞的一头用砖头堵上了，深度有五六米，外面就算有摄像头，也拍不到里面的情况，尸体所在位置，是视角死角，而且，现场太干净了。程队正头疼，刑事情报科的电话打过来了。

"大晚上的，打我电话干吗？"

对方先问候，声音混着点儿懒意："你们刑侦队又有案子了？"

程队蹲在尸体旁边跟他唠："你又知道了？"

"案发现场在洪江桥洞？"

这都知道，程队觉得这家伙有"眼线"呐，笑着说："乔队，你消息很灵通啊。"

乔南楚不置可否："那里应该没有监控，目击证人的话，"他抽了一口烟，"找找应该有吧。"

挂了电话，程队把队里的张文叫过来："去弄个目击证人的悬赏横幅来。"

这横幅还挺管用，第二天早上十点，就有目击证人找来了警局。目击证人四十多岁，是名出租车司机。

司机大哥也不知兴奋什么，他左看看右看看，然后竖起两根手指："凶手有两个人。"

张文停下手上的笔："你看到了？"

"我没有，但我车上的行车记录仪拍到了，凶手肯定是两个人。"

说得好像他亲眼目睹了似的。

"大概几点？"

"八点左右。"怕警察同志不相信，他仔仔细细地说，"我有听电台的习惯，当时刚好在听八点档。"

"那个点，你在洪江桥洞做什么？那条路荒得很，平常可没人去。"

"同志，你不是怀疑我吧。"司机大哥觉得这个同志居然连他这样积极向上的良民都不相信,他得赶紧解释,"我送客人到那附近,在桥洞下面刚好又接到两个客人。"

"接到了客人不走?在那等着拍凶手?"

"是客人在那等人,可能天要下雨了,他们打了我的车,在我车上等。"司机大哥看了对面的同志一眼,怕他还怀疑,他声音放大了好几个度,"大概等了一刻钟,行车记录仪一直开着,就拍到了两个人进出桥洞。"

"行车记录仪呢?"

"已经交给你们的同事了。"

"那两个客人还有印象吗?"

司机大哥想了想:"染了个蓝毛,长得跟个妖精似的,还有个是个大块头,畏畏缩缩的。"

下午三点,刑事鉴定科的电话过来,说行车记录仪没有做过人为处理。

张文挂断电话:"程队,行车记录仪没有问题。"

程队的电脑里正放着记录仪拍下来的那段视频,他敲了一下空白键,画面定格,屏幕上有一男一女。

"去把两位嫌疑人请来。"

三点半,没敲门,骆常德直接推开了骆青和的房门:"尸体已经被警方找到了。"

骆青和坐在梳妆镜前,正在戴耳环:"慌什么。"

"为什么不让我处理掉尸体?"

"为什么要处理掉?"

骆常德整宿没睡,眼眶通红,他颧骨太高,眼珠看上去有些外凸:"你不怕警方怀疑到我们头上?"

骆青和从梳妆镜前的椅子上站起来:"我没有杀人,我怕什么。"

"我也没有杀人。"

"是吗?"

骆常德怒目而视,她还在笑,薄唇单眼,很寡情的长相,不像骆常德,她模样肖似她母亲萧氏。

"我昨天一直在想,如果只是为了拿我的把柄,你至于这么费尽心机吗?是不是还有这样一种可能?彭中明手里的东西,不一定是针对我的,或许里面也有对你不利的东西。"

骆常德一听,神色慌张:"东西在你手里?"

这个反应,她猜对了呢。

"爸,"她似笑非笑,"你搁我这儿还装什么傻呢,东西在哪你不清楚吗?"

骆常德冷哼:"少跟我倒打一耙。"

对话到这,门外下人来敲门:"先生、小姐,警方的人过来了。"

骆常德脸色骤然变了。

不等房内的父女俩开口,刑侦队的程队就推开了门,进来一瞧,笑了:"正好,两位都在啊,也省得我们一个个找了。"

骆青和神色从容:"有事?"

程队把证明先亮出来:"昨天晚上八点左右,两位都去过洪江桥洞吧?"

两位的脸色这下都不好看了。

程队把手铐拿出来:"你们涉嫌一起故意杀人案,现在要紧急逮捕你们,有话要说吗?有的话我们的同事会帮你们记录。"

父女俩对视了一眼,都没说话。程队直接让底下弟兄把人带走,并且,现场搜查。

刑侦队的人走后,下人才去了书房。"董事长。"里面没有声音,下人不敢进去,在门口说,"先生和大小姐都被警方的人带走了。"

屋内,骆怀雨拉开抽屉最下面一层,拿出文件袋,他打开,看了一眼,然后狠狠摔到了地上。

警局,邢副队和张文一同从审讯室出来。

程队问:"审完了?"

张文说:"审完了。"

"怎么说?"

邢副队去倒了杯水,张文挑了把椅子就坐下:"都不认,父女俩跟商量好了似的,口供一模一样,说到那儿的时候,人已经死了。"

法医那边的报告还没出来,口供的真实性目前还不好说。

程队又问:"有没有说他们为什么去那?"

张文耸耸肩:"都不说,这俩都是见过场面的,一点也不怵,还说什么——"他学着骆青和的口气,一字不漏地复述,"应该是你们警方去找证据证明我有罪,而不是让我去找证据证明我无罪。"

邢副队接了一句嘴:"这个女的,嚣张又聪明,一般人还真治不了她。"

桌上的座机响了,程队接了,嗯了一声,听那边说完,他回了句"谢了",然后挂了:"法医说现场除了彭中明之外,没有第二个人的血迹。"

就是说,到目前为止还没有直接证据能证明骆家父女杀了人。

张文长叹了一声:"这就麻烦了,要是现场没有采到证据,光凭行车记录仪,很难证明他们有罪,这俩人差不多同进同出,到底谁杀的?我看骆青和更镇定,会不会是骆常德杀的?"张文摸摸下巴,"也有可能是她故意装的,会不会是父女合谋?"

程队冲他虚踹了一脚:"少在这瞎猜,快去找证据。"

"是!"

刑侦队对面马路上停了辆越野,车牌尾数四个三,正是乔家四公子的车。

他靠着椅背,看副驾驶:"凶手是谁?骆常德还是骆青和?"

江织似乎昨晚没睡好,精神头一般:"重要吗?"

"不重要吗?"

江织米色大衣里,是粉色的毛衣,一看便知是谁搭的,这样的搭配,他还穿出了一身矜贵的公子气,头发前几天刚染,哑光的蓝还有些重,搁那一坐赏心悦目。

"凶手是谁暂时不重要,只要狱中的彭先知知道有这两个嫌疑人就行。"

乔南楚忍俊不禁:"江织,你这是算计谁呢?"

"你说要是彭先知知道自个儿的儿子被骆家人杀了,他还会守口如瓶吗?"

乔南楚笑骂他是狐狸精,披着美人的皮囊,骨子里狡诈透了。

江织很是满意他的发色,唇角掺着点儿笑:"帮我安排一下,我要去见他一面。"

五点,西部监狱,彭先知坐下,他六十出头,略显老态,隔着玻璃打量对面的人,片刻后拿起电话:"你哪位?"

江织坐得随意,把电话放到耳边,自报了家门:"江家老幺,江织。"

彭先知目光闪躲:"我不认识你。"

"不打紧,我认识你就成。"江织往前倾,透明的玻璃里有他模糊的倒影,"八年前你负责打理骆家花棚,因为醉酒,一把火烧了花棚,造成了两死一伤,而你被判了无期,我说的没错吧?"

"你找我到底有什么事?"

"醉酒?"江织笑了声,"醉的哪门子酒?又是谁让你醉的酒?"

彭先知一听,扔下了电话起身就要走。

电话里,那不轻不重、轻描淡写的声音还在响着:"你有个儿子,叫彭中明对吧。"

彭先知脚步定住了。

江织抬抬下巴,示意:"坐。"他既然来了,自然是有备而来。

彭先知犹豫了片刻,还是坐了回来,眼前这人,攻击性与目的性都太强,让他有种很不好的预感。

"你不知道吧,你儿子染上了毒瘾。"

彭先知大惊:"他怎么会染上毒瘾?"

"他怎么染上了毒瘾,"江织云淡风轻地问了一句,"要不要我去帮你问问骆家人?"

"骆家人干的?"彭先知眼里先是震怒,随后又平静下来,"你故意挑拨到底有什么目的?"

他拿起放在一旁的资料,慢条斯理地贴在隔音玻璃上,修长的手指按着:"就是这个人带你儿子吸毒的。"停顿个几秒,他再换一张,"这一份是转账记录,汇款人,骆常德。"

骆常德为了拿到彭中明手里的东西,三个月前就开始筹谋了。

彭先知看完,将信将疑。

江织不急,慢慢跟他说:"不信我啊?那你信不信警察?"

彭先知听不懂,到现在都没弄明白这人的来意。

江织把调子拖得长长的,就等别人急:"上周,你儿子到了帝都,带了份东西要跟骆常德换钱,昨晚,他死了,犯罪嫌疑人有两个——"

"你说谁死了?"

他从容自若地继续说没说完的话:"犯罪嫌疑人有两个,骆常德,还有他的女儿,骆青和。"

彭先知眼珠都要凸出来,站起来,一拳捶在玻璃上,他情绪失控:"你说谁死了!"

江织眼皮都没动一下,从旁边的资料里翻了张死者照片出来,从隔音玻璃的底部送进去:"你儿子彭中明已经死了,你还要给骆家卖命吗?"

彭先知拿着照片的手在发抖,腿一软,虚瘫在椅子上。

十分钟后会面结束,江织从会面室出来,乔南楚等在外面,百无聊赖地踢着地上的石子,见人出来,抬头瞧他:"松口了?"

江织摇头:"早晚会松口。"

两人并排走着,一般高,乔南楚在左侧,目光在右:"昨晚你也去了洪江桥洞了?"

"嗯。"

地上,两道影子,并排。

"你到那的时候,彭中明死了吗?"

"死了。"

乔南楚思忖了会儿:"你几点到的?"

"七点五十。"

他去得比骆家父女还早呢,就是说,在骆家父女到那之前江织就到了,而且彭中明已经遇害了。

时间拨到昨晚,七点半。

骆常德定的是九点接头,时间还早,钱准备好了,还并未出发,他接到了个电话:"骆总。"

这声音,不正是骆青和身边的沈越。沈越不是骆青和的秘书?

只不过,这个世道,绝对的忠诚已经少之又少了,大多数人效忠都是利益。

沈越告知骆常德:"小骆总那边有动作了。"

骆常德坐不住,站起来:"她去见彭中明了?"千防万防,还是防不住他这个精明的女儿。

"是以您的名义去的,八点,洪江桥洞。"

"好啊她,又摆我一道。"

他约了彭中明九点会面,她八点就去截和,还以他的名义,这萧氏真给他生了个好女儿。

拿了钱,他当即就出发了。

七点五十分,江织的车停在了桥洞外面,下车前,他听了一通电话。

"江少,骆常德应该也快到了。"

随后江织的手机收到了定位,他先看了看骆常德的位置,又瞧了瞧骆青和的,差不多。他嗯了一声,挂了电话,看了一眼手表,下车往桥洞走。

彭中明躺在桥洞里,后脑都是血,已经没气了,他只待了一分钟就出来了。

车停在了较远的地方,出了桥洞,他在路边等了一会儿,招了一辆出租车,他坐到后座,阿晚坐副驾驶。

车载电台开着,八点档,在放一首老歌,司机大哥四十多岁,笑得很热情:"去哪啊,先生?"

他从后视镜里看了一眼,后面客人染了个蓝毛,光线虽然不够亮,但完全不影响那张祸国殃民的脸给人的视觉冲突。

他真是太俊了,不是个妖精吧?

"等人。"

司机大哥觉得这处有点荒啊:"在这等?"

副驾驶的大块头一直不说话,缩成一团,后面那清贵的美人说:"车费随意。"

人生在世,有什么问题不都是钱的问题,钱的问题解决了,就什么问题也没有了。

司机大哥笑成了花:"那行,这天要下雨了,你是没伞吧。"

对方答非所问:"这车有行车记录仪?"

"有啊，开着呢。"司机大哥接着闲聊，"帅哥，等女朋友啊？"

后面那个搁古代绝对要祸国殃民的人不回答。司机大哥也不气，长得好嘛，怎么可能没点脾气。

约摸过了十分钟，远处的桥洞先后有两人走进去。

时间拨回命案发生的次日傍晚。

书房里，老式的台灯亮着。

电话里的男人声音浑厚："老先生，江织去见彭先知了。"

手机放在了桌上，骆怀雨两只手搭在拐杖上，一旁站着的人屏气凝神。

"谈话的内容监听到了？"

监狱里会面通常都用座机，尤其是重刑犯，谈话内容都会被监听。

对方却说没有听到："乔家的四公子也在，我插不上手。"

江织找彭先知谈什么骆怀雨猜得到，他不明确的是彭先知的态度："给我盯紧点。"

"是。"

挂断之后，骆怀雨直接把手机重重一砸。连响两声，第一声砸在人头上，第二声掉在地上，屏幕顿时四分五裂。

"成事不足，败事有余。"

旁边的男人被手机砸得晃了一下脚，立马又站好，双手交放在前面，头低下："对不起董事长，是我失误了。"

男人唤陈立，三十有余，有过前科，是骆氏总部的一名保安。

"我只让你拿东西，谁叫你杀人了？"

彭中明一死，彭先知就成了不定时炸弹。

"我没杀他，我只把他打晕了。"

"你没杀，"骆怀雨大声喝问，"那是谁杀的？"

陈立答不上来，低着头，手心直冒汗。

骆怀雨阴着脸："东西呢，找到了吗？"

"彭中明住的地方已经找过了，什么都没有，应该是被人截走了。"

人死了，东西还没拿到，这是最差的结果。

骆怀雨摩挲着拐杖上的龙头，沉吟半晌，把抽屉里的文件袋扔在桌上："查。"

文件袋开着口，里面的东西摔在桌上，是一本书：《要做个好人》。

江织从西部监狱出来，天都快要黑了，一出监狱大门，就看见路边蹲了个人，十分乖巧地并腿蹲着，与几个挡车石礅并排。她像长在地上的一棵粉色的蘑菇。

江织走过去，伸出手指点点她的头："蹲在这儿做什么？"

她抬起脑袋，脸上戴了个大大的口罩："等你啊。"

地上全是小颗小颗的石子，端端正正地摆成了两个字：江织。

江织朝她伸手，她拉住，起身让他牵着走。

车停在对面路上。

监狱门口的这条马路上车辆很少，行人也很少，没有人行横道，也没有红绿灯，江织牵着她过马路，他两边张望，看有没有车，身边的姑娘乖乖巧巧地跟着，像被家长领着的小学生。

"录音机买到了吗？"

周徐纺说："买到了。"在包里。

"听了吗？"

"没有，等你一起听。"

彭中明手里的东西是一盘磁带，周徐纺给截过来了。

昨日从超市出来，她拿到了霜降发过来的资料，认出了彭中明，以那个超市为中心点，霜降只花了半个小时，就找到了彭中明的住址。

周徐纺把文件袋里的东西调包了，在彭中明出门之前，并且在文件袋里装了一本书，书名：《要做个好人》。

上了车，她等不及，把磁带和跑遍了半个帝都才买到的老式录音机拿出来，装上，按下开关。

先出来的是女孩子的声音，在练英语口语，边录边练。

连着念了几个英语单词，女孩子就不耐烦了，书一摔，开始发泄情绪："骆青和，你这个大傻逼！"

周徐纺可以确定了，这是年少时的骆颖和。

"你妈是神经病！你爸是大畜生！你是心理变态！"

骂完了还不解气，她一脚踹翻了凳子，录音机里发出咣的一声响。

这时，远处有个声音在喊："颖和。"

骆颖和不耐烦："干吗？"

她母亲在叫她："你来一下。"

她骂骂咧咧地起身出去了，没有关录音机，还在录音状态。

大概过了七八分钟，又有脚步声，一前一后，是两个人进来了。

"大小姐，您找我。"

这个声音江织听出来了："是彭先知。"

骆青和那时候成年也没多久，沉着得不像那个年纪的女孩子："刚才我在门口碰到几个人，说找彭师傅你，好像是来收账的，我已经让人把他们赶走了。"

彭先知是园艺师，在骆家花棚工作了好几个年头。

"对不起大小姐，给您添麻烦了。"

"不麻烦，倒是彭师傅你，恐怕会有些麻烦。"少女不紧不慢，跟他闲聊似的，"我听说赌场那些收账的人什么都敢做，要是拿不到钱，砍掉手脚都算轻的。"

咚了一声，彭先知跪下了："大小姐，求您帮帮我。"

"帮你？可以啊。"磁带里哒哒哒地响，是少女在敲着花架，"那彭师傅要不要也帮我做一件事？"

"大小姐您尽管说。"

这磁带年岁太久，尽管精心保存，还是有些卡顿。

少女环着花棚随处走着："我母亲生前最喜欢来这个花棚了，你帮我烧给她怎么样？"

骆青和的母亲就是那一年去世的，是自杀身亡。

"只是烧花棚吗？"

少女笑了："顺便把一些不干净的东西也一并烧了。"

"您指的是？"

"骆家不干净的东西，还有别的吗？"

彭先知沉默了，少女临走前，留了一句话："想好了就来找我。"

随后，彭先知也出了花房。

后面没有别的声音了，只有磁带的杂音，周徐纺关掉录音机。

"料到了吗？"

她摇头："我以为是骆常德。"她想不通了，"她为什么会这么讨厌我？"甚至不惜犯罪。

江织说："她脑子有病呗。"

骆颖和不是也骂了，她心理变态。

周徐纺笑了，皱着的眉头舒展开："我也觉得。有这个磁带，能判她的罪吗？"

江织把东西收好，给她系上安全带："她和彭先知的对话里，并没有提到过你，光这个还不够，但如果彭先知肯指认她，应该就能判罪。"

现在就等彭先知松口了。

"教唆杀人，"江织说，"能让她把牢底坐穿。"

还有一件事很奇怪，周徐纺想不明白："骆怀雨为什么也要抢这个磁带？"她才不觉得那个老头是为了护自家人才出头。

江织把车钥匙插上，打了方向盘："或许，他也是从犯。"

车调了个头，往沧江道开。这几天阴雨，傍晚时分，天色已暗，路边的霓虹纷纷亮了。

周徐纺看着车窗外："不回御泉湾吗？"这不是回家的方向。

"先去超市买菜。"

"要做饭吗？"

江织嗯了声："你不是说外卖吃腻了吗？"

她昨天随口抱怨了一句，说不想吃了，说吃腻了，不过："我不会做饭。"她以前尝试过，做出来的东西难下咽了，后来就没有再动过做饭的心思。

江织说："我做。"

"你会吗？"

"不会，所以要学。"江织有他充分的理由，"咱们家得有一个人会，不然以后你去月亮湾，谁给你做饭？"

他还记着月亮湾呢，生怕被撇下，所以结论是："你必须带上我。"

周徐纺很喜欢咱们家这个词："你说的好有道理啊。"

她没否认，江织就当她默认了，默认以后要去月亮湾就会带上他，他嘴角往上弯："当然，周徐纺男朋友最厉害。"

周徐纺用力点头，很赞同，她男朋友天下第一厉害！

去了一趟超市，买了做饭的必需品，到家后六点半，刚好可以开始做饭，周徐纺住的703没有厨房，江织的702什么厨具都有，都薛宝怡挑的，不一定是最合用的，但一定是最贵的。

江织拿了一把番薯叶给周徐纺："你就坐这儿，剥番薯藤的皮儿。"

他不打算让她进厨房，她的手比他金贵。

周徐纺看了看篮子里的菜："我就只做这个吗？"

"等剥完了，再给你派活儿。"

周徐纺哦了一声，坐在凳子上晃着腿，摘着菜。她摘了一会儿菜，去把那盘磁带拿过来，装进录音机里，要再仔细听一遍。

江织去了厨房，还把手提电脑也带了，开了电脑，给阿晚的母亲宋女士发了视频邀请。

宋女士接受，屏幕上先窜出来一个鸡头："咯咯咯！"

江织喊了声："伯母。"

宋女士笑眯眯地答应，手里抱着爱宠双喜："双喜妈妈呢？"

宋女士有一颗少女心，拿双喜当"孙女"，给它织了不少小毛衣和小鞋子，此时的双喜身上就穿着一件格子的毛衣裙子，头上还戴着个同款毛线贝雷帽。

江织觉得有些难以直视,尽量不看那只鸡:"她在摘菜。"
"你掌勺?"
"嗯。"
"东西都买好了吗?"
"单子上的都买了。"单子是宋女士昨晚列给他的。

宋女士还以为是周徐纺要做饭,没想到是娇养长大、十指没沾过阳春水的江织。

"行,今天先做两个简单的,你媳妇儿喜欢吃甜是吧?"
江织被媳妇儿这个称呼取悦到了:"嗯,她喜欢吃甜。"
"那就做糖醋排骨。"
"可以。"他把手提电脑挪了个角度。
宋女士环顾了一下厨房,开始远程指导了:"你先焯一下排骨。"
焯?江织露出迷茫的表情。一看就是第一次进厨房。
江家是大家族,许九如又是书香门第出身,家里还保留了旧时的习惯和传统,男孩子是不得进厨房的。君子重内修,要贵养,何况是从小体弱多病的江织,穿衣喝水都有人伺候。

这样娇养出来的小公子,为了心爱的小姑娘要食人间烟火了。
宋女士颇为感叹啊,有一种嫁女儿的欣慰感。怕闺女嫁出去了什么都不会,会遭夫家嫌弃,当娘的要在女儿出嫁之前倾囊相授。

宋女士怀抱着这样的心情,开始指导了:"用你左手边那个锅,先装半锅水烧热。"

江织拿了锅,去装了半锅水,放上去,然后开火,打了三次开关都没火,他回头,看电脑:"火打不着。"

宋女士隔着屏幕查看:"煤气开了吗?"
江织漂亮的桃花眼里涟漪微荡:"要开吗?"
"当然要。"
"在哪儿开?"
宋女士感觉这道糖醋排骨,做起来过程会很艰辛啊。
十多分钟后,周徐纺在客厅喊:"江织,我摘完了。"
江织从厨房出来,身上穿着一件粉色的围裙,里面家居服的袖子卷着:"土豆会刨吗?"

周徐纺干劲十足:"会。"
江织去厨房拿了两个土豆和削皮刀:"要轻点,别伤到手了。"
不给她找点事做,她肯定是要去厨房帮忙的,他不想她去。

周徐纺刚接过土豆,突然咣的一声。

江织问:"什么声音?"

周徐纺反应了一下,指录音机:"磁带,我忘关了,它一直在放着。"

骆青和和彭先知从花房离开后,磁带里就没有别的声音,她以为后面没有内容了。江织走过去,把声音调到最大。

刚才那一声,是花盆砸地的声音,然后有脚步声,还有撞到花架乒乒乓乓的声音。

"这么怕我?"是男人的声音。

还有慌张害怕时发出的急喘声,是另外一个人。

"你躲什么。"

"那天在门外的是你吧。"

"看到了吗?是不是都看到了?"

男人话音落后咚的一声响,后面就没有声音了。再过三两分钟,磁带转到了最底部,结束。

江织倒回去,再听了一遍:"是骆常德。"

周徐纺也听出来了,里面只有骆常德一个人的讲话声,另外一个从头到尾没有开口:"另一个人是我。"

"你可能看到什么不该看的东西了。"

怪不得骆常德费尽心思也要拿到这盘磁带,周徐纺眉头紧锁:"磁带要交给唐想吗?"

"唐想还要待在骆家,由她出面不好。"

"那直接给警察吗?"

江织说不给:"我打算借刀杀人。"

"借谁的刀?"

"两个人的刀都借,让他们互砍。"

这盘磁带是骆常德的犯罪证据,也是骆青和的犯罪证据,周徐纺知道江织要做什么了。

她什么也没说,就夸了一句:"我男朋友最厉害。"

厉害的江织笑了:"排骨好了,要不要尝尝?"

周徐纺不想骆家的事了:"要。"

江织牵着她去了厨房,电脑还开着,宋女士见周徐纺过来,很热情地喊:"双喜妈妈!"

周徐纺:"伯母好。"

江织夹了一块排骨过来,喂到她嘴边,她觉得当着长辈的面这样卿卿我我不好，背过身去，小口咬了一口。

江织立马就问："好吃吗？"

排骨有点甜，有点酸。

周徐纺点头："嗯嗯，好吃。"自己凑过去，又咬一口，"很好吃。"

江织怕她是哄他的，在她咬过的地方，也咬了一口，味道一般吧，至少不难吃。

周徐纺就很捧场了，竖起两个大拇指，夸奖："江织，你好厉害啊！"

这话里多多少少有情人眼里出西施的夸张成分，不过江织很受用，看了一眼那盘糖醋排骨，忽略里面几块焦了的排骨，以及煳了的汤汁："做饭也不难嘛。"

宋女士这时候问："江织，米饭好了吗？"

江织去打开锅，低头一瞧，原本弯着的嘴角压下去了。

"锅坏了。"

宋女士伸长了脖子看："怎么了？"

江织把锅盖一摔："没熟。"

"你是不是没调煮饭？"

"调了。"江织很确定，"是锅坏了。"

他要把薛宝怡买的东西扔掉。

周徐纺走过去，摸了摸锅的边缘，是冷的，把锅身转了半圈，一看就明白了："江织，你没有插插头。"

他看向电脑："你没跟我说。"

宋女士假意咳嗽："这不是常识吗？"

不懂常识的江织……

周徐纺把插头插上，怕江织失落，她安慰："只要等一会儿就好了。"

宋女士也安慰："没事，只是小失误，多做几次就熟练了。"

江织没说话，目光凉凉地瞧着那只锅，这东西一定要扔掉。

这顿饭虽然波折，但周徐纺总归吃上了江织做的排骨，饭后她抢着要洗碗，被江织用一桶冰激凌打发走了。

次日下午，法医部出了报告：死者彭中明身上有两处伤，都在脑后，一处轻伤，一处致命伤，凶器是砖头之类的硬物。轻伤是凶手从后面袭击造成，真正的致命伤是第二下，垂直击中后脑，致使颅内出血，从角度和重力来看，是过失杀人，凶手为男性，身高一米八左右。

痕检部附和：死者躺的地方，后脑位置确实有一块石头，尸体没有被移动过的痕迹，那块石头的摆放角度与致命伤也吻合，过失杀人的可能性很大。

这个结果很让人诧异。

邢副队猜测，"难道凶手不是骆常德，也不是骆青和？"

这俩嫌疑人可都没有一米八。

"买凶杀人也不一定。"程队说，"彭中明长期定居在国外，除了骆家父女，他没有接触过别人。"

目前看来，还是这两人的嫌疑最大。

晚上十点，云乌压压地罩着天。

老吴是金枫花园的物业监控员，刚出去吃了个夜宵，回来瞅见监控室里头有个人，个头很高，又壮又黑的。

他戴了个口罩，头上的鸭舌帽压得低低的，老吴瞅了两眼都没瞅出来是哪位业主，进去问："你谁啊？"

男人没说他是谁，口罩也不摘："把前天晚上七点到八点的监控调出来。"

"你说调就调？"老吴挥挥手，赶人，"出去出去，这里不能进。"

那人脚下纹丝不动，手伸进了外套口袋里。老吴一瞧，是匕首，当下就愣住了。

男人握着刀柄的位置，没拿出来，揣在口袋里："把前天晚上七点到八点的监控调出来。"

"我、我、我这就调。"老吴坐到监控前，哆哆嗦嗦地把监控文件调出来，"几、几点？"

男人站在后面，手没动，手里的刀也没动："七点到八点。"

七点到八点？老吴颤颤巍巍地回头。

男人见他不动，不耐烦了："快点！"

"没有录像，前天晚上七点，监控刚好坏了。"

男人怒了："糊弄我是吧？"

"没有！"老吴用眼角余光瞟了一眼那刀柄，果然又露出来了一点，他被吓了个半死，"我这里还有维修记录。"

他立马拿出来，双手捧过去："前天晚上监控是真坏了。"

男人把记录表抢过去，看了一眼扔下，转身就走。

老吴瘫在椅子上，大喘了一口气，缓了一下神，等提到嗓子眼的心脏放回了肚子里，他才抬头看显示屏，监控录像里，男人在二楼，快走到楼梯口时，一团黑不溜秋的"东西"堵住门口，然后屏幕一闪……监控又故障了。

这黑不溜秋的"东西"是周徐纺。

男人正是陈立，得了骆怀雨的命令，要找出彭中明带来的东西，以及找出中途截走东西的那人。

周徐纺一只脚踩在门上,挡住了去路,她刻意压着嗓音:"你是在找我吗?"她把书名念了一遍,"《要做个好人》。"

陈立伸手就去抓她。

她闪身一躲,绕到后面去了,回头对着陈立的小腿踹了一脚:"大哥,要做个好人。"

陈立撞在门上,小腿顿时疼麻了:"你是什么人!"

"我是黑无常大人。"

她的帽子上有职业跑腿人Z的标志,陈立听过她,不过除了她的性别和业务能力之外,并没有太多关于她的信息。

"东西在你手里?"

"在啊。"

"交出来,不然——"

"你要不要先关心一下你自己的事情?"她手伸到后面,从背包的最外面掏出来袋东西,"认得这块石头吗?"

透明的密封袋里有一块石头,拳头大小,上面有已经干了的血迹,呈暗红色。

陈立神色陡然变了,这是被他扔掉的那块!

石头是周徐纺从垃圾桶里捡来的,那夜她截了彭中明的东西,一路跟了过去,桥洞里没有掩体,她藏不了身,就没有进去,躲在了外面。

她没有目睹到彭中明遇害的过程,只看到了陈立带了块沾血的石头出来,绕了几条街才扔掉。

周徐纺提着密封袋:"你下次要找个没有监控的地方再扔。"

不对。她重新说:"你下次不要再做坏事,要多读书,多行善。"

陈立二话不说,往前扑,伸手就去抢。

周徐纺往后下腰,轻轻松松就躲开了,绕到陈立后面:"尸检报告上说,彭中明是被人用石头砸晕了,然后撞到脑袋,导致颅内出血而死,是过失杀人,这块石头,就是杀人凶器。"

陈立扑了空,刹住脚后立马回身,又朝她进攻。

周徐纺只守,连着退三步,然后抬起脚,侧踢,把陈立伸过来的手踢开:"你还有前科对吧,那估计要判很久。"

陈立几次出手都没有碰到人,他手伸进口袋,把匕首掏出来,是把军用匕首,两掌长,刀尖锋利。他握着刀,朝她逼近。

周徐纺不再退了,把那块石头装回包里,又从口袋里拿了副黑手套出来,戴上:"你还试图杀人灭口,再罪加一等。"

陈立扬起手，刀尖刺向她。

周徐纺纵身跳起，脚踝避过那把军用匕首，钩住了他的头，横空一翻，一下把人摔在地上，很干脆利索的一个锁喉摔。

陈立半边身子都麻了，痛得龇了牙，握紧手里的刀，再抬起手。

周徐纺膝盖顶着他的肚子用力一按。

"啊！"

他大叫，手里猛扎出去的刀被她用手指给捏住了，就捏着那刀身，没怎么用劲儿似的，轻轻一抽，他手里的刀转而就到她手里了，他伸手去抢。

周徐纺截住他手腕，往后一扭。

又是一声惨叫，手腕被卸了，陈立痛得脸色发白。

周徐纺一只手摁着人，一只手拿着刀，拍他的脸："你打不过我，十个你都打不过，要是你还不服，那我也不跟你打，我就把这块石头和你扔石头的监控录像交给警方。"

陈立试图挣扎，发现根本动不了。

"现在你是我的手下败将，你就得听我的，你听不听？"

陈立闷不吭声了很久，按在他肚子上的膝盖又是一顶。

他肺都要被挤爆了，从嗓子眼里蹦出一句："你要我做什么？"

"我要你做黑无常大人的小鬼。"

次日的下午三点半，根据法医部的尸检结果，暂时排除了骆家父女杀人的可能，即便他们仍有嫌疑，可拘留满了四十八小时，还没有新的证据出来，刑侦队只能先放人。

父女俩一前一后，由律师领着办了手续。

骆常德从头到尾都摆着臭脸，指桑骂槐地说了句"晦气"才走。

"辛苦了。"这句，是骆青和说的。

她看着大办公室里的一众刑警，笑着说："奉劝一句，以后办案上点心，别再冤枉了好人。"

这女人真嚣张！

程队也笑着回了她一句："我也奉劝一句，以后做事小心点，天网恢恢，我们刑侦队的门，好进不好出。"

天网恢恢，疏而不漏。

沈越的车就停在警局门口。

骆青和直接上了车，她身上还穿着前天的衣服，脸色十分难看。

沈越没有立刻开车，他把平板拿出来："小骆总，有您的邮件。"

她闭目，在养神："先回骆家。"

"不是公司邮件，是职业跑腿人Z发过来的。"

她睁开眼："内容。"

"她说她手里有您想要的东西。"

"开了什么条件？"

"两千万。"简单粗暴，直接要钱。他胆大包天，狮子大开口。

骆青和把搭在左腿上的右腿放下，倾身朝前，伸出手，沈越把平板递过去。她接过平板，切换了私人账号，亲自回了邮件。

"先验货。"

御泉湾，电脑屏幕上霜降发过来一句话："她要验货。"

周徐纺抱着棉花糖盒子坐在沙发上吃："截取一小段发给她。"

车已经开上了高架，沈越抬头看了一眼后视镜。

骆青和戴着耳机，眉间笼了重重一层阴翳。

"大小姐，求您帮帮我。"

"帮你？可以啊。那彭师傅要不要也帮我做一件事？"

"大小姐您尽管说。"

"我母亲生前最喜欢来这个花棚了，你帮我烧给她怎么样？"

"只是烧花棚吗？"

"顺便把一些不干净的东西也一并烧了。"

"您指的是？"

"骆家不干净的东西，还有别的吗？"

录音就到这里，前后不到两分钟。

骆青和把耳机拿下来，回复了邮件："怎么交货？"

那边回得很快："先付定金，一千万。"

"东西什么时候给我？"

"晚上八点，江津花园。"

一刻钟后，霜降给周徐纺发了消息："钱已经汇进来了，定金一千万。"

周徐纺转头就跟江织报喜："江织，我们赚了好多钱，你要什么，我都给你买！"

江织起身去把电脑关了："明天晚上我得回江宅，老太太让我带上你，想去吗？"

"能去吗？"

"江家人都知道我交了个女朋友，一直藏着你也不妥，你就去露个面，不过我们得演演戏。"

他把放在茶几上晾了好一会儿的碗端过来，舀了一勺，试了试温度，不烫了才给周徐纺。

碗里是红枣枸杞姜糖水。

周徐纺来月事了，她是一点感觉都没有的。可江织就觉得她肯定很难受，一早就找了宋女士，问东问西，问得她都不好意思了。一下午，他因为烫手摔了一个碗，用掉了两袋糖，反复了几次，才弄出来一碗红糖水。

活蹦乱跳、一拳可以打死一头牛的周徐纺一口干了红糖水："演什么戏？"

江织把她手里的碗接过去，搁在茶几上，然后把人捞到怀里，给她揉小肚子："不能让他们看出来，你是我的命。"

她是他的弱点，这个不能暴露。

周徐纺懂了："我知道了。"

半个小时后，骆常德也收到了职业跑腿人Z的邮件，附件里有剪辑过的录音，就一小段，他反复听了两遍。

"这么怕我？"

"你躲什么。"

"那天在门外的是你吧。"

"看到了吗？是不是都看到了？"

这是他的声音，八年前，在骆家花房里。

就这四句话，外人可能听不出端倪，可保留这个录音的人、把这个录音送到他手里的人一定察觉出了什么。

桌上的杯子被打翻了，骆常德没管流得到处都是的茶水，快速回了一封邮件："你要多少钱？"

晚上八点，江津花园。

天儿不好，眼瞧着要下雨了，花园里没有人，鹅卵石铺的小道上有路灯，不见人影，只有树影。

高跟鞋踩地的声音由远到近，树影下，有人影走进来："出来吧。"

四周很静，隐约有回声，随后树影晃动，人影出来，从高处跳下来。

骆青和回头："东西呢？"

来人穿着一身黑色，鸭舌帽外还套着外套的帽子，眼镜、口罩、手套一应俱全，能包裹的地方全部包住了，除了身形，什么也看不到。

她走近，从背包里掏出文件袋，声音故意压得很低："一手交钱，一手交货。"

骆青和看了一眼她的帽子，上面绣了字母Z。神出鬼没、无所不能，这是跑腿人圈内对Z的评价。

她拨了一通电话，只说了两个字："汇款。"

二十秒后,霜降回复:"已到账。"

周徐纺把文件袋扔过去。

骆青和接住,没打开,摇晃了两下:"能问个问题吗?"

这个女人是周徐纺见过最胆大的,她都见过她眼睛血红的样子,竟还不畏惧。

"能。"周徐纺说,"得加钱。"

她也不是那么老实的,遇到这种钱多人坏的,她也会宰。

她想了一下:"一百万。"

骆青和很爽快,又拨了个电话,说了汇款数目,然后问:"这东西,你从哪里弄来的?谁雇的你?"

"这是两个问题,要两百万。"

骆青和再拨沈越的电话:"再汇一百万。"

到账后,周徐纺掐着嗓子回答:"彭中明雇了我,东西就是从他那里得来的。"

当然不能说真话,她很少撒谎的,但对坏人,她可以不诚实。

骆青和半信半疑。

周徐纺很大方:"你第一次跟我做交易,我可以免费送你一个情报。"她强调了免费,"你这个是复刻的,原件已经被我卖出去了。"

这个免费情报彻底激怒了骆青和:"你耍我呢!"

周徐纺当然不承认她是在捞钱,没有一个捞钱的生意人会承认自己捞钱的,不然以后就没办法继续捞:"我有说过我卖的是原件?我有说过我只卖给你了吗?"她摇头,"我没有。"

骆青和被抓着把柄,打掉了牙齿她也要混着血吞:"原件你卖给谁了?"

周徐纺竖起一根手指:"一百万。"

骆青和咬牙切齿:"再汇一百万。"

周徐纺收到钱后回答:"骆常德。"

交易结束,周徐纺撤了,她挑了一条没有监控的路,直接跳到高楼上。她跟江织约好了在公园不远的八一大桥下面见面,她蹦蹦跳跳地去了,老远就看见了江织的车。

"江织、江织。"

她喊了两声,跑过去喜滋滋地说:"江织,我坑到了好多钱。"

江织打开车门,把她拉进去:"这么开心?"

"嗯!"能坑坏人的钱,她就很开心,"你那边顺利吗?"

"顺利。"

她跟江织约好了,一个去跟骆青和交易,一个去跟骆常德交易,一次坑俩。

她很兴奋,眼睛亮晶晶:"然后呢,做什么?"

江织把她的安全带系上:"那对父女应该很快就会狗咬狗,我们先看戏。"适当的时候再煽点儿风,添点儿火。

如果江织的猜测没有错的话,那场大火里骆常德也犯了事儿,他要自保,就一定会把骆青和推出来。正好,骆青和也需要替罪羊。

那么狗咬狗咯,看谁咬得更狠。

"你很会用计。"周徐纺本来想说他很奸诈的,但怕江织不开心。

"老太太教的。"

他父母早逝,自幼长在许九如膝下。

"我七八岁的时候,就是她带着我,江孝林他们都请了老师,我没有,我是她亲自教,教的全是些杀人不脏手的东西。"

他也青出于蓝,用得游刃有余。

七八岁就教阴谋诡计,周徐纺不太理解:"为什么要教你这些?"

"老太太说,自保。"

可才七八岁的孩子,还在学字的年纪就开始自保,未免太早了点儿,太急于求成了点儿。为什么呢?不是最疼爱的孙子吗?

"如果是我,只要我有庇护你的能力,我不会那么早就让你工于算计。"她会小心藏着、护着,至少让他在本该童言无忌的年纪里无忧无虑。

"杀人不脏手,会不会,"周徐纺看着江织,"会不会她也想借你的手?"

江织哑口无言,答不上来。

夜里十一点了,屋外寒气重,玻璃窗上的水雾凝了薄薄一层冰粒子。屋里很静,在放着录音,杂音很重。

"这么怕我?"

"你躲什么。"

"那天在门外的是你吧。"

"看到了吗?是不是都看到了?"

这是骆常德的声音。

骆青和把录音倒回去又听了一遍,花棚里除了骆常德,还有一个人,是骆三。骆三到底看到了什么呢?用得着骆常德这样做贼心虚。

骆青和关了录音,这时,楼下有声音。她起身,出了房门,寻着脚步声走出去,在楼梯口看见了刚上楼的骆常德。

"爸。"

骆常德抬头,惊慌了一下。

"你去哪了，这么晚回来？"

骆常德目光避开："去喝了几杯。"

"还以为你是去谈什么要紧事了。"

"我能有什么要紧事。"骆常德直接越过她，往楼上的房间去了。

避而不谈，做贼心虚。

骆青和站了一会儿，回了房间，秘书沈越电话刚好打过来："小骆总，骆总找了监狱的人，让尽快安排他与彭先知见面。"

果然，职业跑腿人Z也和他做了交易。

骆青和指甲敲着桌子，思索了半晌，才吩咐电话里的沈越："去查一下，当年从火里逃生的那个花匠现在人在哪。"

骆常德的房间门窗紧锁。

他走到卫生间里，拨了个电话："彭先知那边怎么说？"

手机那头是西部监狱的人："彭先知拒绝了会面，谁都不见。"

"不能强制？"

"应该是乔家的四公子跟上面打过招呼了，都得按规矩来。"

乔南楚在刑事情报科干了几年，他说话在警局那边很管用。

骆常德一时也没对策："你再想想办法。"

楼下，书房的灯也还亮着，骆怀雨在通话。

"人留不得。"他说，"想办法除了。"后面便没有声音了。

陈立在门口又站了一会儿才离开骆宅，出了别墅的门，他上车，拨了一个电话，号码存的是——大鬼。

"是我。"

"骆怀雨刚刚找了人，像是要除掉谁。"

"还有呢？"

"其他的没听到。"

周徐纺很满意："不错，继续好好干，只要干得好，黑无常大人一定不会亏待你。"

周徐纺挂掉他的电话，跑去跟江织说："骆怀雨好像又要使坏了。"

江织在热牛奶："应该是要杀人灭口。"

"灭谁的口啊？"

"可能是彭先知。"

"他是帮骆青和灭口吗？"

"不一定，或许他也干了什么亏心事。"

午夜时分，云遮蔽了月，是外头最黑的时辰。

床上的人睡得不安稳，眉头紧蹙，指尖蜷缩，轻微挣扎着。

她醒不过来，梦里有个苍老浑厚的声音在喊。

"骆三。"

阁楼的门被推开了，外头的光线全部扎进去，缩在木床上那瘦小的一团在瑟瑟发抖。

哒，哒，哒，哒……声音越来越近，她抬起眼睛，最先看见的是拐杖，再往上，是一双布满了老年斑的手。

"过来。"老人在招手。

她害怕极了，往床角缩。

他拄着拐杖越走越靠近："不是会说话吗，怎么不叫人？"

"爷、爷。"

老人俯身看她，眼睛浑浊："把衣服脱了。"

她往后缩："不、不可以。"

"别躲。"

"听话，骆三。"

他伸出了手，朝她靠近……

周徐纺猛地睁开眼，大口喘气，缓了很久依旧心慌。她拿起床头的手机，拨了江织的电话。

他接得很快。

"怎么了纺宝。"

她没说话，呼吸很重。

"是不是做噩梦了？"

"嗯。"

"我过去陪你。"

"不用过来了。"周徐纺重新躺回去，"你跟我说说话就行。"听到他声音她就不怕了。

江织还是过来了，把缩在被子里的她抱出来："梦见什么了？"

她两只手紧紧攥着他的衣服："不知道，一睁开眼睛就忘了。"

江织用睡衣的袖子擦她额头的汗："那就不想了。"

她不再想了，心跳像擂鼓，震得她耳鸣。

"徐纺。"

"嗯。"

江织又喊："徐纺。"

她抬起头，床头昏黄的灯光落在她潮湿的眼睛里："干吗一直叫我？"

江织躺下，将她整个抱在怀里："多叫几句，你就能梦到我了，等我到你梦里去了，你就不用怕了。"

她闭上眼睛，耳边只剩江织的声音了。

"徐纺。"

果真呢，梦里有江织，梦里的他还是清瘦俊朗的少年郎。

少年脾气不好，在她门外大喊："骆三！"

骆三开了门，那时的骆三不好看，又瘦又黑，还没有留头发，是个丑丑的小光头。

少年生她气了，大声跟她说话，"你又去偷红烧肉了？！"他一来骆家便听下人说了，骆三又挨打了。

他们说骆三手脚不干净，总去厨房偷东西。

她还没有眼力见，都不知道他有多生气，还傻乎乎地去翻箱倒柜，翻出一个纸包来，一层一层纸包着，里面有块红烧肉。

她双手捧着，给他。

少年本来就身体不好，被她气得直喘："我不喜欢吃肉！"

她觉得红烧肉是最好的东西，在她活着的十四年里，最大的问题是温饱。她没见过更好的，以为红烧肉就是最好的东西。

原来他不喜欢啊。

"你喜欢什么？"声音比很多变声期的男孩子还粗。

少年还在生她的气，头甩到了一边，老半天了才别扭扭地说："狗尾巴草，我喜欢狗尾巴草。"

他当然不喜欢狗尾巴草了，可骆家这么大个别墅，就只有那些草她动了不会挨打。

"下次我来，你就采狗尾巴草给我，别去偷肉了。"

她以为他真喜欢狗尾巴草，立马点头，她要采一大束狗尾巴草送给他。

少年骂她："傻子。"

她还咧嘴笑，笑得特别傻，把他也逗笑了。

"只有我能骂你傻子，别人不能骂，知不知道？"

她点头，她知道的，他骂她傻子，是对她好，他只是嘴巴不说好听的话，他是这世上，对她最好最好的人。

"要是别人骂了你傻子，你就在栅栏上面插几株狗尾巴草，我看到了就会来找你，然后你告诉我谁骂了你傻子。"

她看着他，黑白分明的眼睛里全是他，又傻又愣的样子。

少年戳戳她的脑袋："听懂了没有？"

她脸黑，一笑牙齿特别白："嗯，懂了。"

她的声音一点也不好听，没人在的时候她也会粗着嗓子跟他说话。

少年问她："你会说话，为什么还装小哑巴？"

"秀姨说不可以说话。"

"那你还跟我说话。"

她傻笑："因为是你啊。"

少年嘴上哼哼，眼角却弯了："我要回家了。"他扭头要走，又扭回来，"肉不给我吗？"

她把肉包好："给。"

那纸上油滋滋的，也不知道是什么纸，干不干净，少年有些洁癖，十分嫌弃，皱着眉拎着纸团的一个角。

"我走了。"

他走了，她跑着跟出去，他走她就走，他停她也停，赶都赶不走，一直跟到了大门口。

少年回头，挥手赶她："别送了，回去。"

她还跟着。

他骂她："傻子。"

那傻子还扒着铁栅栏，使劲跟他挥手。

次日，江织带周徐纺去江家赴宴，去之前，江织特地把剧组的造型师叫过来，给她挑了昂贵的裙子和珠宝，再化上精致的妆。

周徐纺说，这样瞧着更像被包养的小情人了。

周徐纺很少化妆，觉得新奇，在镜子前面转了好几圈，问他："江织，我化妆好不好看？"

"好看。"江织给她挑了件厚外套，"老太太不喜欢用暖气，老宅还是烧炭火，晚上冷，你在裙子里面再穿条秋裤。"

周徐纺不想穿秋裤。

江织已经去找秋裤了，她跟上："今天你不要亲我，不然会把我的口红和粉吃掉。"化妆师姐姐在她脸上涂了好多层呢，把她涂得好白好嫩。

江织把秋裤给她："又毒不死。"他凑过去，偏要亲。

周徐纺躲开："你把我的粉亲掉了，就不均匀了。"就不白不嫩了！

还以为她担心的是他吃了化妆品会对身体不好，江织为此，生了一路的闷气。

197

◆第八章◆
骆家父女反目

七点,他们到了江宅。

"江织,我们到了。"

周徐纺没有耳洞,戴的是耳夹式的耳环,她不自在,一直用手摸,把耳朵都摸红了。

江织拿开她的手:"痛吗?"

"不痛,有点痒。"

"那不戴了。"他解了安全带,替她把耳环取下来,她耳朵被夹得红红的,他对着那处吹了吹。

周徐纺被他弄得很痒,往椅子后面躲:"我们下去就开始演吗?"

江织把取下来的耳环放到她手里:"演什么?"

"不能让江家人看出来我们感情很好,要演虚情假意。"

她还有戏瘾了,江织好笑,摸摸她还发烫的耳朵:"我不在意你就行了,不用太刻意。"

"好。"

两人下了车,刚迈进江家的大门便在院子里碰上了人,是二房的太太骆常芳。

骆常芳像个和善的长辈,过来相迎:"织哥儿来了。"

江织嗯了一声。

骆常芳也习惯了他这般不冷不热,目光越过他瞧他身边的人:"这是你女朋友?"

他又嗯了一声,刚要往屋里头走,周徐纺开口了,语气像是责问:"你什么意思?"她表情很悲痛,也很愤怒,还有几分不甘心又舍不得的纠结跟矛盾,"你为什么不介绍我?"

她演技的确好了很多,就是这波戏来得太猝不及防了,让江织一时接不住。

周徐纺入戏就很快了,表情虽然还不到位,但她故意背对着骆常芳,把台词念得像模像样:"我朋友说得对,你只是玩玩,我还当真了。"

此桥段取自《七日甜心》。

周徐纺伸出手,摊开掌心,手里夹式的珍珠耳环闪着光,看上去很昂贵:

"这个耳环是我刚刚在你车上看到的,不是我的。"

此片段取自《你好,宋总》,周徐纺很聪明,会就地取材。

江导还是头一回被演员搞蒙了。

周徐纺吸吸鼻子,要哭却忍着不哭的样子:"你现在连应付我都懒得应付了是吗?你总是这么敷衍我,我的朋友全都知道你是我男朋友,你呢?"

她大喊:"你连我的一张照片都不准媒体登出来。"

她有点用力过猛了,表情很奇怪,也有点僵硬,不过没关系,台词很棒,取自《隐婚合约》。

江织背过身去,咳了两声:"别无理取闹。"

"我无理取闹?"周徐纺学着网剧里男主妹妹无理取闹的样子,"好啊,我无理取闹,那你去找甜心啊,甜心不无理取闹!"

台词取自《晚安,检察官先生》。

甜心是谁?江导再一次接不上了。

周徐纺都快哭了,别看表情,听起来像快哭了:"我闺蜜都看到了,你昨晚跟甜心去了酒店。"

江织很敷衍地回了她一句:"你闺蜜看错了。"

"你还带她去看了房子。"

剧情真跌宕。

"随你怎么想。"江织撂下她先进去了,像是很不耐烦。

被晾在门口的小姑娘捂嘴,欲哭。

她好想笑,一个女人要忍住,忍不住就捂住。

周徐纺捂着嘴,低下头:"不好意思,让您看笑话了。"

骆常芳摇头,没说什么。

周徐纺朝她点了个头,便进屋了。

"江织!江织!"

她气愤地叫了两句,等四下无人、骆常芳也听不到了,她调调就变了:"江织、江织~"

江织在前面等她,她立马跑过去,院子里的福来见是生人,汪了两声。

江织踢了块石头过去,福来就不叫了,硕大的一只藏獒缩在狗窝里,吐着舌头畏畏缩缩地朝江织偷偷摸摸地看。

在江家,连狗都怕江织。

连狗都怕的江织:"你刚刚演的什么?"

周徐纺过了戏瘾,很开心:"痴情女子薄情郎。"

他是薄情郎?

行吧，随她怎么演："甜心是谁？"

估摸着都是从小说和网剧里学来的，他家这个很会有样学样、举一反三。

"我刚刚演得怎么样？"她眼神非常期待，像等待夸奖的、幼稚园最乖的那个小朋友。自己的女朋友，又不能说她戏多。"还不错。"江织摸摸她的头。

周徐纺往后躲，非常严肃地提醒他："我们现在在冷战，你不要靠近我，不然露馅了。"

她还在戏里，不肯出来。

江织把她拽过去："这里没人。"

那好吧，周徐纺把手递过去，让他牵着。

"去我房间。"

"好~"

江织把她带去房间了，她还不跟他一起进，非要一前一后地进去。她来江织房间好些次数了，但没怎么走过正门，大多是爬窗，这次才注意到门口的柜子上有一张照片，摆放在最里面。

周徐纺拿起来看，上面是一男一女两个年轻人，男人侧身在看身边的人，没有拍出正脸。照片有些年岁了，不是很清晰，可即便是模糊的，周徐纺也看得出来上面的女子样貌有多出众。

她也是桃花眼，跟江织很像。

"江织，这是你父母吗？"

"嗯。"

她把照片轻放在柜子上："你没有跟我说起过他们。"

江织从来不提他的父母。

"没什么可以说的，他们去世的时候，我才出生没多久，除了名字，关于他们我什么都不知道，老太太从来不提，江家其他人也不敢提。"江织拉着她去床头的小榻上坐，把旁边桌子上的棉花糖盒子给她，"听我大伯说，老太太不喜欢我母亲，她也不是甘愿嫁给我父亲的。"

并不是一段好的姻缘，可能也是因为这个，江家鲜少有人在许九如或是在江织面前提起他的母亲关氏。江织倒听家里下人说过，他父亲是许九如五个儿女里头最有魄力的一个，许九如也最为偏爱。

"那是联姻吗？"

"是我父亲强取豪夺。"江织看了一眼柜子上的照片，"他是个很极端的人，想什么，就一定要弄到。我母亲车祸去世后，他就抱着她的遗照自杀了。他还没毕业就娶了我母亲，去世的时候只有二十二岁。"

"你父亲很爱她。"

他很爱她，所以他舍下了尚在襁褓里的幼子，去地下陪他的亡妻。

门口有人敲门："小少爷。"是江川来请人，"老夫人唤您过去。"

江织让他去下面等着。

"若是老太太问了你不想回答或是答不上来的问题，你就甩给我。"

周徐纺说好。

江织又嘱咐："我夹了哪个菜，你便吃哪个，我没动过的，你也别动。"江家人不少，得防。

"知道了。"

开门之前，他低下头："亲我一下。"

她在他脸上亲了一下，亲完，她不好意思了："口红弄你脸上了。"

江织背靠门站着瞧她："你弄的，你擦。"

她踮起脚，手钩住他脖子，人凑过去。

江织低头了，把她吻了个正着。

托了江织的福，周徐纺发烧了，等她退烧已经是十分钟后的事了，他们两人到前厅的时候，江家人都已经到了好一会儿了。

"吃个饭还要三请四催的，像什么样子。"

训人的是江织的大伯父，许九如的长子江维开。

许九如舍不得宝贝孙子，当下便给训回去了："你说织哥儿做甚？没瞧见他脸色不好吗？"她转头看江织，又换了个脸色，和声细语地问："是不是身子不舒服了？"

许九如坐主位，她左手边空了两个位子。

江织直接坐下，精神头不是很好："不碍事。"

他后面跟了个小姑娘，被甩了挺远，现在才追上来，看了他一眼，脸上是委屈又恼怒的表情。

许九如的目光在两人身上打转："怎么了，这是？"

骆常芳笑着接了一句嘴："小两口吵架呢。"

许九如朝红了眼的小姑娘望了一眼，半是玩笑半是训斥地说着江织："你欺负人家小姑娘了？"

江织没作声。

小姑娘咬咬唇，笑得很不自然，像是强颜欢笑："江奶奶好。"其他众人她也不知道怎么称呼，便只点头问候。

许九如招呼："别站着了，快坐。"

这是周徐纺第一次正式与许九如见面，七八十岁的老人家，头发差不多全白了,人很精神,穿着做工考究的缎面袄裙,头发盘得一丝不苟,即便笑着,眉眼里也有不怒自威的凌厉。

周徐纺坐在了江织旁边的椅子上。

许九如把人瞧了又瞧:"你还是我们织哥儿第一个带回来的姑娘呢,你叫什么名字啊?"

"我叫徐纺,周徐纺。"

"跟我们织哥儿怎么认识的?"

周徐纺坐得端端正正,有问有答:"我是他剧组的群演。"

"家在帝都吗?"

"之前一直生活在国外。"

"父母呢,也在这边吗?"

周徐纺不知道怎么回答了,要求援,刚把手伸到桌子底下,还没碰到江织,对面江孝林帮她接了话:"奶奶,您问东问西的,做人口普查呢。"

许九如笑了一声:"这不是咱织哥儿第一次带姑娘回来嘛,我自然好奇了。"

江织突然咳嗽,周徐纺立马去端茶倒水、拍背抚胸。他似乎习惯了,靠着椅子让她伺候,咳了一阵,红了眼,气不太顺。

许九如右手边坐的是四房的姑娘江扶汐,她见江织咳得厉害,让下人把炭火挪过去些,又吩咐身边的人去屋里拿毯子。

周徐纺忍不住用眼角偷偷看她了。江扶汐生得端正,大概是因为从小学画,气质养得极好,娴静又温婉。周徐纺觉得她很像宫廷剧里的正宫娘娘,端庄大气,并且深藏不露的样子。

"林哥儿。"

二房江维礼把话题引到了他身上:"你交女朋友了没?"

江孝林端坐着,西装革履成熟又稳重:"没有。"

江维礼是个笑面虎,嘴上总挂着笑:"真没有还是假没有?"

江孝林自顾着喝茶,对自己的私事绝口不提。

一旁,他父亲江维开问话了,一开口声音浑厚:"你都快奔三了,还没个消息,织哥儿小了你好几岁都有女朋友,你成天到晚的都在干什么。"

江维开是长子,思想最为守旧,觉着得先成家再立业,可这几年来,莫说是正经女朋友,江孝林身边连个女的没见着,秘书都是清一色的男人,不近女色得过分了点。

江扶离说笑似地接话了:"大堂哥忙着公司的事呢,大伯父您不用着急,他人气可旺了,好几家的千金都向我打听了他。"

"家世都怎么样?"

"来我这儿问的，自然都是合适的。"

江维开放下茶杯，直接撂了句吩咐："抽个时间出来，去相亲吧。"

江家几个孙辈里最数江孝林教人省心，都以为他会应下，他却当着众人面拂了他父亲的意："爸，别的都随你，我的婚姻大事你就别插手了。"

"有喜欢的姑娘了？"

他不作答。

江维开神色不悦："别的我不管，家世太差的不行。"

江维礼接了兄长的话："都什么年代了，还讲门当户对啊。"

周徐纺的茶杯掉了，她愣了一下神，才着急忙慌地擦掉桌子上的茶水："抱歉。"

这无缝连接的演技……估计她没少看男女主因为门不当户不对而被棒打鸳鸯的小说。

江织抬了一下眼皮，瞥她一眼，把戏接下去："多大的人了，茶杯还拿不稳。"口气像是指责。他唱了黑脸。

许九如这个大家长就要唱白脸了："你还说她，你不也要人伺候着。"她笑着看周徐纺："徐纺别理他，他这祖宗，脾气坏得很。"

周徐纺强颜欢笑。

也快八点了，许九如把桂氏唤来："让厨房上菜吧。"

"是，老夫人。"

不一会儿菜就上齐了，才刚开动，又有客人到访。

"老夫人，许五先生来了。"

许家是许九如的娘家，这江川口中的许五先生是老夫人幺弟的儿子，在家里排行老五。

人还在门口，问候声已经传过来了："姑母。"

许九如放下筷子："泊之怎么这个点来了？吃过饭了吗？"

许泊之是许家五爷的私生子，七年前五爷丧子，膝下没了独苗，许五爷怕老了没人送终，这才把外头的私生子接回了许家，取名泊之。

许泊之进了屋："还没吃，我爸让我给您送点茶叶，怕晚了您歇下了，就早点来了，打扰姑母吃饭了。"

待人走近了，周徐纺才注意到他的眼睛。许泊之的左眼是坏的，眼珠动不了，应该是佩戴了义眼。他又生得凶相，看人时眼球假体往外凸，眼白过多，有些瘆人。

"江川，快去添副碗筷来。"许九如又吩咐下人搬张椅子过来，招呼许泊之过去坐："我们也才刚开席，你先坐下吃饭。"

许泊之落座,刚好在周徐纺对面。

他三十来岁,中等身材,生得粗犷,身上穿着裁剪讲究的西装,单只眼球转向了周徐纺:"这是织哥儿女朋友吧?"

周徐纺看向江织。

他简明扼要:"这是许家的表叔,叫人。"

"表叔。"

许泊之颔首,右眼珠转开了,那只坏掉的左眼珠有些迟钝,还对着周徐纺。

江家规矩多,食不言寝不语,饭桌上很安静,等许九如放下了筷子,才与许泊之闲谈。

"听你爸说,你也去公司任职了,怎么样,还顺利吗?"

许泊之的外貌瞧上去的确像个粗人,可说话用词像极了许家人,咬文嚼字得像个古人:"有几位兄长帮衬着,还算顺利。"

许九如又询问了几句,许泊之都一一答了,姑侄俩相谈甚欢。一顿饭下来,宾主尽欢。

饭后,江织被许九如叫去了,周徐纺在前厅坐了一会儿,实在不自在,就寻了消食的借口出了厅。

在院子里,她碰上了江扶离。

"周小姐。"

周徐纺有来有往:"江小姐。"

江扶离眼神探究:"我们在医院见过,还记得我吗?"刚刚在饭桌上她就认出来了,不正是上次在医院撞了她,还自称是黑无常的那位。

周徐纺面不改色:"不记得。"

江扶离"好意"提醒:"你当时对我不是很友好。"当时不知道原因,现在想想,估计与江织有关。

周徐纺语气惊讶:"是吗?"她淡定,"不记得了。"

倒是个有意思的人。

江扶离抱着手,站在树荫下,那只叫福来的藏獒在她脚边打转:"你跟江织那时候就在一起了吗?"

周徐纺一本正经地装傻:"哪时候?"

"大概,"她停下想了一下,"两个月前。"

"没有。"

周徐纺不想聊,不想理,刚好,方理想的电话打过来了。

周徐纺有理由了:"不好意思,我要接电话了。"她背过身去,身后的人还没走,在逗狗。

周徐纺接了："怎么了？"

方理想："明天有空吗？我电影首映，请你去看。"

周徐纺惊讶："你碰到甜心了？"

方理想也很惊讶："甜心？谁啊？"

周徐纺愤怒："她说什么了？"

方理想蒙逼："啥？！"

周徐纺更加愤怒："不要脸的女人，勾引别人男朋友还好意思到处炫耀。"

"周徐纺，周徐纺？你是周徐纺吧？"

周徐纺回过头去，看了江扶离一眼，尴尬一笑，然后回避，还边讲电话："关江织什么事？都是那个女人，是她不知羞耻！"

等走远了，江扶离听不到了，周徐纺才说："我刚刚是装的。"

"听出来了，"方理想问，"怎么回事儿啊？"

"有坏人想残害我男朋友。"

残害一词，充分证明周徐纺对那个坏人的深恶痛绝。

这会儿，江织还在许九如屋里，他怕冷，窝在那个可以放火盆的木椅上。

"织哥儿，你跟我说实话，你跟这个周姑娘是不是认真在谈？"

江织没答，反问回去："我像在玩吗？"

许九如说不上来，就是感觉不大对："那她家世怎么样？"

"没问过。"他事不关己似的。

许九如训斥："你也太不上心了。"

他不以为然："谈恋爱而已，又不是要马上结婚。"他咳了两声，声音拖着，慵懒无力，"再说了，我活不活得到结婚还不知道呢。"

这不在意的样子，像是要破罐子破摔。

许九如又气又心疼："你又说这种丧气话，你这不是好好的嘛，孙副院长也同我说，你最近的身体状况好了一些，等过了冬，天气暖和了，就可以试试新药。"

又试新药。江织嗯了声，懒得接话了。

这时，许泊之来敲门，在外面喊："姑母。"

江织从椅子上起身："我回去了。"

"你不留宿？"

江织懒懒散散地往外走："不留。"

门口，许泊之叫了句织哥儿，江织没停脚，应付了一句，低着头在看手机。

纺宝男朋友："在哪？"

纺宝小祖宗："在你房间。"

江织去了二楼找她，她正站在一个半人高的花瓶面前，弯着腰瞧上面的花纹，瞧得非常仔细。

江织锁上门，走过去从后面抱她："现在回去，还是待会儿？"

周徐纺转过身去："不用在这儿睡吗？"

"怕你不习惯，回我们自己那儿睡。"

周徐纺哦了声，指着那花瓶问："江织，这个花瓶我可以带走吗？"

周徐纺不知道，江织这个屋子里除了床头那幅"辟邪画"，哪一样都是值钱的宝贝，她看上的那个花瓶是个古董，贵着呢。

江织也不打算跟她说："喜欢？"

"很漂亮。"

她喜欢漂亮的东西，比如吊灯，比如棉花糖盒子，还比如江织。

"可以带走，这屋子里的东西，都是你的。"江织拉了把椅子坐下，手扶在她腰上，"我也是。"

他情话技能满分，只可惜，周徐纺听不懂："你不是东西啊。"

江织把她拉到腿上坐着，用牙在她脖子上咬了一下，泄愤。

周徐纺痒得直往后缩："那个许家表叔，是好人还是坏人啊？"她觉得那个人怪怪的。

"按照你的标准来定义，应该是坏人。"

周徐纺定义好人坏人的标准很简单，谋害了别人就是坏人，剩下的全归为好人。

"那按照你的标准呢？"

江织看着她黑白分明的眼睛："在我这儿没有好坏之分，只有敌和友、有用和没用。"他只管利与害，至于善与恶、好与坏，那是警察和法官该去判断的事。

周徐纺就换了个问法："他是敌人吗？"

"目前不是。"江织问，"怕他吗？"

"怕什么？"

"他的眼睛。"

许泊之的眼睛的确挺吓人，毕竟是假的眼珠，安在眼眶里看人的时候怪让人毛骨悚然的。

周徐纺摇头："他有我可怕吗？他只坏了一只眼睛，我两只都能变红。"许泊之应该没有吓晕过别人，她有，她比他可怕一百倍。

江织情人眼里出西施，不这么觉得："你哪里可怕了，你眼睛变红了也是最漂亮的。"

周徐纺羞答答地偷笑。

"江织，我听到猫叫声了，江家也养了猫吗？"

"是江扶汐的猫。"

"江扶汐也好怪。"

"哪里怪？"

"说不上来。"周徐纺觉得她有种大反派的气质。

那只猫，江扶汐取名河西。河西是只橘猫，十橘九胖，可河西很瘦，它趴在窗台上一直叫唤。屋里的灯光很暗，它的主人拿了猫罐头过来。

河西嗅了嗅，甩开头。

它的主人伸手，抓着它的脖子，把它的头扭回去，摁在了猫罐头里："为什么不吃？你吃啊。"

风吹进画室，卷起满地猫毛。

九点半，江川把客人送出了江宅。许泊之的车停在院子外边，口袋里的手机振了好一会儿，他等上了车，才接听。

"许总，骆青和已经着手在查了。"

许泊之只有一只眼睛可视，鲜少会自己开车，主驾驶的司机一言不发，车里只有许泊之的声音："给她指个路。"

"知道了。"

许泊之挂了电话，报了个地址，随后车便调了个方向，开出了江家。

酒吧的名字1998。正是夜生活刚开始的点儿，酒吧里灯红酒绿，音乐声震耳欲聋，舞池里穿着火辣的夜场女王在扭摆摇曳。一众人在狂欢，或是作乐，或是猎艳。

骆青和摇着杯中的酒，一人独坐吧台，点了一根烟。

"一个人？"

男人的手已经搭到她肩上来了。

她瞧了一眼那只手："拿开。"吐了个烟圈她才抬头，唇红眼媚，"手。"

在欢场里撒网的男人她见多了，眼前这个，是下下等。

男人拿开手，换了个姿势，手肘支在吧台上："一个人多没意思，我请你啊。"

说着，他直接在她旁边坐下了，点了一杯酒，双手搁在吧台，腕上的手表露出来。手表的时针上有钻，舞池里的镭射灯一照，便闪着光。

骆青和瞧了眼那手表："你手上这玩意值多少？"

男人拨弄了一下表带："不值钱，就几百来万吧。"

她笑。

"笑什么？"

笑他愚蠢啊："假的。"

被戳穿了，男人恼火："你懂？"

骆青和抽了一口烟，头上的变色灯忽明忽暗，她眼里红的绿的光若隐若现："比你懂点，还是低仿呢，真掉价。"

男人颜面扫地，酒杯一摔："倒胃口的娘儿们！"他骂骂咧咧地走了。

骆青和嗤笑，呵，男人啊。

这时，一只手表放在吧台上："这个呢，高仿、低仿？"

骆青和循着那只手望过去，灯光绚烂，把人目光闪得迷离："你很面熟，帝都哪家的？"

眼前这个西装革履，人模人样。他坐下，点了一杯最烈的香槟："许家。"

许家，三十多岁，眼睛有问题，那便只有一人了："许老五？"分明没见过，怎么如此面熟。

许泊之伸出手："幸会，骆小姐。"

骆青和没有伸手："认得我？"

"认得。"许泊之收手，动不了的左眼刚好朝着她的方向，他把手表捡起来，戴上，"留意你很久了。"

这眼睛真难看。若论眼睛，还是江织的好看。

骆青和把烟头扔在了红酒杯里，烟冒出来，转瞬散去："为什么留意我？"

"一个成年男性，留意一个成年女性，"他语气里挑逗的意味很浓，"还需要为什么？"

他胆儿不小啊。骆青和笑："对我有兴趣？"

许泊之笑而不语。

骆青和嗤笑，并不掩饰她的轻蔑："我没兴趣。"她起身，走了。

许泊之坐着，侧身在看她，那个角度，左眼里一片眼白，在忽明忽暗的灯光里瘆得人心慌。

还是这么心高气傲，同当年一样。

"你是谁？"突然走进花房的少女抱着手，目光高傲。

十九岁的骆青和，出落得亭亭玉立，身上穿着昂贵又大方的裙子，花架旁的年轻男孩只看了她一眼便低了头，畏手畏脚地往后挪。

少女气场很强："谁让你到这儿来的？"

他不敢抬头，下意识地扯了扯身上洗得发黄的 T 恤："我、我、我——"我了老半天，也没说出句完整的话。

"你结巴？"

他结结巴巴地说："不、不是。"

她很不耐烦了："那你是谁啊？"

骆家的园艺师这时候进来了："大小姐，他是我新收的学徒。"

园艺师姓彭，大家都管他叫彭师傅，彭师傅新收了个学徒，叫阿斌。

少女打量了那新学徒几眼："看着有点笨。"

彭师傅忙说是。

"那盆兰花，是我母亲最喜欢的，"她吩咐连头都不敢抬起来的男孩，"你要好好照料。"

他点头，点完头立马就把头低下了。等少女走了，他才抬头，伸着脖子看门外。

"看什么？"彭师傅说，"那是骆家的大小姐，平时见了要放规矩点。"

她是大小姐啊，怪不得那样明艳。

七点是西部监狱服刑人员洗澡的时间，十分钟一拨，按顺序来。

彭先知是最后一拨，他还没洗完，与他同房的犯人就都已经收拾完出去了，他刚关掉水，就听见了脚步声。

五六个后背有纹身的人，光着膀子走过来，最前面那个胸口有条手指长的伤疤，是他们的头儿："彭先知是吧？"

彭先知迅速把衣服套上，警惕地看着他们："你们是什么人？"

那几人的头儿使了个眼色，四五个男人便围上来了。

彭先知连忙后退，目光四处搜寻，却没发现一个人："你们要干什么？"

伤疤男挑挑眉，流里流气："要干什么你不知道啊？"

几人越逼越近。

彭先知已经退到了墙角："是谁指使你们的？"

伤疤男扯扯嘴："那就要看你得罪谁咯。"他把毛巾绕着拳头缠了两圈："兄弟们，速战速决。"

彭先知立马大喊："刘管教！刘管教！刘——"

他被一拳打中了肚子，痛得瘫倒在了地上。那几个男人并不打算收手，把他拽起来，摁在墙上，另外几人抡了拳头就过来。

刚好，哨声响了。

负责彭先知那间牢房的刘管教进来了，大喝了声："干什么呢？！"他抽出警棍，"都把手给我抱头上去，全部给我靠边站！"

那几个小混混看了伤疤男一眼，才抱头蹲下。

彭先知腿一软坐在了地上，他魂不附体似的："有人要杀我，有人要杀我……给我住单间，有人要杀我！"

这不是第一次了，昨天在木工厂也出现了这样的状况。

次日早上九点，骆家书房。

"不是让你悄无声息地解决吗。"骆怀雨冲着手机那头的人大发雷霆，"谁叫你打草惊蛇了？"

对方是他在西部监狱的眼线。

"不是我做的。"男人在电话里解释，"我的人还没有动过手。"

骆怀雨质问："那是谁？"

"还没查到。"

"没用的东西！"

骆怀雨挂了电话，仍怒不可遏。一旁站着的陈立一声不吭，偷偷把手伸进裤子口袋里，不动声色地将正在通电中的手机摁断了。

"嘟嘟嘟嘟嘟嘟……"

周徐纺也把开了免提的手机放下了，江织就在她旁边坐着，也听到了骆怀雨的话，她问他："是骆青和干的吗？"

骆青和应该很想杀人灭口。

"不是她。"江织说，"骆青和还不敢动彭先知，她怕被反咬，而且她的手还没那么长，伸不到西部监狱去。"

也不可能是骆常德，骆常德应该会拉拢彭先知才对。

周徐纺猜不到了："那是谁啊？"

"我。"

周徐纺被吓了一跳，语气很严肃了："江织，你不要干坏事。"

虽然彭先知是凶手，但周徐纺不想江织走歪门邪道，万一被抓去坐牢了……

江织摸摸她还在胡思乱想的脑袋瓜子："不是真要拿他怎么样，彭中明已经死了，彭先知会先自保，而不是报仇，不吓唬吓唬他，他不会听话的。"

哦，只是吓唬啊，周徐纺松了一口气。

江织放在沙发上的手机振动了，来电显示只有一个字——刘。

西部监狱的刘管教："江少，彭先知想见您一面。"

江织嗯了一声，还是得吓唬，这不，听话了。

下午两点，西部监狱，彭先知戴着手铐进了会面室，他脸色憔悴，眼睛浮肿。

江织用手指敲了敲面前的电话。

彭先知坐下，隔着一层玻璃看了江织一眼，然后把电话放到耳边，懒懒散散的声音传进耳朵里："想清楚了？"

彭先知先问他："我的命，你保不保得住？"

他的儿子死了，他与骆家就交了恶。他们要卸磨杀驴，即便在这监狱里，他也不能安枕。江织一直在等，等他松口。

"要是我都保不了你，那这帝都就没人能救你了。"

彭先知思忖了很久，妥协了："你要我做什么？"

江织收了伸在外面的腿，坐直："三件事。"第一件，"除了骆青和，凶手还有谁？"

彭先知没有立刻回答，迟疑思索了半响："是她指使我的，我就只知道她，骆怀雨是知情者，我答应骆青和之前，去请示过他。"

果然，骆怀雨也逃不掉。

"他说了什么？"

"什么也没说，他做了旁观者。"

江织手指敲着台面，有一下没一下地响着：是借刀杀人吧。

"第二件，录一份口供，等他日开庭，你作为证人出席。"

彭先知犹豫。

江织也不急，慢慢悠悠地说："信不信？你要是不答应，活不到开庭那天。"

他要是不答应，就不止骆家不放过他了，还有眼前这个深不可测的江家小公子。彭先知说："我做。"

他或许在与虎谋皮，江织就是那只虎。

还有第三件事，江织说："去见骆常德，他说什么，你就做什么。"语气从容自若，却是命令。

彭先知不明白："什么意思？"他投靠的可不是骆家。

江织并不解释："这你不用知道，你只需要服从。"

十分钟会面时间到，江织起身，出了会面室。

当天下午五点，骆常德去了一趟西部监狱，骆青和后脚就收到了消息。

"小骆总，"沈越上前，"骆总去西部监狱了。"

骆青和翻阅文件的手停下了："彭先知肯见他了？"她去过了好几次，可每次都吃闭门羹。

沈越点头。骆青和立马起身，快步出了办公室。

等人走远了，沈越拨了个电话："江少。"

冬天昼短夜长，才五点多夕阳就落了。

江织的702添了个吊篮椅，今天刚到，是周徐纺网购的，她给了五星好评，并且晒了图。她特别喜欢，还在吊篮椅里铺了粉色的小毯子，也放了粉色的抱枕。

"他们毕竟是父女，会自相残杀吗？"周徐纺在吊篮椅上荡着。

吊篮椅太小，窝不下两个人，江织站着，总觉得这玩意不结实，他怕她摔，便一直扶着。

"如果没有利害冲突，骆常德或许会顾念几分父女之情，若骆青和对他有威胁，那就另当别论。"

周徐纺抱着个粉色兔子的抱枕，单手开了一罐牛奶，她在吊篮椅里放了很多牛奶和棉花糖。

她刚要喝牛奶，江织把她的牛奶罐拿走了："不能再喝了，你今天喝太多了。"喝多了她就不怎么吃饭。

"哦。"她等会儿再偷偷喝，她还想吃冰激凌。

江织把她的牛奶喝掉了，这时手机响了，他接了电话，是医院的血液鉴定科打过来的。

"江少，鉴定结果出来了，那三人都是同一个生父。"

那三人是周徐纺、骆青和、还有骆颖和。

"把资料和样本都毁掉。"江织说完挂了电话。

周徐纺拽着抱枕："我做了心理准备的，"她心情很低落，"还是会失望。"她讨厌骆家，她也不喜欢身体里有一半骆家的血。

江织蹲在她面前："可以对别人失望，只要别怨你自己。"

她嗯了一声，还是很失落。

江织捏了颗棉花糖喂她："周徐纺。"

江织经常会连名带姓地叫她，要么是气恼的时候，要么是正经认真的时候。

他看着她，语气郑重其事："你要记着，你以后是要冠夫姓的，要进我的户口和族谱，跟骆家一点关系没有，你得跟我姓江。"

本来很不开心的，他这样一说，周徐纺就忘了不开心，嘴角有小小的弯度，眼里阴云散开，只有江织了："是江周氏吗？"

"嗯，是江织家的江周氏。"

她笑了，生在骆家是她不幸，她不怨，不生在骆家她遇不到江织。

她抱住江织的脖子，在他唇上亲了一下，刚要退后，江织逮住了她："你又偷吃冰激凌了。"

她装傻。

骆常德从西部监狱里面出来时，外头的天已经黑了，他刚走到门口那条道，路边停着的一辆车就打了车灯。

"爸。"

骆青和从车上下来，"等你好一会儿了。"

骆常德惊讶："你消息可真灵通。"

她不置可否，也不兜圈子："彭先知都对你坦白了吗？"不等骆常德开口，她猜测,"应该都说了吧。"

骆常德没承认,也不否认。

"你手里有录音原件,接下来,要把我送进去吗?"她语气平静得出奇,不求饶也不谈判。

骆常德反唇相讥:"你不也在查我?"

他是怎么知道的?

骆青和尽量将语气放柔:"你觉得我要是查到了什么,会真把你送进去?你外边是有一堆女儿,不缺我这一个,可我外边没有一堆父亲。"

骆常德无动于衷,打住了:"不用跟我打亲情牌,只要你不再查那件事,我也会收手。"

他说完上了车。

骆青和还站在原地,拿出打火机,点了一根烟。电话响,她接了,电话那边问:"小骆总,纵火案的幸存者有点眉目了。"

她吐了一口烟圈:"继续查。"她说,"帮我盯个人。"

电话那头询问了几句。

"沈越那里,提防着点儿。"

几乎同时,骆常德在车上接到了沈越的电话。

"骆总,我可能暴露了。"沈越说,"小骆总还在查当年的纵火案。"

骆青和挂了电话上车,骆常德看了她一眼,没说什么。

骆青和开车,一路上父女俩谁都没有开口,约摸过了半小时,车已经开上了高速。通往西部监狱的这条路上车辆不多,傍晚很安静。

手机铃声突然响了,骆青和踩了刹车,把车靠边停了:"爸,你真不信我?"

骆常德冷哼了一声:"你也不信我。"

骆青和不置可否:"我下去接个电话。"

说完,她沉默了一会儿才下车,推车门的动作磕绊了一下,她走到一边,接听了电话。

车里,骆常德也打了个电话,只交代了一句话:"准备庭审材料。"

外边,骆青和看着车里的人,怔怔出神。

"小骆总。"电话里,男人请示,"车已经准备好了。"

她离车不远,骆常德说的话她都听到了。她看着车里的人,自言自语地喃了一句:"爸,为什么要逼我呢?"

她沉默了很久,开了口,声音被夜间的风吹散:"动手吧。"

男人称是,挂了电话。

风呼呼作响,远处刺眼的车灯打过来,一辆大货车从路口开出来。

车里的骆常德猛然回头,看见蓝色的车身疾速撞过来,他大喊:"青和——"

"咣!"

两车相撞,一声巨响。

小轿车被大货车整个撞飞出去,冲破了护栏,车身一半悬空,桥下是滚滚章江水。

大货车的车头也凹陷了一大片,车主戴着口罩,他只看了一眼,立马调了头,沿原路而返。前后不过十几秒,肇事货车就不见了踪影。

风起浪涌,冒着浓烟的轿车一半挂在路上,一半悬在桥下,摇摇欲坠。

车里,骆常德满脸是血,车窗玻璃全碎了,他伸出血淋淋的手:"青……"他眼角里淌着血,在向外面的人呼救,"青、和。"

骆青和站在原地,一动不动,握着手机的手收紧了,指尖发青。

从车窗里伸出来的那只手,无力地垂下去了,他头栽着,脸上玻璃混着血,嘴巴一张一合:"救……救、我。"

骆青和缓慢地挪动了脚。

"爸,"她走到桥边,风浪声里,她在哽咽,"好走。"说完,她便转身。

"青、和,救救……"

他残喘着,在求救。

骆青和顿了一下脚,攥着的手在发抖,她却没有回头,脚步很慢很慢,始终都没有回头,离那辆汽油漏了一地的车越来越远。

摇摇欲坠的车猛地晃了一下,突然,一双手托住了车身。

"听清楚了?"

谁在说话?女孩子的声音,低沉清冷:"她让你好走。"

骆常德吃力地抬起头,望向车窗外,血糊了眼,他只看到了个模糊的轮廓,那人浑身黑色,与夜色融和,她弓着腰,双手托着悬空的车底。看不到脸,她戴了口罩。

骆常德朝她伸出了手:"救、救我。"

她抬起脸,戴着眼镜,声音毫无波澜,重复刚刚的话:"她让你好走。"

骆常德突然朝窗口倾身,本欲抓她的衣服,却只碰到了她的口罩,一扯,她的脸露了出来。

周徐纺下意识偏了一下头。

"你、你……"

他张嘴,有血水涌出喉咙。

周徐纺还侧着脸,路灯打在她半边脸上,轮廓分明:"你看到我的脸了。"

职业跑腿人Z从来没有暴露过长相。

"好走。"

尾音落下,她松手,车身晃了两下,坠入江中,水花飞溅,黑色车身瞬间没入深水。

晚上十一点,骆颖和才回到家中,她刚从酒吧回来,身上还穿着亮片的外套,路过骆常德的房间时,听见里面乒乒乓乓的声音。房门没上锁,她推开,朝里看了一眼。

屋里很乱,骆青和急急忙忙地在翻找什么。

"你在找什么?"

骆青和没抬头:"出去。"

"这又不是你的房间。"

骆青和摸到床头的一个杯子,直接砸向了门口。

杯子四分五裂,溅在骆颖和的脚上,她吓了一大跳,就听见骆青和在冲她大喊:"滚!"

骆颖和看了一眼自己的脚踝,被玻璃碴刮出了两道血痕,顿时也火了,壮着胆子骂了回去:"你有病!"

骂完,她甩上门走了。

徐韫慈听到声音,过来问:"青和怎么了?"

"她发病了!"

徐韫慈骂她胡言乱语,抬脚就要往房间去,被骆颖和给拉住了:"你去干吗,找骂啊。"

徐韫慈不放心:"你姐姐她——"

"她病得不轻!"

骆颖和拽上徐韫慈就走了。

楼下书房的电话响了,骆怀雨接了电话。

陌生的号码,陌生的声音:"是骆怀雨老先生吗?"

"我是。"

对方说他是交通大队:"章江路215号发生一起车祸,车辆坠江,受害者是您的儿子,骆常德。"

骆怀雨整个人怔了一下,手里的拐杖倒在了地上。

电话那边,交通大队的人把情况详细说完,骆怀雨从头到尾都没有开口,挂了电话后,他没拄拐杖,脚步蹒跚地走到门口:"去把青和叫过来。"

过了一会儿,骆青和来敲了门。

"把门关上。"

她关上门,走上前:"爷爷,您叫我。"

骆怀雨撑着身子从沙发上站起来，抬起手，狠狠给了她一巴掌。她被扇得趔趄了一步，脸迅速红肿，嘴角有血。

骆怀雨指着她，气得手都在抖，眼睛里一片猩红："那是你父亲，生你养你的亲生父亲！"

骆青和把嘴角的血抹掉："生我养我的亲生父亲，那他怎么不放过我呢。"

"畜生！"

骆怀雨拿起拐杖，怒红了眼，一下一下往她腿上抽。她身子摇晃了两下，跪在了地上，咬着牙，一声不吭。

"家、门、不、幸。"

一字一顿一拐杖，连着四下，一下比一下重。

"家门不幸啊！"

骆青和跪着，红着眼一言不发。

之后，骆家人仰马翻。

骆怀雨发病了，心梗，骆青和从书房出来的时候，已经是后半夜了，她双腿麻木，走路踉踉跄跄，刚到楼梯口，她手机响了，她接起。

"小骆总。"

她派出去的人，来消息说："存放录音的地方找到了，可打不开，只能输入三次密码。"

只要拿到那个录音原件，就全部结束了。

骆青和扶着墙，麻木又僵硬地念道："770819。"

对方试过之后，回："不是。"

"963245。"

"不是。"

这两个都是骆常德的常用密码，她一早就让人盗了，居然都不是。

她沉默了很久："92……"她哽咽，最后一个，"921105。"

十秒钟之后——

"打开了。"

她眼皮垂下："把东西毁了。"

921105，是她的生日。

她挂了电话，腿发软，坐在了地上，松开紧紧攥着的手，掌心全是指甲掐出来的血印，她笑了："为什么要逼我？"

"咣！"

她砸了手机，突然放声大哭。

徐韫慈要上前去询问，被骆颖和拉住了。

"青和到底怎么了？"

骆颖和没好气地道："鬼知道。"

骆青和上一次掉眼泪还是她母亲逝世的时候，她是骄傲要强的人，流血都不流眼泪。

说实话，看她这么声嘶力竭，骆颖和觉得很爽："哭得跟死了老子似的。"

"不准乱说话！"徐韫慈斥责她。

她哼了一声，甩头就进了屋。

晚上十一点多，小钟才从交通大队回来，因为有案子，刑侦队的几个人都在加班。

程队停下手头的事："怎么样？"

小钟喝了口水："不是普通的肇事逃逸。"

"怎么说？"

"车打捞起来了，但里面的行车记录仪没找到，更怪的是，那一带的监控也坏了，什么都没拍到，很有可能是蓄意谋杀。"

巧合太多，多半就是蓄意了。再说骆常德这个人，遍地都是仇人，想弄死他的人估计能从交通大队排到刑侦队了。

程队吩咐小钟："你找找看有没有目击证人。"

"行。"

"张文，你把附近的监控调出来，做一下排查，看有没有可疑车辆。"

"没问题。"

程队看了看手表："快十一点半了，都下班吧。"

办公室里几个刑警就约着说起喝一波。

"哦，对了。"小钟差点忘了，"尸体还没有打捞到，可能被江水冲走了。"坠江这么长时间，基本不会有生还的可能。

"嘀、嘀、嘀……"

夜深人静，病房里只有心电监护仪的声音。

唐想抱着手站在病床前，瞧了瞧仪器上跳动的数字："骆青和这个女人，"她都佩服，"太狠了。"

亲生的老子啊，都下得去手，还以为顶多狗咬狗，没想到她直接取命。这魄力，真没几个女人有，偏偏心术不正。

江织小两口也在病房。

周徐纺一直没吭声，情绪不太对，江织问："能救？"

唐想刚刚也问了医生，医生说还死不了。

"脑袋都开花了，还好好喘着气呢。"唐想叹，"好人不长命，祸害遗千年啊。"也真是讽刺。

江织没接话，带周徐纺出去了。

她很不安："江织，我是不是做错了？"

她把人捞起来的，她也动过念头，让骆常德那个坏蛋就那样死掉，可真当看见他在水里挣扎求救的时候，她又做不到无动于衷，因为是一条人命。

医院走廊里很昏暗，江织牵着她走到有光的地方："你做的很对，骆常德不能这么死了，就算非要死，也不能经你的手。"

她的手，不能沾血，哪怕是坏人。

她还是很不安："他看到我的脸了。"

江织俯身，抱抱她："没事，有我呢。"

"如果我暴露了，要躲吗？"

如果她职业跑腿人的身份暴露了，或者她的能力被人知晓了，不知道会有多少麻烦找上来。

江织说要："也不用躲远，就躲我后面。"洪水猛兽都行，他给挡着。

她心头的不安都被他哄没了，抱着他蹭蹭，说他真好。

次日，骆常德的尸体还没有打捞到，交通大队对家属说了两个字：节哀。

没有一个人哭。

刑侦队的程队说了一句话：生前有多可恨，死了就有多可悲，能可悲到连个哭丧的人都没有。

上午九点，电视台，"周先生。"周清让对面坐的是职业跑腿公司的人，专门搜集情报。

"找到了吗？"

中年男人点头："找到了当年在骆家帮工的下人。"

周清让坐在沙发上，拐杖放在手边的位置，他穿黑色的正装，不爱笑，眉眼冷清："有没有我姐姐的消息？"

"除了骆家人，没有人知道周小姐的下落，而且当年周小姐还生下了一个男孩。"

周清檬与人私奔，一年后被人抛弃，生下一个男孩。这是当时的传闻。

"那个孩子呢？"

"是在骆家出生的，没有去医院，接生的人是管家唐光霁的妻子。"

周清让问："何香秀？"

男人点头："她应该知道那个孩子在哪，不过，八年前骆家大火，唐光霁遇难，何香秀就精神失常了。"

除了何香秀和骆家人，就没有知道那个孩子的下落了。这件事，是骆家最大的秘闻。

"周主播。"

"周主播。"

门口的同事喊了他两句,他都没反应。

"周主播。"同事又敲了敲门。

周清让回神:"什么事?"

同事说:"外面有人找你。"年轻的男同事喜欢调侃人,眼神很玩味,"是个年轻漂亮的小姑娘。"

周清让拄着拐杖坐到轮椅上,推着轮子出了休息室。年轻漂亮的小姑娘这会儿正站在电视台的咨询台旁,踮着脚翘首以盼。

后面,有人喊了声:"声声。"

正是陆声,因为今天没有去公司,她没穿职业装,不仅没穿职业装,她还穿了漂亮的蕾丝裙子,妆很淡,却很精致,连指甲都做了与裙子相同的色系。

她回头,看见了熟人:"徐叔叔。"

她口中的徐叔叔五十上下,很高,偏瘦,戴着眼镜长相斯文。旁边咨询台的工作人员见了人,喊了声徐台。

徐锦林与陆声的父母是好友,因为在电视台工作,而且未婚,心态很年轻,与陆声关系十分不错:"你怎么有空来电视台了?"

她说是私事。

"私事啊。"徐锦林笑着戳穿了,"找清让?"

陆声:有这么明显吗?

徐锦林是过来人,哪会看不出来:"上次你拜托我把他调回台里,我就看出苗头了。"

周清让那次得罪了骆家人,被调去了电台做夜间主播。没过几天,这小姑娘就请他去喝茶,拐弯抹角地把周清让夸了好一顿,大致意思就是再不让周清让回电视台,新闻联播就要失去一大批忠实观众了。

陆声可有理由了:"我是他的粉丝。"

这年头,新闻主播的粉丝可打着灯笼都找不到。

徐锦林直接把粉丝一言略过:"你可得抓紧了,清让在台里很抢手。"

平日里在商场搞天搞地都面不改色的小姑娘着急了,冲口而出了一句:"还有谁惦记他?"

徐锦林哈哈大笑:"不是粉丝吗?"

她是粉丝啊,一个想上位的粉丝。

既然都不打自招了,陆声就不藏着掖着了:"您先别跟我爸妈说。"怕长辈误会，她说清楚，"等我把人追到了再说。"

这时，电梯门开了，陆声眼睛立马亮了，手放到后背，冲徐锦林挥手："徐叔叔你快走，周清让来了，你别说认识我。"

不能让周清让知道她插手了他的工作。

周清让的轮椅已经推过来了，他先看见了站在陆声前面的徐锦林，礼貌客套地喊一声："徐总。"

周清让平日里对谁都周到，但也与谁都不亲近。当真是一块冰，就是不知道捂不捂得化。

"这小姑娘，找你的。"徐锦林说了这么一句，就先走了。

周清让推着轮椅过去："陆小姐。"

好见外啊。陆声不自然地拨了拨耳边的短发，有点紧张，舔了一下唇："你还记得我的名字吗？"

他点头："陆声。"

声音好听得要命了！

陆声听过无数悦耳的声音，却没有一个像周清让，分明是很暖的音色，却总像是带着凉意。

网上对周清让有一句评价陆声很赞同，是这么说的：周清让念任何一句话，都会让人觉得他在讲一个很悲伤的故事。

陆声对他的嗓音很着迷，着迷到只要这么听着，她就想冲上去拥抱他、亲吻他。

"嗯，就叫陆声。"

她不喜欢陆小姐这个称呼，听着像跟他是两个世界的人。

周清让明白她的意思了："你过来拿伞吗？"

她此地无银三百两地解释了一句："刚好路过这附近。"

天气刚好，她刚好想起他了，刚好想见他。

"伞在楼上，要跟我上去吗？"周清让说，"也可以在这里等。"

陆声立马回答："跟你上去。"

她尾音都飘了，陆声，淡定啊淡定。

周清让说好，转了轮椅的方向，在前面领路。

因为是严冬，天儿冷，他指尖被冻得通红了，手背的皮肤又极其白皙，颜色反差很大。

陆声盯着他的手看了许久，也迟疑了很久，还是开了口："我帮你推。"

这样说显得冒昧，她便又询问，"可以吗？"

周清让礼貌地拒绝了："不用，谢谢。"

他似乎是一个很不愿意麻烦别人的人，所以总是独来独往，总是拒人千里，骄傲又孤独地独活着。进了电梯，他一直咳嗽，拿着手绢的手也轻微发抖。

"抱歉。"

因为是公共场合，这样咳嗽他觉得失礼。

"没关系。"陆声问，"你生病了吗？"眼里的担忧藏都藏不住。

周清让避开她的眼睛，也不知有意无意，他说得轻描淡写："只是老毛病。"他车祸后动了几次大手术，命是捡回来，却也落了一身病。

他低头，又在咳，额头沁出了细密的一层薄汗，他弓着背，还在隐忍着，把呼吸压到了最低。这个样子的他，看得她难受。

陆声手指蜷了蜷，还是抬起来，放到了他后背。他身体僵硬了一下，后背那只手，轻轻地、轻轻地拍着。

他想说不用了，到嘴的话却变成了："谢谢。"

陆声弯着腰，站在他后面："可不可以不要一直跟我道谢？也不要一直道歉，你说的最多的就是这两句话了。"

多得让人心疼，他好像是故意的，故意与人、故意与世都隔离。

他沉默了一会儿："好。"

电梯门刚好开了，陆声没有收回手，推着他的轮椅出了电梯。他又想说不用，却依旧没有开口，原本放在轮子上的手拿开了，交放在身前。

这个女孩子，像太阳。而他，是很冷、却依旧怕冷的人。

他带她去了他的休息室。

"你先坐一会儿。"

陆声有些拘谨，端正地坐下了。

周清让拿了拐杖，撑着身子站起来："我这里只有白开水，要喝吗？"

"要。"

他拿了一个干净的杯子，去装水。他的休息室很简陋，饮水机是老式的，水还没有热，他便站在一旁，安静地等，没有说话，一直很安静。

因为他背对着她站，她可以肆无忌惮地看他，看他那条因为戴着假肢而有些不平整的腿。他截肢那年，才十四岁，还是个半大的孩子。

她眼睛发酸，把目光移开。

"师兄。"门没关，穿着职业装的女士进来，"你能不能帮我看一下稿子——"

唐颖是周清让的搭档。

她这才注意到里面有客人："不好意思，不知道你有客人。"

周清让说没关系："等会儿我过去找你。"

221

唐颖点头，目光对上了陆声，她稍稍点头，然后退出去，帮着把门关上了。

"刚刚是不是唐主播？"

"嗯。"周清让一只手拿拐杖，另一只手拿着杯子在接水。

陆声站起来，自己过去，等水满了大半杯，就伸出手，周清让把杯子放在她手上。

水有一点烫，却很暖手，她两只手捧着杯子："她比电视上还要漂亮。"播新闻时的发型有点显老。

唐颖是出了名的美女主播，三十出头，履历跟她的人一样漂亮，家世好，性子也好，是个很优秀的人。

至于她漂不漂亮，周清让并没有评论。

她假装随意地问了一句："你们关系很好吗？"

徐锦林说周清让很抢手，她忍不住乱想了，唐颖看他的眼神那么温柔，是不是也惦记他呀。这可怎么办，近水楼台先得月，万一她的月亮被别人摘走了……

周清让清越的声音打断她满脑子的想法："我们是搭档。"

不止是搭档，她还是他的师妹，陆声的危机感一点儿都没减下去。

"你的伞。"他把她的伞拿过来，递给她，"谢——"他把谢字吞回去了。

不要一直道谢，他刚才答应了她。

她笑着接了伞，没有立刻离开，因为她的水还没喝完。

一杯水，她喝了十多分钟。其间，周清让都没怎么开口，在看新闻稿，她想搭话来着，又怕打扰他，磨磨蹭蹭了十几分钟，杯子里的水都凉了，再赖着不走就不好了。

陆声放下杯子："那我走了？"

周清让把新闻稿搁在桌子上，去拿手边的拐杖："我送你下去。"

"不用了。"天这么冷，他拄着拐杖走路应该会很疼，她找了个理由，"不用送我，我想随便逛逛。"

周清让说好。

她抱着伞，走到门口，回头："以后我还能来找你吗？"她问得很小心。

"嗯。"

她瞳孔亮了一些："那我能给你打电话吗？"她有他的号码，上上次借着拿伞的理由管他要的。

周清让沉默了一小会儿，点了头。

她满足了，弯眉下的眼睛带了笑："那我走了，再见，周清让。"

他说："再见，陆声。"

陆声转过头去，嘴角的笑越拉越大，他终于喊她的名字了呢。

等小姑娘走了，周清让看不下去新闻稿了，心不定，神也不定，他蹙着眉，拄着拐杖去把她用过的杯子收了，不该点头的，不该与人走得太近……

改新闻稿的时候，唐颖发现周清让走神了。

"师兄。"

他还在若有所思。

"师兄。"

他这才抬起头，唐颖还是第一次见他这样心神不宁，他总是冷冷清清的，对什么都不怎么上心，情绪少，带进工作里的情绪更少，是因为刚刚那个女孩子吧。

她随意地问了句："刚刚那个女孩子是谁啊？"她不该过问的，却还是没忍住。

周清让说："朋友。"

"女朋友吗？"握着新闻稿的手不自觉地收紧了。

他摇头，说不是。唐颖低头，稍稍松了一口气。

"我有个电话要打，一会儿再继续。"

"好。"

周清让起身，没有拿拐杖，走路有些跛，他到外面，拨了唐想的电话："我能见见你母亲吗？"

下午三点骆常德的尸体还没找到，骆家没有发丧，也还没有办葬礼，骆家几位主子都异常沉默，下人们战战兢兢，也不敢发出一点声音，氛围低沉压抑。

二楼书房里，骆青和站在窗前接电话，屋外的天阴沉沉，她眼底的光也阴沉沉。

"小骆总。"电话里男人说，"行车记录仪的内存卡已经恢复好了。"

"发过来。"

收到之后，她用手提电脑打开，戴上耳机，看完视频后，自言自语了一句："原来是你啊。"

车上的行车记录仪拍到了职业跑腿人Z，视频里，她露了脸，力大无穷地抬起了一辆车。

她是周徐纺。

骆青和把耳机拿下，突然大笑起来电脑："哈哈哈哈哈……"

这时，敲门声响。

骆青和把视频加密保存后关上手提电脑："进来。"

沈越推门进来："小骆总。"

"是原件吗？"她指的是从骆常德那里得来的那份录音。

沈越点头，头发梳得一丝不苟："是。"

"找人鉴定过了？"骆青和又问了一句。

"鉴定过了。"

"东西呢？"

他把手里的纸皮文件袋放下。

骆青和拿起来看了一眼，然后搁在手边："你是谁的人？"

沈越表情困惑："您的话，我没听懂。"

骆青和把那个文件袋里的东西扔到他脚边："在你之前，我就找人鉴定过了，这份也是复制刻录的。"

录音都是复制的，她和骆常德被职业跑腿人Z摆了一道。她怀疑沈越有阵子了，近来的事儿件件不顺，她像被人牵着走了，连对手是谁她都确认不了，对方却耍着她玩，对她的行踪和动静了如指掌。

沈越惊讶了一下，很快又镇定了："您诈我？"

行，他自己招。

他把鼻梁上那副厚厚的眼镜取下来，少了黑框的眼镜，他整个人气质都变了，没了严肃刻板的样，眼神精明了，他全招："我是骆总的人，您之前以骆总的名义改了和彭中明见面的时间，就是我通风报信的。"

果然，他是只内鬼。

"他给了你什么好处？"

沈越想到了一个表情包，复述："只要钱到位，啥都可以。"

骆青和愣了一下，呵，看走眼了呢。

"你的诊断书是假的？"

她身边的人挑的都是些不要命或者快没命的人，这种人好用，也没有后顾之忧。

沈越这会儿可坦诚了，眼镜扔桌子上，他又把袖扣也摘了，袖子卷起来。

"假的。"他说，"只要钱给到位。"

一个假的诊断书、一份假的履历背景，不是轻轻松松的事吗？

最后，他把领带也扯下来，笑了："小骆总，这世上，没有钱办不到的事情，您不是比我更清楚吗？"

骆青和不置可否："你跟了我这么久，应该也摸清我的手段了。"背叛她是个什么下场，得做好心理准备。

沈越一只手撑在桌子上："摸了八九成吧。"

"猜到你自己的下场了？"

"你以前的秘书不都去了监狱嘛。"他眼里一股子生意人的精明，哪有半点当秘书时的稳重，"我嘛，应该不会蹲很久。"

骆青和做事都会留退路，不该做的事没少做，就是一件都不经手，有大把的人供她差遣。她还有疑心病，谁都防，也不给自己留下把柄。沈越也听过差遣，干过几件作奸犯科的事。

"大小姐，"门外，下人过来说，"警局的人来了。"

沈越震惊：："这么快？！"

怪不得都说千万别惹女人，女人一旦狠起来，是要命的。

沈越看了他的前任上司一眼，西装外套脱下来，扛在肩上："保重啊，小骆总。"他走到门口回了个头，"不知道男女监狱会不会有什么联谊活动，没准哪天我们会在监狱见。"

让警察同志久等也不好，他说完就出去了，还体贴地帮忙带上了门，屋里不知是什么东西被砸碎了。

外头来了两个警察、两个检察官。

"警察同志，我能不能给家里人打个电话？"沈越诚恳地拜托，"通融一下。"警察同志很通情达理，让他打了电话。

他先说了一堆嘱托的话，比如他的花、他的宠物，比如身体健康、保重身体之类的，最后："我暴露了。"这一句声音很小。

那边哪是什么家里人。

江织："牢房给你准备好了，跟彭先知同一间。"

沈越抗拒："能换吗？"他任务完成了，不想再惹祸上身。

"随你。"江织事不关己的口气，"那个牢房铜墙铁壁，是最安全的地方。"

彭先知是八年前骆家大火的证人，重点保护对象。

沈越思前想后："那别换了。"还有最重要的一件事，"尾款记得打到我账户上，江少。"

最后两个字，语气哪里像以前的恭敬，整个一奸商。沈越以前在华人街，做风投的，坑了客户一千万，在国外的监狱里蹲了几年就回国了。他这人，是个财迷。

这辈子他都不会本分做人，他只跟钱做好朋友，所以他才爽快地跟江织狼狈为奸了，因为钱给得够多，再去骆常德那里当当情报员，又领一份，加上骆青和那份，等于拿了三份工资，待遇这么好，只要不杀人，他啥都干，蹲局子怕什么，蹲几年出来，就一辈子衣食无忧了。

下人过来请骆青和，说老爷子唤她。

骆青和便去了楼下的卧室："爷爷。"

骆怀雨还卧病在床，精神头很差："尸体找不到也不能拖了，准备葬礼吧。"

骆常德遇难的事，骆家还对外瞒着。

骆青和应："知道了。"

"这件事，处理干净了吗？"

"您放心。"

真是铁石心肠，骆家怎么就养出了这么个东西。

骆怀雨咳出了一口痰，他吐在纸上，扔进垃圾桶："你父亲人也没了，你以后给我安生点，什么都别做了。"

再出岔子，不止她，骆家都要跟着遭殃。

她置若罔闻："唐想也一直在查纵火案，而且她已经联系警方了，想要翻案。"

骆怀雨的态度很强硬："这件事你别再插手。"

"把我逼到现在这个地步，还让我怎么收手？我一步一步走到今天，不可能没有人推波助澜。"她心里极度的不甘，满腔都是报复欲，收不了手，也不可能收手，"跟我有深仇大恨，又对我了如指掌的人，只有两个。"

唐想，还有江织，只有这两个人有动机，只有他们这样费尽心机地去挖那场大火的真相，是他们当中的谁呢？

骆怀雨见她满眼愤恨，彻底冷了眼："你非要把自己弄到监狱，那就去做吧。"只知进攻，不肯蓄锐，这个长孙女不弃也得弃了。

骆青和从书房出来，下人来说："大小姐，外面有人找你。"

骆青和问是谁。

"许五先生。"

"呵。"她笑了一声。

片刻后，许泊之手捧着花进来了。

骆青和坐在客厅的沙发上喝茶："你来干什么？"

许泊之把花放下："看你啊。"他转头看她，那只义眼动不了，就一个眼珠子转过去。

"我们很熟？"她语气轻蔑、敷衍。

许泊之笑，在对面坐下："多来几次就熟了。"他姿态闲适，一点没当自己是外人，"我上次就说了，我一直留意你。"

上次在酒吧，灯光暗没看清楚，现下两人隔得近，骆青和才注意到他的脸，像动过刀子，那只坏掉的眼睛周边的位置都不自然，很不协调。

怪不得这张脸丑得让人毛骨悚然。

骆青和接了他的话:"留意这个词,轻一点,是打探,重一点,就是监视。"她盯着他那只眼白多得吓人的假眼,"许五先生是哪种啊。"

许泊之正了正酒红色的领带:"不轻不重的那种。"

"那你还留意到了什么?"

"骆家还没有发丧吧。"他说,"节哀顺变。"

骆常德的死讯骆家还瞒着,知情的人两只手数得过来。

"还有呢?"查没查章江大桥的事?又查没查彭先知的事?

他没正面回答,话里有话:"以后多见几次,我慢慢跟你说。"

这个人,来路不明,很危险。

"你好像是故意在接近我,"骆青和把茶杯放下,"你有什么目的?"

他目不转睛地看着她,面不改色地说:"喜欢你啊。"那张不协调的脸笑起来五官像在抽动,"想娶你。"

骆青和笑出了声:"真好笑。"

娶她,他这个独眼龙也配?

许泊之也不气,那张脸生得糙,不凶也吓人:"以后你就知道了,一点都不好笑。"

"没有以后,我一点儿都不喜欢你。"她说,眉眼挑衅,"我喜欢眼睛好看的。"

最好啊,是桃花眼。

◆第九章◆
凶手是她?是他?还是他们?

骆家的大小姐还是年少时,就眼高于顶,眼里瞧不进凡夫俗子。那时候他不叫许泊之,他叫阿斌,是个花匠。

大小姐让他好好照看她母亲最爱的兰花,他花了好多心思,把那盆花照看得很好,还亲自送过去。

"大、大小姐。"他没敢进去,站在门口,身上洗得发黄的衣服让他窘迫至极。

大小姐的房间装修得很漂亮,她坐在书桌前,手里捧着一本全英文的书,没抬头:"什么事?"

阿斌把花递过去:"兰、兰花。"

她合上书:"结结巴巴的,你舌头有问题啊。"

阿斌刚要说没有。

她不耐烦,还有明显的嫌恶:"出去吧。"

他把花盆放在了门边,不敢抬头,眼睛看着地上,下人刚好过来:"大小姐,江家小公子来了。"

屋里的年轻女孩儿立马站起来,走到衣柜前,挑了一条天青色的裙子出来,对着镜子照,并吩咐了下人:"把我的房间再打扫一遍,有脏东西进来了。"

阿斌脚步快了很多,几乎是跑出去的。

下午的时候,他在花棚里干活,又看见了那条天青色的裙子。

"江织。"

那个漂亮少年根本不理她。

她跑在后面,天青色的裙摆晃来晃去:"你等等我,我有话跟你说。"

花棚里的阿斌盯着裙摆下那一双纤细的腿看着。

下午四点,唐想与周清让一同去疗养院看何女士。路上,唐想接到了江织的电话。

"翻案的资料我已经准备好了。"

那边说了几句,她回:"越快越好。"

唐想挂了电话,正好:"到了。"她把车停在路边。

周清让拿了拐杖,下了车。

两人刚走进疗养院,护工匆匆忙忙地跑过来,神色焦急:"唐小姐,您来得正好,出事了。"

"怎么了?"

"何女士不见了。"

快傍晚了,外头天很昏沉,周清让没有见到何女士,何女士手上的定位手环被摘了,唐想到后半夜才找到人。

这两天,江织在给周徐纺戒糖戒零食,原因是她糖分摄入过多,正餐不吃,饮食不规律。

午饭后,江织在跟一个电影后期的负责人视频电话。周徐纺轻手轻脚地挪去了厨房,挣扎了好一会儿,还是偷偷摸摸地打开了冰箱门,拿了一罐冰牛奶出来,拉环刚被她拉下来——

"周徐纺!"

周徐纺手一抖,牛奶洒了:"在。"

"你又偷喝冰牛奶。"

自从有了男朋友,她堆成一面墙的牛奶就消耗得很慢,江织自己也爱喝,不知道医生跟他说了什么，他开始她的控制摄入量了，当然，也控制他自己的摄入量。可能怕老了得三高吧。

周徐纺默默地把开了罐的牛奶放回去："我今天只喝了四罐。"这话说得有点心虚。

江织过去，像个管东管西的长辈："我都看到了六次。"一亲就是一股牛奶味儿。

周徐纺表情很无辜："是吗？"

她好像喝了八罐，不怪她贪嘴，是那个进口牛奶一罐的容量太少了！

江织别的事都由她，就是他老管她吃东西，管得还很严："最近你每天都不吃正餐，光吃零食，你再这样不听话，我就把家里的零食全扔了。"

看看她，橱柜里一柜子棉花糖，他添满了没几天就少了一大半。棉花糖就算了，不算太不健康，她最近还吃大量的膨化零食和冰激凌，什么都爱吃，就是不爱吃米饭。

周徐纺被训得很老实，也不回嘴："那我不喝牛奶了。"她伸出一根手指，打着商量，"我可以喝一瓶钙奶吗？"

江织拽着她卫衣的帽子，拉她拽出了厨房："不可以。"

周徐纺：只能等他不在家的时候偷偷喝了。

晚上有个年度电影节，江织上半年拍的那部电影入围了最佳影片奖，他作为导演——主创团队里的核心，被邀出席。

周徐纺不想去。江织出门前磨磨蹭蹭的，也不是很想去："我去露个面就回来，你在家不要乱跑。"

周徐纺把他送到玄关："好。"

这些天，他们几乎天天待在一起，习惯了到哪都带着她，现在要分开一会儿，江织很不适应，感觉……就像第一次送女儿去幼儿园。

他在门口挪不动脚。

江织脚刚迈出去，又收回去了："你还是跟我去电影节吧，不放心留你在家。"

周徐纺表情非常老实："不放心什么？"

"怕你乱吃零食。"

江织真的好了解她啊，周徐纺现在撒小谎都不会眨眼睛了："不会的，我保证。"

江织才不信她的保证："真不跟我去？"

"我不想上镜。"

"那好，在家等我。"

她说好。

江织缠着她吻了很久才出门，刚下楼，有人叫住了他："江织先生是吗？"

一个穿着快递员衣服的男人走过来，从背包里拿了一个包裹出来："有人让我把这个交给你。"

快递上也没有寄件人，那快递员把东西交到江织手上就走了。

江织先听了听声音，再拆开，里面就一沓照片，这时，他手机响了。

骆青和："东西收到了？"

江织把快递盒子扔进垃圾桶里，那沓照片在手里翻着："看来不把你弄死，你是不会消停了是吧。"

她笑了笑："今天晚上九点，浮生居，不见不散。"

江织拿着那沓照片回了家，这电影节还是去不成了。

周徐纺在楼上已经听到了说话声，正在门口等江织："这是什么？"

他进门，把照片给她看："骆青和让人送过来的。"

周徐纺一眼就认出来了："是骆常德的行车记录仪。"

如果这个东西曝光了，会有三件麻烦事，她是职业跑腿人Z，她力气异于常人，她是骆常德坠江现场最后一个出现的嫌疑人。

"江织，我闯祸了。"

江织纠正她："闯祸的是那对不见棺材不落泪的父女。"见她还眉头紧锁，他安抚："不用慌，我会把他们都送到监狱去的。"

周徐纺还是很忧心："骆青和肯定会用这个威胁你。"

"她有底牌，我也有。"外面下雪了，江织去把窗关上，他这个人，若是想搞谁，怎么可能只铺一条死路。

"你的底牌是什么？"

"当年那场大火，有个伤了一只眼睛的幸存者。"

方理想的父亲也说过，有个花匠还活着。

随后，江织给第五医院的孙副院长打了通电话。孙副院长是江织一手提拔上来的，明面上听的是江家老太太的，暗地里，是江织的耳目。

"您尽管吩咐。"

"把骆常德弄醒，不管用什么法子。"

晚上九点，浮生居正是热闹时。竹苑，天字三号房，江织推门进去。

"来了。"骆青和正坐在沙发上喝酒，脸上的妆容很精致。

她放下杯子，另取了个干净的杯子，倒了杯红酒，推到对面去。江织瞥了一眼，站着没动。

"怕我在酒里下东西？"她端起那杯酒，自己尝了一口。

江织拉了把椅子坐下:"不是。"他眼皮轻抬,目光冰冷,"是你太倒胃口,喝不下。"

他是高门大户家的公子,教养自然没的说,虽不与人熟络亲近,但也从不会出言不逊,只是他对她从来都不客气,没有一句好话。

骆青和便想不明白了:"你怎么打小就没个好眼色给我,我怎么得罪你了?"

"废话可以省了,直接说你的目的。"

"你最近身体怎么样?"

江织不答。

"有定期检查吗?"

他直接起身走人。

她不疾不徐:"行车记录仪。"

他果然停下了。

她坐在沙发上,抬着尖尖的下巴:"如果给警方的话,我跟周徐纺会在牢里碰面吧。"她从容自若地坐着,"东西我可以不给警方。"

当然,也不会给江织,这么好用的东西,哪能一次就用掉。

江织言简意赅:"你要什么?"

骆青和面带笑容地看着他冷若冰霜的模样:"不用这副表情,我要的东西对你来说只是举手之劳。"毕竟她也不会这么快就把行车记录仪给他。

"说。"

她起身,走过去:"要你一颗精子。"

江织笑了,桃花眼里凝了一层薄薄的冰凌,脸上的厌恶一点都不藏:"你真不要脸啊。"

他很少这样骂人。

骆青和也不介意,有情绪总比没情绪好:"不是要你跟我睡,类似于,"她想了想,"捐献精子之类的。"

江织:"老子不育。"

骆青和轻笑一声:"这个理由可真没诚意。"

既如此,多说无益,她拿手机拨了个号:"程队,我这儿——"

话没说完,手里的手机被江织截了,他随手一抛,稳当地丢进了酒杯里:"之后呢?"

她回头,冲他嫣然一笑:"生个男孩,继承骆家。"

周徐纺在浮生居门口蹲了二十分钟,江织才出来。

"江织。"她戴着口罩跑过去,没穿外套,身上是粉色的毛衣。

江织把外套脱下来，给她穿上："你怎么来了？"

"我不放心你。"

这时，骆青和从里面走出来，在门口停顿了一下，看着江织说："我在长龄医院等你。"

说完后，她目光从周徐纺身上掠过，随后离开。

好讨厌啊，这个人！周徐纺很不喜欢骆青和，特别想冲上去教训她，她忍住了，先问江织："她开了什么条件？"

江织没有说。

周徐纺猜："是不是提了很过分的要求？"

"嗯。"江织在她耳边说了一句。

周徐纺一听，丹凤眼都瞪圆了："你答应了？"

他又嗯了一声，受了委屈似的，巴巴地看着她。

周徐纺非常生气，觉得骆青和就是个大坏蛋，她忍不了了，手好痒，要打人："我现在就去把她打死。"

江织拉住就要冲上前的她，笑着哄："不气不气，我骗她的。"他把她拽到怀里搂着，"怎么可能给她，我的子子孙孙都是你的。"

周徐纺脑袋一甩，不想理他了。江织笑出了个小虎牙，把她带到了车里。

车门被他关上了，他把她抵在座位上，摘了她的口罩，俯身啄她的小脸。

周徐纺被他闹得痒："江织。"

他继续亲，心不在焉地应。

她便不动了，手放到他肩上，把脸凑过去给他，睫毛抖着："骆青和是不是看上你的美色了？"

江织抬头，舔了一下唇："她是有病吧，我那么讨厌她。"

"你不要说粗话。"

行吧，江织不说了。

"我觉得她喜欢你，"周徐纺有些生气，"她还想给你生孩子。"

骆青和若只是想要个继承人，找哪个男人都行，随便她挑，可她偏偏要找身体不好的江织。周徐纺又不傻，看得出来骆青和存了私心，江织在她心里，总归是和别人不一样的。

江织不想提那个女人，他现在脑子里只有一个想法："我只想你给我生孩子。"

周徐纺瞪他："不要岔开话题。"

他低头，呼吸落在她耳旁："是真想。"

"……小流氓。"

江织笑："嗯，我是小流氓。"

她问他，声音细细的、软软的："你不肯治好了吗？"

"好了。"

次日，骆青和以身体不适为由，在长龄医院办了住院，她的病房向阳，早晨时分，太阳落了一窗台。

长龄医院是她舅舅萧轶创办的私家医院，萧轶在国外服刑，长龄医院一直是骆青和在管理。

许泊之敲了门进去，他每次来看她都会手捧一束花。

骆青和披着外套坐在病床上处理公务，趁空抬了个头："许五先生很闲？"

许泊之回道："很忙。"他把手里的花插到花瓶里，若忽视他那只动不了的义眼，倒满脸温柔，"再忙也得来看你。"

他带来的是玫瑰花。

骆青和瞧了一眼颜色艳红的花束："不知道我不喜欢玫瑰吗？"

"你喜欢。"

只是江织不喜欢，江织最讨厌玫瑰花。

门外有人敲门，在喊："骆小姐。"

骆青和关上手提电脑，从病床上起身，又披了一件黑色的大衣："你要浪费时间随便你，别来烦我。"

她出了病房。

长龄医院的庞主任来了，他告知骆青和说："江少来了。"

骆青和嘴角微微扬起，脚步略快，朝电梯走去。

许泊之还在她的病房里，他出来看了一眼，人走远，电梯门已经合上了，他折回病房，关上门，从花瓶里取了两枝玫瑰，摘了花瓣，一瓣一瓣撒在骆青和那张病床上，铺了一团红色的花之后，他趴上去。

不消一会儿，病房里传来一声一声压抑的喊叫。

"青和。"

"青和。"

江织在五楼。

骆青和去了同一楼层，她心情很好，略微显得寡情的脸上带着笑，多了几分风情。她远远便看见了江织，走上前："围巾很适合你。"

江织没接话，把围巾拿下来，随手扔在了垃圾桶里。

她也不介意，但笑不语。

这时，女护士过来，在庞主任耳边说了什么，庞主任对江织恭敬道："已经准备好了。"

江织面无表情,脸色略不好,显出几分病态:"这件事,我不希望江家任何人知道。"

"放心,我不会自找麻烦。"说完,她眼神示意庞主任。

庞主任在前面领路:"江少,您这边请。"

庞主任做事很周到,专门准备了一间房间,里面有床,有卫生间,还有投影仪,甚至连碟片和图册都准备好了。房间很干净,明显被人特别清理过。

江织进去后,两个男医生与两个女护士也随着一起进去了,护士手里拿着提前准备好的取精杯。

"都出去。"

江织话落后,几人并不见动。

江织眸色阴沉:"怎么,还要旁听?"

骆青和说了声:"都出来吧。"

得了指示,那几个人这才退到门外,护士把取精杯留在房里,并关上了门。

房门外,骆青和没走,一群医护人员也都跟着候在一旁。

庞主任毕恭毕敬地上前说:"骆小姐,您去歇着,这里我会看着。"

骆青和并未走动,靠在门边的墙上,医院的房间隔音好,听不到一点儿里面的声音:"除了江织,里面还有没有别人进去过?"

"房间准备好之后,就让人一直守着,没有任何人进去过。"

里面不可能藏有不该有的东西。

长龄医院是她舅舅的地方,纵使江织手再长,也很难伸进来,只是即便如此,她仍不敢大意。

这件事,出不得一点岔子。她亲自守在门口,一步也没离开。

房内,江织把门反锁上,走到靠里的位置,戴上耳麦,压着声音叫了一句:"徐纺。"

周徐纺立马回:"江织。"

声音不是从耳麦里传出来的,江织左右看看。

声音在后面:"这里这里!"

他回头,那姑娘拽着根绳子,吊在窗外,还腾出一只手,冲他直挥手。

江织赶紧打开窗户,伸手去接她的人:"你这样爬窗会不会太危险了?"

周徐纺扒着江织的肩,一溜就进去了:"有安全绳,就算摔下去也不要紧,才五楼,摔不坏我。"

她随便蹦跶都不止蹦五楼,就江织,还怕她摔着。

她在房间里看了一圈:"东西呢?"

江织把取精杯装在无菌袋里给她了。

周徐纺是第一次见这玩意，看了一眼，不好意思了："好羞耻哦。"

本来没觉得什么，她一来，他也觉得怪怪的。

周徐纺把东西装好，时间紧迫，她也不能久留："那我走了。"

江织把她口罩拿下，在她脸上亲了一下，又给她戴上口罩："要小心，别摔到了。"

"嗯嗯。"她爬上窗。

"周徐纺。"

她一只脚还踩在窗户上，回头。

江织踮着脚才够得到，在她额头上啄了一口："离远一点，不准看，也不准听。"

她猛点头，乖乖说好。

等周徐纺走后，江织把窗户关上，脚印擦干净，再把桌子上的图册翻乱，放上碟片，调成静音，就让它放着，做完了全套戏，他百无聊赖，看着窗外，等他家小姑娘来。

墙上挂了钟表，分针跑了一圈又一圈。

病房外，庞主任腿都站麻了，也不敢动。

骆青和问："多久了？"

庞主任看了看时间："已经进去快一个小时了。"

骆青和从墙边站到门口，抬手欲敲门，迟疑了一下还是放下了，回头对庞主任说："问问。"

庞主任上前，敲了敲门："江——"

门这时开了。

庞主任先是一愣，舌头打了一下结："江少，东、东西呢？"

江织两靥微红："在里面。"

庞主任进屋，在柜子上看到了取精杯，回头看了江织一眼，然后去查看影片和图册，都被动过，最后去了卫生间，地上和马桶上都有水渍，水里面还有卫生纸，明显有被清理过的痕迹。

检查完了，庞主任把取精杯给了一位护士，然后对骆青和点了点头。

江织脸上颜色褪下去，恢复了几分病态的苍白："行车记录仪的内存卡还不打算给我？"

骆青和站在门口同他说话："这么好用的东西，若只用一次那就可惜了。"

她只保证了不曝光，可没答应给他。

江织眉宇间透着不耐："我不喜欢被人威胁，耐心也很不好，干脆点儿，一次了断。"

骆青和兴致勃勃:"怎么了断?"

"你想要的那个原件,我可以给你。"

骆青和笑着试探:"不会又拿复制刻录的来糊弄我吧?"她可不觉得江织是本分诚信的人。

当然,她自己也不是。

江织表态:"那要看你。"他把话挑明了,"行车记录仪里的视频你不留底的话,我就把原件给你,你也可以耍诈,只要别被我抓到。"

职业跑腿人Z有个很厉害的黑客搭档,她要耍诈又谈何容易。

骆青和答应:"成交。"

她不是信江织的人品,她是信江织不会拿周徐纺的事来冒险。

"骆常德哪天下葬?"

骆家昨天就发消息了,骆常德逝世的新闻一出来,骆家的股价都掉了不少。

骆青和答:"这周日。"

"就那天,把东西准备好。"江织说完便走。

"江织。"

他停下,没回头。

骆青和笑着,看着他后背,目光炙热:"你和我才是同类。"

他骨子里的无情,骨子里的残暴狠辣,骨子里的狡诈疑心,都和她一模一样。

江织回头:"都有病。"

骂她有病呢,骆青和轻笑了一声。

江织走远之后,给周徐纺打电话,她接得很快。

"你在哪?"

"我在医院急诊的大门口等你。"

江织下五楼,直接去了急诊楼,周徐纺正蹲在外面的角落里等他,粉色毛衣外面是一套黑色的衣服,不显眼,江织却总能一眼就找到她。

她看见了他,立马站起来:"江织。"她一见他,原本呆冷木讷的表情便不见了,笑得很开心。

江织走过去:"你洗手了吗?"

"洗什么手?"

"碰了脏东西。"

他牵着她,折回医院里,带她去卫生间里洗手。

周徐纺边走边念道:"我戴手套了。"她碰的还是取精杯,是塑料,而且隔着无菌袋。

江织不管，把她带到女厕门口，推她进去："去洗手，多洗几遍。"

周徐纺用洗手液洗了四遍才出来，手都洗红了。

江织用帕子给她擦干水，她手冰冰凉凉的，他抓着亲了两下，嗅到了一股洗手液的味道，柠檬味儿的。

"我在外边的时候，听到许泊之在叫骆青和的名字，他真的喜欢她吗？"周徐纺有一点好奇。

江织眉头一皱："不是让你别听吗？"

周徐纺表情无辜："我也不想听。"她老老实实的表情，一本正经的眼神，"可是听力太好了。"

"喜不喜欢我不知道，我只知道他想把骆青和弄到手。"

周徐纺只交过江织一个男朋友，对男女间的问题知道得不是很透彻，不怎么懂："这不叫喜欢吗？"

"许泊之以前交过一个女朋友，长得很像骆青和。"

"然后呢？"

"那个女的已经疯了，现在还在精神病医院接受治疗。"

周徐纺好惊讶："为什么会疯？"

江织简单概括了一下："因为许泊之也是个疯子。"

好复杂，好黑暗！周徐纺觉得还是江织最好了："我们偷梁换柱了，骆青和会不会查出来啊？她也可能会让人再次查验之类的。"

骆青和是个疑心病，不容易忽悠。

江织都打算好了："查也不要紧，她能收买人，我也能。"

周日，骆家办丧事，从早上开始，殡仪馆外面的私家车就没停歇过。

骆家老爷子难承丧子之痛，一病不起，葬礼由二儿媳徐氏操办。骆家在外面的私生女是有一堆，但进不了灵堂，牌位旁边只有骆青和与骆颖和两人在守灵。

骆颖和跪得腿都疼了，她揉揉膝盖，起身。

徐韫慈问她："你去哪？"

她随口胡诌了个理由："我出去接个电话。"

一出去，她手机还真响了，是她圈内的好友沈琳，也是天星的艺人，实力一般，资源也不行，平日里喜欢捧着她。

"颖和，出来玩吗？"

骆颖和兴致缺缺："不去了。"

"怎么了？"

骆颖和语气很冲："你不看新闻？不知道我家死了人？"

沈琳一时尴尬不已，赶紧赔罪："我不知道这事儿，对不起啊。"

骆颖和懒得计较，闲聊了几句。她抱怨："烦死了，葬礼无聊得要死。"

沈琳知道她跟骆常德没什么感情，也不忌讳："是不是还要哭丧？"

"骆青和都不哭，我哭什么，也是够无聊的，尸体都没找到，搞什么葬礼，棺材里就一堆衣服，死了就死了，还瞎折腾人——"

"骆颖和！"

骆颖和回头看了一眼："先不说了。"她挂了电话，"叫我干吗？"

"你怎么能那么说话。"徐韫慈性子软弱，很少这样疾言厉色。

骆颖和被凶得也不高兴了："我说什么了？"

"你大伯人都没了，你就不能对他尊重点。"

"他人没了跟我有什么关系？"

她讨厌骆常德，八岁时她第一次看见他衣衫不整地从徐韫慈的房间里出来，从那之后，她就厌恶极了他。

徐韫慈被她的话气得眼睛都红了："他是你大伯，你怎么能说出这种狼心狗肺的话来。"

"我是狼心狗肺，哪比得上你，对你的姘头情深义重。"

徐韫慈睁大了眼，不可思议："你说什么？"

"说你的姘头——"

话没说完，重重一巴掌就甩在了她脸上。

右边脸颊火辣辣的疼，她顶了顶腮帮子："你打我？"徐韫慈从来没打过她，这还是第一次。

"颖、颖和。"徐韫慈打完就后悔了，伸手去拉女儿的手。

骆颖和甩开她："别碰我！"

徐韫慈眼眶一红："妈妈不是故意的。"

"骆青和说得对，妈，你真贱。"

说完，她扭头就走，拐角处，有拐杖拄地的声音，她跑得快，没刹住脚，直接撞了上去。

本来就在徐韫慈那里受了气，这一撞，更火冒三丈了："你瞎了啊，死瘸子！"

周清让手里的拐杖掉在了地上，他腿脚不太好，没站稳，往后趔趄了两步，被身后的人扶住了。

身后是个穿着一身黑色衣服的女孩子。

骆颖和撒完了气就懒得理，扭头走人，却被伸出来的一只脚挡住了路。

"你挡我路干吗，让开！"

周徐纺走到周清让前面，把地上的拐杖捡起来："道歉。"

"道什么歉？"

周徐纺把拐杖还给周清让，他说谢谢，她回不客气，再看骆颖和，目光就冷清了："跟他道歉。"

骆颖和是认得周徐纺的，两人以前在片场起过冲突，自然没有好脸色给她："他撞了我，我凭什么道歉。"

"是你撞了他，我看见了。"

"要你多管闲事。"

她再重复一遍："道歉。"

骆颖和话里夹枪带棍的，很是嚣张跋扈："我不道歉你又能拿我怎么样？"

"不道歉不让你走。"

周徐纺语气平铺直叙，板着张脸，表情严肃。

骆颖和哼了一声，偏要走。

周徐纺伸手就拽住她的后领，一扯，她后背撞在了墙上。她顿时恼羞成怒，冲上前："周徐纺！"

周徐纺按着她的肩，重重一推："道歉。"

骆颖和吃痛，挣扎了两下，动都动不了，她瞪了周徐纺一眼，极其不甘愿地说了一句："对不起。"

周徐纺没松手，问周清让："你原谅她吗？"

周清让颔首，笑了。

周徐纺这才松手："他原谅你了，你可以走了。"

骆颖和活动活动被摁得发麻的肩膀，瞥了周徐纺一眼，冷嘲热讽："傍上了江织了不起啊！"

她哼了一声，走了。

周清让拄着拐杖走过去："谢谢。"

"不客气。"

"上次在咖啡店，也还没有向你道谢。"

周徐纺跟不熟的人，还是有轻微的交流障碍，不知道说什么，就搬出了一句小说里的台词："举手之劳，何足挂齿。"

周清让眉眼带笑，温文尔雅地回道："救命之恩，没齿难忘。"

她挠挠头，腼腆地笑了："你来参加葬礼吗？"

他颔首，道是。

脱了俗，不入世，用来形容周清让刚刚好。

虽然还不熟络，但周徐纺对他印象很好，她主动介绍说："我叫周徐纺。"

"我也姓周。"他拄着拐杖,右脚微微有点跛,走得很慢,"我叫周清让。"

"我知道。"

之前因为任务,周徐纺让霜降查过他,她找了个理由:"我看过你播的新闻。"

两人已经走到灵堂门口了。

周徐纺停下来:"我还要等人,不进去了。"

周清让说好,便一人进去了。

骆青和见了他,脸色就变了:"你来干什么?"

他看着灵柩上面的照片:"来看看你骆家的报应。"

骆青和头上戴孝,穿着一身黑色,眉眼间笼了一层乌压压的阴翳:"这儿不欢迎你。"

他置若罔闻,拄着拐杖走向棺木。

周徐纺怕骆青和为难周清让,正想跟进去,那边,周清让的"女朋友"也到了。

"骆小姐。"是陆家来人了。

骆青和出去迎接:"陆二小姐。"

陆声示意身边的秘书出去等,她一个人进去了,走到骆青和跟前:"知道我跟周清让什么关系吗?"

骆青和心里有火,压着:"知道。"

之前因为天星娱乐的丑闻被周清让报道出来,她动用了人脉,把周清让调去了夜间电台,是陆声插了一手,坏了她的事儿。

她以为陆二小姐只是尝尝鲜玩玩而已,没想到还动了真格。

陆声也不跟她拐弯抹角了,表了个态:"既然知道,就给我陆声几分面子,多敬周清让几分。"

这话就她们能听到,有警告的意思。

骆青和玩笑似的,问了一句:"二小姐有了这么个心上人,陆家老夫人知道吗?"

周清让他一个瘸子能迈得过陆家的门槛吗?

陆声回了她一个敷衍的笑:"这你可以去问问她老人家。"她视线掠过骆青和,看着周清让,"提醒你一句,我奶奶可比我还护短。"

撂完话,陆声喊了声:"周清让。"

周清让回头,看见了她。

再说周徐纺那边,江织就去趟卫生间,出来就没看见她,找了半圈,发现她跟着周清让走了。

说好等他的,女人的嘴,骗人的鬼。

走廊里人来人往,江织把她拉到楼梯口:"你为什么不等我?"不等周徐纺回答,他又质问一句,"你为什么跟着别的男人?"

这口气,说得像是她红杏出墙了。

"那是周清让,陆声的男朋友。"

"别人的男朋友你跟着干吗?"

"他好像跟骆家有恩怨,我怕骆青和为难他。"

"你就不怕骆青和为难我?"

周徐纺挠头。

江织语气一点都不温柔,像抱怨,也像训斥:"就算骆青和为难周清让,他有他女朋友护着,你赶着去干吗,你没男朋友是吧?"语气好酸好酸。

周徐纺表情半蒙半懂:"你是吃醋了吗?"

江织哼了声:"你觉得呢?"

他吃醋了,因为她没等他,去跟周清让说话了,他就生气了。

周徐纺埋头,偷偷地笑,笑了一会儿,她抬头,江织抬手按住了她脑袋,没让她抬起来。

他把她挡住,问前面的人:"你在拍我们?"

女孩穿着殡仪馆的工作服,年纪不大,被抓包后很是窘迫:"我、我……我是你的粉丝。"

江织是导演,平时低调,出镜率并不是很高,但因为生了副好皮囊,虏获了不少女粉丝。

"拍我可以,但我女朋友是圈外人,请把她的照片删了。"周徐纺不喜欢出镜,江织也不想曝光她的长相。

那女孩愣愣地点头,把手机里的照片删了,然后用饱含期待的目光看着江织:"江导,可以给我签个名吗?"

"可以。"

女孩激动得面红耳赤,赶忙把纸笔递过去。

这是周徐纺头一回见江织给人签名,突然就有了这样一种觉悟——哦,我男朋友也是个公众人物啊。

江织签完了,把周徐纺带到没人的地方。

"口罩呢?"

周徐纺从口袋里掏出来个口罩,江织给她戴上。

"江织,你好多女粉丝。"周徐纺有时候会逛江织的微博,他基本不发东西,也不怎么用私人号宣传电影,每天还在活跃留言的基本都是在求照片之类的。

男粉丝都是电影粉,不活跃,但很死忠。

周徐纺有点小骄傲:"你是粉丝最多的导演了!"他要是出道的话,肯定会有特别多的女粉丝。

她也给他当粉丝。

江织被她甜到了,想亲她。

突然有人叫:"织哥儿。"

骆常芳一家都穿着黑色的正装,来参加骆常德的葬礼。

骆常芳走过来:"怎么不进去?"她目光瞧向周徐纺,语气像个温和的长辈,"徐纺也来了。"

周徐纺问候:"伯母好。"她又对江维礼点了点头。

"去车上等我。"江织说,是不由分说的口吻。

周徐纺入戏很快,一步三回头,用饱含委屈、哀怨、不舍的眼神看了江织一眼,将不得男友怜惜而伤心难过的凄楚表现得淋漓尽致。

江织觉得他女朋友的演技又进步了。

"怎么不带她一起进去?"骆常芳挽着江维礼的手进了灵堂。

江织回了句:"场合不合适。"

那边,周徐纺出了殡仪馆,打了个电话:"唐想,你到了吗?"

"还有五分钟。"

骆常德就在唐想车上。周徐纺挂了电话,看看时间,瞧瞧四周,上了一辆停在路边的警车。

吊唁的宾客陆陆续续到了,都安置在灵堂隔壁的招待室里,还有一刻钟就要合棺。

没有撕心裂肺,也没有歇斯底里,灵堂内气压很低,徐韫慈红着眼站在棺木旁,骆颖和在一侧,全程低着头。

骆青和在外面接电话。

"股份处理得怎么样了?"

对方是骆氏集团的律师:"目前还不能转让。"

骆氏是家族企业,十成股份里有九成都在骆家人手里,当年骆家分家,骆怀雨没有完全放权,手里握着百分之二十的股份,余下百分之七十,两个儿子与长孙女各持百分之二十,剩下的百分之十,分给了三女骆常芳。次子骆常安逝世后,他名下的股份一分为二,给了妻女。

骆青和所要处理的这一部分,是骆常德名下的股份。

"为什么不能转让?"

"我问过遗产公证那边,骆董的尸体一直没有找到,需要警方开具不可能生还的证明，才能宣告死亡。"另外还有一件事，律师说，"江家的二夫人也在打这些股份的主意，还趁着股价大跌的时候，收购了一部分的散股。"

人都嫁到江家去了，还这样不安分。

骆青和站在走廊里，朝灵堂内看了一眼，里头骆常芳在哭丧，原本只是小泣，这会儿越哭越凶。

"先盯着，过后我再联系你。"挂了电话，她往灵堂内走。

前来祭奠的宾客从里面出来，见了她，语气沉重地说了句："节哀顺变。"

这人是骆氏的一个高管，平时最喜欢在她父亲面前溜须拍马。

"节哀顺变。"

这样的话，骆青和听了一遍又一遍，前来吊唁的宾客们，什么嘴脸都有，有人惺惺作态，有人无关痛痒，有人忍着嘴角的笑，假意悲痛，也有人事不关己，连装都懒得装。怪不得人们常说，一个人活着的时候是怎么样的人，等死后就知道了。

进到灵堂里的人，不管是真心还是假意，都上了一炷香，只有两个人例外，一个是周清让，一个是江织。

周清让在冷眼旁观。

江织径直走到骆青和面前："东西带来了？"

"带了。"

他直接把手里的信封袋递给她，就这么堂而皇之地给，丝毫不避人耳目。

灵堂内，还有宾客在，骆青和没想到他这么不遮掩："就在这儿？"

"不行？"

他做事，一贯都这么由着性子来，毫无顾忌。

骆青和迟疑了片刻，接了信封袋，她打开，看了看里面的东西，是一盘老旧的磁带，磁带的下面刻有录音的日期。

日期对得上，确实是原件。

东西给完，江织说："内存卡给我。"

骆青和也随身带着，因为不信任别人，她把行车记录仪的内存卡给到江织手上，尘埃落定，她笑了笑："跟你合作很愉快。"

江织看了一眼手表："你马上就不会愉快了。"

骆青和稍稍愣了一下："这话什么意思。"

他看着手表，不紧不慢地数着："五、四、三、二、一。"

话音刚落，门口一帮警察突然闯进来。

骆青和握着信封袋的手紧了紧，冷着眼瞧向门口："你们是来吊唁的？"

刑侦大队的程队，带了他的弟兄过来，他走进去，把警察证亮出来："我们是来抓人的。"

骆青和脸色很不好看了:"程队,你是不是搞错了?今天是我父亲的葬礼,来的都是我骆家的亲朋好友,可不是什么穷凶极恶的罪犯。"

偏偏这个时候来,她握着信封袋的手心开始冒汗了。

程队铁面无私,是公事公办的语气:"是不是罪犯,带回去审了才知道。"他从口袋里摸了副手铐出来。

顿时,灵堂内鸦雀无声。

只听见骆青和的声音:"有逮捕令吗?"

程队从口袋里掏出来,摊开:"骆青和小姐,现在怀疑你涉嫌一起故意杀人案件,请你跟我们警方走一趟。"

"故意杀人?"她似乎觉得好笑,便嗤笑了声,"我杀谁了?"

程队晃了晃手铐,下巴一抬,指向挂在灵堂内的遗照:"你杀了你的父亲,骆常德。"

议论声起,一时哗然。

"你是在说笑吗,程队?"

不说笑,程队很严肃,直接就下令:"把人带走!"

警局的人上前,骆青和立马后退,不再处变不惊,稍显慌态:"你说我杀了人,可有证据?"

程队刚要作声,门口不知是哪个突然大叫:"鬼啊!"

这么一叫,所有人的目光都跟着追过去,紧接着,一个个都目瞪口呆了,遗照里的人,活了!

骆青和也愣了,好半天才讷讷地张嘴,叫了一句:"爸……"

本该躺在棺材里的骆常德此时正坐在轮椅上,看着骆青和:"我没死你很失望吧?"他从轮椅上站起来,瘦骨嶙峋,指着骆青和大声说:"就是她,雇了人开车撞我。"

有人发出不可思议的惊叹。

"爸,你在说什么?"

怎么会活着,她分明亲眼看见车子坠入了章江,江水湍急,怎么可能有生还的机会,是哪一环出了错?

"抓人!"

程队一声令下,张文和小钟立马过去拿人。

骆青和用力甩开抓着她手的张文:"都是他一面之词,而且空口无凭,这也能算证据?"的确证据不足。

他们刑侦队既然来了,就不可能空手而归:"证据可以再查,不过骆小姐,现在你是唯一的嫌疑人，必须得配合我们警方调查。"不跟她拉拉扯扯，程队没多少耐心，"带走。"

骆青和下意识把手里的信封袋藏到后背。

张文直接上前抓人，开手铐，铐人。

这时，江织来了一句："程队，嫌疑人手里的东西是不是也要查一查？或许是什么证据也说不定。"

程队这才注意到骆青和手里有个信封袋，她慌了神，把信封袋里面的磁带拿出来，伸手去扯里面的线圈。

程队喊："张文。"

张文立马擒住骆青和的手，往后面一扭，磁带便掉在了地上。

骆青和神色彻底阴了，她转头，看着江织，眼里火光灼热："你诈我？"

怪不得这么堂而皇之地就把东西给了她，原来是陷阱。

江织不否认，回了个心情愉悦的浅笑："自作孽，不可活。"

费尽了心机，还是栽在了他手里，骆青和把头上戴的孝帕扯下来，扔在地上："江织，我们没完。"

江织把弄着手里的内存卡，没理她。

骆青和被刑侦队的人带走了，来参加葬礼的宾客陆陆续续也散了，走时都在议论纷纷。

本该死掉的父亲活了，跑到葬礼上来指认女儿是凶手，这事儿就算是发生在寻常人家也是话料一桩，何况是富贵豪门家。

"大哥，"骆常芳似乎被震惊到了，脸上还是难以置信的表情，"这是怎么一回事？"

骆常德只剩半条命，形如枯槁，他坐回轮椅上，仰着头看自己的手足："我活着回来，你是不是也很失望？"

骆常芳轻斥了声："你这说的是什么话！看到你还好好活着，我高兴还来不及。"说着她眼睛又红了，脸上的妆因为方才哭丧也都花了。

骆家人是什么德行，骆常德怎么会不知道，根本不吃这一套，冷着脸把话挑明："你是出嫁之女，骆家的股份就别插手了。"

他这才刚"死"，女儿和妹妹就开始盘算他名下的股份。

"大哥你误会了，你出事这几天，骆氏股价下跌，我怕会让外人有机可乘，才多留意了几分，没有别的意思。"

骆常德一句都不信，也懒得听她狡辩："没什么好解释的，你我有数就行。"

骆常芳不作声了，靠在丈夫肩上抹泪。

骆家各个都能演，真是一出好戏。江织看完戏，去领像棵蘑菇一样蹲在外边儿等他的女朋友。

"周清让。"

"周清让。"

陆声叫了两句,周清让才回过头来。

她想问他为什么盯着周徐纺看,可她没有过问的立场:"我送你吧,我开车来的,也顺路。"

周清让再看了一眼路对面的周徐纺,然后拄着拐杖走到殡仪馆的外面,婉拒说:"不了,谢谢。"

他又向她道谢,语气礼貌、疏远,像是刻意与她保持距离,陆声很失落。

他已经招了一辆出租车,坐在车里对她道别,只说了再见两个字,没有叫她的名字。

她很想冲上去,她倒不怕死缠烂打,就是怕惹他烦:"那你路上小心。"

他颔首,向司机报了地址。

出租车开走了,她还站在路边,像座雕像似的,杵在那里盼啊盼。

"陆声。"

"陆声!"

陆声的魂被叫回来了,回头被吓了一跳:"奶奶,你怎么在这?"

她的后面停了辆车,车子很普通,十几万的代步工具,没什么特殊,后座上坐着的老太太穿得也朴素,满头白发,皱纹横生,是那个年纪的老人该有的样子,唯有不同的便是那双眼睛,岁月怎么洗礼,也盖不住沧桑过后依旧从容自若的气度。陆家的老夫人,闺名林秋楠。

南秋楠,北九如,说的便是她与许九如,两人年轻时都是远近闻名的美人儿。

"我路过,刚刚那是谁?"

陆声想了想,没有隐瞒:"我喜欢的人。"

林秋楠比她多吃了五十多年的盐,哪能看不出来:"单相思?"

您老要不要这么火眼金睛?

她让司机把车开到边儿上,别挡着道,随口问了句:"人怎么样?"

陆声答:"人很好。"

"多大了?"

"三十七。"

林秋楠皱了下眉头:"年纪有点大。"

陆声立马就说:"年纪大会疼人。"

这还护上了。

"你不是单相思吗?他会不会疼人你知道?"

陆声耳根有点发热,她就是知道啊,她喜欢的那个人是世上最温柔的人,只是受了太多磨难与颠沛,才把自己变得冰冷。

"做什么的?"

"新闻联播主持人。"

"我看他腿好像不太好。"

陆声点头。

林秋楠猜到了,直接点了名:"是周清让?"

"您也认识他?"

"听人说过。"

人是不错,就是身体不太好。

林秋楠脸上也不见喜怒,见惯了风浪,对什么都波澜不惊:"你要只是玩玩,就别去招惹人家。"

陆声抢着说:"我认真的。"她眼神坚定,毫不迟疑。

她张扬自信地活了二十多年,然后遇到周清让,一个让她想奋不顾身却又不知所措的人。她第一次在他面前结巴的时候,她就知道了,这人是她顺遂的二十多年里的一个劫。

林秋楠明白她家这小姑娘的意思了,没说别的,就提点了一句:"他比你大了一轮多,别太幼稚了,多用点心。"

陆声诧异:"您不反对?"

"我反对你就会放弃?"

她斩钉截铁:"不会。"

林秋楠瞥了她一眼,语气也有几分怒其不争了:"那我反对有什么用。"这丫头像她,是个什么性子她又不是不知道。

陆声笑盈盈:"谢谢奶奶。"

"别高兴得太早,人家又没看上你。"

原本心花怒放的陆声忧郁了。

"那是江织?"林秋楠看向马路对面。

陆声也瞧了一眼:"嗯,旁边是他女朋友。"

"长得真像他母亲。"

陆声倒是第一次听说江织的母亲,只知道早逝世了:"您也见过他母亲?"

林秋楠哼了声:"要不是你二叔早逝,有他江维宣什么事。"她不愿再提。她吩咐司机:"老刘,开车。"

江维宣是江织的父亲。

陆声不知道这三人之间有过怎样的恩怨,只是现在回想,江织确实很像一个人,她二叔的遗物当年都整理得差不多,怕老太太睹物思人,只留了几幅他二叔生前最珍视的画,画里的主人公都是同一个人,是个穿着连衣裙的女孩,女孩同江织一样,眸若桃花,国色芳华。

想来,那画里的人应该就是江织的母亲。

骆青和被捕后,刑侦队第一时间就审了她,程队亲自审。

"二十四号晚,你父亲去了一趟西部监狱,见了骆家纵火案的凶手彭先知,之后你过来接他,车开到章江,你下车去接电话,然后一辆大货车撞过来。"这是骆青和的口供,程队复述了一遍,"是这样吗?"

骆青和镇定自若:"是。"

这女人的心理素质真不是一般的强,泰山崩于顶都面不改色。

程队不急,有的是耐心跟她磨:"你父亲坠江,交通局也立了案,你当时录口供的时候为什么不如实坦白?"

那份口供里没提到彭先知。

"我以为只是普通的肇事逃逸。"她反问,"彭先知和这个案子有关系吗?"

睁着眼说瞎话还脸不红心不跳的,她的话程队是一个字儿都不信:"当时在章江大桥,你为什么突然下车?"

"有电话来,而且身体不适,下车缓缓。"

"你既然在事故现场,为什么不报警、不求救?"

"来不及,车很快就掉下去了,我受到了惊吓,而且悲痛过度,精神恍惚,根本不知道自己做了什么。"

她在交通队做口供的时候,也是这套说辞。

有人敲门,程队问什么事。

邢副队开门进来:"程队,律师来了。"

他后面跟了个人,四十左右,西装革履一丝不苟,是骆青和的律师。

骆青和朝门口看了一眼:"我可以先和我的律师谈谈吗?"

程队收拾收拾,出去了。

"监控和目击证人查了吗?"

邢副队摇头:"都没有,那辆大货车的车主已经找到了,但在案发的当天晚上人就死了。"

"怎么死的?"

"肇事车主患有肝癌,案发前喝了很多酒,车祸事故发生没多久人就死了。"

又死无对证了,这是骆家人的惯用手法,专找这种不留后患的人。

"从骆青和那里搜来的那盘磁带呢？"

邢副队说："送去痕检部做鉴定了，我听了一遍里面的内容，跟这个案子没有关系。"

程队摇头，觉得这里头文章大着呢，应该是另外一个案子，他摸着下巴寻思："江家那个都开口了，怎么可能没有关，骆常德不是说他知道骆青和的把柄吗，那盘磁带没准就是。"

江织可不是多管闲事的人，没准这案子就是他在推着走的，不然怎么那么巧，抓到了人还拿到了赃。

"去把骆常德带来警局。"

"好嘞。"

会面室里，蒋春东先环顾了四周，确定没有被监听和监视后，才坐下："骆小姐。"

"你好，蒋律师。"

蒋春东把公文包里的钢笔盒拿出来，文件摆好："可以开始了吗？"

骆青和点头："可以。"

蒋春东是专门打杀人官司的大状，五年前，他替一位强奸杀人犯辩护，当时都以为这个案子没什么可打的，他却胜诉了，那个犯人最后只被判了十五年。从那之后，他名声大噪，接的全是杀人官司。

"有个问题要先问一下骆小姐，"他撑了撑鼻梁上的眼镜，板正的脸上一丝多余的表情都没有，"李必得是你雇的吗？"

李必得就是那个肇事的司机，骆青和没有回答他，而是审视着眼前这位大状。

他从容解释："你是我的当事人，我的立场只有一个，就是让你胜诉，如果你说实话的话，对我的辩护方向会更有利。"

她回答了他刚才的问题："不是。"她任何人也不信。

"好，我知道了。"

骆常德死而复生，骆青和被捕入狱，才半天，这消息就传得满城风雨了，自然，也传到了骆怀雨的耳朵里。

傍晚，唐想被请来了骆家，来之前她去了一趟警局，作为八年前骆家纵火案的受害人家属，她要求重审此案。

下人领她到了书房门口："董事长，唐小姐来了。"

一阵咳嗽之后，骆怀雨说："进来。"

唐想推门进去："骆爷爷。"

"来了。"骆怀雨用帕子捂着嘴在咳嗽。

唐想上前,把辞职信放下:"公司的事情,我已经都交接好了。"

骆怀雨下午见了骆常德一面,然后就让人去请了她过来。他嗓咙里有痰,咳不出来,喘着气喊她:"想想。"

唐想语气恭敬:"是,爷爷。"

这一声爷爷她也喊了二十多年了,不管出于什么样的目的,骆怀雨都对她不薄。

他看了一眼辞职信,没有拿起来,抬头看唐想,眼神苍老而浑浊:"这么多年来,我骆家可曾亏待过你?"

唐想摇头,神色不卑不亢:"没有,骆家对我有栽培之恩。"

她父亲死后,母亲重病,她当时还没有毕业,兼顾不了母亲和学业,是骆怀雨伸了援手。

"那你还伙同江织翻案,把我们骆家搞得乌烟瘴气。"老人家声音很大,震怒不已。

骆怀雨会对骆青和与骆颖和发脾气,可却是头一回对唐想疾言厉色。

唐想一句都不辩解,把带来的东西全部放到桌子上:"这一份,是我父亲去世那几年,我和我母亲所有的花费账单。"还有一张黑色的卡,她也放在桌子上,"这是我留学期间您给的卡,卡里的钱,我翻了十倍还给您。"

她笔直地站在书桌前,一字一字说得清清楚楚,说得掷地有声:"我在骆氏任职五年,没有做过一件损害骆氏利益的事情,您对我的栽培之恩,我用业绩都还了。"

她这个人,像她父亲,不是好人,但很倔,有底线,有原则,有不可以做的事,也有必须要做的事。

"我的车子、房子,还有存款,如果您觉得不是我该拿的,我都可以还给您,骆家没有亏待我,我也不会欠您。"她抬头,眼神坚定,"不过,骆爷爷,骆家欠了我父亲一条命,这个公道,我必须讨。"

她说得很慢,字字铿锵、有力:"我受的恩惠,我还。骆家欠的人命,也必须还。"

"那是意外。"

她纠正:"不,是谋杀。"

骆怀雨眼里都是痛惜,也有失望:"就算是青和纵火,你父亲的死也不是她故意为之。"

"这话听着好荒唐。"她声音微颤,质问,"不是故意为之,杀了人就能逍遥法外吗?这是什么道理?"

骆怀雨一时哑口无言,沉默了很久,语气凝重:"你和青和也是一起长大的,

"你真要把她送进监狱?"

"不是我要把她送进监狱,"唐想把事实摆正,"是她犯了罪。"

骆怀雨把辞职信收了,放进抽屉里,拿起拐杖拄着站起来:"以后你跟我们骆家没有一点关系。"

唐想颔首,双手交放在前面:"最后求您一件事。"

骆怀雨停下:"你说。"

她自始至终都冷静自持:"如果您要报复,可以冲我来,请放过我母亲。"

骆怀雨握着拐杖的手颤了一下,又咳嗽了一阵,咳得面红耳赤:"在你心里,我这个老头子就是这样的人?"

唐想斩钉截铁地答:"是。"

如果不是,她的父亲不会死得不明不白,如果不是,骆家不会连一个"口不能言"的孩子都容不下。

骆怀雨红着眼叹了口气,挥挥手:"你走吧。"

唐想走了,毫不犹豫。

一个小时后,陈立来了,他敲门:"董事长。"

"进来。"

骆怀雨在吃药,白色的药丸一次吞了三颗,他喝了一口水咽下去。

"您找我?"

骆怀雨放下杯子,把夹在书里的支票拿出来,放到桌子上。

陈立看了一眼支票上的数额:"要我替您做什么?"

骆怀雨清了一口痰,吐在纸上:"以后不用过来了。"

"您的意思是?"

"公司也不必再去了,拿着这些钱好好安顿。"骆怀雨不紧不慢地又说了一句,"最好挑个远一点的地方。"

"我明白了。"陈立什么都没有问,把支票收起来,然后鞠了个躬,出了书房。

骆怀雨拄着拐杖,走到窗前,拉开帘子,外头在下雨。

他第一次听见那个孩子开口,是八年前,她说话不利索,磕磕绊绊,声音也是哑的,就是喊江家那小子的时候,喊得清清楚楚。

他拄着拐杖去了阁楼,那孩子很怕他,缩在木床上,一动都不敢动。

他上前:"不是会说话吗,怎么不叫人?"

她很怕,结结巴巴地喊:"爷、爷。"

声音很粗、很厚,应该是常年不开口,也听不出男女。

他走到床边:"把衣服脱了。"

她往后缩，抓着自己的衣领："不、不可以。"

他刚伸手，她就往床角里躲。

"别躲。"

"听话，骆三。"

手伸过去，手背上布满了老年斑。

一声重响，门就被推开了："董事长！"

住在一楼的管家冲上来了，上前把那瑟瑟发抖的孩子挡到身后。

他收回手："光霁，你来了。"他口气不急不缓，"你来跟我说说，这孩子是男孩儿还是女孩儿？"

唐光霁满头大汗，神色很慌张，半天也没有开口。

拐杖拄地，闷响了一声，他大喝："是男孩儿还是女孩儿！"

唐光霁知道瞒不下去了，老爷子那么精明多疑的一个人，知道这孩子会说话，就肯定猜得到，他回答："女、女孩儿。"

"在我眼皮子底下瞒了十四年，"他摩挲着拐杖上的龙头，"你们夫妻俩的本事真不小。"

唐光霁汗流浃背："都是我擅作主张，您要怪就怪我，骆三这孩子，"他跪下，"求您宽宏大量。"

缩在床角的那孩子爬下来，跟着唐光霁跪下了。

"为什么将她扮作男孩儿？是怕我弄死她吗？"

唐光霁下意识伸手，把那孩子往后藏。

轰隆一声雷响，回忆戛然而止。

陈立从书房出来后，直接冒着雨离开了骆家，等走远了，他才找了个避雨的地方，打了通电话。

"骆怀雨让我明天不要过来了。"

电话那边是他的上线——一个叫黑无常的家伙。

"你什么时候暴露了？"

"我也不知道。"他说的都是实话，另外还有一件事，"骆怀雨雇了一伙职业跑腿人，让他们帮他找一个人。"

"找谁？"

陈立回忆了一下当时的对话内容："好像是骆家以前的花匠，叫阿什么来着。"叫阿斌。

周徐纺继续盘问："还有没有什么异常？"

"没有了，骆怀雨很谨慎，书房里的窃听装置应该已经被他发现了。你让我做的我都照做了，现在我对你也没有用处了，东西可以给我了吧。"

要不是对方拿着他的把柄,他怎么可能当内鬼。他也是倒霉,一石头下去,没砸死人,居然摔死了。

"我没说把凶器给你,只说不给警方。"

陈立一听就怒了:"你耍我是吧?"

周徐纺严肃并且正经地纠正:"是帮你,你去自首吧,你应该替骆怀雨做了不少违法乱纪的事情。如果他要杀人灭口,监狱里反而是最安全的地方,凶器我不给警方,你自首的话,又是意外杀人,应该不会判很久。"

陈立没话说了,因为全被她说准了:"你到底是谁?"

周徐纺掐了个尖嗓:"我是黑无常。"

然后黑无常挂了电话。

"江织。"

"嗯。"江织在厨房给她下面。

周徐纺去厨房,跟在江织后面:"你觉不觉得骆怀雨很可疑?"

江织洗了一把青菜放到面里,她爱吃肉,不是很爱吃蔬菜,可江织不准她挑食。

"他也在找你表叔。"她想不通,"他到底是帮骆常德,还是帮骆青和?"

江织说:"盐。"

她把盐递给他,他往锅里加了两勺:"他可没那么高尚,他帮自己。"

周徐纺没懂。

江织把火关小了一点:"你有没有发现?不管骆常德父女怎么斗,骆怀雨都不出面阻止。"

自始至终他都在旁观。

周徐纺看不透那个老头:"他为什么要这么做?"一个是儿子,一个是孙女,为什么要放任他们自相残杀。

"只有一个可能,他在自保。"

也就是说,他也做了亏心事了。

江织把火关了,用勺子舀了一勺面汤,喂给周徐纺:"尝尝。"

她舔舔。

"咸不咸?"

"有一点。"

他也舔了舔勺子上的汤,是有点咸,重新开火:"那我再加点水。"

他再加了一碗水,结果淡了,他又加了半勺盐。最后还是咸了。

周徐纺很捧场,把汤都喝了个精光,有点咸,她就偷偷喝了两罐牛奶。江织的厨艺很一般,能煮熟,味道也就能下咽,别的还好,就是这个盐,他总是放得不太准。虽然没有厨艺上的天赋和造诣,不过他做饭做得很勤,一来是周徐纺有点挑食,若是他做的,她就会全部吃完,二来看周徐纺吃他做的饭,他成就感爆棚。

饭后,江织在书房里处理公事,周徐纺窝在旁边的懒人沙发上,迷迷糊糊地睡着了,屋外的雨淅淅沥沥地下。

她睡得昏昏沉沉,做了个梦,梦里有江织。

他是少年的模样,那时候的他更羸弱苍白一些,他捧了几罐牛奶来骆家,把她从花棚里叫出来:"喏,给你。"

她接过去,抱着傻乐,黝黑的脸,一笑牙齿贼白,看着就傻里傻气的。

少年见她不喝,便不满地催促:"你怎么不喝?"

她看看四周,没有人在,就偷偷地跟他说:"要藏起来。"

他给她什么她都当成宝贝,还藏到枕头芯里,那个破破烂烂的枕头芯都被她塞满了,光是牛奶罐就有十几个。

"藏什么,就是给你喝的。"他开了一罐,给她,"快喝,明天我再给你带。"

她喝得很急,沾了一嘴的牛奶沫。

"脏死了。"

他嘴上嫌弃得要死,可还是拽着袖口给她擦,一边擦一边骂她脏,她还笑。

袖子都给他擦脏了,他全卷起来,眼睛直往她头顶瞄:"你怎么这么矮?"

她都十几岁了,又瘦又矮,看着还是半大点。

他把提在手里的袋子塞给她:"衣服买大了,你不穿就扔掉。"

袋子里全是新衣服,她怎么会扔掉呢,她可喜欢了,咧着嘴笑。

他是第一次给人买衣服,哪里弄得清大小,全买大了,很挫败,怄气了就数落她:"都怪你,谁让你这么矮。"

她点头,傻乎乎地笑出一口牙,粗着嗓子说:"全怪我。"

少年哼了哼,嘴角翘着:"你过来。"

她往前了两步。

"再站近一点。"

她就站到他跟前去了。

他一比,她才长到他胸口那么高,他低头就能看到她的小光头:"怎么才这么点高。"漂亮的眉头拧着,他嘀咕着,"是不是得给你买点钙片?"

她仰着头看他,他说什么她都点头。

少年觉得她乖巧听话,就摸摸她的小光头:"下次给你带钙片,衣服别扔了,等你长高了再穿,明儿个我再给你买小号的。"

她笑眯了眼睛,用力点头。

梦境到这里，忽然转了画面。

花棚外太阳西落，橘黄色的晚霞落了一地，朝她伸过来的那只手很干瘪，皮肤褶皱，上面布满了浑黑的老年斑与凹凸不平的青筋。

"喝吧，你不是喜欢吗？"

老人递过来的是一罐牛奶，她怯怯地接了。

老人叫她喝喝看，说是从江家那小子那里讨来的。

江织给的呀。她便喝了，不舍得全部喝，小口小口、慢慢地喝。后来老人拄着他的龙头拐杖走了，她坐在花架旁的木摇椅上睡了。

哒、哒、哒、哒……

她好像听到了拐杖拄地的声音，她想睁开眼，可是睁不开了，耳边有个苍老的声音在说话。

他说啊："怎么偏偏是个女孩儿……"

为什么不能是女孩儿？

她还是睁不开眼，心里却想着，她是个女孩儿多好呀，要是江织肯要她，她长大了就嫁给他，像秀姨看的电视里那个女人一样，留着长头发，穿最漂亮的裙子给他当新娘。

她喜欢自己是个女孩。

"女孩儿不行。"

"女孩儿得死。"

她又听到了拐杖拄地的声音，越来越远，越来越远……

天黑了，花棚却亮了，有火光在闪，不一会儿，浓烟滚滚。没有留头发的小光头少女还躺在木椅上，昏昏沉沉，外面有人在叫她。

"骆三！"是唐叔在叫她。

"嗯……"她答应了，可声音好小，她想抬手，却只动得了手指。

唐光霁是冲进来的，在花架旁找到了她，扶着她的肩想晃醒她："骆三，骆三！"

她吃力地睁开了眼："唐叔……"

原本就粗哑的嗓音吸了浓烟，更发不出声了。

唐光霁把自己捂在口鼻上的湿毛巾给她捂着："不怕，唐叔这就带你出去。"

他把湿毛巾绑在她头上，再把她背到背上，火太大，火光亮得刺眼，看不太清路，他背着瘦弱的她，跌跌撞撞地往外走，他怕她意识不清，便一直同她说话："等出去了，就让秀姨带你去乡下好不好？"

瘦小的少女趴在男人宽厚的背上，声音细细小小的："乡下有狗尾巴草吗？"

"有，有很多很多呢。"他被烟呛得直咳嗽，还在笑，"原来我们徐纺喜欢狗尾巴草啊。"

秀姨说，她也有名字的，是她妈妈取的。秀姨很严肃，是个谨慎的人，从来不让她用那个名字，只有唐叔会在没人的时候偷偷叫她徐纺。

这是他第一次说"我们徐纺"，就像说"我们想想"一样。

她知道的，唐叔和秀姨都是很好的人，只是他们不敢对她好，骆家人会不喜欢。她也知道，她枕头下的馒头是秀姨放的，她柜子里那捆破旧的书，是唐叔带回来的。

她快要睁不开眼了，声音越来越小，像在梦呓："不是的，是江织喜欢，我们江织喜欢狗尾巴草。"

我们徐纺，我们江织，她喜欢这样说。

花棚上面的木头砸下来，唐光霁抬手挡了一下，火星子只溅到了她衣服上，他的手臂却被烫破了皮，他没管，掂了掂，把她背高一点："那我们徐纺喜欢什么？"

她昏昏沉沉地呢喃着："我们徐纺喜欢我们江织……"

花棚的门口，又有人冲进来了。

"唐管家。"

唐光霁见来人，很意外："大少爷，这么大火，您怎么也进来了？"

骆常德浑身湿淋淋的，他看了一眼唐光霁背上的人："把人给我。"

"我来背就好，您快出去吧，火越烧越大了。"

他的瞳孔被火光染得通红通红："把人给我。"

说完之后，他从地上捡起了一根钢筋，钢筋拖着地，发出刺耳的声音，一步一步逼近。

周徐纺突然睁开眼睛。

灯光有些刺眼，她缓了一会儿神，小声叫了一句："江织。"

江织立马走到她身边，见她眼睛红红的，俯身抱抱她："是不是又做梦了？"

她扎在他怀里，头在他胸口蹭："你喜欢狗尾巴草吗？"

江织愣了一下："想起来了？"

她摇头："我好像梦到你了，还有唐想的爸爸。"只是她还不确定，那是梦境还是回忆。

江织似乎怕她想起不好的事情，问得小心翼翼："还有别的吗？"

"睁开眼就不怎么记得了。"

他反倒松了一口气，他其实不太希望她记起以前的事，她吃过的苦、受过的伤，都忘了也好。

"你还没回答我,你喜不喜欢狗尾巴草?"

"谁会喜欢狗尾巴草。"江织笑,"我是喜欢你,怕你偷别的东西送给我,才说只喜欢狗尾巴草的。"

周徐纺听了很开心:"原来你那么小的时候就喜欢我啊。"

江织说:"是啊,那时候存了不少零花钱,想给你买个房子、床和衣服,再买一屋子你喜欢的糖。"

那一年,他身体很不好,在骆家落水后,医生说他熬不了几年,他是真动了安排后事的念头,甚至找了律师,其实也没什么好安排的,就是想把他的钱都留给她,至少让她衣食无忧。

周徐纺窝在他怀里:"然后呢?"

"然后把你养大,等你成年了,我就带你去国外结婚。"当然,前提是他能活到那个时候。

十六岁的少年很简单,被亲了一口,就把未来规划到了六十岁,连结婚和遗产都想好了。

周徐纺看着他,在笑。

他蹲在她面前:"笑什么?"

她不说,抬头去亲他,一下一下地,从额头到脖子。

◆第十章◆
火场真相

翌日天阴,风很大。年底将至,小区里张灯结彩,各家各户都在张罗着年货,周徐纺也张罗了,她囤了一柜子的零食,还在家里各个柜子上都摆上了装棉花糖的盒子,并且全部装满糖。

"江织,你手机响了。"周徐纺窝在沙发上,用投影仪看电影,外面没有日头,她拉了窗帘,屋里很暗。

江织在晾衣服,不让她去帮忙。

两人是邻居,白天不是他在周徐纺这边,便是带周徐纺上他那儿,周徐纺脸皮薄,一开始,贴身的衣服她都偷偷地洗、偷偷地晾,打从江织给她手洗过一次之后,她就不那么害羞了,有时候是她洗,有时候是江织洗。

江织先前没有做过家务,起初很不顺手,周徐纺也舍不得他好看的十指沾上柴、米、油、盐与阳春水,便打算娇养着他。可是他不乐意,不乐意让家政碰她的东西，也不乐意她自己动手，耍了几次小脾气，周徐纺便全依着他了。

他进屋，接了电话："喂。"

监狱那边的人说："江少，是我。"

"什么事？"

"骆青和申请了保外就医。"

周徐纺看过去，也仔细听着。

江织问："去了哪个医院？"

"长龄医院。"

"行，我知道了。"江织挂了电话。

周徐纺抱着薯片坐到江织边儿上："骆青和去了她舅舅的医院，会不会又耍花招啊？"

"不要紧，我已经知道她要做什么。"江织不想提那个败兴的女人，看了一眼周徐纺手上的薯片，"快要吃午饭了，零食不能再吃。"

"可我已经拆开了，不吃会潮掉，潮了就会浪费掉，浪费不好，浪费是犯罪。"歪理一堆一堆的。

江织把她嘴上的薯片渣擦掉，一只手环住她的腰，屋里开了暖气，她穿得薄，腰一掐很显细："好像瘦了点。"

她不怎么吃饭，每天都吃很多零食，江织不让，她就偷偷地吃，在这一点上，一向都顺着江织的她不怎么听话了。

周徐纺自己也在腰上掐了一把："没瘦。"她把江织的手放到她肚子上，"你摸这儿，这儿有肉。"

这姑娘，一点防备都没有。

周徐纺被他弄红了脸，但也不躲，把头埋在他肩上，细声细气地说很痒。

江织不闹她了，扶着她的腰，在她唇上啄了一下："番茄味儿的。"

周徐纺还抱着一袋番茄味的薯片，头快扎进包装袋里了。

他把手覆在她脑门上："发烧了。"

嗯，她好热。

他好耐心，从眉头开始，一下一下地亲。

她烧得更厉害了。

他就趁她晕晕乎乎时，把她的薯片拿走了，还摘了她头上的皮筋，把包装袋的敞口扎起来："午饭不吃完一碗饭，下午就不给你吃零食。"

周徐纺心想，他好卑鄙啊，居然色诱。

"过几天就是除夕了，你要回江家吗？"

城市里的年味儿不足，除夕将近，也没有多少过年的氛围。

江织说："要在那边吃年夜饭。"

许九如定的规矩，不止是逢年过节，平常的初一、十五也得回老宅。

"那你带我去吗？"

"不带。"

她脑袋瞬间耷拉下去。江织好笑，补了句："我偷跑出来找你。"

她又活蹦乱跳欢欢喜喜了："那你要给我压岁钱。"

江织把脸凑过去："把我给你行不行？"

她推开："不行，要钱。"

他揉揉她的脑袋，把她头发揉乱了："行行行，都给你。"

她笑眯眯地哼起了歌。

除夕那天，连着下了几天的雪停了，早上还出了一会儿太阳，将积雪化了一半。上午江织陪着周徐纺去添置了些年货，大多是吃的，也有喜庆的小物件。周徐纺还挑了一棵摆盆的橘子树，寓意吉祥如意招财进宝，树上面结满了黄灿灿的小橘子，周徐纺看着很有胃口，不过卖树的大叔说上面的橘子吃不得。她把盆栽树放在了门外的楼道里，上面还挂了红包，每个红包里都放了吉祥数字的纸币。

周徐纺第一次弄这些，觉得很是新奇。午饭刚吃完没多久，她就催着江织贴对联。

他手长腿长，踩着凳子就能够到门顶，对着门框比对了一下位置，再问周徐纺："歪了吗？"

周徐纺蹲在地上，扶着凳子，仰着脑袋看门上面的横批："左边高了一点点。"

江织便把左边压低一点点："现在呢？"

"可以了。"

江织把红底黑字的对联贴好，转身就看见周徐纺正朝他张着手。

"你干吗？"

她表情严肃："怕你摔。"

江织踩在凳子上，看着小姑娘一本正经接人的模样，好笑："这凳子就二十厘米高。"

他一米八几的个子，踩个二十厘米的凳子，还能摔不成？

"也怕你摔。"周徐纺毫不懈怠，双手呈八字状张开，做好随时接人的准备。

江织单脚就踩下去了，把傻乎乎去扶他腰的小姑娘抱住："嘴上抹了蜜吗？净拣我爱听的说。"

他在她唇上亲了一下。

"江织,"她把手放到他肩上,"今天过年。"

她后面就是那盆橘子树,一颗颗黄澄澄的橘子就长在她脑袋后面的树上,因为过年,她穿了大红色的卫衣,踮着脚,衣服往上缩,露出了里面的毛衣,也是红色的。

她说穿着喜庆。

"我很高兴。"

看得出来,她从早上起,就一直笑着。

江织把她的衣服拉好:"为什么这么高兴?"

"我以前都是一个人过的,不贴对联,不吃年夜饭,也没人陪我。"今年不一样,今年有江织。江织牵着她进了屋。

屋里已经添了很多家具,还有他的外套,不像以前那样冷冷清清,她的屋子里,他来之后,有了人间烟火。

桌上周徐纺的手机在响,江织接了,是方理想打来的,问周徐纺什么时候过去。江织回:"晚点再过去。"

他要先回一趟江家,还要在那边用饭,他怕周徐纺一个人孤单,就和方大顺说好了,让周徐纺去那边吃年夜饭。

"在方家别吃太饱,等我回来跟你一起吃。"

"好。"

下午五点,江织把周徐纺送到了方理想家的小区。

到了方家住的那个楼层,江织就没再过去:"我不进去了。"他把手里的礼盒给周徐纺,"这是礼物,你带上去。"

"你现在就回江家吗?"她很不舍得他走。

江织摸摸她被风吹红了的小脸:"嗯,老太太已经在催了。"

周徐纺松开抱着他的手,眼里全是不舍:"路上有积雪,你开车要小心。"

"好,吃完饭不要自己回家,我那边结束了就过来接你。"

周徐纺说好,又补充了两句:"要是你奶奶不让你出来,你别跟她争,你出不来我就去江家找你。"

"行,都听你的。"江织站在过道里,"进去吧。"他想等她进去了再走。

方理想家的门口就在前面四五米的地方,周徐纺慢慢吞吞地走过去,一步三回头,磨磨蹭蹭了很久才到门口,她按了门铃。

方理想打开门,咧出一个大大的笑脸:"新年快乐。"

老方围着围裙在后头,笑眯眯地给周徐纺塞了一个红包,周徐纺接了,笑着说:"新年快乐。"

晚上七点，江家一大家子都到了，几个旁支也来了人，堂屋里摆了两桌，桌上摆放了各种坚果零嘴。

许九如让人沏了两壶大红袍，与旁支的几个长辈闲聊，小辈们端端正正围坐在一旁，或安静听着，或附和说着。江织，最不管规矩，低着个头，老半天不抬起来。

许九如喊了他一句："织哥儿。"

他还没抬头，嘴上应了。

这要是别人许九如早生气了，也就这小孙子，她舍不得训："干什么呢？怎么一直在看手机？"

"有事儿。"

周徐纺说她在方理想家包了饺子，问他爱吃什么馅儿的。

他也不说什么事儿，许九如便以为是公事："大过年的，把工作都放放。"

江织回了周徐纺一句：你包的就成。

他这才把手机放下。

又闲聊了一会儿，许九如吩咐下人收拾桌子，摆餐具开饭，在这空当里，她对一众江家人说："有个事儿要跟你们说。"

江维开坐老太太右边："母亲您说。"

几个小辈也都仔细听着。

许九如坐上座，穿着绛红的刺绣旗装，头发盘成髻，别了玉簪，手里抱着个暖手的炉子。老人家精气神很好，目光矍铄："等开春后，织哥儿身子好些了，我便把他父亲名下的股份都转还给他。"

江家老爷子逝世前，把江家的股份分成了五份，妻子和四个子女各一份，江织父亲早逝，他们三房这份一直是由许九如管着，江织成年后，她提过要让江织接手，只是他跑去当了导演，这事儿便搁置了这么久。

二房的骆常芳附和了一句："这样也好，孝林也多个帮手替他分担。"

她暗指大房独揽大权呢。

一句话，就把矛头抛给大房了，大房的父子俩都没作声，江维开进了官场，生意场上的事一概不插手，江孝林是个沉得住气的，喜怒不形于色，什么都不摆在明面上。

许九如没说大房什么，只说："去不去公司任职，到时再看织哥儿的时间，不过，"她目光扫过一众人，发话了，"就算他不去，公司有个什么动向，该上他那报备的，也都别忘了。"

掌权的江孝林和江扶离都点头应下了。

"林哥儿。"许九如突然点到长孙，"听你父亲说，你没去相亲？"

江孝林饮茶的动作停顿了片刻,拧眉。

江家底蕴深,还留着很多旧时的思想与做派,江孝林作为长房长孙,婚事一直被催得紧,江家老一辈人都不提倡晚婚,到了年纪就成家,得先成了家,才好立业。

许九如身边的长子说话了:"说起这事儿我就来气。"江维开瞪了江孝林一眼,"这小子,放了人家鸽子,搞得我到现在都没脸面见张行长。"

对方是银行家的女儿,样貌许九如瞧见过,也是上乘,气度礼仪都不错,她问长孙:"不满意那张家小姐?"

江孝林没说破:"这事儿不急。"

这时老二江维礼接了话,像是打趣,又说得认真:"我看那姑娘挺不错,林哥儿你要不试着处处?"

江孝林笑而不语,闭口不谈。

许九如吩咐下人开饭,没等吃上几口,江织就开始咳嗽了,咳完没力气,病恹恹地靠在椅子上。

许九如见他两颊发红,很是担忧:"身子不舒服?"

他眼里泛着点儿潮气,咳得红了耳朵,脸上也袭了颜色,就是唇有些苍白:"天儿冷,有些犯困。"

许九如连忙说:"那你先去歇着,晚饭我让人端到你屋里去。"

"不用端了,我吃不下。"他撑着身子起来,把身上厚厚的大衣裹紧,"我去睡了,待会儿爆竹都放远些,别吵着我。"

许九如都应了,差人送他回屋。

他边走边咳嗽,垂着两侧的手微微蜷着,指尖都发了红,白皙的皮肤下透着若隐若现的青筋。

旁支的一位长辈欲言又止:"织哥儿这身体——"

话没说完,被许九如一个眼神震回去了。

"身体不好"的江织回了屋,把门关上,给周徐纺发微信。

纺宝男朋友:"吃完饭了吗?"

周徐纺回得很快。

纺宝小祖宗:"还没有,方伯伯做了好多菜,你呢,吃饭了吗?"

纺宝男朋友:"没胃口,想见你。"对着江家那一家子,他可吃不下,一个个的心思都跟马蜂窝似的。

纺宝小祖宗:"出得来吗?"

江织走到门口,听了听动静,他回周徐纺:"现在就去找你。"

他要来,周徐纺很高兴,发了一个咧嘴笑的表情。

纺宝小祖宗："我包了很多饺子，等回家我煮饺子给你吃好不好？"

纺宝男朋友："好。"

江织走之前，特地把房间反锁了，吩咐了下人，谁都不准来扰他，然后从后门走，刚迈出门槛，后面有人唤他。

"织哥儿。"

江扶汐手里拿了一把伞，她走过去："要下雪了，你带上伞。"

江织语气不冷不热："不用，我车上有。"

她握着伞的手指蜷了蜷。

这天灰蒙蒙的，江织站在大红的灯笼下，身影修长："不要跟奶奶说在这看到过我。"

"我知道。"

江织走人。

能在老太太面前如鱼得水的人怎么会简单，江扶汐这人，心肝有七窍，是整个江家最沉得住气、藏得最深的一个，江织跟她没交情，也不想有交情。

八点半，周徐纺刚吃完年夜饭，饭桌还没有收拾，老方又端来了水果和清茶，电视里在放春节联欢晚会。

周徐纺给江织打了个电话："你快到了吗？"

"还在沧宁路的高架上。"

"那你开车，我挂了。"周徐纺怕耽误他开车，立马挂了电话。

老方一边收碗筷，一边问："江织要过来了？"

周徐纺去帮忙："嗯。"

"你去看电视，碗放着我来收。"老方的手在围裙上擦了擦，"我去给你装点饺子和小菜，你带回去跟江织当宵夜吃。"

"嗯，好。"

方理想在看小品，笑得前仰后翻。周徐纺把碗收好，偷偷把提前准备好的新年红包压在了沙发下。

二十来分钟后，门铃响了，周徐纺去开了门。

江织站在门口："年夜饭吃完了吗？"

"吃完了。"

他进屋，语气很客气："今天打扰了。"

老方豪爽地摆摆手："客气什么。"他去把打包好的饺子和小菜拿过来，还有一些茶叶与零嘴，装了两袋子，"饺子要冰冻，蔬菜皮的是香菇馅儿的，金元宝形状的是荠菜馅儿，剩下的都是芹菜馅儿。我还装了几个小菜，绿色盒子里是辣的，红色盒子里的不辣。"

江织接过袋子："谢谢。"

除夕的晚上街上很热闹，处处张灯结彩，漫天都是烟火，将黑色的夜幕染成了五颜六色。

江织和周徐纺到家的时候已经九点多，周徐纺惦记着他没吃饭，一进屋就把江织拎着的袋子接过去："我去给你煮饺子。"

江织拉着她不让走："我还不饿。"

周徐纺把袋子放在地板上，腾出手抱他："江织，你穿红色真好看。"

江织穿了红色的毛衣，很正的红色，衬得他肤色白皙，这样明艳的颜色配他的桃花眼刚刚好。

江织直接托着她抱起来，把她放在沙发上，俯身挡住了她上面的光："喜欢？"

"喜欢。"

"那以后我们的婚礼就办中式的，你穿嫁衣，我穿大红的喜服。"

周徐纺害羞，头埋在他肩上，偷偷地点头。

江织笑，抱着她坐下，从沙发的抱枕下面摸了个文件袋出来："给你的。"

"什么？"

她拆开，里面是一份文件。

江织说："压岁钱。"

文件是月亮湾的买卖合同，法定拥有人的那一栏下面，是她的名字。

"你不是不想我去月亮湾吗？"

甚至，他为了花掉她用来买岛的钱，故意让她给他买了几块昂贵的手表，他说怕她离家出走跑太远了，不好找。

"是不想。"这个问题，江织深思熟虑过，"你不是喜欢吗？你喜欢的我都想给你。"

周徐纺感动得眼眶红红。

还有一个问题，他必须提前约法三章："不过你要是跟我生气了，不要跑去月亮湾，那里太远了。"他想了想，"你可以去方理想家。"

"哦，"懂事并且听话的周徐纺，"好。"

她真乖。江织摸她的头："要是还不消气的话，你可以打我。"

周徐纺表情认真了："我不会家暴你的。"江织细皮嫩肉的，怎么能挨打，她要仔细呵护他。

江织一本正经地不正经："在床上可以，我不介意。"

她推开他："我去煮饺子了。"她先去把月亮湾的合同收好，在屋子里转了一圈，也没找到合适的地儿，最后把合同折成一团，放在了一只袜子里，最后把袜子藏到了枕头芯里面。

跟她小时候一模一样，藏东西就会藏枕头里。江织觉得她可爱，想抱着欺负。

十点，人民广场有灯光演出。

往年都是烟火表演，去年年底出了几起火灾事件，上头就下了禁令，不准在公共场所燃放烟花爆竹，今年除夕夜，跨年表演便由烟火改成灯光。

广场离周徐纺住的御泉湾不远，她也没见过，江织便领着她去了，广场上很多来看表演的人，热闹得紧，而且周边还有很多摆摊的小贩。

周徐纺看到商机，心想，明年的除夕夜她也要过来摆摊，卖什么好呢？卖冰激凌吧，卖不出去她可以自己吃。

"为什么还有卖爆米花和冰激凌的？"她问江织，当然，她是故意问的，她需要一个提起冰激凌的话题。

"因为来看表演的情侣和小孩儿很多。"

"我们也是情侣。"

所以，她伸出手："江织，给你女朋友买桶冰激凌吧，我已经好多天没吃冰激凌了。"甜食他都不让她多吃！

天儿太冷，江织不想给她吃："外面摊上的冰激凌可能会放鸡蛋。"

周徐纺平时吃的冰激凌都是在几家固定的店里买，她只能吃不放鸡蛋的，选择很少，很多店都要提前定做。

周徐纺眼睛一直盯着卖冰激凌的冷饮车："你都没有去问。"

"太晚了，吃冰的对胃不好。"

她表情挺悲伤的："大过年的还要出来摆摊，好可怜，最后一桶了，还得等卖完了才可以回家过年。"

她叹气："哎，好可怜。"

江织觉得他女朋友只当群演浪费了，拿她没办法："买行了吧。"

周徐纺露出大大的笑脸："江织，你真是个好人。"

这久违了的好人卡。

卖冰激凌的小姑娘正在跟同伴说话，说的是方言。

江织牵着周徐纺走过去，敲了敲冷饮车，那姑娘没反应，聊得正高兴，半点都没有周徐纺所说的"可怜"。

江织："你好。"

小姑娘听到声音，才想起她还有个摊子，一扭头，看到了戴着口罩的江织，结巴了："你、你好。"这男的好美！

"这个冰激凌有没有放鸡蛋？"

小姑娘内心澎湃，面上镇定："没有。"就是图省事没有放鸡蛋，味道缺了几分，才卖得不是很好。

"多少钱？"

"五十八。"

江织刚拿出钱包，后面过来了一对母子。

"给我两个勺子。"女士微胖，牵着四五岁的男孩子，放了一张一百的在流动冷饮车上，催促卖冰激凌的小姑娘快点。

对方是女性，江织不好发火，忍着性子说了一句："后面排队。"

那位女士脾气很暴躁，也不讲理："只剩一份了，还排什么队。"她穿着黑色的长羽绒，再打量周徐纺，"又不是小孩子，吃什么冰激凌。"

周徐纺本来想拉住江织让他别买了，因为这位妈妈的口气她改变主意了。

江织问她："还要吗？"

"要。"

若是讲理一些，她会让，这样蛮不讲理，她就不想让了。

江织听女朋友的，抽了一张纸币放在冷饮车上："麻烦帮我装起来。"

"……哦。"卖冰激凌的小姑娘接了江织那张，找了零，把冰激凌一起递过去。

江织把冰激凌给周徐纺抱着。

女士身边的小男孩看见冰激凌被人买走了，就跺脚了："我要吃冰激凌！"他冲着周徐纺喊，"那是我的，你还给我！"

周徐纺不想搭理这个熊孩子。

熊孩子的妈妈很气恼，说话阴阳怪气的："你们跟一小孩儿抢，好意思吗？"

怪不得说父母是孩子的第一任老师，的确是如此。

周徐纺把江织牵走："快开始了，我们走吧。"一个是女人，一个是孩子，也不好计较。

江织显然憋着火，烦躁地踢了踢地上的石子。

后面的男孩哇的一声就哭了，他的妈妈还在骂骂咧咧。

江织牵着周徐纺往人少的地方去："小孩儿都这么讨厌？"

周徐纺说："是大人不可爱。"

小孩儿太小，有样学样。

江织想到了个事儿："以后咱们的小孩你来教。"

"你不教吗？"

江织说不教，他讲认真的："我一肚子的歪门邪道，我怕把他给教坏了。"

男孩子还好，坏点儿没什么，女孩子的话，他希望像周徐纺。

周徐纺说不行，要一起教。

没原则的江织："听你的。"

十点整，演出开始。

灯光做出来的焰火效果很逼真，满天火树银花，周徐纺看天，江织看她，她拍风景，而他在拍她。

广场上人声鼎沸，冷风阵阵，依旧压不了热闹与喧嚣。

一束紫光射到空中，然后炸开无数红的绿的光，星星点点，像五颜六色的萤火虫，周徐纺仰着头，看得入神："江织，你看那里。"

她想指给江织看，天上有一朵粉色的花，手却被江织拽住了，他用力拉了一把。她整个人往江织怀里栽了，而她身后的一簇焰火灼在了他的手背上。

那个小男孩子，他手里还拿着一根呲着火的烟花棒，正在冲周徐纺吐舌头、做鬼脸，扬扬得意地晃着手里的烟花棒。

周徐纺脸上笑意全无，抿紧了唇。

"给我看看你的手。"

江织把手放到后面："没什么事儿。"

"我看看。"

她直接把他的手拉过去，伤在右手的手背上，一小块皮肤被烫得通红，才一会儿就起水泡了，她眼睛瞬间红了。

"徐纺。"

周徐纺转头去看那小孩。

四五岁的孩子，再大胆也是个小娃娃，被吓得掉了一手的烟花棒："妖怪……"他指周徐纺，"你是大妖怪。"

男孩拔腿就跑，哭着喊："妈妈，妖怪要吃我！"

她要是吃人，现在就吃了他，这会儿，她满身都是戾气。

江织把她拉到怀里，伸手遮住了她的眼睛："徐纺，不生气了。"

"已经生气了。"她推开江织的手，眼里杀气腾腾，"他父母不会教他做人，我来教。"

江织拉住她："不用你教，以后这个世道会教他，你不能动手，容易出事。"对方是小孩子，动不得手。

周徐纺也知道不能动手："可是我很生气。"

"周徐纺。"

周徐纺没答应，闭上眼，耳朵一直仔细听着动静，九点钟方向，二十六米，那个熊孩子的位置。她只要一转身，一迈脚，就能碾死他，只要配合好速度，还可以神不知鬼不觉。

"周徐纺,我手疼。"

她立马睁开眼:"很疼吗?"

江织把手伸到他眼前,娇里娇气地喊:"疼,回家好不好?回家给我擦药。"他故意的,用苦肉计,还有美人计。

周徐纺呼了一口气,把怒气压着:"好。"她眼里的血色慢慢褪了。

那孩子的父母在广场没人的一处放烟花,周徐纺看看四周,没人注意到她,她从口袋里摸出一个硬币来,瞄准那个正在放着的烟花,找好角度,避开人群,确保不会伤及无辜之后,她扔出了手里的硬币。

烟花倒了,但烟花的底座弄得很重,烟花准确无误地发射在了一辆没人的车上。那放烟花的一家三口都不敢上前,连忙躲着,只能任烟花一发一发地打在车玻璃上。

果然,不多时车主叫喊着过去了。

周徐纺拿出手机,拨了个电话:"我要举报,这里是人民广场,有人违法燃放烟花爆竹。"

就在她对面,拉了一条横幅,横幅红底黑字写了两句话:帝都是我们的家,烟花禁放靠大家!举报电话011100×××。

周徐纺和江织从广场回到家时已经快十二点了,江织不肯去医院,周徐纺只能自己用备用药给他处理伤口。原本指甲大的水泡,现在看起来好像更严重了。

烧伤是最疼的,周徐纺看着难受,很心疼,都不敢用力,棉签上的药半天也没涂到伤口上:"是不是很疼啊?"

刚刚在广场还撒娇喊疼的人这会儿不怕疼了,握着周徐纺的手,没轻没重地把药涂上了:"不怎么疼。"

周徐纺捧着他的手吹气:"你干吗跑去拉我,我受伤了又不要紧。"

"怎么不要紧了?"

"我好得快。"

"好得快就能受伤了?"江织揉揉她脑袋,"什么歪理。"

这时,远处广场响起了十二点的钟声,跨年钟响。

"周徐纺,"江织看着她,眼睛里全是她的影子,"新年快乐。"

周徐纺一直皱着的眉头松开:"新年快乐。"

他把她从对面的沙发上拉到身边来:"有新年愿望吗?"

"有一个。"

"要星星我都给你摘。"

他笑的时候眼里就有星星,还有桃花,很漂亮的。

"不要星星,我希望你过得顺遂一点,不要受伤,也不要生病。"她一直都只有这一个愿望,希望她的江织能身体健康、长命百岁。

江织捧着她的脸,吻她。

大年初一的早上,江家有祭祖的习惯,江织九点才到,拖着"病体"一步一咳。大年初二,江家在老宅宴请亲朋与好友,江织身体不适,去"医院"了。大年初三,江家旁支前来给许九如拜年,江织身体不适,还在"医院"。大年初四,许九如去医院看江织,孙副院长面色凝重地把检查结果递上来,语重心长地说小少爷气虚血虚,肝脏肾脏都有轻微衰竭之症,得卧床休养,许九如急得食不下咽。

大年初五到初九,江小公子继续住院。

当然,实际不是这样的。

大年初二,江织与周徐纺在家窝了一天,没出门。

大年初三,两人去了老方家。

大年初四,江织在医院躺了一上午,期间许九如来了一趟,嘘寒问暖了一番,他也配合地咳了几声,呕了几滴血,下午回了周徐纺那儿。

大年初五到初九,没出门。

大年初十,许家拜帖,宴请许九如和江家的一众小辈。

上午十点,几辆代步车停在了许家别墅的大门口,许家一大家子都出来迎接了。许九如姐弟总共五人,她是长姐,下面有三个弟弟一个妹妹,老三早些年意外去了,老四嫁去了漳州,加上儿子孙子辈,有十几人。

"织哥儿也来了。"开口的是许家的二爷,许雅君。

许九如笑着接了话:"可不,今天才刚出院。"

江家这小公子身体不好,是众所周知的事,每年年底最冷那几天都是在医院过的,听说今年好些了,最后还是在医院里过了年,美人福薄啊。

许雅君招呼着:"那别受了风,赶紧进屋。"

伴着一阵咳嗽,江织进了屋,他"病"了几天,脸上没什么血色:"客房在哪?我去歇会儿。"许雅君把妻子叫过来,让她带江织去歇着。

许泊之上前,让大伯母招待客人:"我领织哥儿去吧。"

许雅君的妻子陶氏说行。

许泊之在前面带路,把江织领上了三楼,待听不到楼下热闹声了,他说:"骆怀雨昨儿个来找过我了。"

江织停下了脚,病歪歪地靠着墙:"说了什么?"

"让我出庭。"

"出庭可以,得提条件。"

"提什么条件？"

他幽幽吐了两个字："股份。"

许泊之一只眼睛看着他，有几分探究的意味："你要骆家的股份做什么？江家的还不够你分啊。"

"我的事别过问，知道多了对你没好处。"

"合作了这么久，我到现在都不知道你究竟想干什么。"

江织轻咳了两声，往楼上走："我知道你想要什么就行。"

许泊之站在原地，若有所思。

江织找上他，说能助他得偿所愿，只要听从就行。他一开始自然也不信江织，可骆家那群人一步一步全部走进了江织预设好的轨道里，那时候他就知道了，江织下了好大一盘棋，他自己也是其中的一颗。

元宵过后，江织开始忙了，他的新电影筹备了小半年，终于要开拍了，开机日定在了农历二月的第一天。

工作结束后，他推了应酬，回御泉湾给周徐纺做晚饭，他厨艺还是那样，很一般。

吃饭时，警方打来电话，说骆青和又申请了保外就医，那个女人也是够狠的，为了让监狱医生批准她外出就医，她对自己都下得去手，反正总有办法把自己搞到医院去。不过这次就医理由是：怀孕。

她居然真怀上了。

周徐纺坐在餐桌上喝粥："骆青和为什么一定要怀孩子？"

桌上一碟青菜，一碟四季豆炒肉，一碟土豆丝，确切地说，是土豆条，江织刀功不行，切得很厚。

她前几天闹了胃疼，江织这几天只给她吃清淡的。

江织给她夹了一筷子她不怎么吃的青菜："孕妇不能适用死刑，如果被判处拘役、三年以下有期徒刑，在满足一定条件的时候，还可以缓刑。"

周徐纺把青菜拨到一边："她想钻法律空子？"

江织又给她夹了一大坨青菜："她这么想出来，就让她出来好了。"

他应该早料到了，对此半点讶异都没有。

周徐纺看碗里，小半碗青菜了，她端起碗，不跟江织坐一块儿了，她坐对面去："要让她逍遥法外吗？"

江织搬着椅子，非要挨着她坐："有时候，在外面还不如在牢里。"

周徐纺想到了许泊之，大概能猜到江织的打算了，她抱着碗，继续挪。

"周徐纺，你再挪，我就让你坐我腿上吃。"

周徐纺觉得这个话好不正经，吃青菜吧，不挪了。

骆青和在长龄医院就医，看守所那边派了两个人过来看着，骆怀雨使了点手段，进了特别管制的病房。

八年前那个案子立了案，开庭的日子也定了，从骆青和被捕到现在，已经过了一个月，她整个人消瘦了一圈，只有脸是浮肿的。

骆怀雨不能久留，长话短说："人已经找到了，你也认识。"

"谁？"

"许泊之。"

彭先知那盘磁带里录到了骆常德同骆三说的话，时间就在那场大火的前不久，骆常德费尽心思遮掩，定是做贼心虚，那场人祸他肯定也脱不了干系，当年三个受害者，只有一个花匠活了下来，事故之后就跟人间蒸发了一样，骆青和已经找他有一阵子。

花匠居然是许泊之。

太巧合了，她觉得古怪："您没搞错吧？"

骆怀雨把原委详细说来："他是他父亲的私生子，七年前，他父亲丧子，他才被接回了许家，在那之前，他一直跟他母亲住，还在我们骆家当过花匠。那场大火，他伤了眼睛和脸，做了义眼和脸部矫正手术。"

怪不得她没认出来，也怪不得怎么找都找不到人，原来摇身一变成了帝都许家的许老五。

骆怀雨拿起拐杖，从沙发上站起来："我已经安排好了，晚上你就跟他见一面，有什么问题你直接问他，之后的事看你自己的本事，我不会再插手，更不会让骆家搅进来。"

说完他就走。

"爷爷。"骆青和喊住他。

他回头，问什么事。

"我有件事想不明白，"她看着门口白发苍苍的老人家，"为什么在我父亲和我之间，您选了我？"

至少目前看来她是处在弱势的，可老爷子却依旧在暗中帮着她，她可不信祖孙情深那一套，骆常德还是他儿子呢。

"因为你对骆家的作用更大，现在还多了个理由。"骆怀雨面无波动，"你最好能生个男孩。"

骆青和很满意这个答案，不谈亲情，就讲利益。

她把手放在腹上，轻轻抚着，惨白浮肿的脸上露出一抹意味深长的笑来："我也希望是男孩。"最好啊，像江织。

"孩子的父亲是谁？"骆怀雨临走前问了一句。

"这您就不用知道了。"

许泊之是深夜来的，穿得很正式，西装领结都穿戴得一丝不苟，他还带了一束玫瑰花来，花束很新鲜，花上还有水滴。

骆青和看着他把花插到花瓶里："你是不是早就料到会有今天？"

他手法很专业，把花摆放好，拿了桌上一把医用剪刀，修剪掉没有去干净的叶子："没料到。"

"你接近我，是故意的吧？"

这个问题他倒坦诚："是。"

"目的是什么？"

他把剪刀放下，抽了张纸巾擦手："我不是告诉过你吗？我喜欢你，想娶你，你当我开玩笑啊。"

"那你当我蠢吗？那把火谁放的，你应该很清楚吧，现在你跑来跟我说你喜欢我、你想娶我，你觉得我会信？"

他既然是蓄意出现，就肯定查到了什么，八年前的大火是她授意，也就是说，他受伤是她一手造成，是她害他瞎了一只眼睛。隔着这个仇，他怎么可能会安好心。

许泊之也不辩解："信不信没有关系，你已经没得选，现在只有我能帮你。"

她现在是阶下囚，没得选，如果没有新的切入口，两条人命，她要判缓刑很难。

骆青和思忖了很久，只能如此："你怎么帮我？"

"人不是你杀的，是你父亲。"

"你说什么？"

病房的灯光很暗，他隔得近，那张做过面部调整的脸很僵硬，光一照，让人毛骨悚然："我就是目击证人，唐光霁和那个孩子都不是被火烧死的。"

咔嗒。门开了，周徐纺进来："江织。"

她有江织家里的钥匙，夜里睡不着，过来寻他说话。

江织坐在餐厅的椅子上，竟有些慌张："你怎么起来了？"

他的客厅没开灯，桌上放着电脑，只有屏幕上有光亮，周徐纺看了一眼，放的像是视频，视频里两个人都侧着身。

她走过去。

视频里的男人在说话："我就是目击证人，唐光霁和那个孩子都不是被火烧死的，他们是骆常德杀死的。"是许泊之的声音。

江织立马去关电脑，手却被周徐纺抓住了。

"徐纺。"

她没有出声，看着屏幕上的人。

那边是病房，灯开得暗，并不是很清晰，许泊之的嗓音很粗："我亲眼看到的，骆常德用钢筋砸唐光霁的头，地上那个孩子抱着他的腿，求他住手，他就把那截钢筋钉进了那个孩子的身体里。"

周徐纺脑中突然有一闪而过的画面，男人手握钢筋，有个孩子抱着他的腿，在哭喊：别打他，别打他。

地上全是血……

周徐纺身子晃了一下："江织。"

她有些失神，不知道在看哪里。

"嗯，我在。"江织把她抱起来，放在沙发上。

她抓着他的衣服，用力地抓着，眼眶微微红了："会不会是亲子鉴定的结果搞错了？"她觉得冷，往江织怀里靠，"我不是他的孩子吗？他怎么能把钢筋钉进去。"

她那时候不会痛，可她会死啊。

江织没有说话，用力地抱紧她。

电脑还开着，视频里的两个人还在对话，四目相对，各怀鬼胎。

"这些都是你的一面之词。"骆青和很快就把震惊的情绪收拾好，"证据呢，你有吗？"

"杀人的凶器，我知道在哪。"

"在哪？"

许泊之笑了，没有继续那个话题："该说说我的条件了。"

他在抛出诱饵，把人一步一步引到他挖好的陷阱里。

"你要什么？"

他俯身，一只手撑在病床上："要你。"

骆青和像听到了天大的笑话，呵了一声："我怀孕了。"

他视线落到她肚子上，目光灼热："没关系，我可以养孩子。"

骆青和护着肚子往后退："许泊之，你真是个彻头彻尾的疯子。"

"你不也是，"他那只义眼的眼白瘆得人发慌，伸出手摸她的脸，"配你正好。"

骆青和推开他的手："你觉得你配得上我吗？阿斌，你怎么还和以前一样，这么痴心妄想。"

许泊之脸上的笑突然僵住："我的骆大小姐，要么睡在牢房里，要么睡在我床上，你自己选。"

他以前痴心妄想，他一个浑身脏臭的花匠却整日整夜地惦记着那个高高

273

在上、穿着昂贵裙子的千金小姐。他窝囊、没用，卑贱如蝼蚁，甚至见到她连话都说不利索。

"大小姐，"他把捧在手里万分珍视的东西送给她，"给、给你的。"

尊贵的大小姐看都没看一眼："什么？"

"我自己做、做的书签。"上面的干花他用了她最喜欢的玫瑰花，木头上的纹路与字都是他一笔一笔刻上去的。

她接过去瞧了一眼："我要这破烂玩意有什么用。"她随手扔在了地上，起身问外面的彭师傅："骆三在哪儿？去把他给我叫来。"

木头做的书签摔到地上，上面的干花全部散了，零零落落地掉在地上，他蹲下去捡。

少女不耐烦："你怎么还杵着不走？"

他把书签攥在手里，不敢看她："大小姐，我有、有话跟你说，我、我、"他结结巴巴了半天，鼓着勇气说，"我喜、喜欢你。"

"呵。"

少女笑出了声，身上穿着一条深青色的裙子，高抬着下巴："别痴心妄想了，你也配？"

周徐纺在梦里，醒不过来。

"江织。"

她在梦呓，只叫了这两个字。

江织不放心她，没有回自己那边，趴在床头守着她，几乎立马就睁开了眼睛："徐纺。"

周徐纺这才睁开眼睛，瞳孔潮潮的，她睡着那一片枕巾，湿了。

江织轻轻摸她眼角，湿漉漉的："怎么又哭了？"

她梦见有人拿钢筋凿她，她梦见有人在喊：骆三，你快跑。

"江织。"她抓着他的手，放在锁骨下一寸的地方，"这里有点痛。"

八年前的伤，早就结疤了，怎么还会痛呢？

江织亲吻那个伤疤："周徐纺，别难过，那些人不值得你掉一滴眼泪。"

后半夜，周徐纺没有再做梦，床边的人一直在她耳边说着她爱听的话，半宿无梦，一觉睡到了天亮。

次日云淡风轻，不出太阳，也没下雪，气温回升了一些，不那么冷了。

江织早上在阳台拨了一通电话，周徐纺就听见他说了一句："把昨晚的视频给骆常德送过去。"

她在屋里问："要告诉唐想吗？"

江织想了想，说要。

唐光霁是唐想的父亲，她有权利知道全部实情。

早上九点半，唐想去了一趟风和地产，谈就职的事情，她从骆氏离职后许多家公司将她拒之门外，只有风和地产的老总意思不明，没有给个准话。

总裁办的女秘书过来招待她，客客气气地说："对不起唐小姐，我们沈总不在。"

"不是约了十点吗？"她只早到了一会儿。

"沈总有急事，刚刚出去了。"

沈总第二次失约了。

"什么时候回来？"

"沈总没有说。"

唐想在旁边待客区坐下，把身上的裙子抚平："跟你们沈总打个电话，说我在这等。"

"好的唐小姐。"

坐下没一会儿，唐想的手机响了一声，她点开，是江织发过来的，一小段视频，内容是许泊之和骆青和的谈话。

总裁办的旁边就是会议室，风和地产的于副总正在招待客人，见客人往会议室外面瞧了好几眼。商圈里，可是有传闻说江家的大公子跟骆氏的唐想不和，一直掐得厉害。

于副总想着投其所好，便说上几句："这个女人怎么这么不识趣，看不出来沈总故意不见她吗？"

果然，江大公子有兴趣。

"为什么不见她？"

于副总把项目合同先放到一边："她以前在骆家的时候，目中无人得很，不知道抢了我们公司多少生意，现在她被骆怀雨踢出了公司，骆氏放了风声出来，说这女人是个叛徒，这一行谁还会用她。她也不知趣，还经常来找我们沈总，要不是看在她有几分姿色，我们沈总——"

江孝林抬了一下眸。

于副总愣了一下，这个眼神……他赶紧打住，赔笑："不好意思林少，我话有点多。"

"是有点多。"

江家大公子在圈子里名声很好，斯文优雅、沉稳有礼，于副总以为他在开玩笑，倒不尴尬，把合同推过去，继续谈正事："如果没有问题，您在这儿签字就可以了。"

江孝林手放在椅子的扶手上，没有动："有问题。"

"合同还有什么问题吗？"里面的内容都是双方协议过的，不应该还有问题啊。

"不用签了。"

于副总这下不淡定了："如果您对合同上的内容有不满意的地方，我们公司可以修正，您看——"

"我对合同没什么不满的，就是对你们沈总不太满意。"他停顿一下，"对你也不太满意。"

谈得好好的项目，怎么说崩就崩，于副总还想要补救，对方已经起身了："给你们沈总带句话，生意场上输给了女人没什么，但该有的气量得有。"

说完，他往会议室外走。

总裁办是开放式的办公环境，放着几张办公桌，待客区在后面，唐想一个人在那坐着，她低着个头，手机拿在手里，旁边桌子上的咖啡已经冷了。

江孝林走过去，语气带了点儿恼意："还坐这儿干吗，看不出来人家故意要你——"

啪嗒。毫无预兆地，她砸了滴眼泪在手机屏幕上。

江孝林愣了一下，不太确定："你哭了？"

她还低着头，眼泪一滴一滴往下掉。

江孝林从来没见她哭过，他一直觉得她是个比铁还刚的女人。留学那会儿，她为了省钱，一个人住得偏，有次遇上了路过的醉汉，差点被人撕了衣服，别说哭了，他到那的时候，就看见她拿着两只高跟鞋，跟两个男人在那拼命。

她怎么就哭了呢？

江孝林有点不知道怎么弄了，语气硬也不是软也不是："有什么好哭的，多大点儿事儿。"他不会哄，就说事儿，"别哭了，你要是找不到工作，可以来找我。"

她抬起头，脸上全是眼泪："江孝林。"

他心脏被她扯了一下。

叫了人，又什么都不说，她双手遮住了眼睛，突然放声大哭。

江孝林一下就被她哭慌神了："你、你别哭啊。"他的手伸过去又收回来，"是不是谁欺负你了？"

眼泪从她指缝里流出来，她指尖都红了，哭得发抖。

他蹲下，一边的膝盖落在地上，还是伸出手抱住了她："不要哭太久，我的西装很贵。"

她伏在他肩上，眼泪湿了他的西装。

总裁办里的几个人这下也都没心思工作了，在瞧热闹。隔壁办公室有个女孩过来送东西,一眼就认出了江孝林:"那不是林少吗,那女的谁啊?"

总裁办的一个特助接了句嘴:"是骆氏的唐总。"

"他俩是那种关系?"

特助一副过来人的口吻:"不是那种关系,一个男的会当着别人的面半跪在女人面前吗?"

唐想哭了有十几分钟,妆也花了,眼睛也肿了,不过在江孝林面前她倒不觉得不好意思。她什么窘样他没见过,以前她在国外留学的时候,去酒吧卖过酒,被客户灌醉,吐得天昏地暗的样子他都见过。

她坐在副驾驶,已经平静下来了:"介意我抽烟吗?"

江孝林坐主驾驶:"我介意你就不抽?"

"我会下去抽。"

今儿个他没怼她,把车窗摇下去,脾气格外好:"在车上抽吧。"

唐想从包里拿出烟和打火机,动作熟练地点了根烟,吸了一口:"西装多少钱?"

江孝林恢复了平日里在她面前的调调:"手工做的,买不到。"

唐想指尖夹着烟,单手支在车窗上,她瞧着他,眼睛红肿:"那我该怎么赔?"

"来我公司,给我打工。"

"看我失业,要收留我啊?"

"就当扶贫。"

她笑。他眉头松开,终于笑了。

"不是开玩笑,来我公司吧。"他语气认真了几分,但也有调笑的成分,"全校第一给全校第二打工,我觉得还不错。"

读书的时候,她年级第一,他年级第二,学校的红榜上,他永远被她死死压在下面,他就考赢了她一次,还被她举报偷内衣,扣了五分的品德分,最后又成了老二,这女人,就是来克他的。

唐想抽了一张纸,把烟灰抖下,拿在手里:"我可是叛徒,不怕我窃取你公司机密吗?"

"你窃取得到,算我这个上司失职,我认。"

她抽她的烟,没说去也没说不去,细长的女士烟,她抽得狠,没一会儿就到了底。她抽了两张纸,把烟头包起来,动作熟练地掐灭了,垃圾拿在手里,又从烟盒里抽出来一根。

"差不多就行了,你一个女人烟瘾还这么重。"

她打亮了打火机,点了烟:"少管。"

277

管?他哪管得了她。

"刚刚,"他侧着身子靠着车门,"出什么事儿了?"

她没说,拿了包,推开车门下去了,把垃圾也一起带下去了:"你的西装我会赔的。"她就留了一句话,走了。

江孝林认识她的时候,她十八岁,穿着帆布鞋。现在她二十八岁了,穿高跟鞋,整整十年。

农历的第一个月已经过完,江织的电影也正式开拍了,开机仪式上周弄了,除了苏婵在国外赶不来,其他所有演员都到了。

今天是方理想的第一场戏,需要群演,周徐纺接了这个活儿。这个电影是宫廷权谋题材,拍摄地点大部分都在影视城的皇宫里。

江织的车停得离片场很远,是周徐纺要求的,她还要求:"你别跟我一起过去,被人看到不好。"

"怎么不好了,我们正常交往,又不是偷情。"

"别人要是知道我男朋友是导演,会说我是靠关系进组的。"

江织故意逗她:"你不是吗?"

周徐纺认真严肃地纠正:"我是靠演技。"她现在有信心,觉得她不止能把死人演活了,她也可以把活人演死了。

江织笑出了小虎牙,不逗她了:"行,你先进去。"

女朋友要玩地下情,他能怎么办?给她玩儿呗。

周徐纺把帽子戴好,鸭舌帽外面再套卫衣帽子,戴口罩之前,乖乖趴过去,亲了江织一下:"去了片场,你就不可以亲我了,要装作跟我不熟。"

"我尽量。"不亲她是不可能的,最大让步就是找个没人的地方亲。

"我进去了。"

江织把她口罩摘了,吻了她才放她走。

周徐纺走后,停在旁边的一辆车把车窗摇下去,露出一张方脸:"呵呵,"赵副导笑着说,"您女朋友真可爱。"

他也不知道停这儿多久了,新剧组演员是换新了,制片和投资也有变化,但执行导演的团队还是同一个,江织跟赵副导也合作了多次,比较熟。

江织交代了他一句:"跟知情的人说一声,我女朋友不喜欢大张旗鼓。"意思是不该说的别说,不该传的别传,不该八卦的别八卦。

赵副导挤眉弄眼:"我懂。"角色扮演之地下偷情嘛。

周徐纺进片场后,就去找她的好朋友方理想,好朋友方理想拉她一起去换戏服。

周徐纺刚换好群演的衣服,方理想就来了一句:"江织是狗吗?"

"不是,他是人。"

"那怎么咬人?"

周徐纺听不懂:"没有啊。"

方理想把镜子给她:"看把你脖子弄的。"

周徐纺立马发烧,她把羽绒服套上,蹲到角落里给江织发微信。

纺宝小祖宗:"你是狗。"

江织回得很快。

纺宝男朋友:"我怎么是狗了?"

纺宝小祖宗:"理想看到了,脖子。"

纺宝男朋友:"看到就看到了,她又不是未成年。"

纺宝小祖宗:"以后不可以。"

纺宝男朋友:"不可以弄哪?"

弄这个字,周徐纺觉得透着小流氓的气息。

纺宝小祖宗:"脖子。"

纺宝男朋友:"脖子下面行不行?"

纺宝小祖宗:"行。"

唉,她好像被小流氓带坏了。

纺宝男朋友:【躺下给江织亲】的图片

纺宝小祖宗:"。"

纺宝男朋友:【再发句号亲哭你】的图片

纺宝小祖宗:【不可以发句号,要忍住】的图片

"江导,"旁边的赵副导问了句,"有什么好事呢?"瞧给你笑的,他一定不知道自己笑起来多勾人。

江织没理他,接了个电话。

"视频已经发给骆常德了。"

他懒洋洋地躺着:"跟警察说。"

下午四点拍摄就结束了。

六点多天便黑了,开春之后气温回升了不少,只是一到夜里,还是很冷。房间里没开灯,电脑开着,屏幕发着冷白色的光。

"我亲眼看到的,骆常德用钢筋砸唐光雳的头,地上那个孩子抱着他的腿,求他住手,他就把那截钢筋钉进了那个孩子的身体里。"

"这些都是你的一面之词,证据呢,你有吗?"

"杀人的凶器,我知道在哪。"

坐在电脑前的人按了空白键,视频的对话就到这里。

他把手里的烟头按在了烟灰缸里,静坐了片刻,拿起了烟灰缸重重砸在地上,玻璃碴溅得到处都是。电脑屏幕上的光映进他眼里,一片阴鸷,他关了电脑,起身出了房间。

徐韫慈刚好上楼来叫人:"你去哪呢,快吃饭了。"

"别跟着。"骆常德下了楼。

别墅外面一片昏黑,他往后面的花房去了,旁边的平楼上面一个黑影一跃而下,隔着不远不近的距离跟了上去。

花房里没人,骆常德用手机照着,走到一个花架前,往后张望了几眼,才把花架和周边的盆栽全部挪开,那块空地上没有铺瓷砖,稀稀疏疏地长着几棵草,他找了把铁锹,铲那一块土。

花房里没开灯,黑影潜进来,躲到了门口那个花架后面。这黑影是周徐纺。

骆常德用铁锹铲了几下便蹲下去,改用手刨,周徐纺站的那个角度,只能看到他的后背,还有他刨土的动作,慌慌张张,也急急忙忙。

毫无预兆地,她眼前突然火光一闪,四周烧起了熊熊大火。

花房的外面有人闯进来,咣的一声,他踢开了门。

"唐管家。"八年前的骆常德还没有那么瘦,身形健朗。

"大少爷,这么大火,您怎么也进来了?"

"把人给我。"

背上的人已经没什么意识了,唐光霁背着她小心地避开正烧着的木花架:"我来背就好,您快出去吧,火越烧越大了。"

"把人给我。"

里面到处都是烟,骆常德的嗓音也被熏哑了,他扔了捂着口鼻的毛巾,从地上捡起了一根钢筋,钢筋拖在地上,发出刺耳的声响。

"你不是来救人的。"唐光霁背着人往后退,"你要干什么?"

"我让你把人给我。"

他不是来救人的,是来害人的。

唐光霁把骆三放下来,用力摇醒将近昏迷的她:"骆三!骆三!"

她吃力地睁开眼睛。

"去花架后面藏着,快去。"

她昏昏沉沉,点了头,跟跟跄跄地往后走。

骆常德把花房的木门关上,百来平的半玻璃式花房里浓烟四起。钢筋拖地的声音越来越近,越来越扎耳。

唐光霁看了身后的女孩儿一眼,转身就朝骆常德扑过去,只是他也在火里待了很久,脚步虚浮,被骆常德甩到一边。

花架就在眼前，骆三趔趄了，摔倒在地上，她没了力气，撑着身体几次都站不起来，只能缓慢地往前爬，就快爬到花架的时候，后面伸过来一只手，一把拽住了她的脚踝。

骆常德蹲在地上，抓着她的脚，把她拖回去了，她害怕极了，双腿乱蹬，呜呜地叫着。

骆常德说：别叫了。

他抬起手里的钢筋，这时地上的唐光霁爬起来，拿了把椅子，从后面重重砸下去。

唐光霁立马把骆三拉起来，把她推到门口："快跑。"

她张张嘴，没有发出声音，她在说：一起走。

"快跑！"

她站不稳，扶着已经被火烤得滚烫的花房玻璃，指着唐光霁后面："唐、叔，走、开。"

唐光霁回头，看见骆常德站在他后面，手里那截半生绣的钢筋已经举起来了："你还会说话？"那更得死了。

唐光霁一把抱住了他的腰，推着他往后冲，两人一起撞在了后面的花架上，唐光霁死死抱着他，回头冲骆三喊："快走。"

"走啊！"

她不走，跌跌撞撞地跑过去，在骆常德手里的钢筋落下的同时，她抱住了他的手："不要打唐叔。"

骆常德用力一甩，她摔在了地上，他扬起手里的钢筋就砸在了唐光霁的后背。

"骆三，快跑……"

钢筋被高温烤得烫手，骆常德拿了旁边花架上的手套戴上，拖着半米长的钢筋走过去，他说了声"都是你自找的"，然后用力砸唐光霁的头部。

骆常德有暴躁症，骆颖和就是像了他。

砸第二下的时候，他的腿被人抱住了。

"住手。"十四岁的少女个子很小，她用了全身的力气去拽他的腿，"别打他。"

"你别打他，你别打他……"

骆常德蹲下去，一双已经通红了的眼睛彻底没了理智，他捏着她的肩："这都是你害的。"

她拼命摇头："我不说，我不说出去。"

"原本还以为你是哑巴，结果你还会说话，不说出去？只有死人才不会乱说话。"

骆常德拽住她的衣服,手从女孩子单薄的肩移到脖子。

地上躺着的唐光霁拼着命爬起来,后颈全是血,他用力推开了骆三,抓住了骆常德手里的钢筋。

"骆常德,"唐光霁骂道,"畜、生!"

虎毒不食子,何况是人。

骆常德一脚把唐光霁踹在了花架上,上面的瓦盆全部掉下来,砸在了他头上、身上,花架摇摇欲坠了两下,整个倒下去。

"唐叔!"

实木的花架有一面墙那么高,能把人骨头都砸碎了。唐光霁趴在地上,脸上全是血。

骆三爬着过去,也不怕烫,光着手去拖花架,可是太重了,她拖不动:"来人。"

"有没有人?"

"救他,救救他。"

手被烫得起泡了,她不知道痛,用力推那个已经烧着了的花架,她哭着喊唐叔,可唐光霁再也没有应她一声。

骆常德拽住她的后颈,把她拖过去。她踢他打他,挣扎着要爬起来,他用滚烫的钢筋按着她的肩,把她摁下去。

她很怕他,瑟瑟发抖地在喊:"江织。"

"江——"

骆常德用膝盖压着她乱蹬的腿:"别叫。"

她还在叫江织,一直喊他。

江织说:要是别人欺负你,你就叫我,我来帮你。

骆常德被她叫得更狂躁了,在地上摸到一把锤子:"我让你不要叫!"他拿起锤子,把钢筋重重钉下去。

她终于不动了:"救,救,"她指着花架,手在颤抖,"唐、唐……"

骆常德面目狰狞:"很快就好了。"

"很快你就解脱了。"

慢慢地,地上的女孩不挣扎了,手垂下去,一动不动。

火光越烧越旺,花房的玻璃上倒映出一个人影,他捂紧了口鼻,藏在花架后面,是阿斌。

无数片段在大脑里横冲直撞,那些被深埋在记忆里的东西全部卷土重来,周徐纺头痛欲裂,没站稳,身体晃了一下,撞到了后面的花盆。

咣!

骆常德猛地回头:"谁!"

他手里,正拿着那截曾经钉到她身体里的钢筋,上面布满了铁锈。

周徐纺在微光里看见了那双眼睛,里面有惊慌、阴鸷、狂躁,还有在一瞬里起的杀念。这样的眼神,她见过,那次在骆常德的卧室外面。

门没关严实,漏着一条缝。

房间里,骆常德把他的妻子萧氏按在了沙发上:"你说啊,怎么不说了?"原本按在萧氏肩上的手挪到了脖子上。

"去告诉别人,是我强迫了周清檬。"他掐着萧氏的脖子,"去啊!你去啊!"

萧氏在挣扎,呜呜地叫着。

骆常德用一只手掰着她的嘴,一只手摸到茶几上的安眠药罐子,整罐往她嘴里塞:"我让你说,我让你说!"

豆子大小的安眠药洒了一地,萧氏咳了几声就不挣扎了。

骆常德这才恢复理智,门外突然咣了一声,他回头:"谁!"

就是这个眼神,惊慌、阴鸷、狂躁,还有在一瞬里起的杀念。

他推门出去,没有看到人,地上只有一堆的狗尾巴草。

"谁在那里?"

骆常德举起手里的手机,照着门口的花架,花架后面又没了动静,他握着那截生锈的钢筋,走上前。

突然,一团黑影从昏黑里走出来,她扶着花架,脚步有些踉跄。

花房里没开灯,暗得瞧不清人,骆常德防备地盯着她:"你是谁?"

周徐纺抬头,暗色里,一双眼睛血红:"我是骆三。"被你用钢筋钉在这里的骆三。

死人怎么会复生,骆常德不信:"你到底是谁?"

周徐纺一步一步逼近:"是被你害死的冤鬼。"

他猛地举起那截生锈的钢筋。

同时,花房的门被踹开,江织进来,一脚把骆常德踹倒在地上,他脸上戴着口罩,把周徐纺拉过去,藏到花架后面。

"让你不要来,非不听。"江织压着声音,又气又急,"一点儿都不乖。"

"江织。"

她叫了他一声,腿突然软了,往地上瘫。

江织立马扶住她:"怎么了?"怕她是受伤了,他急了,"你怎么了纺宝?"

外面,警笛响了。

骆常德想爬起来，江织过去，对着他的肚子用力踹了一脚，骆常德痛叫了一声，抱着肚子，痛得起不来。

江织这才去把周徐纺抱起来，出了骆家花房，抄了院子后面的小路，带她上了她以前住的阁楼。阁楼门没锁，灯也坏了，木床上全是灰，他把周徐纺放在床上。

"徐纺。"

她失魂落魄的，眼神很呆滞。

江织握着她的肩："告诉我，你怎么了？"

"江织我都想起来了。"

江织蹲在她面前，摘了她的口罩："想起什么了？"

"他杀了人，我看见了。"月光照进来，她脸色发白，"他杀了他的妻子。"

她想起来了，全想起来了。